"A SEQUÊNCIA DE *GUERRA DO VELHO* COMBINA UMA AÇÃO MILITAR TENSA COM REFLEXÕES PERSPICAZES SOBRE PROBLEMAS MORAIS QUE RODEIAM INOVAÇÕES TECNOLÓGICAS. SCALZI TEM UM SENSO AFINADO PARA BALANCEAR O DRAMA PESSOAL E A TRAMA COMO UM TODO. EXTREMAMENTE RECOMENDADO."
— LIBRARY JOURNAL

"UMA MISTURA DE *TROPAS ESTELARES* E *SOLDADO UNIVERSAL*, *BRIGADAS* EVOCA O DESPERTAR, A TRAIÇÃO E O COMBATE NA MELHOR TRADIÇÃO DE FICÇÃO CIENTÍFICA MILITAR."
— ENTERTAINMENT WEEKLY

"SEGUINDO O ESTILO DE HEINLEIN, O LIVRO É CARREGADO DE CENAS DE CAMARADAGEM, ISOLAMENTO, CRUELDADE E OS PROTOCOLOS QUE REGEM A VIDA DE SOLDADOS ATIVOS. MAS É AÍ QUE SCALZI SUPERA HEINLEIN. SCALZI TECE DISCUSSÕES SUTIS SOBRE O MEDO CRESCENTE DA HUMANIDADE DE ENVELHECER E NOSSA SIMULTÂNEA ATRAÇÃO E REPULSÃO PELAS CRIATURAS FRANKENSTEIN QUE SOMOS CAPAZES DE CRIAR."
— SAN ANTONIO EXPRESS-NEWS

"*BRIGADAS FANTASMA* É UMA BOA SPACE OPERA À MODA ANTIGA, QUE RESERVA TEMPO PARA QUESTIONAR A NATUREZA DO LIVRE ARBÍTRIO."
— ST. LOUISS PRESS-DISPATCH

JOHN SCALZI

# AS BRIGADAS FANTAS—MA

SÉRIE GUERRA DO VELHO
VOLUME 2

TRADUÇÃO
DE
PETÊ
RISSATTI

ALEPH

# AS BRIGADAS FANTASMA

**TÍTULO ORIGINAL:**
The Ghost Brigades

**CAPA:**
Pedro Inoue

**COPIDESQUE:**
Cássio Yamamura

**PROJETO GRÁFICO E DIAGRAMAÇÃO:**
Desenho Editorial

**REVISÃO:**
Denis Araki
Entrelinhas Editorial
Pausa Dramática

**ILUSTRAÇÃO:**
Sparth

**DIREÇÃO EXECUTIVA:**
Betty Fromer

**COMUNICAÇÃO:**
Thiago Rodrigues Alves
Fernando Barone
Maria Clara Villas
Júlia Forbes

**DIREÇÃO EDITORIAL:**
Adriano Fromer Piazzi

**EDITORIAL:**
Daniel Lameira
Tiago Lyra
Andréa Bergamaschi
Débora Dutra Vieira
Luiza Araujo
Juliana Brandt
Bárbara Prince*

**COMERCIAL:**
Giovani das Graças
Lidiana Pessoa
Roberta Saraiva
Gustavo Mendonça

**FINANCEIRO:**
Roberta Martins
Sandro Hannes

\* Equipe original à época do lançamento.

COPYRIGHT © & TM 2006 JOHN SCALZI
COPYRIGHT © EDITORA ALEPH, 2017
(EDIÇÃO EM LÍNGUA PORTUGUESA PARA O BRASIL)

TODOS OS DIREITOS RESERVADOS.
PROIBIDA A REPRODUÇÃO, NO TODO OU EM PARTE, ATRAVÉS DE QUAISQUER MEIOS.

O TRADUTOR AGRADECE À CASA DE TRADUTORES LOOREN PELA BOLSA DE RESIDÊNCIA CONCEDIDA EM 2017 PARA A TRADUÇÃO PARCIAL DESTE LIVRO.

**EDITORA ALEPH**
Rua Tabapuã, 81 - cj. 134
04533-010 – São Paulo – SP – Brasil
Tel.: [55 11] 3743-3202
www.editoraaleph.com.br

DADOS INTERNACIONAIS DE CATALOGAÇÃO NA PUBLICAÇÃO (CIP)
(ODILIO HILARIO MOREIRA JUNIOR CRB-8/9949)

S279b Scalzi, John
As Brigadas Fantasma / John Scalzi ; traduzido por Petê Rissatti - São Paulo : Aleph, 2017.
376 p. ; 16cm x 23cm.

Tradução de: The Ghost Brigades
ISBN: 978-85-7657-377-7
1. Literatura norte-americana. 2. Ficção. I. Rissatti, Petê. II. Título.
CDD 813.0876
CDU 821.111(73)-3

ÍNDICES PARA CATÁLOGO SISTEMÁTICO:
1. Literatura : Ficção Norte-Americana 813.0876
2. Literatura norte-americana : Ficção 821.111(73)-3

Para Shara Zoll, pela amizade
e por tudo o mais.
Para Kristine e Athena, por
sua paciência e seu amor.

# AS BRIGADAS FANTAS—
# MA

# PARTE 1

Ninguém notou a rocha.

E por um motivo muito bom. A rocha era indistinta, um dos milhões de pedaços de rocha e gelo que flutuavam na órbita parabólica de um cometa periódico morto havia tempos e com a aparência que qualquer pedaço daquele cometa morto poderia ter. A rocha era menor que algumas, maior que outras, mas em uma escala de distribuição não havia nada que a distinguisse. Na chance mínima e quase insondável de que a rocha pudesse ser identificada por um radar de defesa planetária, um exame de relance mostraria que era composta de silicatos e alguns minérios. Ou seja: uma rocha, longe de ter tamanho suficiente para causar dano real.

Essa era uma questão puramente teórica para o planeta que atualmente estava na rota da rocha e de suas milhares de irmãs; não havia radar de defesa planetário. No entanto, havia um fosso gravitacional, no qual a rocha caiu, acompanhada de muitas daquelas irmãs.

Juntas, formariam uma chuva de meteoros, como tantos pedaços de gelo e rocha formavam a cada vez que o planeta cruzava a órbita do cometa, uma vez por revolução planetária. Nenhuma criatura inteligente vivia na superfície daquele planeta extremamente frio, mas se vivesse, poderia ter olhado para cima e visto os belos riscos e manchas desses pequenos pedaços de matéria enquanto queimavam na atmosfera, superaquecidos pela fricção do ar contra a rocha.

A imensa maioria desses meteoros recém-criados evaporaria na atmosfera, sua matéria transmutada durante a queda incandescente de um pedaço discreto e sólido para um longo borrão de partículas microscópicas. Permaneceriam na atmosfera indefinidamente até que se transformassem em núcleos de gotículas d'água, e a simples massa da água as arrastasse para o chão na forma de chuva (ou, mais provável pela natureza do planeta, neve).

*Essa* rocha, no entanto, tinha massa em sua lateral. Pedaços voaram quando a pressão atmosférica abriu fendas muito finas na estrutura da rocha, ao passo que a tensão do mergulho através da espessa malha de gases expunha as falhas e fraquezas estruturais e as explorava com violência. Fragmentos romperam-se, faiscaram e brilharam momentaneamente e foram consumidos pelo céu. E, ainda assim, no fim de sua jornada pela atmosfera, o que permaneceu foi suficiente para causar impacto na superfície do planeta: uma bola flamejante batendo forte e rápido em uma planície rochosa e limpa, que teve toda a neve e todo o gelo soprados pelos altos ventos.

O impacto vaporizou a rocha e uma parcela modesta da planície, escavando uma cratera igualmente modesta. A planície rochosa, que se estendia por uma distância significativa adiante e abaixo da superfície do planeta, ressoou com o impacto como um sino, harmônicas repicando várias oitavas abaixo do alcance auditivo da maioria das espécies inteligentes conhecidas.

O chão tremeu.

E ao longe, abaixo da superfície do planeta, alguém finalmente notou a rocha.

– Terremoto – disse Sharan. Ela não tirou os olhos do monitor.

Vários momentos depois, outro tremor seguiu.

– Terremoto – disse Sharan.

Cainen desviou o olhar de seu respectivo monitor para sua assistente.

– Você vai falar isso toda vez? – perguntou.

– Quero mantê-lo informado dos eventos assim que acontecem – Sharan respondeu.

– Agradeço pela sensibilidade – disse Cainen –, mas não precisa mencionar todas as vezes. Eu *sou* cientista. Entendo que, quando o chão se move, estamos passando por um terremoto. Sua *primeira* declaração foi útil. Na quinta ou sexta vez, fica monótono.

Outro estrondo.

– Terremoto – disse Sharan. – Esse é o de número sete. De qualquer forma, você não é sismólogo. Não é uma das suas muitas áreas de especialidade.

Apesar da resposta tipicamente fria de Sharan, era difícil ignorar o sarcasmo.

Se Cainen não estivesse dormindo com sua assistente, talvez tivesse ficado irritado. Como dormia, permitiu-se ter tolerância e bom humor.

– Não me lembro de *você* ser mestre em sismologia – disse ele.

– É um hobby – comentou Sharan.

Cainen abriu a boca para responder, mas o chão de repente se lançou violentamente para cima até encontrar seu corpo. Levou um momento para Cainen perceber que não havia sido o chão que se erguera para encontrá-lo, ele que tinha sido jogado no chão de repente.

Naquele momento, esparramou-se pelo assoalho, junto com metade dos objetos que estavam posicionados em sua estação de trabalho. A cadeira de Cainen estava tombada a um corpo de distância à direita, ainda balançando pela sacudida.

Ele olhou para Sharan, que não estava mais encarando o monitor, em parte porque havia se estilhaçado no chão, perto de onde ela estava caída.

– Que foi isso? – perguntou Cainen.

– Terremoto? – sugeriu Sharan, um tanto esperançosa, e depois gritou quando o laboratório voltou a sacudir com vigor ao seu redor. Painéis luminosos e acústicos caíram do teto; Cainen e Sharan arrastaram-se desajeitados para baixo das bancadas de trabalho. O mundo implodiu em seu entorno por um instante enquanto eles se encolhiam embaixo das mesas.

Nesse momento, os tremores pararam. Cainen olhou em volta sob a luz piscante que ainda restara e viu a maior parte do laboratório no chão, inclusive grande parte do teto e parte das paredes. Em geral, o laboratório ficava cheio de trabalhadores e de outros assistentes de Cainen, mas ele e Sharan haviam ficado até tarde para terminar um sequenciamento. Muitos da equipe estavam na caserna da base, provavelmente dormindo. Bem, naquele momento deviam estar acordados.

Um barulho alto e agudo ecoou pelo corredor que levava até o laboratório.

– Ouviu isso? – perguntou Sharan.

Cainen confirmou com a cabeça.

– É a sirene das estações de batalha.

– Estamos sendo atacados? – questionou Sharan. – Pensei que esta base tivesse escudo.

– E tem – respondeu Cainen. – Ou tinha. Quer dizer, deveria ter.

– Bem, devo dizer que fizeram um ótimo trabalho – disse Sharan.

Nesse instante, Cainen ficou irritado.

– Nada é perfeito, Sharan – disse ele.

– Desculpe – disse Sharan, sentindo a irritação repentina do chefe. Cainen resmungou e, em seguida, deslizou debaixo da bancada de trabalho e foi até um armário de armazenagem tombado.

– Me ajuda com isso aqui – disse a Sharan. Manobraram o armário entre eles até onde Cainen pudesse forçar a porta do móvel. Lá dentro, havia uma pequena arma e um cartucho de projéteis.

– Onde conseguiu isso? – perguntou Sharan.

– Isso é uma base militar, Sharan – respondeu Cainen. – Ela tem armas. Eu tenho duas dessas. Uma fica aqui e uma lá na caserna. Pensei que talvez elas pudessem ser úteis se algo do tipo acontecesse.

– Não somos militares – disse Sharan.

– E tenho certeza de que isso vai fazer uma grande diferença para quem quer que esteja atacando a base – disse Cainen, que então ofereceu a arma a Sharan. – Pegue.

– Nem me entregue isso daí. Nunca usei uma. Você leva.

– Tem certeza?

– Tenho. Vou acabar atirando na minha perna.

– Tudo bem – disse Cainen. Ele encaixou o cartucho de munição na arma e guardou-a em um bolso do casaco. – Precisamos ir até nossa caserna. Nosso pessoal está lá. Se alguma coisa acontecer, devemos estar com eles.

Sharan assentiu com a cabeça, muda. Sua *persona*, em geral sarcástica, desapareceu por completo. Parecia exausta e aterrorizada. Cainen deu um abraço rápido nela.

– Vamos, Sharan – disse ele. – Ficaremos bem. Vamos tentar chegar até a caserna.

Os dois haviam começado a ziguezaguear pelos escombros no corredor quando ouviram a porta da escadaria do nível inferior se abrir. Cainen espreitou pela poeira e pela luz baixa e identificou duas figuras grandes passando pela porta. Ele começou a voltar na direção da qual vieram. Sharan, que teve o mesmo pensamento ainda mais rápido que o chefe, já havia chegado à entrada do laboratório. O outro caminho para sair do andar era o elevador, que ficava depois das escadas. Estavam presos. Cainen apalpou o bolso do casaco enquanto recuava. Não tinha muito mais experiência com uma arma que Sharan e não estava muito confiante de que seria capaz de acertar um alvo a distância, muito menos dois, ambos soldados treinados, pelo visto.

– Administrador Cainen – disse uma das figuras.

– Quê? – disse Cainen, mesmo sem querer, e imediatamente se arrependeu por se entregar.

– Administrador Cainen – disse a figura novamente. – Viemos resgatar o senhor. Não está em segurança aqui.

A figura avançou até ficar iluminada por um feixe de luz e revelou ser Aten Randt, um dos comandantes da base. Finalmente, Cainen o reconheceu pelo desenho do clã na carapaça e sua insígnia. Aten Randt era um Eneshano, e Cainen tinha certa vergonha em admitir que, depois de todo esse tempo na base, todos ainda pareciam iguais para ele.

– Quem está nos atacando? – perguntou Cainen. – Como encontraram a base?

– Não sabemos ao certo quem está nos atacando ou por quê – respondeu Aten Randt. Os estalos de suas partes bucais eram traduzidos em fala reconhecível por um pequeno dispositivo que pendia do pescoço. Aten Randt conseguia compreender Cainen sem o dispositivo, mas precisava do aparelho para falar com ele. – O bombardeio veio da órbita, e apenas agora miramos na nave em aterrissagem.

Aten Randt caminhou na direção de Cainen, que tentou não se encolher. Apesar de seu tempo ali e da relação de trabalho relativamente boa, ainda ficava nervoso perto da raça de insetoides enormes.

— Administrador Cainen, não podem encontrá-lo aqui. Precisamos levá-lo embora antes que a base seja invadida.

— Tudo bem — disse Cainen. Ele acenou para que Sharan o acompanhasse.

— Ela não — disse Aten Randt. — Apenas o senhor.

Cainen parou.

— Ela é minha assistente. Preciso dela.

A base sacudiu com outro bombardeio. Cainen sentiu o baque quando bateu contra a parede e despencou no chão. Quando caiu, observou que nem Aten Randt tampouco o outro Eneshano haviam se movido mais que um milímetro de suas posições.

— Não é um momento apropriado para debater a questão, administrador — disse Aten Randt. A emoção fria do dispositivo de tradução deu ao comentário um aspecto sardônico acidental.

Cainen estava prestes a protestar de novo, mas Sharan tomou seu braço com gentileza.

— Cainen. Ele tem razão — ela disse. — Você precisa dar o fora. Se acharem qualquer um de nós aqui já vai ser bem ruim. Mas se você for encontrado vai ser muito, muito ruim.

— Não vou deixar você neste lugar — insistiu Cainen.

— *Cainen* — disse Sharan e apontou para Aten Randt, que estava parado, impassível. — Ele é um dos oficiais militares de patente mais alta aqui. Estamos sob ataque. Não mandariam alguém como ele se fosse uma missão trivial. E agora não é hora de discutir. Então, vai logo. Vou conseguir voltar para a caserna. Já estamos aqui faz um tempo, sabe. Me lembro de como chegar lá.

Cainen encarou Sharan por um minuto e depois apontou para o outro soldado Eneshano que estava atrás de Aten Randt.

— Você — disse ele. — Escolte-a até a caserna.

— Preciso dele comigo, administrador — disse Aten Randt.

– Você pode cuidar de mim sozinho – disse Cainen. – E se ela não for escoltada por ele, será escoltada por mim.

Aten Randt cobriu o dispositivo de tradução e chamou o soldado. Eles se aproximaram e soltaram estalos baixinhos um para o outro – não que isso importasse, pois Cainen não entendia o idioma Eneshano. Em seguida, os dois se afastaram, e o soldado se postou ao lado de Sharan.

– Ele vai levá-la à caserna – disse Aten Randt. – Mas não vamos mais discutir. Já perdemos tempo demais. Agora venha comigo, administrador.

Ele pegou Cainen pelo braço e puxou-o em direção à escadaria. Cainen olhou para trás e viu Sharan olhando para cima com temor para o imenso soldado Eneshano. Aquela imagem final da assistente e amante desapareceu quando Aten Randt empurrou-o pela entrada.

– Isso machuca – disse Cainen.

– Quieto – repreendeu Aten Randt, empurrando Cainen na direção das escadas. Os dois começaram a subir, os membros inferiores surpreendentemente curtos e delicados do Eneshano acompanhavam os passos largos de Cainen escada acima. – Levou tempo demais para encontrá-lo e tempo demais para fazer o senhor se mexer. Por que não estava na caserna?

– Estávamos terminando um trabalho – disse Cainen. – Não que a gente tenha muito mais o que fazer por aqui. Aonde estamos indo agora?

– Para cima. Há uma ferrovia subterrânea à qual precisamos chegar.

Cainen parou por um momento e olhou para Aten Randt, que, apesar de estar vários degraus abaixo, estava quase da mesma altura que ele.

– Que leva para a hidropônica – disse Cainen. Às vezes, Cainen, Sharan e outros membros da equipe iam até a imensa divisão hidropônica subterrânea da base para pegar verduras. A superfície do planeta não era exatamente convidativa, a menos que a pessoa gostasse de hipotermia. A hidropônica era o mais próximo que se podia chegar do ar livre.

— A hidropônica é uma caverna natural — disse Aten Randt, empurrando Cainen para que voltasse a subir. — Depois dela, em uma área selada, existe um rio subterrâneo que desemboca em um lago subterrâneo. Há um pequeno módulo de sobrevivência escondido lá, que vai abrigá-lo.

— Você não me disse isso antes — disse Cainen.

— Não esperávamos precisar dizê-lo — retrucou Aten Randt.

— Vou nadando até lá?

— Há um pequeno veículo submersível. Vai ser apertado, mesmo para o senhor. Mas já foi programado com a localização do módulo.

— E vou ficar lá por quanto tempo?

— Vamos torcer para que seja o mínimo — respondeu Aten Randt. — Pois do contrário será muito, muito tempo mesmo. Mais dois lances de escada, administrador.

Os dois pararam à porta dois lances de escada acima, Cainen tentava recuperar o fôlego e Aten Randt estalava os bocais para o comunicador. O ruído de batalha vários andares sobre eles atravessava a pedra do solo e o concreto das paredes.

— Chegaram à base, mas os manteremos na superfície por ora — informou Aten Randt a Cainen, baixando o comunicador. — Não chegaram a este nível. Ainda podemos mantê-lo seguro. Fique bem atrás de mim, administrador. Não fique pra trás. Entendido?

— Entendido — disse Cainen.

— Então, vamos.

Ele ergueu sua arma um tanto quanto impressionante, abriu a porta e avançou a passos largos no corredor. Quando Aten Randt começou a se mover, Cainen viu os membros inferiores do Eneshano estenderem-se enquanto uma articulação de perna adicional emergia de dentro da carapaça. Era um mecanismo de corrida que dava aos Eneshanos velocidade e agilidade assustadoras em situações de batalha e lembrava Cainen de várias criaturas rastejantes de sua infância. Ele reprimiu um calafrio de repulsa e correu para manter o passo, tropeçando mais que antes no corredor repleto de escombros, seguindo para a pequena estação ferroviária do outro lado do andar com grande dificuldade.

Cainen parou para tomar fôlego enquanto Aten Randt examinava os controles do pequeno veículo, cujo compartimento de passageiro estava aberto. Ele já havia desconectado a locomotiva dos vagões atrás dela.

— Disse para acompanhar meu ritmo — disse Aten Randt.

— Alguns de nós somos velhos e não conseguimos duplicar o tamanho das pernas — disse Cainen, apontando então para o veículo. — Entro nisso daí?

— Deveríamos ir a pé — respondeu Aten Randt, e as pernas de Cainen já começaram a ter câimbras. — Mas não acho que o senhor vá acompanhar o ritmo, e nosso tempo está ficando escasso. Vamos arriscar ir com o veículo. Entre.

Feliz, Cainen subiu na área de passageiros, que era espaçosa, construída para dois Eneshanos. Aten Randt pôs o veículo em velocidade total — cerca de duas vezes o passo de corrida de um Eneshano, o que parecia desconfortavelmente rápido no túnel estreito — e depois virou e ergueu a arma de novo, rastreando o túnel atrás dele em busca de alvos.

— O que acontece comigo se a base for invadida? — perguntou Cainen.

— O senhor estará no módulo de sobrevivência.

— Sim, mas se a base for invadida, quem vai me buscar? — Cainen quis saber. — Não posso ficar nesse módulo para sempre e não vou saber como sair. Não importa o quanto seja bem preparado esse seu módulo, em algum momento os suprimentos vão acabar. Sem falar no ar.

– O módulo tem a capacidade de extrair oxigênio dissolvido da água – disse Aten Randt. – O senhor não vai sufocar.

– Maravilha. Mas ainda resta a fome.

– O lago tem uma saída... – Aten Randt começou a falar, mas foi tudo o que conseguiu dizer antes que o veículo descarrilhasse com uma sacudida repentina. O rugido do túnel desabando cobriu todos os outros ruídos. Cainen e Aten Randt se viram por um tempo no ar enquanto eram lançados da área de passageiros do veículo para a escuridão repentina, empoeirada.

Cainen acordou com os cutucões de Aten Randt, sem saber quanto tempo depois.

– Acorde, administrador – disse Aten Randt.

– Não consigo enxergar nada – disse Cainen. Aten Randt reagiu, acionando a lanterna de sua arma. – Obrigado – Cainen agradeceu.

– O senhor está bem?

– Estou. Se for realmente possível, gostaria de passar o *resto* do dia sem despencar no chão de novo.

Aten Randt deu um estalo de anuência e fez a varredura com o feixe de luz para olhar o desabamento de rochas que os mantinha presos. Cainen levantava-se, escorregando um pouco nos escombros.

Aten Randt virou o feixe de luz de volta para Cainen.

– Fique aí, administrador – ordenou Aten Randt. – É mais seguro. – O feixe de luz mergulhou para os trilhos. – Aqueles ali ainda devem estar eletrizados.

O feixe de luz apagou de novo, voltando-se para as paredes desabadas de seu novo cercado. Fosse por acidente ou planejamento, o bombardeio que atingiu os trilhos tinha selado Cainen e Aten Randt; não havia aberturas no paredão de escombros. Cainen pensou que o sufocamento havia de novo se tornado uma preocupação real. Aten Randt continuou seu exame do novo perímetro e às vezes testava o comunicador, que parecia não estar funcionando. Cainen acalmou-se e tentou não respirar fundo demais.

Um tempo depois, Aten Randt, que havia desistido de sua inspeção e deixado os dois no escuro enquanto descansava, acendeu de novo a luz na direção da parede de escombros, bem perto da base.

– O que foi? – perguntou Cainen.

– Quieto – disse Aten Randt, que se aproximou da parede de escombros, como se tentasse ouvir alguma coisa. Alguns momentos depois, Cainen ouviu também: um ruído que podia ser de vozes, mas não de qualquer um que fosse local ou amistoso. Pouco depois, vieram as explosões. Quem quer que estivesse do outro lado dos escombros, havia decidido atravessá-los.

Aten Randt afastou-se da parede de escombros rapidamente e foi até Cainen, arma em riste, cegando-o com o feixe de luz.

– Sinto muito, administrador – disse Aten Randt, e foi quando Cainen se deu conta de que as ordens para mantê-lo em segurança provavelmente terminavam naquele momento. Mais por instinto que por razão, Cainen se afastou do feixe de luz; a bala apontada para seu centro de massa acabou atingindo o braço, fazendo-o girar e cair no chão. Cainen esforçou-se para ficar de joelhos e viu sua sombra espalhada diante de si enquanto o feixe de luz de Aten Randt brilhava em suas costas.

– Espere – disse Cainen para sua sombra. – Nas costas não. Eu sei o que preciso fazer. Só não nas costas. Por favor.

Um momento passou, pontuado pelos sons dos escombros sendo movidos.

– Vire-se, administrador.

Cainen virou, lentamente, raspando os joelhos nos escombros e pondo as mãos nos bolsos do casaco, como se fossem algemas. Aten

Randt mirou; tendo o luxo de escolher o tiro, ergueu a arma para o cérebro de Cainen.

– Está pronto, administrador? – perguntou.

– Estou – respondeu Cainen e atirou em Aten Randt com a arma que tinha no bolso do casaco, mirando dentro do feixe de luz.

O tiro de Cainen coincidiu com uma explosão do outro lado da parede de escombros. Aten Randt não pareceu perceber que tinha sido alvejado até o sangue começar a fluir do ferimento em sua carapaça; o ferimento mal era visível para Cainen do outro lado da luz. Cainen viu os olhos de Aten Randt baixarem para o ferimento, encarando-o por um momento, e depois voltá-los a Cainen, confuso. Nesse momento, Cainen já havia tirado a arma do bolso. Acertou Aten Randt mais três vezes, esvaziando o pente de balas no Eneshano, que se inclinou um pouco para a frente nas pernas dianteiras e, em seguida, caiu para trás o mesmo tanto. O volume de seu corpo grande espalhou-se no chão com cada uma das pernas estendendo-se para um ângulo.

– Desculpe – disse Cainen para o cadáver fresco.

O espaço encheu-se de poeira e depois de luz quando a parede de escombros foi rompida, e criaturas portando luzes nas armas entraram. Uma delas viu Cainen e gritou. De repente, vários feixes de luz estavam voltados para ele. Cainen largou a arma, ergueu o braço bom em rendição e se afastou do corpo de Aten Randt. Ter atirado em Aten Randt para se manter vivo não adiantaria muito se aqueles invasores decidissem meter bala nele. Um dos invasores avançou através dos feixes de luz, tagarelando algo em seu idioma, e Cainen finalmente deu uma olhada na espécie com a qual estava lidando.

Seu treinamento como xenobiólogo despertou na mente quando marcou as particularidades do fenótipo da espécie: bilateralmente simétrico e bípede, e, como consequência, com membros diferenciados para braços e pernas; joelhos dobrados no sentido errado. Mais ou menos com o mesmo tamanho e estrutura corporal que ele, o que não era surpreendente, pois um número excessivamente grande de espécies ditas inteligentes era bípede, bilateralmente simétrica e tinha aproximadamente o mesmo tamanho em volume e massa. Era uma das coisas que fazia que os relacionamentos entre espécies naquela parte do universo fossem tão belicosos. Tantas espécies inteligentes semelhantes, tão pouco espaço útil para todas as suas necessidades.

*Mas agora surgem as diferenças,* pensou Cainen quando a criatura berrou para ele de novo. Um torso largo e abdominal plano, e estrutura esquelética e musculatura estranhas. Pés como tocos; mãos como porretes. Diferenciação sexual externa óbvia (aquela à frente dele era fêmea, se é que se lembrava disso corretamente). Absorção sensorial comprometida devido a apenas duas entradas ópticas e aurais em vez das bandas ópticas e aurais que envolviam quase toda a cabeça de Cainen. Fibras queratinosas finas na cabeça em vez de dobras de pele emissoras de calor. Não pela primeira vez, Cainen achou que a evolução não fez nenhum grande favor para essa espécie, fisicamente falando.

Aquilo fez dela uma espécie agressiva, perigosa e difícil pra caramba de eliminar da superfície de um planeta. Um problema, isso.

A criatura à frente de Cainen tagarelou com ele de novo e puxou um objeto pequeno e de aparência maldosa. Cainen olhou diretamente para as entradas ópticas da criatura.

– Humanos malditos – ele disse.

A criatura o golpeou com um objeto; Cainen sentiu um solavanco, viu uma dança multicolorida de luzes e caiu no chão pela última vez naquele dia.

– Se lembra de quem sou? – o ser humano à mesa disse no momento em que Cainen entrou escoltado no cômodo. Seus captores lhe deram uma banqueta para que ele acomodasse os joelhos voltados para trás (se comparados a eles). O ser humano falava e a tradução vinha de um alto-falante sobre a mesa. O único objeto além do alto-falante na mesa era uma seringa cheia de um fluido claro.

– Você é a soldado que me fez desmaiar – disse Cainen. O alto-falante não transmitiu uma tradução de suas palavras, sugerindo que ela tinha outro dispositivo de tradução em outro lugar.

– Isso mesmo – confirmou a humana. – Sou a tenente Jane Sagan. – Ela apontou para a banqueta. – Por favor, sente-se.

Cainen sentou-se.

– Não havia necessidade de me deixar inconsciente – disse ele. – Teria acompanhado voluntariamente.

– Tínhamos motivos para querer o senhor inconsciente – explicou Sagan. Apontou para seu braço ferido, onde a bala de Aten Randt o havia atingido. – Como está seu braço?

– Parece bem – respondeu Cainen.

– Não conseguimos curá-lo inteiramente – disse Sagan. – Nossa tecnologia médica pode curar com rapidez a maioria de nossos ferimentos, mas o senhor é Rraey, não um ser humano. Nossa tecnologia não mapeia com precisão. Mas fizemos o que pudemos.

– Obrigado.

– Suponho que tenha sido alvejado pelo Eneshano que encontramos com o senhor – disse Sagan. – Aquele que o senhor derrubou.

– Isso.

– Fiquei curiosa para saber por que vocês trocaram tiros.

– Ele ia me matar, e eu não queria morrer.

– Isso leva à pergunta sobre por que aquele Eneshano queria matar o senhor – disse Sagan.

– Eu era seu prisioneiro – respondeu Cainen. – Acho que tinha ordens de me matar em vez de permitir que me levassem vivo.

— O senhor era prisioneiro — repetiu Sagan. — E ainda assim tinha uma arma.

— Eu a encontrei.

— Sério? — perguntou Sagan. — Um descuido de segurança por parte dos Eneshanos. Não é o perfil deles.

— Todos cometemos erros — disse Cainen.

— E todos os outros Rraeys que encontramos na base? — questionou Sagan. — Eram prisioneiros também?

— Eram — respondeu Cainen e sentiu uma onda de preocupação por Sharan e o restante da equipe.

— Como foi que todos viraram prisioneiros dos Eneshanos? — perguntou Sagan.

— Estávamos a bordo de uma nave rraey que nos levava a uma de nossas colônias para uma troca de turnos médica — respondeu Cainen. — Os Eneshanos atacaram nossa nave. Eles nos levaram para sua embarcação, prenderam nossa tripulação e nos enviaram para cá.

— Isso faz quanto tempo? — perguntou Sagan.

— Algum tempo — disse Cainen. — Não sei muito bem. Estamos no fuso militar eneshano aqui, e não tenho familiaridade com as unidades deles. E também há o período rotacional planetário local, que é rápido e deixa as coisas ainda mais confusas. E eu também não estou familiarizado com as divisões humanas de tempo, então não posso descrever com precisão.

— Nosso departamento de inteligência não tem nenhum registro de Eneshanos atacando uma nave rraey no último ano... que seria cerca de dois terços de um *hked* para vocês — disse Sagan, usando o termo rraey para uma órbita completa da terra natal ao redor de seu Sol.

— Talvez sua inteligência não seja tão boa quanto pensam — retrucou Cainen.

— É possível. No entanto, considerando que os Eneshanos e os

Rraeys ainda estão tecnicamente em guerra, uma nave atacada deveria ter sido notada. Vocês brigam por muito menos.

– Não posso dizer nada mais do que sei. Fomos levados da nave para a base. É impossível saber muito sobre o que aconteceu ou não fora da base em todo esse tempo.

– Vocês eram mantidos prisioneiros na base – disse Sagan.

– Isso – afirmou Cainen.

– Passamos pela base toda, e havia apenas uma pequena área de detenção – explicou Sagan. – Não havia nada sugerindo que vocês estivessem trancados.

Cainen soltou o equivalente rraey a uma risadinha tristonha.

– Se viram a base, sem dúvida também viram a superfície do planeta – disse. – Se qualquer um de nós tentasse escapar, congelaria sem avançar muito. Sem mencionar que não há lugar nenhum para ir.

– Como sabe disso?

– Os Eneshanos nos disseram. E ninguém da minha equipe planejou uma excursão para testar a hipótese.

– Então, não sabem mais nada sobre o planeta – concluiu Sagan.

– Às vezes é frio, outras vezes é mais frio – comentou Cainen. – Essa é a profundidade de meu conhecimento do planeta.

– O senhor é clínico – disse Sagan.

– Não conheço esse termo – comentou Cainen e apontou para o alto-falante. – Sua máquina não é tão esperta a ponto de me dar um equivalente no meu idioma.

– O senhor é um médico. Pratica medicina.

– Sou – confirmou Cainen. – Sou especialista em genética. Por isso minha equipe e eu estávamos naquela nave. Uma de nossas colônias estava realizando experiências com uma praga que vem afetando o sequenciamento genético e a divisão celular. Fomos enviados para investigar e, quem sabe, encontrar uma cura. Tenho certeza que, se passaram pela base, viram nossos equipamentos. Nossos raptores foram gentis o suficiente para nos ceder espaço para um laboratório.

– Por que fariam isso? – perguntou Sagan.

– Talvez pensassem que, se nos mantivéssemos ocupados com nossos projetos, seríamos mais fáceis de lidar – respondeu Cainen. – Se foi assim, funcionou, pois de forma geral ficamos na nossa e não tentamos causar nenhum problema.

– Quer dizer, exceto quando estava roubando armas – afirmou Sagan.

– Estive com eles por algum tempo, então, ao que parece, não levantei suspeitas – disse Cainen.

– A arma que o senhor usou foi projetada por um Rraey. Algo estranho para uma base militar eneshana.

– Devem ter pegado de nossa nave quando entraram a bordo. Tenho certeza de que, quando revistarem a base, encontrarão diversos outros itens designados como rraeys.

– Então, para recapitular – disse Sagan. – O senhor e sua equipe médica foram levados pelos Eneshanos um tempo indeterminado atrás e trazidos para cá, onde foram feitos prisioneiros e ficaram sem comunicação com ninguém de seu povo. O senhor não sabe onde está ou quais planos os Eneshanos tinham para vocês.

– Exatamente – concluiu Cainen. – Exceto pela minha suposição de que não queriam ninguém a par da minha presença lá assim que a base foi invadida, pois um deles tentou me matar.

– Isso é verdade – comentou Sagan. – Sinto dizer que o senhor se deu bem melhor que sua equipe.

– Não sei o que quer dizer.

– O senhor foi o único Rraey que encontramos vivo. O restante foi alvejado e morto pelos Eneshanos. A maioria deles no que pareciam ser casernas. Encontramos outro perto do que imaginamos ter sido seu laboratório, pois tinha uma boa quantidade de tecnologia rraey nele.

Cainen sentiu-se nauseado.

– Você está mentindo – disse.

– Sinto muito, mas não – respondeu Sagan.

– Vocês, humanos, que os mataram – soltou Cainen, furioso.

– Os Eneshanos tentaram matar *você* – disse Sagan. – Por que não matariam os outros membros de sua equipe?

– Não acredito em você.

– Compreendo por que não acredita. Ainda assim, é a verdade.

Cainen ficou lá, sentado, sofrendo. Sagan deu-lhe um tempo.

– Tudo bem – Cainen acabou dizendo. – Diga o que querem de mim.

– Para começar, administrador Cainen – começou Sagan –, gostaríamos de ouvir a verdade.

Levou um momento para Cainen perceber que era a primeira vez que a humana o havia chamado pelo nome. E pelo título.

– Estou falando a verdade – disse ele.

– Porra nenhuma – retrucou Sagan.

Cainen voltou a apontar o alto-falante.

– A tradução não me pareceu amigável – disse ele.

– O senhor é o administrador Cainen Suen Su – disse Sagan. – E, embora seja verdade que o senhor tem algum treinamento médico, suas duas primeiras áreas de estudo são xenobiologia e sistemas de defesa de rede neural semiorgânica... duas áreas de estudo que, imagino, se completam bem.

Cainen não disse uma palavra. Sagan continuou.

– Agora, administrador Cainen, deixe-me dizer ao senhor um pouco do que *nós* sabemos. Quinze meses atrás, os Rraeys e os Eneshanos estavam lutando a mesma guerra que começa e termina há trinta anos, uma guerra que incentivamos, pois mantém os dois povos ocupados sem nos causar problemas.

– Não inteiramente – interveio Cainen. – Houve a Batalha de Coral.

– Sim, houve – confirmou Sagan. – Eu estava lá. Quase morri.

– Perdi um irmão lá – informou Cainen. – Meu mais novo. Talvez você tenha se encontrado com ele.

– Talvez. Quinze meses atrás, os Rraeys e os Eneshanos eram inimigos. E então, de repente, não são mais, por nenhuma razão que nossa inteligência pôde apurar.

– Já discutimos as falhas de seu serviço de inteligência – comentou Cainen. – As espécies param de guerrear a todo momento. Depois de Coral, nossos povos pararam de lutar entre si.

– Paramos de lutar porque derrotamos vocês. Vocês bateram em retirada, e nós reconstruímos Coral – afirmou Sagan. – E essa é a questão: houve um motivo para pararmos de lutar, ao menos por ora. Vocês e os Eneshanos não têm um motivo. Isso nos preocupa. Três meses atrás, o satélite espião que estacionamos acima *deste* planeta notou que, para um mundo supostamente desabitado, de repente havia começado a receber muito tráfego, tanto de Eneshanos quanto de Rraeys. O que torna esse fato especialmente interessante para nós é que este planeta não foi reclamado nem pelos Eneshanos nem pelos Rraeys, mas pelos Obins. Os Obins não se misturam, administrador, e são fortes o bastante para que não passasse pela cabeça nem dos Eneshanos tampouco dos Rraeys estabelecer uma base em seu território. Então, destacamos um satélite espião mais avançado sobre o planeta para verificar sinais de habitação. Não conseguimos nada. Como especialista em defesa, administrador, o senhor gostaria de dar um palpite do porquê?

– Eu imaginaria que a base estava protegida por escudo – respondeu Cainen.

– Estava – disse Sagan. – E, a propósito, era o mesmo tipo de sistema de defesa no qual vocês são especializados. Não sabíamos disso naquela época, claro, mas agora sabemos.

– Como descobriram a base se ela estava protegida? – perguntou Cainen. – Fiquei profissionalmente curioso.

– Jogamos pedras – disse Sagan.

– Perdão?

– Pedras – disse Sagan. – Um mês atrás, salpicamos o planeta com várias dezenas de sensores sísmicos, programados para buscar assinaturas sísmicas que sugerissem estruturas subterrâneas projetadas de modo inteligente. Falando por experiência própria, bases secretas são mais fáceis de proteger com escudos quando estão no subsolo. Confiamos na atividade sísmica natural do planeta para limitar as áreas de investigação. Em seguida, jogamos rochas nas áreas de interesse. E hoje jogamos várias pouco antes de nosso ataque para conseguirmos uma imagem sônica exata da base. As rochas são boas porque parecem meteoros em queda natural. Não assustam ninguém. E ninguém se protege contra mapeamento sísmico. A maioria das raças está ocupada demais se protegendo contra escaneamentos óticos e de alta energia para considerar perigosas as ondas sonoras. É a falácia da alta tecnologia; ela ignora a eficiência de tecnologias de ordem inferior. Como jogar pedras.

– Só mesmo os humanos pra ficarem batendo pedras – disse Cainen.

Sagan deu de ombros.

– Não ligamos quando o adversário traz uma arma de fogo para um duelo de facas – disse ela. – Só facilita para nós arrancarmos seu coração. Ou seja lá o que ele use para bombear sangue. Sua confiança exagerada trabalha a nosso favor. Como pode ver estando aqui. Mas o que realmente queremos saber, administrador, é *por que* vocês estão aqui.

Eneshanos e Rraeys trabalhando juntos já é bem intrigante, mas Eneshanos, Rraeys *e* Obins? Isso não é apenas intrigante. É *interessante*.

– Não sei nada sobre o proprietário deste planeta – comentou Cainen.

– E mais interessante ainda é o senhor, administrador Cainen – disse Sagan, ignorando o comentário de Cainen. – Embora o senhor estivesse dormindo, fizemos um escaneamento genético para saber quem era, e em seguida acessamos os registros da nave para conhecer um pouco mais de sua história. Sabemos que uma de suas principais áreas de interesse xenobiológico é a dos seres humanos. Provavelmente o senhor é a principal autoridade rraey em genética humana. E sabemos que também tem um interesse particular em como funciona o cérebro humano.

– É parte de meu interesse geral em redes neurais – admitiu Cainen. – Não estou *especialmente* interessado em cérebros humanos como você diz. Todos os cérebros são interessantes a seu modo.

– O senhor é quem diz. Mas seja lá o que estivesse fazendo lá embaixo, era importante a ponto de os Eneshanos preferirem ver o senhor e sua equipe mortos a vê-los em nossas mãos.

– Eu já lhe disse – insistiu Cainen. – Éramos prisioneiros.

Sagan revirou os olhos.

– Por um minuto, vamos fingir que nenhum de nós é idiota, administrador Cainen.

Cainen inclinou-se para a frente, aproximando-se de Sagan sobre a mesa.

– Que tipo de humano você é? – perguntou ele.

– Como assim? – Sagan devolveu a pergunta.

– Sabemos que há três tipos de humanos – respondeu Cainen, erguendo os dedos, muito mais longos e articulados que os humanos, para contar as variações. – Existem os seres humanos não modificados, aqueles que colonizam os planetas. Vêm em variados formatos, tamanhos e cores, boa diversidade genética ali. O segundo grupo é a maior parte de sua casta de soldados. Também variam em tamanho e forma, mas são muito menos variados, e todos têm a mesma cor: verde. Sabemos que esses soldados não estão em seus corpos originais; que sua consciência é transferida dos corpos de membros antigos de sua espécie para esses corpos mais fortes e saudáveis. São corpos muito alterados geneticamente, tanto que não podem reproduzir, seja entre eles ou com humanos não modificados. Mas ainda são reconhecidos como seres humanos, especialmente na massa cinzenta. Mas o terceiro grupo – disse Cainen, inclinando-se para trás. – Ouvimos muitas histórias, tenente Sagan.

– O que ouviram?

– Que são criados a partir dos mortos. Que o germoplasma humano dos mortos é misturado com a genética de outras espécies repetidas vezes para ver no que vai resultar. Que alguns deles nem mesmo se parecem seres humanos como *eles* se reconhecem. Que nascem adultos, com habilidades e competências, mas sem lembranças. E não apenas sem lembranças. Sem personalidade. Sem moralidade. Sem restrições. Sem... – Ele fez uma pausa, como se buscasse a palavra certa. – Sem *humanidade* – disse, por fim. – Como vocês diriam. Crianças-soldados em corpos adultos. Abominações. Monstros. Ferramentas que sua União Colonial usa para missões que não pode ou não quer oferecer a soldados que tenham experiência de vida e uma moralidade pessoal, ou que talvez temam por sua alma neste mundo ou no próximo.

– Um cientista preocupado com almas – disse Sagan. – Não é muito pragmático.

– Sou cientista, mas também sou um Rraey – disse Cainen. – Sei que tenho uma alma e cuido dela. Você tem alma, tenente Sagan?

— Não que eu saiba, administrador Cainen — respondeu Sagan. — São difíceis de quantificar.

— Então, você é do terceiro tipo de humano.

— Sou.

— Feita da carne de um morto.

— De seus genes — corrigiu Sagan. — Não de sua carne.

— Genes formam a carne, tenente. Genes sonham com carne, onde a alma reside — disse Cainen.

— Agora virou poeta — disse Sagan.

— É uma citação — disse ele. — Uma de nossas filósofas. Que também era cientista. Você não a conhece. Posso perguntar quantos anos você tem?

— Sete, quase oito — respondeu Sagan. — Cerca de quatro e meio de seu *hked*.

— Tão jovem. Rraeys de sua idade mal começaram com a educação formal. Tenho mais de dez vezes sua idade, tenente.

— E, ainda assim, estamos os dois aqui.

— Aqui estamos — concordou Cainen. — Queria que tivéssemos nos conhecido em outras circunstâncias, tenente. Gostaria muito de estudá-la.

— Não sei como responder a isso — disse Sagan. — "Obrigada" não me parece adequado, considerando o que ser estudada pelo senhor provavelmente significaria.

— Poderia mantê-la viva — afirmou Cainen.

— Ah, que alegria — disse Sagan. — Mas, de alguma forma, talvez consiga o que quer. Deve saber que, nesse momento, o senhor é um prisioneiro, de verdade agora, e assim será pelo resto da vida.

— Imaginei quando começou a me dizer coisas que eu poderia reportar a meu governo — disse Cainen. — Como o truque das rochas. Embora eu tenha achado que você fosse me matar.

— Nós, humanos, somos uma raça pragmática, administrador Cainen — comentou Sagan. — O senhor tem conhecimentos que podemos usar, e se estiver disposto a cooperar, não há motivo para que não continue seus estudos de genética e cérebros humanos. Só que vai continuar para nós, e não mais para os Rraeys.

— Tudo o que eu teria de fazer seria trair meu povo — disse Cainen.

— Isso mesmo — assentiu Sagan.

— Acho que eu preferiria morrer.

— Com todo respeito, administrador, se realmente acreditasse nisso, é provável que não teria atirado naquele Eneshano que tentou matá-lo mais cedo — retrucou Sagan. — Acho que o senhor quer viver.

— Talvez esteja correta. Mas, correta ou não, *menina*, já estou cansado de falar. Disse tudo que diria a você por livre e espontânea vontade.

Sagan sorriu para Cainen.

— Administrador, o senhor sabe o que humanos e Rraeys têm em comum?

— Temos várias coisas em comum. Escolha uma.

— A genética. Não preciso lhe dizer que os sequenciamentos genéticos humano e rraey são substancialmente distintos nos detalhes. Mas no nível macro compartilhamos certas similaridades, inclusive o fato de que recebemos um conjunto de genes de um progenitor e o outro do outro. Reprodução sexuada com casal.

— Reprodução sexuada padrão entre espécies sexualmente reprodutoras — disse Cainen. — Algumas espécies precisam de três ou até mesmo de quatro pais, mas não muitas. É muito ineficiente.

— Sem dúvida — disse Sagan. — Administrador, já ouviu falar da Síndrome de Fronig?

— É uma doença genética rara entre os Rraeys — respondeu Cainen. — Muito rara.

— Pelo que entendo, a doença é causada por deficiência em dois pares de genes não relacionados — continuou Sagan. — Um par de genes regula o desenvolvimento das células nervosas, especificamente de uma capa eletricamente isolante ao redor delas. O segundo par de genes regula o órgão que produz o análogo rraey do que nós humanos chamamos de linfa. Ela faz algumas coisas da mesma forma e faz outras coisas de um jeito diferente. Nos humanos, a linfa conduz um pouco de eletricidade, mas nos Rraeys esse líquido é um isolante elétrico. Pelo que sabemos da fisiologia rraey, essa qualidade eletricamente isolante de sua linfa em geral não traz nenhum benefício ou malefício particular, como a natureza eletricamente condutora da linfa humana não é nem um mérito tampouco um demérito; simplesmente existe.

— Sim — disse Cainen.

— Mas para os Rraeys que têm o azar de contar com dois genes de desenvolvimento de células nervosas inativos, esse isolamento elétrico é benéfico — disse Sagan. — Esse fluido banha a área intersticial que cerca as células rraeys, inclusive as células nervosas. Isso impede que os sinais elétricos de células nervosas se percam. O que é interessante na linfa dos Rraeys é que sua composição é controlada por hormônios, e que uma leve mudança no sinal hormonal a altera de isolante elétrica para condutora elétrica. De novo, para a maioria dos Rraeys, isso não fede nem cheira. Mas para aqueles que apresentam células nervosas expostas...

—... Ela causa ataques e convulsões e, em seguida, a morte, quando os sinais dos nervos vazam para dentro do corpo — disse Cainen. — A mortalidade é o motivo de ser tão rara. Indivíduos com genótipo de linfa eletricamente condutora e células nervosas expostas morrem durante a gestação, em geral após as células começarem a se diferenciar e a síndrome a se manifestar.

— Mas também existem ataques de Fronig em adultos – afirmou Sagan. – Os genes fazem o sinal hormonal mudar mais tarde, no início da fase adulta. O que já é suficiente para a reprodução acontecer e o gene ser passado adiante. Mas também são necessários dois genes defeituosos para ele se manifestar.

— Sim, claro – disse Cainen. – É outro motivo pelo qual a Síndrome de Fronig é tão rara. Não é comum um indivíduo receber dois conjuntos de genes defeituosos *e* dois conjuntos de genes que causem mudanças hormonais na fase adulta em seu órgão linfático. Me diga aonde estamos indo com isso.

— Administrador, a amostra genética de quando o senhor embarcou mostra que tem células nervosas com defeito – disse Sagan.

— Mas não mudanças hormonais – disse Cainen. – Do contrário, eu já estaria morto. Fronig se manifesta no início da fase adulta.

— Isso é verdade. Mas é possível induzir mudanças hormonais ao matar certos conjuntos celulares dentro do órgão linfático de um Rraey. Se matarmos uma quantidade suficiente dos conjuntos que geram o hormônio correto, ainda podemos produzir a linfa. Ela simplesmente terá propriedades diferentes. Propriedades fatais, no seu caso. Isso pode ser feito quimicamente.

Cainen voltou a atenção à seringa que ficou sobre a mesa durante toda a conversa.

— E esta é a substância química que pode fazer isso, suponho – disse Cainen.

— Esse é o antídoto – respondeu Sagan.

Jane Sagan achou o administrador Cainen Suen Su admirável à sua maneira; ele não se rendia facilmente. Sofreu por várias horas enquanto seu órgão linfático aos poucos substituía a linfa em seu corpo pelo fluido novo e alterado, contorcendo-se e convulsionando ao passo que as concentrações de linfa condutora desencadeavam disparos nervosos errados e aleatórios por todo o corpo e a condutividade geral de seu sistema inteiro aumentava a cada minuto. Se não tivesse desistido no momento em que o fez, muito provavelmente não teria sido capaz de dizer que estava disposto a falar.

Mas enfim se rendeu e implorou pelo antídoto. No fim das contas, queria viver. Sagan administrou ela mesma o antídoto (não exatamente um antídoto, pois aqueles conjuntos de células mortas estavam mortos para sempre; ele teria de receber injeções diárias da substância pelo resto da vida). Quando o antídoto circulou pelo corpo de Cainen, Sagan soube de uma guerra sendo tramada contra a humanidade e de um plano para a subjugação e a erradicação de sua espécie inteira. Um genocídio planejado em detalhes e com base na cooperação até então inédita entre três raças.

E um ser humano.

2

O coronel James Robbins olhou para o corpo apodrecido e exumado na mesa do necrotério por um minuto, observando a decomposição causada por mais de um ano embaixo da terra. Observou o crânio arruinado, fatalmente desfigurado pelo estouro da arma que levou um terço da parte superior, juntamente com a vida de seu dono, o homem que talvez tenha entregado a humanidade nas mãos de três raças alienígenas. Em seguida, olhou para o capitão Winters, médico legista da Estação Fênix.

— Me diga que este é o corpo do doutor Boutin — pediu o coronel Robbins.

— Bem, é — disse Winters. — E, ainda assim, *não* é.

— Sabe, Ted, é exatamente esse tipo de declaração qualificada que vai me foder inteiro quando eu repassá-la ao general Mattson — comentou o coronel Robbins. — Não imagino que vá conseguir colaborar mais que isso.

– Perdão, Jim. – Capitão Winters apontou o cadáver sobre a mesa. – Falando geneticamente, esse é o homem. Doutor Boutin era um colono, ou seja, nunca ingressou em um corpo militar. Significa que seu corpo tem todo o DNA original. Fiz os testes genéticos padrão. O corpo tem o DNA de Boutin... e, só por diversão, também fiz um teste de RNA mitocondrial. Que deu positivo.

– Então, qual é o problema? – perguntou Robbins.

– O problema está no crescimento ósseo – respondeu Winters. – No universo real, o crescimento ósseo humano varia com base em fatores ambientais, como nutrição e exercício. Se você passa um período em um mundo de alta gravidade e depois se muda para um com gravidade menor, isso vai influenciar a maneira como seus ossos crescem. Se quebrar um osso, isso vai aparecer também. Seu histórico inteiro aparece no desenvolvimento ósseo.

Winters estendeu a mão e pegou parte da perna esquerda do cadáver, que havia sido decepada, e apontou para o corte seccional do fêmur ali visível.

– O desenvolvimento ósseo deste corpo é *excepcionalmente* regular. Não há registro de eventos ambientais ou acidentais em seu desenvolvimento, apenas um padrão de crescimento ósseo coerente com nutrição excelente e baixo estresse.

– Boutin era de Fênix – disse Robbins. – O planeta foi colonizado há duzentos anos. Não cresceu em uma colônia estagnada onde estavam lutando para se alimentar e se proteger.

– Talvez não, mas ainda assim não se encaixa – disse Winters. – É possível viver no lugar mais civilizado do espaço humano e ainda assim cair de um lance de escadas ou quebrar um osso praticando esportes. É possível que se passe a vida inteira sem mesmo uma fratura mínima, mas você conhece alguém que conseguiu? – Robbins fez que não com a cabeça. – Esse cara conseguiu. Mas, na verdade, não, pois seus registros médicos indicam que ele quebrou a perna, *esta* perna – Winters sacudiu o pedaço de perna –, quando tinha dezesseis anos. Acidente com esqui. Colidiu com um rochedo e quebrou o fêmur e a tíbia. Não existe rastro disso aqui.

– Pelo que sei, hoje em dia a tecnologia médica é boa – disse Robbins.

– É excelente, muito obrigado – agradeceu Winters. – Mas não faz mágica. Ninguém quebra o fêmur e não deixa marca. E mesmo conseguir passar a vida inteira sem quebrar um osso não explica o desenvolvimento ósseo infalivelmente regular. A única maneira de se conseguir isso seria se ele se desenvolvesse sem nenhum estresse ambiental. Boutin precisaria ter passado a vida dentro de uma caixa.

– Ou em um receptáculo de clonagem – disse Robbins.

– Ou em um receptáculo de clonagem – concordou Winters. – A outra explicação possível é que seu amigo aqui teve a perna amputada em algum momento e uma nova cresceu, mas eu verifiquei os registros; isso não aconteceu. Mas, apenas para ter certeza, tirei amostras ósseas das costelas, da pélvis, do braço e do crânio... ou seja, da parte não danificada. Todas essas amostras mostraram um crescimento ósseo de regularidade e uniformidade anormal. Temos aqui um corpo clonado, Jim.

– Então, Charles Boutin ainda está vivo – concluiu Robbins.

– Disso eu não sei. Mas este não é ele. A única boa notícia aqui é que, segundo todos os indícios físicos, esse clone foi tirado do receptáculo pouco antes de morrer. É extremamente improvável que tenha sequer despertado ou ficado consciente. Imagine acordar e descobrir que sua primeira e última visão do mundo são o cano de um rifle? Que porcaria de vida.

– Então, se Boutin ainda estiver vivo, ele também é um assassino – comentou Robbins.

Winters deu de ombros e deixou a perna de lado.

– Isso quem vai me dizer é você, Jim – disse ele. – As Forças Coloniais de Defesa fazem corpos o tempo todo... criamos supercorpos modificados para dar a nossos novos recrutas, e depois, quando seu serviço termina, damos a eles novos corpos normais clonados de seu DNA original. Esses corpos realmente têm direitos antes de enfiarmos consciência neles? Cada vez que transferimos sua consciência, deixamos um corpo para trás... um corpo que antes tinha uma mente. *Esses* corpos têm direitos? Se têm, estamos encrencados, porque nos livramos deles muito rápido. Você sabe o que fazemos com todos aqueles corpos usados, Jim?

– Não – admitiu Robbins.

– Nós fazemos adubo – revelou Winters. – São muitos para enterrar. Então, nós os moemos, esterilizamos os restos e transformamos em fertilizante. Em seguida, enviamos os fertilizantes às novas colônias. Ajuda a aclimatar o solo à agricultura humana. Poderíamos dizer que nossas colônias vivem de corpos de mortos. Só que eles não são *realmente* corpos de mortos. São apenas corpos descartados dos vivos. O único momento em que realmente enterramos um corpo é quando a mente dentro dele morre.

– Acho que precisa tirar umas férias – disse Robbins. – Está ficando mórbido com seu trabalho.

– Não é o trabalho que me deixa mórbido – retrucou Winters, que então apontou para os restos mortais daquele que não era Charles Boutin. – O que quer que eu faça com ele?

– Quero que mande enterrar de novo – respondeu Robbins.

– Mas não é Charles Boutin.

– Não, não é. Mas se Charles Boutin ainda estiver vivo, não queremos que ele saiba que *nós* sabemos. – Robbins olhou para o corpo na mesa. – E, sabendo ou não o que estava acontecendo com ele, esse corpo merecia um destino melhor do que teve. Um enterro é o mínimo que podemos fazer.

— Charles Boutin, que desgraçado — disse o general Greg Mattson, botando os pés em cima da mesa.

O coronel Robbins permaneceu à sua frente sem dizer nada. General Mattson o desconcertava, como sempre. Mattson havia sido chefe do braço de Pesquisas Militares das Forças Coloniais de Defesa por quase trinta anos, mas, como todo militar das FCD, tinha um corpo militarmente criado que resistia ao envelhecimento; por isso parecia — como todo o pessoal das FCD — não ter mais que 25 anos. O coronel Robbins era da opinião de que, com o avanço das pessoas na hierarquia das FCD, elas deveriam começar a parecer um pouco mais velhas. Faltava uma certa seriedade a um general que tinha pinta de 25 anos.

Robbins imaginou por um instante Mattson com a aparência da sua verdadeira idade, que estava próxima de uns 125 anos. Sua mente viu algo como um saco escrotal enrugado vestindo uniforme. Aquilo seria divertido para Robbins, exceto pelo fato de que, com seus noventa anos, ele mesmo não teria uma aparência muito melhor.

E também havia a questão do outro general na sala, que, se o corpo mostrasse a verdadeira idade, quase certamente pareceria mais jovem do que sua versão atual. As Forças Especiais desconcertavam Robbins ainda mais que as FCD normais. Era muito estranho haver pessoas com três anos de idade completamente adultas e totalmente letais.

Não que aquele general tivesse três anos. Provavelmente já era um adolescente.

— Então, nosso amigo Rraey nos disse a verdade — comentou o general Szilard de sua cadeira diante da mesa. — Seu antigo chefe de pesquisa de consciência ainda está vivo.

– Agora, estourar a cabeça do próprio clone, isso foi um *belo* toque final – disse o general Mattson, o sarcasmo permeando a voz. – Uma semana depois, os coitados ainda estavam catando pedaços de cérebro dos equipamentos do laboratório. – Ele levantou os olhos para Robbins. – Sabemos como ele fez isso? Criou um clone? Algo que não poderia ser feito sem que ninguém percebesse. Talvez tenha simplesmente tirado um do depósito.

– Pelo que podemos dizer, ele introduziu um código no software de monitoramento de receptáculos de clones – comentou Robbins. – Fez parecer que um deles estava fora de serviço para os monitores. Foi considerado parado; Boutin registrou-o como desativado e, em seguida, o pôs em sua área de armazenamento particular no laboratório e ligou a um servidor e a uma fonte de alimentação próprios. O servidor não estava conectado ao sistema e o receptáculo estava descartado, e apenas Boutin tinha acesso à área de armazenagem.

– Então, ele *pegou* um do depósito – disse Mattson. – Que filho da puta.

– Você deve ter tido acesso à área de armazenagem depois que ele estava supostamente morto – disse Szilard. – Está dizendo que ninguém achou estranho que houvesse um receptáculo de clone no depósito?

Robbins abriu a boca, mas Mattson respondeu.

– Se fosse um bom chefe de pesquisa, e ele era, teria muitos equipamentos desligados e sobressalentes na área de armazenagem para consertar e aperfeiçoar sem interferir nos equipamentos que estávamos de fato usando. E eu diria que, quando chegamos ao receptáculo, ele havia sido drenado, esterilizado e desconectado do servidor e da fonte de alimentação.

– Isso mesmo – confirmou Robbins. – Só juntamos as pontas quando recebemos seu relatório, general Szilard.

– Fico feliz que as informações tenham sido úteis – disse Szilard. – Quem dera tivessem juntado as pontas antes. Acho a ideia de que a Pesquisa Militar teve um traidor em suas fileiras, e como chefe de uma divisão tão confidencial, apavorante. Vocês deveriam estar cientes.

Robbins não disse nada; se as Forças Especiais tinham alguma reputação além de suas proezas militares, era a de que seus membros careciam profundamente de tato e paciência. Essas máquinas de matar de três anos de idade não perdiam muito tempo com gentilezas.

– O que havia para saber? – disse Mattson. – Boutin nunca deu nenhum indício de que se revelaria um traidor. Um dia estava fazendo seu trabalho, no outro se suicidou no laboratório, ou era o que achávamos. Sem nenhuma carta. Nada que sugerisse que tinha algo na mente além do trabalho.

– Você me disse antes que Boutin o odiava – disse Szilard para Mattson.

– Boutin me odiava *mesmo*, e por um bom motivo – disse Mattson. – E o sentimento era mútuo. Mas só porque um homem acha que seu superior é um filho da puta não significa que seja um traidor da espécie. – Mattson apontou para Robbins. – O coronel aqui não gosta tanto de mim também e é meu ajudante. Mas não vai correr até os Rraeys ou os Eneshanos com informações supersecretas.

Szilard olhou para Robbins.

– Isso é verdade?

– Qual parte, senhor? – perguntou Robbins.

– Que você não gosta do general Mattson – respondeu Szilard.

– Pode demorar um pouco para se acostumar com ele, senhor – disse Robbins.

– Significa que sou um pé no saco – disse Mattson com uma risadinha. – E tudo bem. Não estou aqui para vencer um concurso de popularidade. Estou aqui para fornecer armas e tecnologia. Mas seja lá o que estivesse passando pela cabeça de Boutin, não acho que tive muito a ver com isso.

– Então, o que foi? – quis saber Szilard.

– Talvez você saiba melhor que nós, Szi – respondeu Mattson. – Você é quem tem um cientista Rraey como bichinho de estimação que você ensinou a soltar a língua.

– Administrador Cainen nunca conheceu Boutin pessoalmente, ou assim diz ele – comentou Szilard. – Não sabe de nada sobre suas motivações, apenas que Boutin entregou aos Rraeys informações sobre o hardware de BrainPal mais recente. Isso faz parte daquilo em que o grupo do administrador Cainen estava trabalhando... tentando integrar a tecnologia BrainPal a cérebros de Rraeys.

– Tudo que precisamos – disse Mattson. – Rraeys com supercomputadores na cabeça.

– Não parece que foi bem-sucedido com a integração – interveio Robbins, e voltou-se para Szilard. – Ao menos não a partir dos dados que seu pessoal recuperou do laboratório. A estrutura cerebral rraey é muito diferente.

– Menos mau – comentou Mattson. – Szi, você deve ter tirado mais alguma coisa desse sujeito aí.

– Tirando o que referia ao seu trabalho específico e situação, o administrador Cainen não foi extremamente útil – disse Szilard. – E os poucos Eneshanos que capturamos vivos foram resistentes a conversas, para usar um eufemismo. Sabemos que os Rraeys, os Eneshanos e os Obins têm uma aliança para nos atacar. Mas não sabemos por quê, como ou quando, ou o que Boutin trouxe para essa equação. Precisamos de seu pessoal para descobrir isso, Mattson.

Mattson meneou a cabeça para Robbins.

– Em que pé estamos nisso? – perguntou ele.

— Boutin era responsável por muitas informações confidenciais — disse Robbins, direcionando a resposta a Szilard. — Seus grupos lidavam com transferência de consciência, desenvolvimento de BrainPal e técnicas de geração de corpos. Qualquer uma dessas coisas poderia ser útil a um inimigo, seja para ajudar a desenvolver tecnologia própria ou a encontrar fraquezas na nossa. O próprio Boutin provavelmente era o especialista principal em tirar mente de um corpo e aplicar em outro. Mas existe um limite na quantidade de informações que conseguiu levar. Boutin era um cientista civil. Não tinha um BrainPal. Seu clone ficou com todas as próteses cerebrais que ele tinha registradas, e provavelmente não conseguiu uma extra. As próteses são monitoradas de perto, e ele precisaria ter passado várias semanas treinando uma. Não temos nenhum registro em rede de Boutin usando nada além de sua prótese registrada.

— Estamos falando de um homem que conseguiu usar um receptáculo de clones sem vocês perceberem — retrucou Szilard.

— Não é impossível que tenha saído do laboratório com um lote de informações — disse Robbins. — Mas é muito improvável. É mais provável que tenha saído apenas com o conhecimento que tinha na cabeça.

— E as motivações — disse Szilard. — Desconhecê-las é a parte mais perigosa para nós.

— Estou mais preocupado com o que ele sabe — interveio Mattson. — Mesmo limitando-se ao que estava naturalmente em sua cabeça, isso já é muito. Tenho equipes destacadas de seus projetos para trabalhar na atualização da segurança do BrainPal. Seja lá o que Boutin sabia, vamos torná-lo obsoleto. E o Robbins aqui está responsável por passar um pente fino nos dados que Boutin deixou para trás. Se houver alguma coisa lá, vamos encontrar.

— Vou me encontrar com o antigo técnico de Boutin depois que terminarmos aqui — informou Robbins. — Tenente Harry Wilson. Diz que tem algo que talvez me interesse.

– Não vamos segurá-lo aqui – disse Mattson. – Dispensado.

– Obrigado, senhor. Antes de eu ir, gostaria de saber com que tipo de limite de tempo estamos trabalhando aqui. Descobrimos o que sabemos sobre Boutin atacando aquela base. Sem dúvida os Eneshanos sabem que conhecemos seus planos. Gostaria de saber quanto tempo achamos que temos antes de uma retaliação.

– Você tem tempo, coronel – disse Szilard. – Ninguém sabe que atacamos aquela base.

– Como podem não saber? – perguntou Robbins. – Com todo respeito às Forças Especiais, general, é difícil esconder esse tipo de ataque.

– Os Eneshanos sabem que perderam contato com a base – respondeu Szilard. – Quando investigarem, o que vão descobrir é que um pedaço de rocha na forma de cometa e do tamanho de um campo de futebol atingiu o planeta a 10 quilômetros da base, obliterando o posto e tudo o mais na área imediata. Podem fazer todos os testes que quiserem; não vai dar em nada além da comprovação de uma catástrofe natural. Porque foi exatamente isso. Só teve uma ajudinha.

– Isso é muito bonito – disse coronel Robbins, apontando para o que parecia um show de luzes em miniatura sobre o display holográfico do tenente Harry Wilson. – Mas não sei o que você está querendo me mostrar aqui.

– É a alma de Charlie Boutin – explicou Wilson.

Robbins afastou-se do display e olhou para Wilson.

– Como?

Wilson assentiu com a cabeça para o display.

– É a alma de Charlie – repetiu ele. – Ou, mais precisamente, é uma representação holográfica do sistema eletrodinâmico que incorpora a consciência de Charles Boutin. Ou, de qualquer forma, uma cópia dela. Suponho que, se o senhor quisesse filosofar sobre isso, poderia questionar se essa é a mente ou a alma de Charlie. Mas se o que diz sobre ele for verdade, provavelmente ainda está com a cabeça no mesmo lugar, mas eu diria que perdeu a alma. E aqui está ela.

– Me disseram que esse tipo de coisa é impossível – disse Robbins. – Sem o cérebro, o padrão entra em colapso. É por isso que transferimos a consciência do jeito que fazemos, de um corpo vivo para outro corpo vivo.

– Bem, não sei se é *por isso* que transferimos a consciência do jeito que fazemos – comentou Wilson –, pois acho que as pessoas seriam muito mais resistentes em deixar um técnico sugar a mente do crânio se soubessem que ela pararia em um sistema de armazenamento computadorizado. *O senhor* deixaria?

– Meu Deus, não – disse Robbins. – Quase me mijei inteiro quando me transferiram.

– É disso que estou falando – afirmou Wilson. – De qualquer forma, o senhor tem razão. Antes disso – ele apontou para o holograma –, não podíamos fazê-lo nem mesmo se quiséssemos.

– Então, como Boutin fez? – perguntou Robbins.

– Trapaceando, claro – respondeu Wilson. – Mais ou menos até um ano e meio atrás, Charlie e todos os outros precisavam trabalhar com tecnologia derivada do ser humano, ou qualquer tecnologia que pudéssemos pegar emprestado ou roubar de outras raças. E a maioria das outras raças em nossa parte do espaço tem mais ou menos o mesmo nível tecnológico que o nosso, pois raças mais fracas foram chutadas de sua terra natal, morreram ou foram mortas. Mas há uma espécie que está anos-luz à frente de todo mundo na vizinhança.

– Os Consus – Robbins disse e imaginou um na mente: grande, forma de caranguejo e avançado de forma quase incompreensível.

– Isso. Os Consus deram aos Rraeys um tanto de sua tecnologia quando os Rraeys atacaram nossa colônia em Coral alguns anos atrás, e roubamos deles quando contra-atacamos. Eu estava na equipe designada para fazer a engenharia reversa da tecnologia consu, e posso garantir que a maior parte dela está longe de ser compreendida por nós. Mas uma das partes que *pudemos* entender demos a Charles para que trabalhasse, de forma a melhorar o processo de transferência de consciência. Foi assim que passei a trabalhar com ele; eu o ensinei como se usava essa coisa. E como pode ver, ele entendeu rápido. Claro, é fácil fazer as coisas quando suas ferramentas melhoram. Com isso, paramos de bater pedra para fazer fogo e começamos a usar o maçarico.

– Você não sabia nada sobre isso – concluiu Robbins.

– Não – confirmou Wilson. – Eu vi mais ou menos isso... Charlie usou a tecnologia consu para refinar o processo de transferência de consciência que temos. Podemos agora criar um armazenamento temporário que não podíamos antes, o que torna a transferência muito menos suscetível a falhas ou mesmo à interrupção da transferência. Mas ele guardou *este* truque para si. Só descobri depois que o senhor pediu para que eu verificasse o trabalho pessoal dele. O que foi uma sorte, pois a máquina em que encontrei estava marcada para ser apagada e transferida ao observatório das FCD. Querem ver com que qualidade a tecnologia consu modela o interior de uma estrela.

Robbins apontou para o holograma.

– Acho que isso é um pouco mais importante.

Wilson deu de ombros.

– Na verdade, não é muito útil em aspectos gerais.

– Você está brincando – disse Robbins. – Podemos armazenar consciência.

– Claro, e talvez isso *seja* útil. Mas não se pode *fazer* muita coisa com isso. Quanto o senhor sabe sobre os detalhes da transferência de consciência? – quis saber Wilson.

– Um pouco – respondeu Robbins. – Não sou especialista. Me deram o cargo de ajudante do general por minhas habilidades de organização, não por qualquer formação científica.

– Tudo bem, olha só – disse Wilson. – O senhor mesmo comentou que, sem o cérebro, o padrão de consciência normalmente entra em colapso. Pois a consciência é totalmente dependente da estrutura física do cérebro. E não de *qualquer* cérebro; ela depende do cérebro em que nasceu. Cada padrão de consciência é como uma impressão digital. É específica daquela pessoa, específica até os genes.

Wilson apontou para Robbins.

– Olhe para seu corpo, coronel. Ele foi profundamente modificado geneticamente... tem a pele verde, musculatura melhorada e sangue artificial que conta com uma capacidade de oxigênio muito maior que a do sangue verdadeiro. É um híbrido de sua genética pessoal e de genes trabalhados para aumentar suas capacidades. Então, em nível genético, o senhor não é mais o senhor... *exceto* pelo seu cérebro. Seu cérebro é inteiramente humano e inteiramente baseado em seus genes. Porque, se não fosse, sua consciência não poderia ser transferida.

– Por quê? – perguntou Robbins.

Wilson abriu uma risadinha.

– Queria poder te dizer. Estou repassando o que Charlie e sua equipe de laboratório me disseram. Sou apenas um empurrador de elétrons aqui. Mas sei que significa que *isso* – Wilson apontou o holograma – não tem muita serventia porque precisa de um cérebro, e precisa do cérebro de *Charlie* para dizer o que ele sabe. E o cérebro de Charlie está desaparecido junto com o restante dele.

– Se isso não serve para nós – disse Robbins –, então gostaria de saber por que me chamou até aqui.

– Disse que não é muito útil em aspectos *gerais* – disse Wilson. – Mas em um sentido muito específico, pode ser bem útil.

– Tenente Wilson – disse Robbins –, vá direto ao ponto.

– A consciência não é apenas um senso de identidade. Também é conhecimento, emoção e estado mental – confirmou Wilson, apontando de volta ao holograma. – Essa coisa tem a capacidade de saber e sentir tudo que Charlie sabia e sentia até o momento em que fez essa cópia. Imagino que, se o senhor quiser saber o que Charlie fez e por quê, este é um bom começo.

– Você acabou de dizer que precisaríamos do cérebro de Boutin para acessar a consciência – comentou Robbins. – Ele não está disponível para nós.

– Mas seus *genes* estão – disse Wilson. – Charlie criou um clone para servir a seus objetivos, coronel. Sugiro que crie um para os seus.

– Clonar Charles Boutin – disse o general Mattson, bufando. – Como se um já não fosse ruim o suficiente.

Mattson, Robbins e Szilard estavam sentados na cantina de generais da Estação Fênix. Mattson e Szilard estavam comendo; Robbins não. Tecnicamente falando, a cantina de generais era aberta a todos os oficiais; na prática, ninguém abaixo da patente de general comia ali, e oficiais menores entravam na cantina apenas com convite de um general e raramente tomavam mais que um copo de água. Robbins se perguntou como esse protocolo ridículo havia começado. Estava com fome.

A cantina de generais ficava no terminal do eixo rotacional da Estação Fênix, e era cercada por um vidro transparente e único que formava as paredes e o teto. Tinha uma vista surpreendente do planeta Fênix, que circulava preguiçosamente no espaço, ocupando quase o céu inteiro, uma joia azul e branca perfeita cuja semelhança com a Terra nunca deixava de cutucar fundo Robbins nos centros do cérebro dedicados à saudade de casa. Era fácil deixar a Terra aos 75 anos, tendo como opção a morte na velhice dentro de anos cada vez mais curtos. Mas assim que se saía, era impossível voltar. Quanto mais tempo Robbins vivia no universo hostil em que as colônias humanas se encontravam, com mais carinho se lembrava dos dias vagarosos, mas relativamente tranquilos de seus cinquenta, sessenta e início dos setenta anos. Era feliz e não sabia, ou ao menos era muito mais sossegado.

*Tarde demais agora*, pensou Robbins e voltou a atenção a Mattson e Szilard.

– Ao que parece, tenente Wilson acredita que é a melhor chance que temos de compreender o que passava na cabeça de Boutin. De qualquer forma, é melhor do que o que temos agora, que é nada.

– Como o tenente Wilson sabe que é a onda cerebral de Boutin que está dentro da máquina? É o que quero saber – questionou Mattson. – Boutin pode ter tirado uma amostra de consciência de outra pessoa. Que merda, pode ser até do gato dele, pelo que sabemos.

– O padrão é coerente com uma consciência humana – respondeu Robbins. – Podemos confirmar porque transferimos centenas de consciências todos os dias. Não é de um gato.

– Foi uma piada, Robbins – retrucou Mattson. – Mas ainda assim talvez não seja de Boutin.

– Talvez possa ser de outra pessoa, mas não parece provável. Ninguém mais no laboratório de Boutin sabia que ele estava trabalhando nisso. Não havia oportunidade de retirar uma amostra da consciência de outra pessoa. Não é algo que se pode tirar de alguém sem que se perceba.

– Ao menos sabemos como se transfere? – perguntou o general Szilard. – Seu tenente Wilson disse que estava em uma máquina adaptada de tecnologia consu. Mesmo se quisermos usá-la, sabemos como fazê-lo?

– Não – Robbins disse. – Ainda não. Wilson parece confiante de que conseguiremos descobrir, mas ele não é especialista em transferência de consciência.

— Eu sou – disse Mattson. – Ou ao menos fui responsável pelas pessoas que *são* especialistas por tempo suficiente para ter alguma noção. O processo envolve cérebros físicos e a consciência que está sendo transferida. Então, precisamos apenas de um cérebro. Sem mencionar as questões éticas.

— Questões éticas? – perguntou Robbins, que não conseguiu esconder a surpresa na voz.

— Sim, coronel, questões éticas – insistiu Mattson, irritado. – Acredite ou não.

— Não quis questionar sua ética, general – disse Robbins.

Mattson fez um gesto de "deixa pra lá".

— Esqueça. Permanece o problema. A União Colonial tem uma lei muito antiga contra clonagem de pessoal que não seja das FCD, vivo ou morto, mas *especialmente* vivo. O único momento em que clonamos seres humanos é para devolver as pessoas para corpos não modificados depois do término de seus serviços. Boutin é um civil e um colono. Mesmo se quiséssemos, não poderíamos cloná-lo legalmente.

— Boutin fez um clone – disse Robbins.

— Mesmo assim, coronel, não vamos deixar que a moral de um traidor nos guie nessa questão – retrucou Mattson, irritado de novo.

— O senhor poderia conseguir uma isenção de pesquisa frente à Lei Colonial – disse Robbins. – Já foi feito antes. O *senhor* fez isso antes.

— Não para uma coisa dessas – disse Mattson. – Conseguimos isenções quando testamos sistemas de armas em planetas desabitados. Se começarmos a bagunçar com essa questão da clonagem, alguns dos tipos mais reacionários vão ficar malucos. Algo assim não passaria nem da fase de comitê.

— Boutin é uma chave para seja lá o que os Rraeys e seus aliados planejaram – insistiu Robbins. – Talvez seja hora de seguir o exemplo dos fuzileiros norte-americanos e pedir perdão em vez de permissão.

— Admiro sua disposição para alçar a bandeira pirata, coronel. Mas não é o senhor quem vai estar na linha de tiro. Ou ao menos não será o único.

Szilard, que estava mastigando um bife, engoliu e deixou os talheres de lado.

— Vamos fazer isso — disse ele.

— Perdão? — perguntou Mattson.

— Entregue o padrão de consciência às Forças Especiais, general — disse Szilard. — E nos dê os genes de Boutin. Vamos usá-lo para criar um soldado das Forças Especiais. Usamos mais que um conjunto de genes para fazer cada soldado; tecnicamente, não será um clone. E se a consciência não pegar, não fará diferença. Será apenas outro soldado das Forças Especiais. Não há nada a perder.

— Exceto que, se a consciência *pegar*, teremos um soldado das Forças Especiais com a traição na mente — contestou Mattson. — Não parece interessante.

— Podemos nos preparar para isso — disse Szilard e pegou de novo os talheres.

— O senhor estará usando os genes de uma pessoa viva e de um colono — disse Robbins. — Pelo que eu sabia, as Forças Especiais pegavam genes de voluntários das FCD que morreram antes de terem a chance de servir. Por isso são chamadas de "Brigadas Fantasma".

Szilard olhou de um jeito sério para Robbins.

— Não gosto muito desse nome — disse ele. — Os genes dos voluntários mortos das FCD são um componente. E, em geral, usamos os genes de voluntários como modelo. Mas as Forças Especiais têm uma grande amplitude em material genético disponível para construir nossos soldados. Considerando nossa missão para as FCD, é quase uma exigência. De qualquer forma, Boutin *está* legalmente morto... temos um cadáver com seus genes nele. E não sabemos se ele está vivo. Tem algum parente vivo?

— Não — respondeu Mattson. — Tinha esposa e filho, mas morreram antes que ele. Sem outros familiares.

— Então não há problema — disse Szilard. — Depois que alguém morre, seus genes não são mais seus. Já usamos genes de colonos mortos antes. Não vejo por que não podemos fazê-lo de novo.

— Não me lembro de ouvir isso sobre a maneira como vocês fazem seu pessoal, Szi — disse Mattson.

— Não alardeamos o que fazemos, general — disse Szilard. — Você sabe disso. — Ele cortou um pedaço de bife e enfiou-o na boca. O estômago de Robbins roncou. Mattson grunhiu, recostando-se na cadeira, e olhou para Fênix, girando de modo imperceptível no espaço. Robbins seguiu o olhar do general e sentiu outra pontada de saudades de casa.

Naquele instante, Mattson voltou a atenção para Szilard.

— Boutin faz parte do meu pessoal — disse. — Para o bem e para o mal. Não posso passar essa responsabilidade para você, Szi.

— Ótimo — disse Szilard e meneou a cabeça para Robbins. — Então, me empreste Robbins. Podemos agir como uma conexão sua, então a Pesquisa Militar ainda terá um dedo nisso. Compartilharemos as informações. Também pegaremos o técnico emprestado. Wilson. Podemos trabalhar com nossos técnicos para integrar a tecnologia consu. Se funcionar, teremos as lembranças e motivações de Charles Boutin e um caminho para nos prepararmos para essa guerra. Se não funcionar, terei outro soldado das Forças Especiais. Ninguém sai perdendo.

Mattson olhou para Szilard, considerando.

— Parece que você está ansioso para fazer isso, Szi — comentou Mattson.

— Os seres humanos estão a ponto de entrar em guerra com três espécies que se aliaram — explicou Szilard. — Isso nunca aconteceu antes. Poderíamos enfrentar qualquer uma delas, mas não as três ao mesmo tempo. As Forças Especiais foram encarregadas de parar essa guerra antes que ela comece. Se isso for nos ajudar, devemos fazê-lo. Tentar, ao menos.

– Robbins – disse Mattson. – O que acha?

– Se o general Szilard estiver correto, então fazer isso evitaria problemas jurídicos e éticos – respondeu Robbins. – Então, vale a pena tentar. E ainda estaremos à frente. – Robbins tinha suas ressalvas pessoais em trabalhar com os técnicos e soldados das Forças Especiais, mas não parecia o momento correto para expressá-las.

Mattson, no entanto, não precisava ser tão reservado.

– Seus rapazes e moças não lidam bem com tipos normais, general – comentou Mattson. – É um dos motivos por que a Pesquisa Militar e as pesquisas das Forças Especiais não trabalham muito juntas.

– As Forças Especiais são feitas de soldados, de cabo a rabo – disse Szilard. – Seguem ordens. Vamos fazer isso funcionar. Já fizemos antes. Tivemos um soldado comum das FCD que participou de missões das Forças Especiais na Batalha de Coral. Se pudermos fazer funcionar, poderemos juntar os técnicos para trabalhar sem derramamento indevido de sangue.

Mattson tamborilou na mesa diante dele, pensativo.

– Quanto tempo isso vai levar? – perguntou ele.

– Teremos de construir um modelo novo para este corpo, não apenas adaptar a genética anterior – respondeu Szilard. – Precisaria verificar com meus técnicos, mas em geral levam um mês para criar um do zero. Depois disso, leva dezesseis semanas no mínimo para fazer um corpo crescer. E depois, o tempo que precisarmos para desenvolver o processo para transferir a consciência. Podemos fazer isso e deixar o corpo crescendo ao mesmo tempo.

– Não consegue acelerar esse processo? – quis saber Mattson.

– Poderíamos acelerar – disse Szilard. – Mas aí teríamos um cadáver. Ou pior. Sabe que não se pode apressar a produção de um corpo.

O corpo de seus soldados é criado com o mesmo cronograma, e acho que você se lembra do que acontece quando se apressa esse processo.

Mattson fez uma careta. Robbins, que era ajudante de Mattson havia apenas dezoito meses, lembrou que o chefe já estava nesse trabalho por muito tempo. Não importava o bom relacionamento, ainda havia lacunas no que Robbins sabia sobre ele.

– Que seja – disse Mattson. – Vá em frente. Veja se consegue alguma coisa daí. Mas você vai *ficar de olho* nele. Tive minhas diferenças com Boutin, mas nunca o vi como traidor. Ele me enganou. Enganou a todos. Vai enfiar a mente de Charles Boutin em um de seus corpos das Forças Especiais. Só Deus sabe o que ele poderia fazer com um desses.

– Combinado – disse Szilard. – Se a transferência for um sucesso, saberemos logo. Se não, sei onde posso colocá-lo. Só por garantia.

– Bom – disse Mattson, olhando para Fênix de novo circulando no espaço. – Fênix – disse, observando o mundo girar sobre ele. – Uma criatura renascida. Bem, que adequado. Uma fênix supostamente se ergue das chamas, sabe? Vamos esperar que *esta* criatura renascida não as use para levar tudo abaixo.

Os três encararam o planeta acima deles.

3⎯

– É isso – o coronel Robbins disse ao tenente Wilson quando o corpo, encerrado em seu receptáculo, foi levado até o laboratório de decantação.

– É isso – concordou Wilson, que foi até um monitor que em um instante mostraria os sinais vitais do corpo. – O senhor já foi pai, coronel?

– Não – respondeu Robbins. – Minhas inclinações pessoais não vão por esse caminho.

– Muito bem, então – disse Wilson. – É o mais perto que vai chegar disso.

Normalmente, o laboratório de nascimento ficava cheio com até dezesseis soldados das Forças Especiais sendo decantados de uma vez – soldados que seriam ativados e treinados juntos para formar coesão de unidade durante o treinamento e aliviar a desorientação quando fosse ativada sua consciência plena sem nenhuma lembrança.

Dessa vez, era apenas um soldado: aquele que abrigaria a consciência de Charles Boutin.

Fazia mais de dois séculos desde que a recente União Colonial, enfrentando seu fracasso espetacular ao defender as suas primeiras colônias (o planeta Fênix foi chamado assim por esse motivo), percebeu que soldados humanos não modificados eram incapazes de dar conta do recado. Seus espíritos tinham disposição – a história humana havia registrado algumas de suas derrotas mais gloriosas naqueles anos, com a Batalha de Armstrong sendo especialmente estudada como um exemplo excelente de como transformar um massacre iminente por forças alienígenas em uma vitória pírrica chocante e dolorosa para seu inimigo –, mas a carne era fraca demais. O inimigo, todos os inimigos, eram rápidos demais, cruéis demais, impiedosos demais e numerosos demais. A tecnologia humana era boa, e no quesito arsenal os seres humanos estavam tão bem equipados quanto a grande maioria de seus adversários. Mas a arma que importa no fim das contas é aquela que fica atrás do gatilho.

As primeiras modificações foram relativamente simples: aumento de velocidade, resistência, massa muscular e força. No entanto, os engenheiros genéticos do passado foram tolhidos pelos problemas práticos e éticos de criar seres humanos *in vitro* e esperar que crescessem o suficiente e ficassem inteligentes o bastante para lutar, um processo que levava no mínimo dezoito anos. As Forças Coloniais de Defesa descobriram, para seu intenso desgosto, que muitos de seus seres humanos levemente modificados ("levemente" sendo relativo) não ficavam muito felizes ao descobrir que eram criados como uma plantação de buchas de canhão e se recusavam a lutar, apesar dos melhores esforços de doutrinação e propaganda possíveis para persuadi--los. Humanos não modificados ficavam igualmente escandalizados, pois a decisão parecia mais outra medida eugênica por parte do governo humano, e o currículo de governos amantes da eugenia na experiência humana não era exatamente estelar.

A União Colonial sobreviveu às ondas devastadoras de crises políticas que seguiram após as primeiras tentativas de realizar engenharia genética em seus soldados, mas por pouco. Se a Batalha de Armstrong não tivesse mostrado de forma enfática às colônias o tipo de universo contra o qual se estava lutando, a União provavelmente teria entrado em colapso, e as colônias humanas teriam sido deixadas na posição de concorrentes umas das outras e também de toda espécie inteligente que encontrassem depois.

A União também foi salva pela chegada quase simultânea de duas descobertas tecnológicas essenciais: a habilidade de forçar o crescimento de um corpo humano ao tamanho adulto em meses e o protocolo de transferência de consciência, que permitia que a personalidade e as lembranças de um indivíduo fossem transportadas a outro cérebro, contanto que o cérebro tivesse a mesma estrutura genética e fosse preparado adequadamente com uma série de procedimentos pré-transferência que desenvolviam alguns dos caminhos bioelétricos necessários. Essas novas tecnologias permitiram que a União Colonial desenvolvesse uma fonte grande e alternativa de recrutas em potencial: idosos, muitos dos quais prontamente aceitariam uma vida na carreira militar em vez da morte por velhice, e cujas baixas, de qualquer forma, não criariam o dano demográfico multigeracional que ocorria quando grandes quantidades de adultos jovens e saudáveis eram arrancadas do fundo genético na ponta da arma de um alienígena.

Diante de seu novo e generoso grupo de recrutas em potencial, as Forças Coloniais de Defesa descobriram que podiam se dar ao luxo de fazer certas escolhas de recrutamento. As FCD não pediriam mais que os colonos servissem em suas tropas, o que tinha o saudável efeito de deixar que eles se concentrassem em desenvolver novos mundos e procriar tantos colonos de segunda geração quanto os planetas pudessem abrigar. Também eliminava uma fonte de tensão política fundamental entre colonos e seu governo. Como os jovens adultos não eram mais arrancados de seu lar e família para morrerem em campos de batalha a trilhões de quilômetros de distância, os colonos em geral não se preocupavam com as questões éticas que cercavam soldados geneticamente modificados – especialmente aqueles que, no fim das contas, haviam se voluntariado para lutar.

No lugar de colonos, as FCD decidiram selecionar seus recrutas dentre os habitantes do lar ancestral da humanidade, a Terra. A Terra continha bilhões de pessoas: mais pessoas naquele único globo, na verdade, do que existiam em todas as colônias humanas combinadas. O grupo de recrutas em potencial era enorme – tão grande que as FCD acabaram diminuindo seu grupo, optando por pegar recrutas de nações confortáveis e industrializadas, cujas circunstâncias econômicas permitiam a seus cidadãos sobreviverem até uma idade avançada e cujas estruturas sociais criavam uma ênfase exagerada no desejo pela juventude e, paralelamente, um profundo desconforto nacional e psicológico com o envelhecimento e a morte. Esses cidadãos seniores eram moldados pelas sociedades para serem recrutas excelentes e ávidos das FCD, que rapidamente descobriram que eles ingressariam em uma excursão militar mesmo na ausência de informações detalhadas – e, inclusive, os números de recrutamento eram maiores quando os recrutas sabiam menos. Recrutas acreditavam que o serviço militar nas FCD era como o serviço militar na Terra. As FCD ficavam contentes em deixar que essa crença se mantivesse.

O recrutamento de idosos em nações industrializadas foi tão bem sucedido que a União Colonial passou a proteger sua fonte de recrutamento banindo colonos de tais nações, selecionando seus colonos a partir de nações cujos problemas econômicos e sociais encorajavam os mais ambiciosos de seus jovens a mandar tudo às favas o mais rápido possível. Essa divisão entre recrutamentos militar e colonizador trazia muitos dividendos para a União Colonial nas duas áreas.

O recrutamento militar de cidadãos seniores trouxe às FCD um problema inesperado: um bom número de recrutas morria antes que pudesse ingressar no serviço, vítimas de ataques cardíacos, derrames e excesso de hambúrgueres com queijo, pizzas de queijo e petiscos de queijo. As FCD, que recolhiam amostras genéticas de seus recrutas, acabaram se vendo dotadas de um acervo de genomas humanos com o qual não estavam trabalhando. As FCD também descobriram que tinham o desejo e também a necessidade de continuar fazendo experiências com modelos de corpos das Forças Coloniais de Defesa para melhorar seu *design*, mas sem intervir na eficácia da força de combate com que já contavam.

Então, veio um avanço decisivo: um computador imensamente poderoso, compacto e semiorgânico integrado ao cérebro humano, que numa decisão de *marketing* profundamente inadequada foi levianamente apelidado de BrainPal – o amigo do cérebro. Para um cérebro já lotado com uma vida cheia de conhecimento e experiências, o BrainPal oferecia um auxílio decisivo na capacidade mental, no armazenamento de lembranças e na comunicação.

Mas para um cérebro que era efetivamente uma tábula rasa, o BrainPal oferecia ainda mais.

Robbins espreitou dentro do receptáculo onde jazia o corpo, mantido no lugar por um campo de suspensão.

– Ele não parece muito com Charles Boutin – disse para Wilson.

Wilson, que estava fazendo os ajustes de última hora no hardware que continha a consciência gravada de Boutin, não tirou os olhos do trabalho.

— Boutin era um ser humano não modificado – disse. – Era de meia-idade quando o conhecemos. Provavelmente se parecia com esse cara quando tinha seus vinte anos. Menos a pele verde, os olhos de gato e outras modificações. E, provavelmente, não estava tão em forma quanto este corpo está. Sei disso porque *eu* não estava tão em forma na vida real aos vinte anos como estou agora. E nem mesmo preciso me exercitar.

— Você tem um corpo projetado geneticamente para cuidar de si mesmo – Robbins lembrou Wilson.

— E dou graças a Deus por isso. Sou viciado em *donuts*. – disse Wilson.

— Tudo que precisa fazer para conseguir um desses é estar disposto a tomar tiros de toda espécie inteligente do universo – disse Robbins.

— Esse é o problema – observou Wilson.

Robbins voltou ao corpo no receptáculo.

— Todas essas mudanças não bagunçam com a transferência de consciência?

— Não deveriam – respondeu Wilson. – Os genes relacionados ao desenvolvimento do cérebro ficam inalterados no novo genoma do nosso amigo aqui. É o cérebro de Boutin aí dentro. Ao menos geneticamente.

— E como está esse cérebro? – quis saber Robbins.

— Está bem – disse Wilson, digitando no monitor do controlador do receptáculo. – Saudável. Preparado.

— Acha que vai funcionar?

— Sem dúvida.

— Bom ver que estamos fervilhando de confiança – disse Robbins.

Wilson abriu a boca para responder, mas foi interrompido quando a porta se abriu e os generais Mattson e Szilard entraram, acompanhados por três técnicos de decantação das Forças Especiais.

Os técnicos foram diretamente até o receptáculo; Mattson foi até Robbins, que prestou continência junto com Wilson.

– Diga que vai funcionar – disse Mattson, respondendo à continência.

– O tenente Wilson e eu estávamos justamente falando disso – comentou Robbins depois de uma pausa quase imperceptível.

Mattson virou-se para Wilson.

– Então, tenente?

Wilson apontou para o corpo no receptáculo, que estava sendo manipulado pelos técnicos.

– O corpo é saudável, bem como o cérebro. O BrainPal está funcionando perfeitamente, o que não é surpresa. Conseguimos integrar o padrão de consciência de Boutin ao maquinário de transferência sem muitos problemas, o que foi surpreendente, e os testes que fizemos sugerem que não haverá problemas com a transmissão. Em teoria, seremos capazes de transferir a consciência como fazemos com qualquer outra.

– Suas palavras me parecem confiantes, tenente, mas sua voz não – reparou Mattson.

– Há muitas incertezas, general – disse Wilson. – Em geral, o indivíduo está consciente quando é transferido. Isso ajuda no processo. Não temos isso aqui. Não saberemos se a transferência foi bem-sucedida até que acordemos o corpo. É a primeira vez que tentamos uma transferência sem dois cérebros envolvidos. Se não for mesmo a consciência de Boutin aí dentro, o padrão não vai pegar. Mesmo se *for* a consciência de Boutin, não há garantia de que vá ser absorvida. Fizemos tudo o que podíamos para garantir uma transferência tranquila. O senhor leu os relatórios. Mas ainda há muitas coisas envolvidas que desconhecemos. Sabemos tudo o que pode dar certo, mas nem tudo o que pode dar errado.

– Acha que vai funcionar ou não? – insistiu Mattson.

– Acho que vai funcionar – respondeu Wilson. – Mas precisamos considerar de forma respeitosa todas as coisas que não conhecemos sobre o que estamos fazendo. Há muita margem para erro. Senhor.

– Robbins? – disse Mattson.

– A avaliação do tenente Wilson me parece correta, general – respondeu Robbins.

Os técnicos terminaram a avaliação e relataram ao general Szilard, que assentiu e foi até Mattson.

– Os técnicos disseram que estamos prontos – disse Szilard.

Mattson olhou para Robbins, depois para Wilson.

– Ótimo – ele disse. – Vamos acabar logo com isso.

As Forças Especiais Coloniais de Defesa formam soldados usando uma receita simples: primeiro, comece com um genoma humano. Então, *subtraia*.

O genoma humano consiste, *grosso modo*, em 20 mil genes feitos de 3 bilhões de pares de bases, espalhados por 23 cromossomos. A maior parte do genoma é "lixo" – porções da sequência que não codificam nada no produto final do DNA: um ser humano. Uma vez que a natureza põe uma sequência no DNA, parece relutante em removê-la, mesmo se ela não fizer absolutamente nada.

Os cientistas das Forças Especiais não são nem de longe tão preciosistas. A cada novo modelo de corpo, seu primeiro passo é arrancar material genético redundante e desativado. O que resta é uma sequência de DNA fina, simples, fluida, e que é completamente inútil – editar o genoma humano destrói sua estrutura cromossômica, incapacitando-o para a reprodução. Mas esse é apenas o primeiro passo. Remontar e replicar o novo genoma está a muitos passos de distância.

A nova e pequena sequência de DNA traz cada gene que torna um ser humano o que ele ou ela é, o que não é suficiente. O genótipo humano não permite ao fenótipo humano a plasticidade que as Forças Especiais exigem; em outras palavras: nossos genes não conseguem criar os super-humanos que os soldados das Forças Especiais precisam ser. O que resta do genoma humano é separado, reprojetado e remontado para formar genes que vão codificar capacidades substancialmente melhoradas. Esse processo pode exigir a introdução de genes ou material genético adicionais. Os genes que vêm de outros seres humanos em geral apresentam poucos problemas de incorporação, pois o genoma humano é fundamentalmente projetado para acomodar informações genéticas de outros genomas humanos (o processo pelo qual isso ocorre de forma normal, natural e entusiasmada chama-se "sexo"). O material genético de outras espécies terrestres também é relativamente fácil de incorporar, considerando que toda vida na Terra apresenta os mesmos blocos de construção genética e são aparentados geneticamente.

A incorporação de material genético de espécies não terrestres é substancialmente mais difícil. Alguns planetas desenvolveram estruturas genéticas mais ou menos similares às da Terra, incorporando alguns, se não todos os nucleotídeos incluídos na genética terrestre (talvez não seja coincidência que espécies inteligentes desses planetas sejam conhecidas por consumirem seres humanos às vezes; os Rraeys, por exemplo, acham os seres humanos bem apetitosos). Mas a maioria das espécies alienígenas tem estruturas e componentes genéticos muito distintos dos de criaturas terrestres. Usar seus genes não é uma simples questão de copiar e colar.

As Forças Especiais resolveram esse problema ao passar o equivalente de DNA das espécies alienígenas por um compilador que produz uma "tradução" genética em formato de DNA terrestre – o DNA resultante, se pudesse se desenvolver, criaria uma entidade tão próxima da criatura alienígena original em aparência e função quanto fosse possível. Genes de criaturas transliteradas eram então moldados no DNA das Forças Especiais.

O resultado final desse redesenho genético foi um DNA que descrevia uma criatura baseada em um ser humano, mas que não era humana de forma alguma – tão não humana que a criatura, se pudesse se desenvolver a partir desse estágio, seria uma aglomeração profana de partes, uma criatura monstruosa que teria deixado sua madrasta espiritual, Mary Wollstonecraft Shelley, mais que maluca. Depois de tanto afastar o DNA da humanidade, os cientistas das Forças Especiais esculpiam a mensagem genética para encaixar de novo a criatura que estavam formando em uma aparência reconhecidamente humana. Entre eles, os cientistas reclamavam que esse era o estágio mais complicado; alguns questionavam (sem alarde) sua utilidade. Nenhum deles, deve-se observar, parecia ser menos do que um humano.

O DNA, esculpido para oferecer a seu dono capacidades sobre-humanas em uma forma humana, está finalmente montado. Mesmo com o acréscimo de genes não nativos, é substancialmente mais enxuto que o DNA humano original; uma codificação suplementar faz o DNA se organizar em cinco pares cromossômicos, muito menos que os 23 de um ser humano não alterado e apenas um a mais que a mosca comum. Embora os soldados das Forças Especiais sejam dotados do sexo de seu doador e os genes relacionados ao desenvolvimento sexual sejam preservados na redução genética final, não há cromossomo Y, um fato que deixava os primeiros cientistas destacados nas Forças Especiais (os do sexo masculino) ligeiramente desconfortáveis.

O DNA, agora montado, é depositado em uma concha zigótica vazia, que é colocada em um receptáculo de desenvolvimento, e o zigoto gentilmente entra em divisão mitótica. A transformação do zigoto em embrião totalmente maduro acontece em uma velocidade extremamente acelerada, produzindo níveis de calor metabólico que chegam perto de desnaturar o DNA. O receptáculo de desenvolvimento se enche com um fluido transferidor de calor cheio de nanorrobôs, que saturam as células em desenvolvimento e agem como bolsas de calor para o embrião em rápido crescimento.

E os cientistas das Forças Especiais ainda não pararam com a diminuição do percentual de humanidade em seus soldados. Depois da revisão biológica vêm as atualizações tecnológicas. Nanorrobôs especializados injetados no embrião de desenvolvimento rápido das Forças Especiais seguem para dois destinos. A maioria vai para os núcleos ósseos, ricos em medula, onde os nanorrobôs digerem a medula e se reproduzem mecanicamente em seu lugar para criar o SmartBlood, um sangue com capacidade de transporte de oxigênio melhor que o sangue verdadeiro, mais eficiente na coagulação e quase imune a doenças. O restante migra para o cérebro em rápida expansão e forma as fundações para o computador BrainPal, que, quando completo, tem o tamanho de uma bola de gude. Essa bola de gude, aninhada no fundo do cérebro, é cercada por uma rede densa de antenas que captam o campo elétrico do cérebro, interpretando seus desejos e reagindo através de saídas integradas nos olhos e ouvidos dos soldados.

Há outras modificações também, muitas experimentais, testadas dentro de um grupo pequeno para ver se oferecem alguma vantagem. Se oferecerem, essas modificações são disponibilizadas mais amplamente entre as Forças Especiais e chegam à lista de atualizações em potencial para a próxima geração da infantaria geral das Forças Coloniais de Defesa. Se não, as modificações morrem com as cobaias.

O soldado das Forças Especiais amadurece até o tamanho de um humano recém-nascido em apenas 29 dias. Em dezesseis semanas, desde que haja gestão metabólica adequada do receptáculo, cresce até o tamanho adulto. As tentativas das FCD de encurtar o ciclo de desenvolvimento resultavam em corpos que fritavam no próprio calor metabólico. Aqueles que não abortavam e morriam sofriam erros de transcrição de DNA, criando cânceres de desenvolvimento e mutações fatais. Dezesseis semanas forçavam os limites da estabilidade química do DNA o bastante. Ao final desse tempo, o receptáculo de desenvolvimento envia uma onda de hormônios sintéticos pelo corpo, reestabelecendo o metabolismo a níveis normais de tolerância.

Durante o desenvolvimento, o receptáculo exercita o corpo para fortalecê-lo e permitir que seu dono ou dona o use a partir do momento em que se torna consciente; no cérebro, o BrainPal ajuda a desenvolver os caminhos neurais gerais, estimula os centros de processamento dos órgãos e se prepara para o momento em que a consciência do dono é despertada, para então ajudar a aliviar a transição de nada para alguma coisa.

Para a maioria dos soldados das Forças Especiais, tudo que restava nesse momento era o "nascimento" – o processo de decantação seguido pela transição rápida e (em geral) tranquila para a vida militar. No entanto, para um soldado específico das Forças Especiais, ainda havia mais um passo a dar.

Szilard sinalizou a seus técnicos, que começaram suas tarefas. Wilson concentrou-se de novo em seu hardware e esperou pelo sinal para iniciar a transferência. Os técnicos avisaram que estava tudo em ordem; Wilson enviou a consciência. O maquinário zumbiu baixo. O corpo no receptáculo permaneceu parado. Depois de alguns minutos, Wilson conversou com os técnicos, depois com Robbins, que foi até Mattson.

– Está feito – disse ele.

– É isso? – perguntou Mattson, olhando para o corpo no receptáculo. – *Ele* não parece estar diferente. Ainda parece que está em coma.

– Eles não o acordaram ainda – disse Robbins. – Querem saber como o senhor quer fazê-lo. Normalmente, com os soldados das Forças Especiais, eles os acordam com seus BrainPals ligados para integração consciente. Dá ao soldado um senso de identidade temporário até que possa criar seu próprio. Mas como talvez já possa haver uma consciência lá dentro, não quiseram ligar essa integração. Talvez cause confusão na pessoa que está lá.

Mattson bufou; achou a ideia divertida.

— Acorde-o sem ligá-lo ao BrainPal — disse. — Se Boutin estiver lá dentro, não o quero confuso. Quero falar com ele.

— Sim, senhor — disse Robbins.

— Se essa coisa funcionou, saberemos quem é ele assim que estiver consciente, certo? — perguntou Mattson.

Robbins olhou para Wilson, que conseguiu ouvir a conversa; Wilson meio que assentiu, meio que deu de ombros.

— Achamos que sim — disse Robbins.

— Ótimo — disse Mattson. — Então quero ser a primeira coisa que ele vai ver. — Caminhou até o receptáculo e se colocou na frente do corpo inconsciente. — Diga a eles para acordarem o filho da puta. — Robbins meneou a cabeça para uma técnica, que bateu um dedo no painel de controle no qual estava trabalhando.

O corpo sacolejou, precisamente do jeito que pessoas fazem no limiar entre a vigília e o sono, quando sentem que estão caindo de repente. As pálpebras piscaram, se apertaram e abriram. Olhos voejaram por um momento para lá e para cá, aparentemente confusos, e então se fixaram em Mattson, que se inclinou e sorriu.

— Olá, Boutin — disse Mattson. — Aposto que está surpreso em me ver.

O corpo esticou-se para mover a cabeça para mais perto de Mattson, como se fosse dizer algo. Mattson curvou-se gentilmente.

O corpo gritou.

\* \* \*

O general Szilard encontrou Mattson no pequeno banheiro do corredor do laboratório de decantação, aliviando-se.

– Como está o ouvido? – perguntou Szilard.

– Que porra de pergunta é essa, Szi? – retrucou Mattson, ainda encarando a parede. – Experimente *você* deixar um idiota balbuciante berrar no seu e me diga como fica.

– Ele não é um idiota balbuciante – disse Szilard. – Você acordou um soldado das Forças Especiais recém-nascido com o BrainPal desligado. Ele não tinha nenhuma noção de si. Fez o que qualquer recém-nascido faria. O que você esperava?

– Esperava o merda do Charles Boutin – disse Mattson e chacoalhou. – É por isso que criamos aquela porra no receptáculo, lembra?

– Você sabia que poderia não funcionar – comentou Szilard. – Talvez a consciência precise de um tempo para se estabelecer.

– Robbins e Wilson disseram que a consciência estaria lá assim que ele acordasse – insistiu Mattson e sacudiu as mãos embaixo da torneira. – Maldita torneira automática – falou e por fim cobriu o sensor totalmente com a mão. A água começou a cair.

– É a primeira vez que alguém faz isso – disse Szilard. – Talvez Robbins e Wilson estivessem errados.

Mattson soltou uma risada curta.

– Aqueles dois *estavam* errados, Szi, nada de talvez. Só que não da maneira que você sugere. Além disso, é o *seu* pessoal que vai servir de babá para um bebê adulto enquanto espera a "consciência se estabelecer"? Acho que não, e eu não vou fazer isso nem ferrando. Já perdi tempo demais. – Mattson terminou de lavar as mãos e procurou um papeleiro ao redor.

Szilard apontou a parede ao fundo.

– O papeleiro está vazio – disse.

– Bem, *claro* que está. A humanidade consegue construir soldados a partir de DNA, mas não consegue abastecer um banheiro com a porra do papel-toalha. – Ele sacudiu as mãos violentamente e depois enxugou o excesso de umidade nas calças.

– Deixando a questão do papel-toalha de lado – disse Szilard –, isso significa que você está cedendo o soldado para mim? Se estiver, vou pedir para que liguem o BrainPal e levem-no para um pelotão de treinamento o mais rápido possível.

– Está com pressa? – perguntou Mattson.

– Ele é um soldado das Forças Especiais totalmente desenvolvido – respondeu Szilard. – Embora eu não diga que estou com pressa, você conhece tão bem quanto eu a taxa de rotatividade das Forças Especiais. Sempre precisamos de mais. E vamos dizer que tenho fé de que este soldado em especial ainda vai se provar útil.

– Que otimismo – observou Mattson.

Szilard sorriu.

– Sabe como são batizados os soldados das Forças Especiais, general? – perguntou Szilard.

– Vocês recebem nomes de cientistas e artistas.

– Cientistas e filósofos – corrigiu Szilard. – Aliás, sobrenomes. Os primeiros nomes são apenas nomes comuns e aleatórios. Recebi o nome de Leo Szilard. Foi um dos cientistas que ajudaram a construir a primeira bomba atômica, um fato do qual se arrependeria mais tarde.

– Eu sei quem foi Leo Szilard, Szi.

– Não quis sugerir que não soubesse, general. Embora com vocês, real-natos, a gente nunca saiba muito bem. Vocês têm lacunas estranhas em seu conhecimento.

– Passamos a maior parte de nossos anos finais de escola tentando transar – disse Mattson. – Isso distrai a maioria de nós e não armazenamos informações sobre cientistas do século XX.

– Imagine só – disse Szilard, suave, e então continuou sua linha de pensamento. – Além de seus talentos científicos, Szilard também era bom em prever as coisas. Previu as duas guerras mundiais terrestres no século XX e outros grandes eventos. Isso o deixou meio nervoso. Chegou ao ponto de morar em hotéis e ter sempre uma mala pronta. Só por garantia.

– Fascinante – disse Mattson. – Aonde quer chegar?

– Não quero sugerir que eu tenha alguma relação com Leo Szilard – disse ele. – Só recebi seu nome. Mas acho que compartilho de seu talento para prever coisas, especialmente quando diz respeito a guerras. Acho que esta guerra na qual vamos entrar vai ficar muito ruim, mesmo. Não é só especulação; estamos juntando informações, agora que meu pessoal sabe o que procurar. E você não precisa ter muitas informações para saber que, se a humanidade vai enfrentar três raças diferentes, estamos em grande desvantagem. – Szilard meneou a cabeça na direção do laboratório. – Esse soldado talvez não tenha as lembranças de Boutin, mas ainda vai ter Boutin dentro dele, em seus genes. Acho que isso fará diferença, e precisaremos de toda a ajuda que pudermos ter. Digamos que ele é minha mala pronta.

– Quer o soldado por causa de uma intuição – disse Mattson.

– Entre outras coisas.

– Às vezes, parece mesmo que você é um adolescente, Szi.

– Vai liberar esse soldado para mim, general? – perguntou Szilard. Mattson fez um gesto de desdém.

– Ele é todo seu, general – disse ele. – Aproveite. Ao menos não terei de me preocupar se esse daí vai ou não virar um traidor.

– Obrigado.

– E o que vai fazer com seu novo brinquedo?

– Para começar, acho que vou lhe dar um nome.

4\_

Ele veio ao mundo como a maioria dos recém-nascidos: gritando.

O mundo ao redor era um caos disforme. Havia uma coisa perto dele, fazendo barulhos quando o mundo apareceu; aquilo o assustou. De repente, a coisa se distanciou, vazando ruídos altos enquanto se afastava.

Ele gritou. Tentou mover o corpo, mas não conseguiu. Gritou um pouco mais.

Outra forma se aproximou. Com base em sua única experiência prévia, gritou de medo e tentou fugir. A forma fez barulho e se movimentou.

*Claridade.*

Foi como se colocassem lentes corretivas em sua consciência. O mundo ajustou-se no lugar. Tudo continuava estranho, mas tudo também parecia fazer sentido. Sabia que, mesmo não podendo identificar ou nomear nada que via, tudo tinha nome e identidade; uma porção de sua mente ganhou vida, ansiosa para rotular aquilo tudo, mas sem conseguir.

O universo inteiro estava na ponta da língua.

*[Consegue entender isso?]*, a forma – a pessoa – à frente dele perguntou. E ele conseguiu. Conseguiu ouvir a pergunta, mas sabia que nenhum som havia sido feito; a pergunta fora emitida diretamente para dentro do cérebro. Não sabia como sabia daquilo ou como era feito. Também não sabia como responder. Abriu a boca para fazê-lo.

*[Não]*, disse a pessoa diante dele. *[Tente me enviar sua resposta. É mais rápido que falar. É o que todos fazemos. Veja como fazer]*

Instruções apareceram dentro da cabeça, e mais que instruções: uma consciência sugerindo que tudo o que não compreendia seria definido, explicado e colocado no contexto. Mesmo enquanto pensava isso, sentiu as instruções enviadas se expandindo, conceitos individuais e ideias se ramificando em caminhos, procurando os próprios significados para lhe dar uma estrutura que pudesse usar. Naquele momento, aquilo se coagulou em uma grande ideia, um *Gestalt*, um modelo que lhe permitiu responder. Sentiu aumentar a ânsia de responder à pessoa que estava diante dele; sua mente, sentindo aquilo, ofereceu uma série de possíveis respostas. Cada uma se abria como haviam feito as instruções, dando compreensão, contexto e também uma resposta adequada.

Tudo isso levou pouco menos de cinco segundos.

*[Eu entendo você]*, ele disse, por fim.

*[Excelente]*, respondeu a pessoa diante dele. *[Sou Judy Curie]*

*[Olá, Judy]*, ele disse depois de o cérebro abrir para ele os conceitos de nomes e também de protocolos para reagir àqueles que ofereciam nomes como identificação. Tentou dar seu nome, mas encontrou uma lacuna. De repente, ficou confuso.

Curie sorriu para ele.

*[Está com dificuldades de lembrar seu nome?]*, ela perguntou.

*[Sim]*, respondeu ele.

*[Isso porque você ainda não tem um]*, disse Curie. *[Gostaria de saber qual é seu nome?]*

*[Por favor]*

*[É Jared Dirac]*, disse Curie.

Jared sentiu o nome ser baixado no cérebro. Jared: variante inglesa de um nome bíblico (a definição de *bíblico* foi descompactada, levando-o à definição de *livro* e à Bíblia, que ele não leu, pois sentiu que a leitura e subsequente descompactação levariam mais que alguns segundos), filho de Malalel e pai de Enoque. Também líder dos jareditas no Livro dos Mórmons (outro livro que não abriu). Definição: o descendente. *Dirac* tinha diversas definições, a maioria derivava do nome de Paul Dirac, um cientista. Jared abriu previamente o significado de nomes e as implicações das convenções de batismo, e se virou para Curie.

*[Sou descendente de Paul Dirac?]*, perguntou.

*[Não]*, respondeu Curie. *[Seu nome foi escolhido aleatoriamente de um grupo de nomes]*

*[Mas meu primeiro nome significa descendente. E os últimos nomes são sobrenomes]*

*[Mesmo entre os real-natos, os nomes de batismo em geral não significam nada]*, explicou Curie. *[E, entre nós, o sobrenome também não importa. Não dê tanta importância a seus nomes, Jared]*

Jared pensou naquilo por alguns momentos, deixando as ideias se descompactarem sozinhas. Um conceito, "real-nato", recusava-se a se abrir; Jared anotou aquilo para exploração futura, mas deixou de lado por ora.

*[Estou confuso]*, ele acabou dizendo.

Curie sorriu.

*[Para começo de conversa, você ainda vai ficar muito confuso]*, ela disse.

*[Me ajude a ficar menos confuso]*

*[Ajudo]*, disse Curie. *[Mas não por muito tempo. Você nasceu fora da sequência, Jared; seus colegas de treinamento já estão dois dias à sua frente. Precisa se integrar com eles o mais rápido possível. Do contrário, talvez você tenha um atraso do qual nunca se recupere. Vou te contar o que eu puder enquanto levo você até seus colegas de treinamento. Eles vão contar o restante. Agora, vamos sair deste receptáculo. Vamos ver se você pode andar tão bem quanto pensa]*

O conceito de "andar" se abriu junto com as travas que seguravam Jared no receptáculo. Jared apoiou-se e empurrou o corpo para frente, para fora do receptáculo. Seu pé pousou no chão.

*[Um pequeno passo para o homem]*, disse Curie. Jared ficou surpreso que a descompactação inerente àquela frase fosse tão substancial.

*[Primeira coisa a se saber]*, Curie disse enquanto ela e Jared caminhavam pela Estação Fênix. *[Você acha que está pensando, mas não está]*

O primeiro impulso de Jared foi dizer *Não entendo*, mas ele se refreou, intuindo pela primeira vez que aquilo provavelmente seria sua resposta para a maioria das coisas em um futuro próximo. Em vez disso, disse:

*[Por favor, explique]*

*[Você é um recém-nascido]*, explicou Curie. *[Seu cérebro... seu cérebro verdadeiro... está totalmente vazio de conhecimento e experiência. Em seu lugar, um computador dentro da cabeça, conhecido como BrainPal, abastece você com conhecimento e informação. Tudo que acha que entende está sendo processado por seu BrainPal e devolvido a você de uma forma que possa compreender. Também é o que está oferecendo sugestões sobre como reagir às coisas. Cuidado para não trombar]* Curie desviou de um grupo de soldados das FCD no meio do corredor.

Jared desviou com ela.

[*Mas eu sinto como se eu quase soubesse tudo isso*], comentou Jared. [*Como se eu soubesse antes, mas agora não sei mais*]

[*Antes de você nascer, o BrainPal condiciona seu cérebro*], explicou Curie. [*Ajuda a estabelecer os caminhos normais comuns a todos os seres humanos e prepara seu cérebro para aprender e processar informações rapidamente. É por isso que sente como se já soubesse das coisas, porque seu cérebro foi preparado para aprender. Durante o primeiro mês de sua vida, tudo vai parecer um déjà-vu. Em seguida, você aprende, isso fica armazenado em seu cérebro de verdade, e você para de usar o BrainPal como uma muleta. Porque do jeito que somos feitos, podemos reunir informações e processá-las... e aprendê-las... muito mais rápido que um real-nato*]

Jared parou, em parte para deixar a mente abrir tudo que Curie havia acabado de lhe dizer, mas em parte por outro motivo. Curie, sentindo que ele havia parado, também o fez.

[*Que foi?*], perguntou.

[*Essa é a segunda vez que usou essa palavra. "Real-nato." Não consigo descobrir o que significa*]

[*Não é algo que colocam em seu BrainPal*], comentou Curie, que voltou a andar e apontou para os outros soldados no corredor. [*"Real-natos" são eles. Pessoas que nasceram como bebês e precisaram se desenvolver por um período muito longo, por anos. Um deles que esteja com dezesseis anos talvez não saiba tanto quanto você sabe agora, mas é o jeito que as coisas são feitas naturalmente, e eles acham que isso é bom*]

[*Você não acha?*], perguntou Jared.

[*Não acho que seja bom ou ruim, tirando o fato de que é ineficiente*], respondeu Curie. [*Estou tão viva quanto eles. "Real-nato" é um nome inadequado. Nós também nascemos de verdade. Nascer, viver, morrer. É a mesma coisa*]

[*Então, somos como eles*], concluiu Jared.

Curie olhou para trás.

[*Não*], respondeu. [*Não somos como eles. Somos projetados para *sermos melhores física e mentalmente. Nos movemos mais rápido. Pensamos mais rápido. Até falamos mais rápido que eles. Na primeira vez que você falar com um real-nato, vai parecer que eles se movimentam com metade da velocidade. Veja, observe]* Curie parou, fingiu estar confusa, e tocou o ombro de um soldado que estava passando.

– Desculpe – ela falou usando a boca. – Me disseram que havia uma cantina neste andar onde eu poderia comer um hambúrguer excelente de verdade, mas não estou encontrando. Pode me ajudar? – Curie estava falando com uma voz próxima à voz que Jared ouvia na cabeça... mas era mais lenta, tão lenta que por instantes Jared teve dificuldade para entender o que dizia.

– Claro – disse o soldado. – O lugar que você está pensando fica a umas centenas de metros daqui. Continue nesta direção e vai encontrar. É a primeira cantina que verá.

– Ótimo, obrigada – disse Curie e voltou a andar. *[Viu o que eu quis dizer?]*, comentou com Jared. *[É como se tivessem alguma deficiência ou coisa do tipo]*

Jared meneou a cabeça, distraído. Seu cérebro havia aberto o conceito de "hambúrguer", que levou a abrir "comida", que o fez perceber algo totalmente diferente.

*[Acho que estou com fome]*, disse a Curie.

*[Mais tarde]*, disse ela. *[Você precisa comer com seus colegas de treinamento. É parte da experiência relacional. Vai fazer a maioria das coisas com seus colegas de treinamento]*

*[Onde estão seus colegas de treinamento?]*

*[Que pergunta engraçada. Eu não os vejo faz anos. Raramente você encontra seus colegas depois que sai do treinamento. Depois disso, você é lotado onde precisarem, e daí você integra seu esquadrão e pelotão. Nesse momento, estou integrada a um dos pelotões das Forças Especiais que decanta soldados quando nascem]*

Jared abriu o conceito de "integração" no cérebro, mas descobriu que estava com problemas para compreendê-lo. Tentou reabri-lo, mas foi interrompido por Curie, que continuou falando.

*[Acho que você vai estar em desvantagem frente ao restante de seus colegas de treinamento. Eles acordaram integrados e já estavam acostumados uns com os outros. Talvez leve alguns dias para eles se acostumarem com você. Deveria ter sido decantado e integrado ao mesmo tempo que eles]*

*[Por que não fui?]*, Jared perguntou.

*[Chegamos]*, disse Curie, em seguida parando em uma porta.

*[O que tem aí dentro?]*

*[Sala dos pilotos de transporte. Hora de você pegar uma carona. Vamos]*

Ela abriu a porta para ele e entrou em seguida.

— Estou procurando o tenente Cloud — disse Curie.

— É esse que está no momento tomando no rabo — disse um dos pilotos, que jogou uma ficha na mesa. — Aumento em dez.

— Tomando *feio* — disse um dos outros, e jogou sua ficha. — Pago para ver.

— Suas palavras de escárnio doeriam muito mais se estivéssemos jogando valendo dinheiro de verdade — disse o terceiro, que por eliminação seria o tenente Cloud. Ele pôs três fichas. — Pago seus dez e aumento em vinte.

— Essa é uma das desvantagens de ter uma viagem ao inferno com tudo pago — disse o primeiro piloto. — Quando tudo está pago, não há motivo para te darem dinheiro. Mostre.

— Se eu soubesse que trabalharia pra socialistas, nunca teria me alistado — disse o segundo. — Mostre.

— Bem, então, além de ser idiota, você também estaria morto, não é? — disse Cloud. — Estar alienado do processo de produção não seria nada. Você estaria alienado de *tudo*. E também teria algumas centenas de dólares a menos nessa rodada. – Ele abriu as cartas. – Par de ases e trio de oitos. Contemplem e chorem.

– Ai, cacete – disse o primeiro piloto.

– Abençoado seja Karl Marx – comentou o segundo.

– Esta é a primeira vez na história que alguém disse *isso* em uma mesa de pôquer – disse Cloud. – Você deveria se orgulhar.

– Ah, eu me orgulho – disse o outro piloto. – Mas, por favor, não conte pra minha mãe. Seu coração texano não aguentaria.

– Seu segredo está bem guardado comigo – garantiu Cloud.

– Tenente Cloud – disse Curie. – Seria bom que me atendesse em algum momento neste século.

– Peço desculpas, tenente – pediu Cloud. – Estava finalizando um ritual de humilhação. Estou certo de que me entende.

– Na verdade, não – retrucou Curie, em seguida meneando a cabeça para Jared. – Aqui está o recruta que preciso que leve para o Acampamento Carson. Já deve ter o pedido e as autorizações.

– Provavelmente – disse Cloud, que parou por um minuto acessando seu BrainPal antes de prosseguir. – Sim, está tudo aqui. Parece que minha nave de transporte foi preparada e abastecida também. Vou montar um plano de voo e já estaremos prontos para partir. – Ele olhou para Jared. – Vai levar mais alguma coisa além de você mesmo?

Jared olhou para Curie, que balançou a cabeça.

– Não – ele disse. – Só eu mesmo.

Ele ficou um pouco assustado ao ouvir o som de sua voz falando pela primeira vez, e como as palavras se formavam com vagarosidade. Teve uma percepção intensa de sua língua e do movimento que fazia na boca; aquilo o deixou levemente enjoado.

Cloud observou calado a interação entre Jared e Curie e em seguida apontou para uma cadeira.

– Tudo bem, então. Sente-se, colega. Voltarei em um minuto.
Jared sentou-se e olhou para Curie.

*[O que faço agora?]*, perguntou.

*[O tenente Cloud vai levá-lo até Fênix, ao Acampamento Carson, onde vai se juntar a seus colegas de treinamento]*, disse Curie. *[Estão alguns dias à sua frente no treinamento, mas os primeiros dias são em geral apenas para integração e estabilização de personalidades. Provavelmente não perdeu nenhum treino de verdade]*

*[Onde você vai estar?]*

*[Vou estar aqui. Onde acha que eu estaria?]*

*[Não sei. Estou assustado. Não conheço ninguém além de você]*

*[Fique calmo]*, disse Curie, e Jared sentiu uma noção emocional vindo dela para ele. Seu BrainPal processou a onda de sentimentos e abriu o conceito de "empatia" para ele. *[Em algumas horas, você estará integrado com seus colegas de treinamento e vai ficar bem. E então, tudo vai fazer mais sentido]*

*[Ok]*, disse Jared, mas ficou em dúvida.

*[Adeus, Jared Dirac]* E, com um sorrisinho, Curie virou-se e partiu. Jared sentiu sua presença na mente por alguns momentos até finalmente, como se ela de repente se lembrasse de que havia deixado a conexão aberta, se desligarem. Jared flagrou-se revisitando o pouco tempo que ficaram juntos; seu BrainPal abriu o conceito de "lembrança" para ele. O conceito de lembrança provocou uma emoção; seu BrainPal abriu o conceito de "intrigante".

– Ei, posso fazer uma pergunta? – Cloud perguntou a Jared quando estavam aterrissando em Fênix.

Jared considerou a pergunta e a ambiguidade de sua estrutura que permitia múltiplas interpretações. Em um sentido, Cloud havia respondido sua pergunta ao fazê-la; era plenamente capaz de fazer uma pergunta a Jared. O BrainPal de Jared sugeriu, e Jared concordou, que talvez aquela não fosse a interpretação correta da questão. Pelo jeito Cloud sabia que, segundo os procedimentos, era capaz de fazer perguntas, e se antes não era, agora seria. Como o BrainPal de Jared abriu e separou interpretações adicionais, Jared se viu esperando que um dia fosse capaz de fazer a interpretação correta de frases sem ter de descompactar tantos pacotes de arquivos. Estava vivo e consciente fazia pouco mais de uma hora e aquilo já estava ficando cansativo.

Jared considerou suas opções e, depois de um tempo que se mostrou longo para ele, mas imperceptível ao piloto, arriscou com a resposta que parecia a mais adequada para o contexto.

– Pode – disse Jared.

– Você é das Forças Especiais, certo?

– Sou.

– Qual é a sua idade?

– Neste momento?

– Sim.

O BrainPal de Jared informou que tinha um cronômetro interno; ele o acessou.

– Setenta e um – disse.

Cloud olhou para ele.

– Setenta e um anos? Pelo que me disseram, você é bem velhinho para as Forças Especiais.

– Não. Não setenta e um anos – disse Jared. – Setenta e um minutos.

– Puta merda – soltou Cloud.

Aquilo exigia outro momento rápido de escolhas interpretativas.

– Puta merda – Jared disse por fim.

– Cacete, isso é muito estranho – disse Cloud.

– Por quê? – questionou Jared.

Cloud abriu a boca, fechou e deu uma olhada para Jared.

— Bem, não que *você* saiba disso – começou Cloud. – Mas para a maioria da humanidade é um pouco estranho ter uma conversa com alguém que tem pouco mais de uma hora de idade. Caramba, quando comecei aquele jogo de pôquer, você nem estava vivo. Na sua idade, a maioria dos seres humanos está aprendendo a respirar e cagar.

Jared consultou o BrainPal.

— Estou fazendo uma dessas coisas neste exato momento – disse.

Essa frase arrancou um ruído divertido de Cloud.

— É a primeira vez que ouço um de vocês fazendo piada.

Jared considerou aquela frase.

— Não é piada. Estou *mesmo* fazendo uma dessas coisas agora.

— Espero de verdade que seja respirar – disse Cloud.

— E é – confirmou Jared.

— Tudo bem, então – disse Cloud e soltou uma nova risadinha. – Por um minuto, pensei ter descoberto um soldado das Forças Especiais com senso de humor.

— Desculpe – disse Jared.

— Não precisa se desculpar, pelo amor de Deus – disse Cloud. – Você tem pouco mais de uma hora de idade. Tem gente que vive cem anos e não desenvolve senso de humor. Tive uma ex-mulher que passou grande parte de nosso casamento sem dar uma risadinha. Ao menos você tem a desculpa de ter acabado de nascer. Ela não tinha essa desculpa.

Jared considerou aquela informação.

— Talvez você não fosse engraçado.

— Viu? – disse Cloud. – Agora você *está* contando piadas. Então, você tem mesmo setenta e um minutos de idade.

— Setenta e três, agora – corrigiu Jared.

— Como está indo? – perguntou Cloud.

— Como está indo o quê?

– Isso – disse Cloud e apontou ao redor. – A vida. O universo. Tudo mais.

– É solitário – comentou Jared.

– Hum. Não precisou de muito tempo para perceber.

– Por que acha que os soldados das Forças Especiais não têm senso de humor? – perguntou Jared.

– Bem, não quero dizer que seja *impossível* – respondeu Cloud. – Só que eu nunca vi. Veja sua amiga, lá na Estação Fênix. A bela senhorita Curie. Já faz um ano que estou tentando fazê-la dar uma risada. Eu a encontro todas as vezes que transporto um grupo das Forças Especiais até o Acampamento Carson. Até agora, não tive sorte. E talvez seja apenas ela, mas às vezes tento tirar uma risada dos soldados das Forças Especiais que transporto para o planeta ou de volta à estação. Até agora, nada.

– Talvez você não seja mesmo engraçado – sugeriu Jared mais uma vez.

– Lá vem você de novo com as piadas. Não, pensei nisso também. Mas não tenho problemas em fazer soldados normais rirem, ou ao menos alguns deles. Soldados normais não têm muito contato com vocês, das Forças Especiais, mas aqueles de nós que tiveram concordam que vocês não têm senso de humor. O melhor motivo que podemos imaginar é porque vocês já nascem adultos, e para desenvolver senso de humor leva tempo e precisa de prática.

– Me conte uma piada – pediu Jared.

– Está falando sério? – estranhou Cloud.

– Sim – confirmou Jared. – Por favor. Gostaria de ouvir uma piada.

– Agora tenho que pensar em uma piada – disse Cloud e pensou por um instante. – Tudo bem, lembrei de uma. Acho que você não deve saber quem é Sherlock Holmes.

– Agora sei – Jared disse depois de alguns segundos.

— Isso que você acabou de fazer é bem bizarro – disse Cloud. – Tudo bem. Lá vai a piada. Sherlock Holmes e seu companheiro, Watson, decidem ir acampar uma noite, certo? Então, acendem uma fogueira, levam uma garrafa de vinho, esquentam marshmallows. Normal. Então, eles vão dormir. De madrugada, Holmes desperta e acorda Watson. "Watson", ele diz, "olhe para o céu e me diga o que vê." E Watson diz "Vejo estrelas". "E o que elas lhe dizem?", pergunta Holmes. E Watson começa a listar coisas, que há milhões de estrelas e, como o céu está claro, significa que terão tempo bom no dia seguinte, e como a majestade do cosmos é prova de um Deus poderoso. Quando acaba, se vira para Holmes e pergunta "O que o céu da noite lhe diz, Holmes?". E Holmes diz "Que algum desgraçado roubou nossa barraca!".

Cloud olhou para Jared, ansioso, e depois franziu a testa depois de Jared o encarar, indiferente.

— Não entendeu – disse Cloud.

— Entendi – disse Jared. – Mas não é engraçado. Alguém *roubou* a barraca deles.

Cloud encarou Jared por um momento, depois soltou uma gargalhada.

— Talvez eu não seja engraçado, mas você é, e muito – disse.

— Não estou tentando ser engraçado.

— Bem, isso faz parte do seu charme. Tudo bem, estamos entrando na atmosfera. Vamos dar um tempo na troca de piadas enquanto me concentro em nos levar lá para baixo inteiros.

Cloud deixou Jared na pista de pouso do aeroporto do Acampamento Carson.

— Eles já sabem que você está aqui – disse a Jared. – Alguém está a caminho para te buscar. Fique aqui até a pessoa chegar.

— Fico – disse Jared. – Obrigado pela viagem e pelas piadas.

— De nada pelas duas coisas — disse Cloud —, embora eu ache que provavelmente uma será mais útil que a outra. — Cloud estendeu a mão; o BrainPal de Jared abriu o protocolo e Jared encaixou a mão na de Cloud. Eles se despediram.

— E agora você sabe como apertar as mãos — disse Cloud. — Essa é uma habilidade importante. Boa sorte, Dirac. Se eu buscar você aqui depois do treinamento, talvez a gente possa trocar mais algumas piadas.

— Seria bom.

— Então é melhor que aprenda algumas aqui e ali — comentou Cloud. — Não espere que eu faça todo o trabalho pesado. Olhe, tem alguém vindo. Acho que vem te buscar. Tchau, Jared. Agora se afaste dos propulsores. — Cloud entrou na nave de transporte para preparar sua partida. Jared se distanciou da nave.

*[Jared Dirac]*, disse rapidamente a pessoa que se aproximava.

*[Sim]*, ele respondeu.

*[Meu nome é Gabriel Brahe]*, apresentou-se o outro homem. *[Sou o instrutor destacado para seu esquadrão de treinamento. Venha comigo. É hora de conhecer os outros que vão treinar com você]*

Tão rápido quanto chegou a Jared, Brahe se virou e começou a caminhar na direção do acampamento. Jared correu para alcançá-lo.

*[Você estava falando com aquele piloto]*, disse Brahe enquanto caminhavam. *[O que discutiam?]*

*[Ele estava me contando umas piadas]*, respondeu Jared. *[Disse que a maioria dos soldados não acha que as Forças Especiais tenham senso de humor]*

*[A maioria dos soldados não sabe nada sobre as Forças Especiais]*, retrucou Brahe. *[Olha, Dirac, não faça isso de novo. Só está alimentando mais o preconceito que eles têm. Quando soldados real-natos dizem que as Forças Especiais não têm senso de humor, é um jeito de nos insultar. De*

*sugerir que somos menos humanos que eles. Para eles, se não tivermos um senso de humor, somos como qualquer outro autômato sub-humano que a humanidade criou para se divertir. Só outro robô como qualquer outro para eles se sentirem superiores. Não lhes dê a chance de fazer isso]*

Depois de a bronca de Brahe ter sido processada por seu BrainPal, Jared pensou em sua conversa com Cloud. Ele não havia sentido que Cloud sugerira ser superior a Jared. Mas Jared também tinha de admitir que estava com cerca de duas horas de vida. Havia muitas coisas que talvez não tivesse entendido. Ainda assim, Jared sentiu uma dissonância entre o que Brahe dizia e sua experiência, por menor que pudesse ser. Arriscou fazer uma pergunta.

*[As Forças Especiais* têm *senso de humor?]*

*[Claro que temos, Dirac]*, disse Brahe, olhando rapidamente para trás. *[Todo ser humano tem senso de humor. Só não temos o senso de humor deles. Me conte uma das piadas do piloto]*

*[Tudo bem]*, disse Jared, repetindo em seguida a piada de Sherlock Holmes.

*[Veja bem como é estúpida]*, disse Dirac. *[Como se Watson não soubesse que a barraca havia sido roubada. É o problema com o humor real-nato: é baseado na noção de que alguém é idiota. Não é vergonha nenhuma não ter esse senso de humor]* Brahe irradiava irritação. Jared decidiu não levar aquele tema adiante.

Em vez disso, Jared perguntou:

*[Todos aqui são das Forças Especiais?]*

*[São. O Acampamento Carson é um dos dois únicos campos de treinamento das Forças Especiais, e é a única base de treinamento em Fênix. Viu como o acampamento é ladeado por florestas?]* Brahe meneou a cabeça para as margens do acampamento, onde árvores terráqueas e a megaflora nativa de Fênix competiam pela supremacia. *[Estamos a mais de 600 quilômetros da civilização em qualquer direção]*

*[Por quê?]*, perguntou Jared, lembrando-se do comentário anterior de Brahe sobre os real-natos. *[Estão tentando nos manter longe de todo mundo?]*

*[Eles tentam manter todo mundo longe de nós]*, respondeu Brahe. *[O treinamento das Forças Especiais não é como o treinamento para os real-natos. Não precisamos da distração das* FCD *comuns ou dos civis, e eles podem interpretar errado o que virem aqui. É melhor se formos deixados para fazer o que fazemos e realizar nosso treinamento em paz]*

*[Pelo que entendi, estou atrasado no meu treinamento]*, disse Jared.

*[Não em seu treinamento]*, comentou Brahe. *[Em sua integração. Começamos o treinamento amanhã. Mas sua integração é tão importante quanto. Não se pode treinar se não estiver integrado]*

*[Como me integro?]*

*[Primeiro, você conhece seus colegas de treinamento]*, disse Brahe, que parou na porta de uma pequena caserna. *[Aqui estamos. Eu disse que você chegou; estão esperando você]* Brahe abriu a porta e deixou Jared entrar.

A caserna tinha pouca mobília, como todas as casernas dos últimos séculos. Duas fileiras de oito camas alinhadas às paredes. Nelas e entre elas estavam quinze homens e mulheres, sentados ou em pé, com os olhos voltados a Jared. Ele se sentiu oprimido pela atenção repentina; seu BrainPal abriu o conceito de "envergonhado". Sentiu vontade de dizer olá aos colegas de treinamento e de repente se deu conta de que não sabia como falar com mais de uma pessoa pelo BrainPal; quase simultaneamente, percebeu que podia simplesmente abrir a boca e falar. As complexidades da comunicação o confundiam.

– Olá – disse, por fim. Alguns dos futuros colegas de treinamento sorriram para sua forma primitiva de comunicação. Nenhum deles respondeu à saudação.

*[Não acho que comecei bem]*, Jared enviou a Brahe.

[*Estão esperando para fazer suas apresentações depois que você estiver integrado*], informou Brahe.

[*E quando farei isso?*]

[*Agora*], disse Brahe, e então integrou Jared a seus colegas de treinamento.

Jared teve cerca de um décimo de segundo de tênue surpresa quando seu BrainPal informou que, como seu superior, Brahe tinha acesso limitado a seu BrainPal, e então esse dado foi substituído pelo fato de que, de repente, havia quinze outras pessoas na cabeça de Jared, e ele estava na cabeça de outras quinze pessoas. Um lampejo descontrolado de informações passou pela consciência de Jared quando quinze histórias de vida se despejaram dentro dele e seu estoque ínfimo de experiências se ramificou para quinze canais. Saudações e apresentações eram desnecessárias e supérfluas – em um instante, Jared conheceu e sentiu tudo que precisava saber sobre aqueles quinze estranhos que agora eram tão intimamente parte dele como qualquer ser humano poderia ser de outro ser humano. Era uma bênção que cada uma daquelas vidas fosse anormalmente curta.

Jared desmaiou.

[*Isso foi interessante*] Jared ouviu alguém dizer. Quase instantaneamente, ele reconheceu que o comentário tinha vindo de Brian Michaelson, embora nunca tivesse se comunicado com ele antes.

[*Espero que não planeje tornar isso um hábito*], disse outra voz. Steve Seaborg.

[*Deem um tempo para ele*], disse uma terceira voz. [*Nasceu sem ser integrado. É muita coisa com que lidar de repente. Venham, vamos levantá-lo do chão*]

Sarah Pauling.

Jared abriu os olhos. Pauling estava ajoelhada ao lado dele;

Brahe e seus outros colegas de treinamento formavam um semicírculo curioso sobre ele.

*[Estou bem]*, enviou a todos eles, direcionando sua resposta para o canal de comunicação do esquadrão, que incluía Brahe. A opção de fazê-lo veio naturalmente, parte das informações despejadas na integração. *[Eu não sabia o que esperar. Não sabia como lidar com aquilo. Mas estou bem agora]*

Emoções irradiaram de seus colegas de treinamento como auras, cada uma diferente: preocupação, confusão, irritação, indiferença, diversão. Jared seguiu a emoção divertida até sua fonte. A diversão de Pauling era visível não apenas como aura emocional, mas também em seu sorriso peculiar.

*[Bem, você não me parece tão prejudicado]*, disse Pauling. Ela se levantou e em seguida estendeu a mão. *[Vamos levantar]* Jared estendeu o braço, pegou a mão dela e se ergueu.

*[Sarah arranjou um bichinho de estimação]*, disse Seaborg, e houve uma onda de diversão entre alguns membros do esquadrão, e um pico emocional estranho que de repente Jared reconheceu como uma forma de riso.

*[Quieto, Steve]*, retrucou Pauling. *[Você mal sabe o que é um bicho de estimação]*

*[O que não faz dele menos bicho de estimação]*, comentou Seaborg.

*[Não sou bicho de estimação]*, interveio Jared e, de repente, todos os olhos se viraram para ele. Viu-se menos intimidado do que da primeira vez, agora que tinha todos na cabeça. Concentrou a atenção em Seaborg. *[Sarah simplesmente foi gentil comigo. O que não faz de mim um bicho de estimação, não faz dela minha dona. Só significa que foi gentil o bastante para ajudar a me levantar]*

Seaborg bufou de maneira audível e, em seguida, se retirou do semicírculo, deliberadamente procurando outra coisa com que se ocupar. Alguns outros saíram para se juntar a ele. Sarah virou-se para Brahe.

*[Isso acontece em todo esquadrão de treinamento?]*, ela perguntou.

Brahe sorriu.

*[Achou que estar dentro da cabeça dos outros facilitaria vocês se darem bem? Não há onde se esconder. O que realmente me surpreende é nenhum de vocês ter dado um soco no outro. Em geral, neste momento, eu já tenho que separar alguns dos recrutas com um pé de cabra]* Brahe virou-se para Jared. *[Você vai ficar bem?]*

*[Acho que sim]*, respondeu Jared. *[Preciso de um pouco de tempo para acertar as coisas. Tenho muita coisa na cabeça e estou tentando entender aonde vai cada uma delas]*

Brahe olhou de volta para Pauling.

*[Acha que pode ajudá-lo com isso?]*

Pauling sorriu.

*[Claro]*, disse ela.

*[Você cuida de Dirac, então]*, disse Brahe. *[Começamos o treinamento amanhã. Veja se consegue fazê-lo entrar no ritmo antes disso]*

Brahe se afastou.

*[Acho que de fato sou seu bichinho de estimação]*, disse Jared.

Uma onda de humor fluiu de Pauling na direção de Jared.

*[Você é um cara engraçado]*, ela disse.

*[Você é a segunda pessoa que me diz isso hoje]*

*[É? Conhece boas piadas?]*

Jared contou a Pauling a do Sherlock Holmes. Ela gargalhou alto.

5

O treinamento dos soldados das Forças Especiais leva duas semanas. Gabriel Brahe começou o treinamento do esquadrão de Jared – formalmente referido como o 8º Esquadrão de Treinamento – fazendo uma pergunta a seus membros:

*[O que torna vocês diferentes de outros seres humanos? Levantem a mão quando tiverem a resposta]*

O esquadrão, arranjado em um semicírculo irregular, ficou em silêncio. Por fim, Jared levantou a mão.

*[Somos mais espertos, mais fortes e mais rápidos que outros seres humanos]*, respondeu, lembrando-se das palavras de Judy Curie.

*[Bom palpite]*, disse Brahe. *[Mas errado. Somos projetados para sermos mais fortes, rápidos e espertos que outros seres humanos. Mas somos assim como* consequência *do que nos torna diferentes. O que nos torna diferentes é que, entre os humanos, somos os únicos que nascem com um objetivo. E esse objetivo é simples: manter os seres humanos vivos neste universo]*

Os membros do esquadrão olharam-se. Sarah Pauling ergueu a mão.

*[Outras pessoas ajudam a manter os seres humanos vivos. Nós os vimos na Estação Fênix, a caminho daqui]*

*[Mas eles não* nasceram *para isso]*, disse Brahe. *[Essas pessoas que você viu, os real-natos, nascem sem um plano. Nascem porque a biologia manda que seres humanos façam mais seres humanos, mas não considera o que* fazer *com eles depois disso. Real-natos passam anos sem a menor ideia do que vão fazer. Pelo que entendo, alguns deles nunca descobrem de verdade. Simplesmente perambulam pela vida, confusos, e caem no túmulo quando ela acaba. Triste. E ineficiente. Vocês podem fazer muitas coisas na vida, mas caminhar por aí confusos não será uma delas. Nasceram para proteger a humanidade. E são* projetados *para isso. Tudo em vocês, até seus genes, reflete esse propósito. Por isso são mais fortes, mais rápidos e mais espertos que outros seres humanos]* Brahe meneou a cabeça para Jared. *[E por isso nasceram adultos, prontos para lutar de maneira rápida, eficaz e eficiente. As Forças Coloniais de Defesa levam três meses para treinar soldados real-natos. Fazemos o mesmo treinamento, e mais ainda, em duas semanas]*

Steve Seaborg ergueu a mão.

*[Por que leva tanto para treinarem os real-natos?]*, perguntou.

*[Vou mostrar a vocês]*, disse Brahe. *[Hoje é o primeiro dia de treinamento. Vocês sabem como ficar em posição de sentido ou outras manobras de treinamento básicas?]*

Os membros do esquadrão de treinamento olharam para ele, sem entender.

*[Certo, aqui vão suas instruções]*, disse Brahe.

Jared sentiu o cérebro ser inundado por novas informações. A percepção desse conhecimento desorganizado entrou com densidade em sua consciência; Jared sentiu o BrainPal canalizar as informações para os lugares corretos, o processo de abertura, agora familiar, abrindo caminhos ramificados de informações que se ligavam às coisas que Jared, agora com um dia inteiro de idade, já sabia.

Nesse momento, Jared sabia os protocolos militares de posicionamento. Mas mais que isso, também veio a emoção inesperada que surgiu nativamente em seu cérebro e foi amplificada e aumentada pelos pensamentos integrados de seu esquadrão de treinamento: sua disposição informal na frente de Brahe, com alguns em pé, alguns sentados e outros recostados nos degraus da caserna, parecia *errada*. Desrespeitosa. Vergonhosa. Trinta segundos depois estavam em quatro fileiras ordenadas de quatro pessoas, todas em posição de sentido.

Brahe sorriu.

*[Vocês pegaram de primeira]*, ele disse. *[Dispensados]*

O esquadrão se pôs em posição de descanso: pés separados, mãos para trás.

*[Excelente. Descansar]*

O esquadrão relaxou visivelmente.

*[Se eu dissesse quanto tempo leva para treinar real-natos para fazer exatamente isso tão bem quanto vocês fizeram, não acreditariam em mim]*, disse Brahe. *[Real-natos precisam se exercitar, repetir, praticar várias vezes para acertar e aprender a fazer as coisas que vocês aprenderão e absorverão em uma ou duas sessões]*

*[Por que os real-natos não treinam desse jeito?]*, perguntou Alan Millikan.

*[Não podem]*, respondeu Brahe. *[Têm mente antiga, configurada do jeito deles. Passam por dificuldades apenas para aprender a usar um BrainPal. Se eu tentasse mandar para eles os protocolos de posicionamento como mandei para vocês, o cérebro não conseguiria lidar com eles. E não conseguem se integrar — não conseguem compartilhar informações entre si automaticamente como vocês fazem, e como todas as Forças Especiais fazem. Não são projetados para isso. Não nasceram para isso]*

*[Somos superiores, mas existem soldados real-natos]*, comentou Steven Seaborg.

*[Sim]*, disse Brahe. *[Forças Especiais são menos de um por cento de toda a força de combate das* FCD*]*

*[Se somos tão bons, por que há tão poucos de nós?]*, questionou Seaborg.

*[Porque os real-natos têm medo da gente]*, Brahe respondeu.

*[O quê?]*

*[Eles suspeitam de nós]*, explicou Brahe. *[Eles nos criaram com o objetivo de defender a humanidade, mas não têm certeza de que somos humanos o bastante. Nos projetaram para sermos soldados superiores, mas temem que o projeto seja falho. Então, nos veem como menos que humanos e nos atribuem serviços dos quais têm medo, achando que tais serviços podem fazer deles menos que humanos. Fazem o suficiente de nós para esses serviços, mas não mais que isso. Não confiam em nós porque não confiam em si mesmos]*

*[Que estupidez]*, disse Seaborg.

*[Que ironia]*, disse Sarah Pauling.

*[Os dois]*, comentou Brahe. *[A racionalidade não é um dos pontos fortes da humanidade]*

*[Difícil entender por que pensam assim]*, disse Jared.

*[Tem razão]*, concordou Brahe, olhando para Jared. *[E você, sem querer, chegou à falha racial das Forças Especiais. Real-natos acham bem difícil confiar nas Forças Especiais. As Forças Especiais, por sua vez, acham bem difícil entender os real-natos. E isso não acaba. Tenho onze anos]* Um bipe agudo de surpresa ricocheteou pelo esquadrão. Nenhum deles conseguia conceber ser tão velho. *[E juro a vocês que ainda não entendo os real-natos na maior parte do tempo. Seu senso de humor, que você e eu já discutimos, Dirac, é apenas o exemplo mais óbvio disso. Isso porque, além do condicionamento físico e mental, o treinamento das Forças Especiais também inclui treinamento especializado em história e cultura dos soldados*

*real-natos que vocês encontrarão, para que vocês possam entendê-los e compreender como eles nos veem]*

*[Parece perda de tempo]*, aventou Seaborg. *[Se os real-natos não confiam em nós, por que deveríamos protegê-los?]*

*[Porque nascemos para fazer...]*, disse Brahe.

*[Não pedi para nascer]*, interrompeu Seaborg.

*[... e está pensando como um real-nato]*, disse Brahe. *[Nós também somos humanos. Quando lutamos pelos seres humanos, lutamos por nós mesmos. Ninguém pede para nascer, mas nós nascemos e somos seres humanos. Lutamos por nós, tanto quanto por qualquer outro ser humano. Se não defendermos a humanidade, estaremos tão mortos quanto eles. Esse universo é implacável]*

Seaborg mergulhou no silêncio, mas sua irritação se difundia.

*[É tudo que fazemos?]*, perguntou Jared.

*[Como assim?]*, quis saber Brahe.

*[Nascemos para esse objetivo]*, disse Jared. *[Mas podemos fazer outra coisa também?]*

*[O que sugere?]*, perguntou Brahe.

*[Não sei. Mas tenho apenas um dia de idade. Não sei de muita coisa]* Essa informação recebeu bipes de humor, e um sorriso de Brahe.

*[Nascemos para isso, mas não somos escravos]*, Brahe explicou. *[Temos um período de serviço. Dez anos. Depois disso, podemos optar pela aposentadoria. Sermos como os real-natos e colonizar. Existe até mesmo uma colônia exclusiva para nós. Alguns de nós vão para lá; alguns de nós escolhem se misturar aos real-natos em outras colônias. Mas a maioria de nós fica nas Forças Especiais. Eu fiquei]*

*[Por quê?]*, perguntou Jared.

*[Foi para isso que nasci]*, reforçou Brahe. *[Sou bom no que faço. Vocês todos são bons no que fazem. Ou serão, em breve. Vamos começar]*

* * *

*[Fazemos muitas coisas mais rápido que os real-natos]*, comentou Sarah Pauling, dando uma colherada na sopa. *[Mas acho que comer não é uma delas. Se a gente come muito rápido, engasga. É engraçado, mas também ruim]*

Jared estava sentado diante dela em uma das duas mesas da cantina designadas para o 8º Esquadrão de Treinamento. Alan Millikan, curioso sobre as diferenças entre o treinamento de real-natos e das Forças Especiais, descobriu que os real-natos treinavam em pelotões, não em esquadrões, e que os esquadrões de treinamento das Forças Especiais não eram do mesmo tamanho que os esquadrões das FCD. Tudo que Millikan aprendeu sobre o assunto foi enviado aos outros membros do 8º e acrescentado ao seu estoque de informações. Portanto, outro benefício da integração se revelou: bastava um membro do 8º aprender algo para que todos os outros ficassem sabendo.

Jared tomou um pouco da sopa.

*[Acho que comemos mais rápido que os real-natos]*, disse.

*[Como assim?]*, quis saber Pauling.

Jared tomou uma grande colherada da sopa.

– Porque se falam e comem sopa ao mesmo tempo, *isso* acontece – disse, deixando a sopa escorrer da boca enquanto falava.

Pauling pôs a mão na boca para reprimir uma risada.

*[Ai, ai]*, ela disse depois de um segundo.

*[O quê?]*, perguntou Jared.

Pauling olhou para a esquerda, depois para a direita. Jared olhou ao redor e viu a cantina inteira olhando para ele. Jared percebeu, tarde demais, que todos, todos mesmo, podiam ouvi-lo falar quando usava a boca. Ninguém mais na cantina havia falado em voz alta durante a refeição inteira.

Jared de repente percebeu que a última vez que ouvira alguém falar foi quando o tenente Cloud se despediu dele. Falar em voz alta era estranho.

*[Desculpe]*, disse na faixa geral. Todos voltaram à comida.

*[Você está fazendo papel de bobo]*, disse Steven Seaborg, do outro lado da mesa.

*[Foi apenas uma piada]*, explicou Jared.

*[Foi apenas uma* piada*]*, zombou Seaborg. *[Idiota]*

*[Você não é muito simpático]*, disse Jared.

*[Você não é muito* simpático*]*, repetiu Seaborg.

*[Jared pode ser idiota, mas ao menos pensa com as próprias palavras]*, disse Pauling.

*[Ei, fica quieta, Pauling]*, bronqueou Seaborg. *[Não se meta onde não é chamada]*

Jared estava prestes a responder quando uma imagem surgiu no seu campo visual. Seres humanos agachados, deformados, estavam brigando por algo com vozes agudas. Um deles começou a zombar do outro repetindo suas palavras, como Seaborg fizera com Jared.

*[Quem são essas pessoas?]*, Seaborg perguntou. Pauling também pareceu perplexa.

A voz de Gabriel Brahe surgiu na cabeça de todos.

*[São crianças]*, ele disse. *[Seres humanos imaturos. E estão discutindo. Tenho que dizer que estão brigando do mesmo jeito que vocês estavam]*

*[Foi ele que começou]*, disse Seaborg, olhando para Brahe na cantina. Ele estava em uma mesa distante, comendo com outros oficiais. Não se virou para encarar o trio.

*[Um dos motivos de os real-natos não confiarem em nós é porque estão convencidos de que somos crianças]*, disse Brahe. *[Crianças emocionalmente atrofiadas em corpos adultos. E o problema é que eles* têm *razão. Precisamos aprender a nos controlar, como adultos fazem, como todos os seres humanos fazem. E temos muito menos tempo para aprender como fazê-lo]*

[Mas...], começou Seaborg.

[Quieto], repreendeu Brahe. [Seaborg, depois de nossa tarde de treinos, você terá uma missão. A partir de seu BrainPal, pode acessar a rede de dados de Fênix. Vai pesquisar por etiqueta e resolução de conflitos interpessoais. Encontre o máximo que puder e compartilhe com o restante do 8º até o fim da noite. Você me entendeu?]

[Entendi], disse Seaborg. Lançou um olhar acusador a Jared e, em seguida, voltou a comer em silêncio.

[Dirac, você também tem uma missão. Leia Frankenstein. Veja o que consegue tirar dele]

[Sim, senhor], disse Jared.

[E não babe mais sopa], advertiu Brahe. [Fica parecendo um paspalho]

Com isso, Brahe desligou sua conexão.

Jared olhou para Pauling.

[Como você se safou?], ele perguntou.

Pauling mergulhou a colher na sopa.

[Minha comida está onde deve], disse antes de engolir. [E eu não ajo como uma criança]

E, em seguida, mostrou a língua.

O treinamento da tarde apresentou ao 8º sua arma, o fuzil MU-35A, ou só "MU". O fuzil conectava-se a seu dono pelo uso de autenticação via BrainPal. A partir daquele momento, apenas o dono ou outro ser humano com um BrainPal poderia disparar o fuzil. Isso eliminava a chance de um soldado das FCD ter a própria arma usada contra si. O MU-35A era modificado para os soldados das Forças Especiais para aproveitar suas capacidades de integração; entre outras coisas, o MU-35A podia ser disparado remotamente. As Forças Especiais tinham usado essa capacidade para surpreender de um jeito fatal muitos alienígenas curiosos durante aqueles anos.

O MU-35A era mais que um simples fuzil. Podia, a critério do soldado que o usasse, atirar projéteis de fuzil ou de escopeta, além de granadas e pequenos mísseis teleguiados. Também continha configurações para lança-chamas e feixe de partículas. Qualquer munição desse arsenal era construída de modo dinâmico pelo MU-35A a partir de pesados blocos metálicos de nanorrobôs. Jared pensou vagamente como o fuzil conseguia fazer aquele truque; seu BrainPal gentilmente abriu os pacotes de princípios da física por trás da arma, levando a uma abertura gigantesca e muito inconveniente de princípios gerais da física enquanto o 8º estava na área de tiros. Claro que todas essas informações abertas foram encaminhadas para o restante do esquadrão, e todos olharam para Jared com níveis variados de irritação.

[Desculpem], ele disse.

No fim da longa tarde, Jared havia dominado o MU-35A e sua miríade de opções. Jared e outro recruta chamado Joshua Lederman concentraram-se nas opções que o MU oferecia para seus projéteis de fuzil, experimentando diferentes modelos de balas e avaliando as vantagens e desvantagens de cada, devidamente repassando cada observação aos outros membros do esquadrão.

Quando estavam prontos para avançar para outras opções de munição disponíveis para eles, Jared e Lederman tiraram bastante proveito das informações incluídas por outros membros do 8º para dominar aquelas opções também. Jared teve de admitir que, quaisquer que fossem os problemas pessoais que pudesse ter com Steven Seaborg, se precisasse de alguém para produzir um lança-chamas para ele, Seaborg seria a primeira opção. Ao voltarem à caserna, ele disse isso a Seaborg, que o ignorou e explicitamente começou uma conversa particular com Andrea Gell-Mann.

Depois do jantar, Jared tomou posição nos degraus da caserna. Após um breve tutorial de seu BrainPal (e tomando cuidado para armazenar suas explorações de forma que não repetisse o embaraçoso vazamento de dados de antes), ele entrou na rede de dados públicos de Fênix e procurou por uma cópia de *Frankenstein: ou o Prometeu moderno*, de Mary Wollstonecraft Shelley, terceira edição revisada de 1831.

Oito minutos mais tarde, havia terminado e estava meio que em estado de choque, intuindo (corretamente) por que Brahe mandara que lesse o livro: ele e todos os membros do 8º – e todos os soldados das Forças Especiais – eram descendentes espirituais da criatura patética que Victor Frankenstein montou a partir dos corpos dos mortos e a quem deu vida. Jared viu como Frankenstein sentiu orgulho ao criar vida, mas como temeu e rejeitou a criatura assim que ela recebeu tal vida; como a criatura atacou, matando a família e os amigos do doutor, e como criador e criatura foram por fim consumidos em uma pira, seus destinos entrelaçados. As alusões entre o monstro e as Forças Especiais eram muito óbvias.

E ainda assim, enquanto Jared considerava se o fardo das Forças Especiais era ser tão incompreendidas e vilipendiadas pelos real-natos como o monstro foi por seu criador, pensou em seu breve encontro com o tenente Cloud. O tenente certamente não pareceu aterrorizado ou repelido por Jared; ele lhe ofereceu a mão para cumprimentar, um gesto que Victor Frankenstein ostensivamente recusou do monstro que criou. Jared também considerou o fato de que, embora Victor Frankenstein fosse o criador do monstro, *sua* criadora – Mary Shelley – implicitamente ofereceu compaixão e empatia ao monstro. O humano real desse caso era uma pessoa bem mais complexa do que a ficcional, e muito mais inclinada à criatura que ao criador ficcional.

Ele pensou sobre *aquilo* durante um bom minuto inteiro.

Jared procurou com avidez materiais relacionados, encontrando rapidamente a famosa versão cinematográfica de 1931 da história e devorando-a a uma velocidade dez vezes maior, apenas para se ver muito decepcionado – o monstro eloquente de Shelley fora substituído por um grunhidor triste e de andar pesado. Jared rapidamente verificou amostras de outras versões filmadas, mas ficou cada vez mais decepcionado. O monstro com que ele se identificava não estava em quase lugar nenhum desses filmes, mesmo nas versões que seguiam o texto original à risca. O monstro de Frankenstein era uma piada; Jared desistiu das versões filmadas antes de chegar ao fim do século XXI.

Jared tentou outra direção e buscou histórias de outros seres criados e logo se familiarizou com Sexta-Feira, R. Daneel Olivaw, Data, HAL, o Maschinen-Mensch, Astro Boy, os diversos Exterminadores, Channa Fortuna, Joe, o Robô Safado, e diversos outros androides, robôs, computadores, replicantes, clones e coisas geneticamente modificadas que eram tão descendentes espirituais do monstro de Frankenstein quanto ele. Curioso, Jared foi até antes da época de Shelley e encontrou Pigmalião, golens, homúnculos e autômatos com engrenagens.

Leu e viu a triste e com frequência perigosa falta de humor de muitas dessas criaturas e como isso foi usado para torná-las objetos de pena e alívio cômico. Agora entendia por que Brahe era sensível à toda aquela questão de senso de humor. Estava implícita nesse melindre a ideia de que as Forças Especiais eram mal representadas nas descrições dos real-natos, ou assim pensou Jared até procurar a literatura ou registros de entretenimento que trouxessem as Forças Especiais como personagens principais.

Não havia nenhum. A era Colonial tinha muitas obras de entretenimento sobre as Forças Coloniais de Defesa e suas batalhas e eventos militares – a Batalha de Armstrong parecia um tópico especialmente revisitado –, mas em nenhuma delas as Forças Especiais eram sequer mencionadas. O mais próximo disso era uma série de romances de gosto duvidoso publicados na colônia de Rama que traziam as aventuras de uma força secreta de soldados super-humanos eróticos, que em sua maioria derrotavam espécies alienígenas ficcionais fazendo sexo enérgico com eles até se renderem. Jared, que nesse momento entendia sexo amplamente no sentido reprodutivo, imaginou por que alguém pensaria que aquela seria uma maneira viável de conquistar os inimigos. Decidiu que provavelmente desconhecia algo importante sobre essa coisa de sexo e guardou a dúvida para perguntar a Brahe mais tarde.

Então, havia esse mistério de por que, do ponto de vista da produção ficcional das colônias, as Forças Especiais não existiam.

Mas talvez fosse melhor deixar aquilo para outra noite. Jared estava ansioso para compartilhar suas explorações atuais com os colegas de esquadrão. Tirou suas descobertas do cache e as liberou aos outros. Enquanto fazia, tomou ciência de que não era o único a compartilhar descobertas: Brahe havia atribuído lição de casa para a maioria do 8º, e essas explorações vinham como uma enxurrada em sua percepção. Entre elas, etiqueta e a psicologia da resolução de conflitos por Seaborg (de quem Jared conseguia sentir o revirar de olhos a cada um de quase todos os materiais que ele repassava); as principais batalhas das Forças Coloniais de Defesa, por Brian Michaelson; desenhos animados por um recruta chamado Jerry Yukawa; fisiologia humana por Sarah Pauling. Jared fez uma nota para tirar um sarro dela por tê-lo criticado mais cedo. Seu BrainPal começou a descarregar alegremente tudo que os colegas de Jared haviam aprendido. Jared recostou-se nos degraus e assistiu ao pôr do sol enquanto as informações se ramificavam e expandiam.

O Sol de Fênix se pôs por completo no momento em que Jared havia aberto todas as novas informações. Estava sentado dentro do pequeno círculo de luz que iluminava a caserna e observou o análogo de Fênix aos insetos zumbirem ao lado da luz. Uma dessas criaturinhas, mais ambiciosa, aterrissou no braço de Jared e enterrou a tromba em forma de agulha na carne para sugar fluidos. Segundos depois, estava morta. Os nanorrobôs no SmartBlood de Jared, alertados da situação pelo BrainPal, se autoimolaram dentro do animalzinho, usando o oxigênio que carregavam como um agente combustível. A pobre criatura torrou de dentro para fora; sopros de fumaça minúsculos e quase invisíveis saíram do corpo estreito. Jared imaginou quem havia programado aquele tipo de reação defensiva dentro do BrainPal e do SmartBlood; parecia trazer consigo um ódio contra a vida.

*Talvez os real-natos tenham razão em nos temer*, pensou Jared.

De dentro da caserna, Jared percebeu que seus colegas de esquadrão estavam discutindo sobre o que haviam aprendido naquela noite; Seaborg declarou simplesmente que o monstro de Frankenstein era um tédio. Jared entrou para defender a honra do monstro.

Durante as manhãs e as tardes da primeira semana, o 8º aprendeu a lutar, a se defender e a matar. À noite, aprendiam todo o restante, inclusive algumas coisas que Jared suspeitava que eram de valor questionável.

No início da noite do segundo dia, Andrea Gell-Mann apresentou ao 8º o conceito de grosseria, que encontrou no almoço e compartilhou pouco antes do jantar. No jantar, os membros do 8º diziam um para o outro para passar a porra do sal, seu merda dos infernos, até Brahe lhes dizer para parar com aquela putaria, seus descaralhados, porque aquilo cansaria muito rápido. Todos concordaram que Brahe tinha razão, até Gell-Mann ensinar o esquadrão a xingar em árabe.

No terceiro dia, os membros do 8º pediram e receberam permissão para entrar na cozinha da cantina e usar os fornos e certos ingredientes. Na manhã seguinte, os outros esquadrões de treinamento no Acampamento Carson foram presenteados com biscoitos doces suficientes para cada recruta (e seus oficiais superiores).

No quarto dia, os membros do 8º tentaram contar um ao outro piadas que encontraram na rede de dados de Fênix, e a maioria não conseguiu fazê-las funcionar – quando os BrainPals abriam o contexto da piada, perdia a graça. Apenas Sarah Pauling parecia estar rindo a maior parte do tempo e, no fim das contas, concluiu-se que estava rindo porque achava engraçado que ninguém além dela conseguia contar uma piada. Ninguém mais achou engraçado, o que fez Pauling gargalhar ainda mais até cair do catre.

Todos concordaram que aquilo sim foi engraçado.

Também concordaram que trocadilhos eram interessantes.

No quinto dia, cuja tarde transcorreu em uma sessão informacional sobre a disposição das colônias humanas e seu relacionamento com outras espécies inteligentes (a saber, sempre ruim), o 8º avaliou criticamente a ficção especulativa da era pré-Colonial e as obras de entretenimento sobre guerras interestelares com alienígenas. Os vereditos foram razoavelmente coerentes. *A guerra dos mundos* teve aprovação com exceção do final, que deu a impressão ao 8º de ter sido uma saída barata. *Tropas estelares* teve algumas boas cenas de ação, mas exigia baixar muitos arquivos de ideias filosóficas; gostaram mais do filme, embora reconhecessem que fosse mais bobo. *Guerra sem fim* deixou o 8º inexplicavelmente triste – a ideia de que uma guerra poderia continuar por tanto tempo era quase inconcebível para um grupo de pessoas que tinha uma semana de idade. Depois de assistir a *Star Wars*, todo mundo queria um sabre de luz e ficou irritado ao saber que na verdade a tecnologia para produzi-los não existia. Todos concordaram que os Ewoks deveriam morrer.

Dois clássicos conquistaram todos. Ficaram extasiados com *Ender's Game – O jogo do exterminador*. Ali eram soldados como eles, mas menores. Até o personagem principal tinha sido criado para combater espécies alienígenas, como eles. No dia seguinte, os membros do 8º se cumprimentaram com a saudação "*[Ho, Ender]*" até Brahe lhes dizer para parar com aquilo e prestar atenção.

O outro foi *Charlie volta para casa*, um dos últimos livros antes de a era Colonial começar, e um dos últimos livros, portanto, cujo autor foi capaz de imaginar um universo diferente do que era – um onde espécies alienígenas e a humanidade se encontrariam e se cumprimentariam com boas-vindas e não com uma arma. O livro acabou sendo adaptado para o cinema; àquela altura, estava claro que não era ficção científica, mas fantasia, e uma bem amarga. Foi um fiasco de bilheteria. Os membros do 8º ficaram transidos com livro e filme, cativados por um universo que nunca poderiam ter, e um que nunca os teria também, porque eles não seriam necessários.

No sexto dia, Jared e o restante do 8º finalmente entenderam o que era essa coisa de sexo.

No sétimo dia, e como uma consequência direta do sexto dia, eles descansaram.

*[Não são de valor questionável]*, disse Pauling a Jared sobre as coisas que haviam aprendido, enquanto estavam juntos no catre dela, deitados tarde da noite no sétimo dia, de forma íntima, mas não sexual. *[Talvez todas essas coisas não tenham utilidade nenhuma em si, mas elas aproximaram todos nós]*

*[Nós* estamos *mais próximos]*, concordou Jared.

*[Não apenas desse jeito]* Pauling recostou o corpo no de Jared por um instante, e depois se afastou. *[Mais próximos como pessoas. Como um grupo. Todas aquelas coisas que você mencionou são bobas. Mas estão nos treinando como ser humanos]*

Foi a vez de Jared se virar e se encostar em Pauling, aninhando-se em seus seios.

*[Eu gosto de ser humano]*, disse.

*[Também gosto que você seja humano]*, disse Pauling, soltando em seguida uma risadinha audível.

*[Puta que pariu, vocês dois]*, disse Seaborg. *[Estou tentando dormir aqui]*

*[Rabugento]*, disse Pauling. Ela olhou para Jared para ver se ele acrescentaria algo, mas havia adormecido. Ela beijou de leve a cabeça do rapaz e se juntou a ele no sono.

*[Na primeira semana, vocês treinaram fisicamente todas as coisas que soldados real-natos podem fazer]*, disse Brahe. *[Agora é hora de treiná-los em coisas que apenas vocês podem fazer]*

O 8º estava a postos no início de uma longa pista com obstáculos.

*[Já fizemos este percurso]*, disse Luke Gullstrand.

*[Bom que notou, Gullstrand]*, disse Brahe. *[Por suas habilidades de observação, vai ser o primeiro a correr hoje. Fique aqui. O restante de vocês vai se espalhar ao longo da pista, por favor, da forma mais uniforme possível]*

No mesmo instante, os membros do 8º se puseram ao longo da pista. Brahe se virou para Gullstrand.

*[Está vendo a pista?]*, perguntou.

*[Sim]*, respondeu Gullstrand.

*[Acha que poderia corrê-la com os olhos fechados?]*

*[Não]*, disse Gullstrand. *[Não lembro onde estão todas as coisas. Tropeçaria em uma delas e morreria]*

*[Todos vocês concordam?]* perguntou Brahe. Houve bipes afirmativos. *[E, ainda assim, todos vocês correrão o percurso de olhos fechados antes de sair daqui hoje. Porque vocês têm uma capacidade que permitirá que façam isso: sua integração com os membros do esquadrão]*

De todo o esquadrão vieram vários níveis de descrença.

*[Usamos nossa integração para conversar e compartilhar dados]*, disse Brian Michaelson. *[Isso é totalmente diferente]*

*[Não. Não é nada diferente]*, disse Brahe. *[As missões noturnas da semana passada não foram apenas punição e frivolidade. Vocês já sabiam que, por meio do BrainPal e do condicionamento pré-natal, poderiam aprender rapidamente sozinhos. Na semana passada, sem perceber, aprenderam a compartilhar e absorver quantidades imensas de informação entre vocês. Não há diferença entre essas informações e isso aqui. Prestem atenção]*

Jared arfou alto, como os outros membros do 8º. Em sua cabeça não havia apenas a presença de Gabriel Brahe, mas uma sensação íntima de sua presença física e situação pessoal sobreposta à própria consciência de Jared.

*[Vejam através dos meus olhos]*, mandou Brahe. Jared concentrou-se no comando e, em seguida, teve a sensação nauseante de vertigem quando a perspectiva girou de seu ponto de vista para o de Brahe. Brahe olhou à esquerda e à direita, e Jared viu a si mesmo olhando na direção de Brahe. O oficial desligou a visão de uma vez só.

*[Vai ficar mais fácil quanto mais vocês fizerem]*, comentou Brahe. *[E, a partir de agora, em toda prática de combate, vocês* farão isso. *Sua integração lhes dá uma consciência situacional que é única neste universo. Todas as espécies inteligentes compartilham informações em combate do jeito que conseguem – mesmo os soldados real-natos mantêm um canal de comunicação aberto nos BrainPals durante a batalha. Mas apenas as Forças Especiais têm este nível de compartilhamento, este nível de consciência tática. É a essência de como trabalhamos e de como lutamos. Como eu disse, na última semana vocês viram o básico de uma luta real-nata; aprenderam como entrar em combate como indivíduos. Agora é hora de aprender a lutar como Forças Especiais, a* integrar *suas habilidades de combate com o esquadrão. Vão aprender a compartilhar e a confiar no que é compartilhado com vocês. Isso vai salvar sua vida e a vida de seus colegas de esquadrão. Será a coisa mais difícil e a mais importante que vão aprender. Então, prestem atenção]*

Brahe se virou de novo para Gullstrand.

*[Agora, feche os olhos]*
Gullstrand hesitou.
*[Não sei se consigo manter os olhos fechados]*, admitiu.
*[Você vai ter que confiar no seu esquadrão]*, disse Brahe.
*[Eu confio no esquadrão. Eu não confio em mim]*
Essa confissão recebeu uma rodada solidária de bipes.
*[Faz parte do exercício também]*, disse Brahe. *[Prossiga]*
Gullstrand fechou os olhos e deu um passo. De sua posição na metade da pista, Jared conseguia ver Jerry Yukawa, na primeira posição, levemente inclinado, como se tentasse fisicamente diminuir a distância entre sua mente e a de Gullstrand. A passagem de Gullstrand pela pista de obstáculos foi lenta, mas se tornou cada vez mais firme. Pouco antes de chegar a Jared e pouco depois de balançar em um poste de madeira suspenso sobre a lama, Gullstrand começou a sorrir. Havia se tornado um soldado confiante.

Jared sentiu Gullstrand pedir seu ponto de vista. Jared lhe deu pleno acesso a seus sentidos e repassou um sentimento de incentivo e tranquilidade. Sentiu Gullstrand recebê-lo e rapidamente enviar seu agradecimento. Em seguida, Gullstrand se concentrou em escalar a parede de cordas ao lado da qual estava Jared. No alto, sentiu o colega seguir para o próximo membro do esquadrão na fila, com total confiança. No fim da pista, Gullstrand já estava se movendo quase a plena velocidade.

*[Excelente]*, comemorou Brahe. *[Gullstrand, assuma a última posição. Todo mundo desça uma posição. Yukawa, sua vez]*

Duas rodadas mais tarde, não apenas os membros do esquadrão compartilhavam sua perspectiva com o colega de esquadrão no percurso; o colega do esquadrão na pista compartilhava sua perspectiva compartilhada com eles, dando a todos que não haviam percorrido a pista uma visão prévia do que viria a seguir. A próxima rodada tinha os colegas de esquadrão ao lado compartilhando pontos de vista com a pessoa uma estação acima deles, de modo que conseguiam ajudar melhor a pessoa na pista quando mudavam de posição. No momento em que Jared estava na pista, o esquadrão inteiro havia integrado totalmente as perspectivas e já conseguia rapidamente tirar amostras de outra perspectiva e escolher as informações pertinentes sem se afastar do próprio ponto de vista. Era como estar em dois lugares ao mesmo tempo.

Durante o percurso de Jared, ele se alegrou com a estranha inteligência de tudo aquilo, ao menos até as vigas sobre a lama, quando seu ponto de vista emprestado de repente girou para longe de onde seus pés estavam. Jared perdeu o equilíbrio e caiu de cara na lama.

*[Desculpa aí]*, disse Steven Seaborg alguns segundos depois enquanto Jared se levantava de olhos abertos. *[Alguma coisa me mordeu. Me distraí]*

*[Mentira]*, enviou Alan Millikan em modo privado para Jared. *[Eu estava na estação anterior e estava olhando bem para ele. Não foi mordido por nada]*

Brahe interveio.

*[Seaborg, quando se está em combate, deixar um colega de esquadrão ser morto por causa de uma mordida de inseto é o tipo de coisa que vai levar você ao lado infeliz de uma eclusa de ar]*, disse ele. *[Não se esqueça disso. Dirac, continue]*

Jared fechou os olhos e pôs um pé diante do outro.

*[O que Seaborg tem contra mim, afinal?]*, perguntou Jared a Pauling. Os dois estavam praticando luta com as facas de combate. Os membros de esquadrão praticavam por cinco minutos com outro membro, com seu senso de integração no máximo. Lutar com alguém que estava intimamente ciente de seu estado mental interno aumentava o desafio de um jeito interessante.

*[Você não sabe mesmo?]*, perguntou Pauling, circulando com a faca casualmente na mão esquerda. *[São duas coisas. Um: ele é um idiota. Dois: ele gosta de mim]*

Jared parou de circular.

*[O quê?]*, ele perguntou, e Pauling o atacou com maldade, dando uma finta para a direita e depois golpeando para cima na direção do pescoço de Jared com a mão esquerda. Jared evitou o talho cambaleando para trás e para a direita; Pauling trocou a faca de mão e apunhalou para baixo, errando a perna de Jared em um centímetro. Jared endireitou-se e se pôs em posição defensiva.

*[Você me distraiu]*, ele disse, circulando de novo.

*[Você se distraiu]*, retrucou Pauling. *[Eu só tirei vantagem quando aconteceu]*

*[Só vai ficar feliz quando abrir uma artéria]*, disse Jared.

*[Só vou ficar feliz quando você fechar o bico e se concentrar em me matar com essa faca]*, bronqueou Pauling.

*[Sabe de uma coisa]*, começou Jared antes de, de repente, dar um passo para trás; sentiu Pauling planejar o golpe uma fração de segundo antes de ela atacar. Antes que pudesse recuar, Jared voltou a avançar, dentro do alcance do braço estendido de Pauling, e ergueu a lâmina na mão direita para tocar levemente a caixa torácica da adversária. Antes de chegar lá, Pauling ergueu a cabeça com tudo e bateu no queixo de Jared. Ouviram um *clack* alto quando os dentes de Jared bateram. O campo de visão de Jared ficou todo branco. Pauling aproveitou o abalo dele para se afastar e lhe dar uma rasteira, fazendo com que caísse de costas no chão. Quando Jared percebeu, Pauling havia prendido os braços do soldado com as pernas e segurava a faca diretamente sobre uma artéria carótida.

*[Sabe de uma coisa]*, disse Pauling, zombando das últimas palavras de Jared. *[Se fosse um combate real, eu teria partido quatro de suas artérias agora e avançado no próximo que estivesse na fila]* Pauling embainhou sua faca e tirou os joelhos dos braços do soldado.

*[Que bom que não estamos em um combate real]*, disse Jared e se ergueu. *[Sobre Seaborg...]*

Pauling deu um soco direto no nariz de Jared fazendo sua cabeça voar para trás. Uma fração de segundo depois, a faca de Pauling estava atrás do pescoço dele e as pernas prendiam seus braços.

[*Que porra é essa?*], perguntou Jared.

[*Nossos cinco minutos não terminaram*], disse Pauling. [*Ainda deveríamos estar lutando*]

[*Mas você...*], começou Jared. Pauling cortou o pescoço do rapaz e derramou SmartBlood. Jared deu um grito.

[*Não tem "mas você..."*], disse Pauling. [*Jared, eu gosto de você, mas percebi que você não se concentra. Somos amigos, e eu sei que acha que podemos ter uma conversa agradável enquanto estamos lutando. Mas eu juro que da próxima vez que me der uma abertura como acabou de fazer, eu corto sua garganta. Seu SmartBlood provavelmente vai impedir que você morra. E isso vai impedir você de achar que, só porque somos amigos, não vou te machucar de verdade. Gosto muito de você. E não quero que morra em um combate real porque está pensando em outra coisa. As coisas que vamos enfrentar em um combate de verdade não vão parar para conversar*]

[*Você cuidaria de mim em combate*], disse Jared.

[*Sabe que sim*], disse Pauling. [*Mas essa coisa de integração vai apenas até aí, Jared. Você precisa se cuidar também*]

Brahe anunciou que os cinco minutos haviam acabado. Pauling soltou Jared do chão.

[*Estou falando sério, Jared*], Pauling continuou, depois de erguê-lo. [*Preste atenção da próxima vez, ou vou te cortar pra valer*]

[*Eu sei*], disse Jared e tocou o nariz. [*Ou me socar*]

[*Isso*], disse Pauling e sorriu. [*Não fico escolhendo muito*]

[*Então, aquela coisa toda de Seaborg gostar de você foi apenas para me distrair*], concluiu Jared.

[*Ah, não*], disse Pauling. [*É totalmente verdade*]

*[Ah]*
Pauling gargalhou alto.
*[Olha você, se distraindo de novo]*, ela disse.

Sarah Pauling foi uma das primeiras a levar um tiro; ela e Andrea Gell-Mann caíram em uma emboscada quando estavam de batedoras em um pequeno vale. Pauling morreu imediatamente, alvejada na cabeça e no pescoço. Gell-Mann conseguiu identificar a localização dos atiradores antes de um trio de tiros no peito e no abdome derrubá-la. Nos dois casos, a integração com o restante do esquadrão entrou em colapso; parecia que haviam sido arrancadas fisicamente da consciência conjunta do esquadrão. Outros caíram logo, eviscerando o esquadrão e deixando o restante dos membros descoordenados.

Era um jogo de guerra ruim para o 8º.

Jerry Yukawa aumentou o problema ao tomar um tiro na perna. O traje de treinamento que estava usando registrou o "atingido" e congelou a mobilidade do membro; Yukawa caiu no meio de um passo e saiu mancando para trás de um rochedo em que Katherine Berkeley havia se escondido poucos segundos antes.

*[Você devia estar usando fogo supressivo]*, disse Yukawa em tom acusador.

*[Eu* estava *usando]*, disse Berkeley. *[E* estou. *Eu sou uma contra cinco deles. Quero ver* você *fazer melhor]*

Os cinco membros do 13º Esquadrão de Treinamento que haviam emboscado Yukawa e Berkeley atrás do rochedo enviaram outra saraivada na direção deles. Os membros do 13º sentiram o impacto mecânico simulado dos fuzis de treinamento enquanto os BrainPals simulavam visual e auditivamente as balas cortando o pequeno beco sem saída do vale; da mesma forma, os BrainPals de Yukawa e Berkeley simulavam algumas dessas balas estourando um bom pedaço do rochedo e outras zunindo ao lado deles. Não eram reais, mas eram tão reais quanto uma bala falsa poderia ser.

[*Precisamos de uma ajudinha aqui*], disse Yukawa a Steven Seaborg, que era o comandante do exercício.

[*Entendido*], disse Seaborg e se virou para olhar Jared, o único soldado sobrevivente que ainda lhe restava; estava parado, mudo, olhando para ele. Quatro membros do 8º ainda estavam em pé (no caso de Yukawa, figurativamente), enquanto sete membros do 13º estavam vasculhando a floresta. As perspectivas não eram favoráveis.

[*Pare de olhar para mim desse jeito*], disse Seaborg. [*Não é minha culpa*]
[*Eu não disse nada*]
[*Mas estava pensando*]
[*Nem pensando*], afirmou Jared. [*Estava analisando dados*]
[*De quê?*], perguntou Seaborg.
[*De como o 13º se move e pensa*], respondeu Jared. [*Dos outros membros do 8º antes de morrerem. Estou tentando ver se há alguma coisa que possamos usar*]

[*Não pode ir mais rápido com isso?*], perguntou Yukawa. [*As coisas estão ficando bem feias deste lado aqui*]

Jared olhou para Seaborg. Seaborg suspirou.

[*Tá bom*], ele disse. [*Estou aberto a sugestões. O que conseguiu?*]

[*Vai achar que estou louco. Mas tem algo que notei. Até o momento, nenhum de nós ou deles está olhando muito para cima*]

Seaborg ergueu os olhos para a copa das árvores na floresta, observando a luz do sol atravessar as folhas de árvores terráqueas e seus equivalentes de Fênix; talos grossos como bambu se ramificavam em galhos impressionantes. Esses dois tipos de floras não concorriam geneticamente – eram naturalmente incompatíveis porque haviam se desenvolvido em mundos diferentes –, mas competiam por luz do sol, estendendo-se o máximo possível ao céu e se ramificando densamente para oferecer apoio às folhas e equivalentes a folhas para fazer seu trabalho fotossintético.

*[Não olhamos para cima porque não há nada lá além de árvores]*, disse Seaborg.

Jared começou a contar segundos na cabeça. Quando chegou a sete, Seaborg disse:

*[Ah]*

*[Ah]*, concordou Jared. Ele fez aparecer um mapa. *[Estamos aqui. Yukawa e Berkeley estão aqui. Há uma floresta inteira entre aqui e lá]*

*[E você acha que podemos chegar daqui até lá nas árvores]*, concluiu Seaborg.

*[Essa não é a questão]*, disse Jared. *[A questão é se podemos fazê-lo rápido o bastante para manter Yukawa e Berkeley vivos e com silêncio o bastante para que não sejamos mortos]*

Jared descobriu rapidamente que caminhar pelas árvores era uma ideia melhor em teoria do que na prática. Ele e Seaborg quase caíram duas vezes nos primeiros dois minutos. Mover-se de galho em galho exigia mais coordenação do que eles esperavam. Os galhos das árvores de Fênix não eram nem de perto tão firmes quanto presumiam e as árvores terráqueas tinham uma quantidade surpreendente de galhos mortos. Seu progresso foi mais lento e mais ruidoso do que gostariam.

Um farfalhar veio do leste; em árvores separadas, Jared e Seaborg abraçaram os troncos e pararam. Dois membros do 13º saíram do arbusto a 30 metros de distância e 6 metros abaixo da posição de Jared. Os dois estavam alertas e desconfiados, buscando e espreitando suas presas. Não olharam para cima.

De canto de olho, Jared viu Seaborg lentamente estender a mão para pegar o MU.

*[Espere]*, disse Jared. *[Ainda estamos na visão periférica deles. Espere até estarmos atrás deles]*

Os dois soldados avançaram, deixando Jared e Seaborg para trás. Seaborg meneou a cabeça para Jared. Em silêncio, pegaram seus MU, estabilizaram o melhor que puderam e miraram nas costas dos soldados. Seaborg deu a ordem, e balas voaram em uma explosão curta. Os soldados tremeram e caíram.

*[Os outros cercaram Yukawa e Berkeley]*, disse Seaborg. *[Vamos logo]*

Eles partiram. Jared achou divertido como o espírito de liderança de Seaborg, pouco antes meio desesperançado, voltara de repente.

Dez minutos depois, Yukawa e Berkeley chegaram ao fim da munição, e Jared e Seaborg viram os membros remanescentes do 13º. À esquerda deles, 8 metros abaixo, dois soldados estavam postos atrás de uma grande árvore caída; à direita e 30 metros adiante, outro par estava atrás de uma porção de rochedos. Esses soldados estavam mantendo Yukawa e Berkeley ocupados, enquanto o quinto soldado em silêncio flanqueava a posição dos membros do 8º. Todos estavam de costas para Jared e Seaborg.

*[Vou pegar aqueles atrás do tronco, você pega os dos rochedos]*, disse Seaborg. *[Vou falar para Berkeley sobre o flanqueador, mas vou ordenar que não pegue ele até derrubarmos nossos alvos. Não precisamos entregar que estamos aqui]*

Jared assentiu. Agora que Seaborg estava se sentindo confiante, seu planejamento estava melhorando. Jared arquivou aquele dado para considerar mais tarde e se movimentou para se firmar na árvore, recostando-se no tronco e enganchando o pé esquerdo em um galho mais baixo para ter mais apoio.

Seaborg foi para um galho mais baixo na árvore para desviar de um que estava atrapalhando sua linha de visão. O galho em que pisou, morto, estalou alto sob seu peso e despencou, caindo da árvore de um jeito que pareceu o mais barulhento possível. Seaborg perdeu o equilíbrio e agarrou em desespero o galho abaixo de onde havia pisado, soltando o MU; quatro soldados no solo se viraram, olharam para cima e o viram pendurado lá, indefeso. Ergueram as armas.

*[Merda]*, Seaborg disse, e em seguida olhou para Jared.

Jared disparou em modo de rajada automática nos dois soldados dos rochedos. Um foi alvejado e caiu; o outro mergulhou atrás das rochas. Jared girou e atirou nos soldados do tronco; não os atingiu, mas os deixou confusos o bastante para que ele acionasse seu MU no modo de míssil teleguiado e disparasse no espaço entre os dois soldados. O foguete simulado salpicou os dois com estilhaços virtuais. Eles caíram. Jared se virou a tempo para ver a soldado remanescente no rochedo, mirando. Ele disparou um míssil teleguiado em sua direção quando ela puxou o gatilho. Jared sentiu as costelas ficarem tensas e doloridas enquanto seu traje de treinamento endurecia, e derrubou seu MU. Havia sido atingido, mas o fato de ele não ter caído da árvore revelou que ele ainda estava vivo.

Exercício de treinamento! Jared estava tão cheio de adrenalina que achou que se mijaria todo.

*[Uma ajudinha aqui]*, disse Seaborg, que estendeu a mão esquerda para Jared puxá-lo para cima bem quando o quinto soldado, que havia recuado, deu um tiro em seu ombro direito. O braço inteiro de Seaborg endureceu no traje, e ele soltou o galho do qual pendia. Jared agarrou em sua mão esquerda e o pegou antes que a queda começasse. A perna esquerda de Jared, ainda enganchada sob o galho, estendeu-se dolorosamente pela carga adicional.

No chão, o soldado ajustou sua mira. Balas virtuais ou não, Jared sabia que, se fosse alvejado, o endurecimento do traje o faria soltar Seaborg e, provavelmente, ele também cairia. Jared estendeu a mão direita, pegou a faca de combate e a atirou com tudo. A faca enterrou-se na carne da coxa esquerda do soldado, que caiu gritando e tateando com hesitação a faca até Berkeley chegar por trás e atirar nele, imobilizando-o.

*[O 8º vence o jogo de guerra]*, Jared ouviu Brahe dizer. *[Estou relaxando os trajes de treino agora para todos que ainda estão congelados. Próximo pareamento de jogo de guerra em trinta minutos]* A pressão no flanco direito de Jared foi aliviada repentina e consideravelmente, bem como o enrijecimento do traje de Seaborg. Jared puxou-o para cima e, em seguida, os dois desceram com cuidado até o chão da floresta para recuperarem as armas.

Os membros não congelados do 13º estavam esperando por eles, afastando-se do colega de esquadrão, que ainda gemia no chão.

*[Babaca]*, disse um deles, apontando diretamente para o rosto de Jared. *[Jogou uma faca no Charlie. Não era para tentar* matar *ninguém. É por isso que se chama* jogo *de guerra]*

Seaborg se pôs entre Jared e o soldado.

*[Diga isso a seu amigo, cuzão]*, ele disse. *[Se ele nos atingisse, eu teria caído 8 metros sem maneira de controlar a queda. Ele não parecia muito preocupado com a* minha *morte, pois estava preparando a mira. A facada de Jared no seu amigo salvou minha vida. E seu amigo vai* sobreviver. *Então, que se fodam ele e você]*

Seaborg e o soldado encararam-se por alguns segundos antes de o outro soldado virar a cabeça, cuspir no chão e voltar para o colega de esquadrão.

*[Obrigado]*, Jared disse a Seaborg.

Seaborg olhou para Jared, depois para Yukawa e Berkeley.

*[Vamos dar o fora daqui]*, disse. *[Temos outro jogo de guerra]*

Saiu pisando duro. Os outros três seguiram-no.

No caminho de volta, Seaborg diminuiu o passo para ficar ao lado de Jared.

*[Foi uma boa ideia usar as árvores]*, disse. *[E fico feliz que tenha me pegado antes de eu cair. Obrigado]*

*[De nada]*

*[Ainda não gosto muito de você]*, confessou Seaborg. *[Mas não causarei mais problemas]*

*[Tudo bem]*, disse Jared. *[Já é um começo]*

Seaborg concordou com a cabeça e apertou o passo de novo. Ficou em silêncio pelo restante do caminho.

– Bem, olha quem está por aqui – disse o tenente Cloud quando Jared entrou na nave com os outros ex-membros do 8º. Estavam a caminho da Estação Fênix para suas primeiras missões. – Meu camarada, Jared.

– Oi, tenente Cloud – disse Jared. – Que bom te ver de novo.

– Me chame de Dave – pediu Cloud. – Vejo que acabou o treinamento. Caramba, queria que meu treinamento tivesse durado apenas duas semanas.

– Vimos muita coisa – disse Jared.

– Não duvido mesmo – comentou Cloud. – Então, qual é sua missão, soldado Dirac? Para onde está indo?

– Fui lotado na *Kite* – disse Jared. – Eu e dois de meus amigos, Sarah Pauling e Steven Seaborg. – Jared apontou para Pauling, que já havia sentado; Seaborg ainda estava para entrar na nave.

– Já vi a *Kite* – comentou Cloud. – Nave mais nova. Belas linhas. Nunca estive nela, claro. Vocês, das Forças Especiais, são reservados.

– Foi o que me disseram – confirmou Jared. Andrea Gell-Mann entrou a bordo, trombando de leve com Jared. Ela bipou um pedido de desculpas; Jared olhou para ela e sorriu.

– Parece que vai ser um voo lotado – disse Cloud. – Pode vir na poltrona do copiloto de novo, se quiser.

– Obrigado – disse Jared e olhou para Pauling. – Acho que vou sentar aqui com meus amigos desta vez.

Cloud olhou para Pauling.

– Compreendo perfeitamente. Embora eu tenha que lembrar que você me deve algumas piadas novas. Espero que todo esse treinamento tenha dado um tempo para trabalhar seu senso de humor.

Jared parou por um minuto, lembrando da primeira conversa com Gabriel Brahe.

– Tenente Cloud, você já leu *Frankenstein*? – perguntou.

– Nunca – admitiu Cloud. – Conheço a história. Vi a versão mais recente em filme também, não faz muito tempo. O monstro falava; me disseram ser o mais próximo do livro.

– O que achou dele? – quis saber Jared.

– Foi bom – disse Cloud. – A atuação era um pouco exagerada. Senti pena do monstro. E o personagem do doutor Frankenstein era meio babaca. Por quê?

– Só curiosidade – respondeu Jared e meneou a cabeça na direção do compartimento de passageiros, que agora estava quase totalmente cheio. – Todos nós lemos. Deu o que pensar.

– Ah – disse Cloud. – Entendi. Jared, vou dividir com você minha filosofia pessoal sobre seres humanos. Ela pode ser resumida em quatro palavras: gosto de gente boa. Você parece gente boa. Não posso dizer que isso seja tudo o que importa para todo mundo, mas é o que importa para mim.

– É bom saber – disse Jared. – Acho que minha filosofia tende a ir pelo mesmo caminho.

– Então vamos nos dar muito bem – disse Cloud. – Mas agora: alguma piada nova?

– Acho que tenho algumas – respondeu Jared.

– Vamos falar em voz alta aqui, se não se importar – disse o general Szilard a Jane Sagan. – Os garçons ficam nervosos quando veem duas pessoas se encarando intensamente sem emitir nenhum som. Se não veem que estamos falando, se aproximam a cada minuto para ver se precisamos de alguma coisa. Acaba distraindo a gente.

– Como quiser – aquiesceu Sagan.

Os dois sentaram-se na cantina de generais, com Fênix girando sobre eles. Sagan se fixou no planeta. Szilard seguiu o olhar dela.

– É incrível, não é? – ele disse.

– É.

– É possível ver o planeta de qualquer portal na estação, ao menos por algum tempo. Mas ninguém nunca olha – disse Szilard. – E daí a gente vem até aqui e não consegue parar de olhar. Ao menos eu não consigo. – Ele apontou para a cúpula de vidro que os cercava. – Esta cúpula foi um presente, sabia? – Sagan negou com a cabeça. –

Os Alas nos deram quando construímos esta estação. É de diamante, ela inteira. Disseram que era um diamante natural cortado de um cristal ainda maior que arrancaram do núcleo de um dos gigantes gasosos de seu sistema. Os Alas eram engenheiros incríveis, pelo que li. A história talvez seja verdadeira.

– Não tenho familiaridade com os Alas – comentou Sagan.

– Estão extintos – disse Szilard. – Cento e cinquenta anos atrás, entraram em guerra com os Obins por causa de uma colônia. Tinham um exército de clones e meios de fazer esses clones rapidamente, e por um tempo parecia que derrotariam os Obins. Então, os Obins criaram um vírus ajustado à genética dos clones. O vírus no início era inócuo e se alastrava pelo ar, como uma gripe. Nossos cientistas estimaram que ele se espalhou por todo o exército alaíta em aproximadamente um mês, e depois desse mês, o vírus amadureceu e começou a atacar o ciclo de reprodução celular de cada clone militar Alaíta. As vítimas literalmente se dissolveram.

– De repente? – perguntou Sagan.

– Levou cerca de um mês – explicou Szilard. – E por isso nossos cientistas estimaram que levou esse período para infectar o exército inteiro no início. Com o exército alaíta fora do caminho, os Obins rapidamente dizimaram a população civil. Foi um genocídio ligeiro e brutal. Os Obins não são uma espécie compassiva. Agora, são donos de todos os planetas alaítas, e a União Colonial aprendeu duas coisas. Um: exército de clones é uma ideia muito ruim. Dois: fique fora do caminho dos Obins. O que fizemos, até agora.

Sagan assentiu com a cabeça. O cruzador de batalha das Forças Especiais *Kite* e sua tripulação haviam começado missões de reconhecimento e incursões secretas pouco tempo antes em território obin para medir sua força e capacidade de reação. Era um trabalho perigoso, pois os Obins não perdoavam ataques e, tecnicamente falando, eles e a União Colonial não estavam em estado de hostilidade. O conhecimento da aliança Obin-Rraey-Eneshano era um segredo guardado a sete chaves; a maior parte da União Colonial e das FCD não sabia da aliança e de sua ameaça aos seres humanos. Os Eneshanos até mantinham uma presença diplomática em Fênix, na capital Colonial da Cidade de Fênix. Estritamente falando, eram aliados.

– Quer falar sobre os ataques a territórios obins? – perguntou Sagan. Além de ser líder de esquadrão na *Kite*, era a oficial de inteligência da nave, encarregada de fazer a avaliação das forças. A maioria dos oficiais das Forças Especiais tinha mais de um posto e também liderava esquadrões de combate; isso mantinha a ocupação das naves ao mínimo, e manter os oficiais em posições de combate agradava o senso de missão das Forças Especiais. Quando se nasce para proteger a humanidade, ninguém está acima do combate.

– Agora não – respondeu Szilard. – Não é um lugar adequado. Queria falar sobre um de seus novos soldados. A *Kite* tem três novos recrutas, e dois deles estarão sob seus cuidados.

Sagan ficou nervosa.

– Estarão, e isso é um problema. Tenho apenas uma vaga no meu esquadrão, mas tenho dois candidatos. O senhor tirou um de meus veteranos para abrir espaço. – Sagan lembrou-se do olhar desesperado de Will Lister quando sua ordem de transferência para a *Peregrine* chegou.

– A *Peregrine* é uma nave nova e precisa de algumas pessoas experientes – disse Szilard. – Garanto a você que há outros líderes de esquadrão em outras naves tão irritados quanto você. A *Kite* precisava abrir mão de um de seus veteranos, e, por obra do acaso, eu tinha um recruta que queria encaixar sob seus cuidados. Então, organizei para que a *Peregrine* pegasse um dos seus.

Sagan abriu a boca para reclamar de novo, mas pensou melhor e se calou, fervendo por dentro. Szilard observou as demonstrações de emoção no rosto. A maioria dos soldados das Forças Especiais teria dito a primeira coisa que lhes viesse à cabeça – uma característica por não ter tido as gentilezas sociais enfiadas na cabeça durante toda a infância e adolescência. O autocontrole de Sagan era um dos motivos pelos quais chamara a atenção de Szilard; além de outros fatores.

– De que recruta estamos falando? – finalmente perguntou Sagan.

– Jared Dirac – disse Szilard.

– O que tem de tão especial nele? – quis saber Sagan.

– Ele carrega o cérebro de Charles Boutin – revelou Szilard e observou de novo como Sagan se esforçava para refrear uma resposta imediata e visceral.

– E o senhor acha que isso é uma *boa* ideia – foi o que acabou saindo da boca de Sagan.

– Vai melhorar – disse Szilard e repassou o arquivo confidencial inteiro de Dirac, complementado com material técnico. Sagan ficou em silêncio, digerindo o material; Szilard observou a oficial subalterna. Depois de um minuto, um dos garçons da cantina se aproximou da mesa e perguntou se havia algo de que precisassem. Szilard pediu um chá. Sagan ignorou o rapaz.

– Tudo bem, vou entrar no jogo – disse Sagan, depois de ter examinado o arquivo. – Por que está me deixando com um traidor?

– O traidor é Boutin – corrigiu Szilard. – Dirac só tem o cérebro dele.

– Um cérebro no qual o senhor tentou introduzir a consciência de um traidor – insistiu Sagan.

– Exato.

– Eu volto a apresentar a pergunta ao senhor – disse Sagan.

– Porque você tem experiência com esse tipo de coisa – explicou Szilard.

– Com traidores? – perguntou Sagan, confusa.

– Com membros não convencionais das Forças Especiais – respondeu Szilard. – Uma vez, teve um membro real-nato das FCD sob seu comando. John Perry. – Sagan ficou um pouco tensa com o nome, algo que Szilard notou, mas optou por não comentar. – Ele desempenhou muito bem sob seus cuidados – disse Szilard. A última frase era irônica em seu comedimento: durante a Batalha de Coral, Perry carregou o corpo inconsciente e ferido de Sagan por várias centenas de metros dentro do campo de batalha para deixá-la sob cuidados médicos, e em seguida localizou uma peça-chave de tecnologia inimiga enquanto o prédio ruía ao redor dele.

– O crédito todo é de Perry, não meu – retrucou Sagan. Szilard sentiu outra onda de emoções de Sagan ao mencionar o nome de Perry, mas de novo deixou passar.

– Você é muito modesta – disse Szilard e fez uma pausa quando o garçom entregou o chá. – Minha questão é que Dirac representa algo um tanto híbrido – continuou. – É das Forças Especiais, mas também pode ser outra coisa. Quero alguém que tenha experiência com outra coisa.

– Outra coisa – repetiu Sagan. – General, pelo que eu entendo, o senhor acredita que a consciência de Boutin está realmente dentro de Dirac em algum lugar?

– Eu não disse isso – respondeu Szilard, em um tom que sugeria que talvez tivesse dito.

Sagan considerou e abordou o sugerido em vez do exprimido.

– O senhor tem ciência, claro, de que a próxima série de missões da *Kite* terá enfrentamento com os Rraeys e os Eneshanos – disse ela. – As missões eneshanas em especial são muito delicadas. – *Missões para as quais eu precisava de Will Lister*, Sagan pensou, mas não disse.

— Claro que tenho — concordou Szilard e pegou o chá.

— Não acha que ter alguém com uma personalidade traidora possivelmente emergente seja um *risco* — disse Sagan. — Um risco não apenas para a missão, mas para outros que estejam servindo com ele.

— Obviamente é um risco — Szilard concordou —, por isso confio em sua experiência para lidar com a situação. Mas ele também pode se revelar um tesouro de informações essenciais. Que também precisarão ser processadas. Além de tudo, você é uma oficial de inteligência. É a oficial ideal para esse soldado.

— O que Crick tem a dizer sobre isso? — perguntou Sagan, referindo-se ao major Crick, o comandante da *Kite*.

— Ele não disse nada sobre a questão porque eu não lhe contei — respondeu Szilard. — Este é um material de acesso restrito, e eu decidi que a restrição se aplicava a ele também. Ele sabe apenas que tem três novos soldados.

— Não gosto disso — disse Sagan. — Não gosto nem um pouco disso.

— Não pedi para você gostar — retrucou Szilard. — Estou dizendo para lidar com isso. — Ele bebericou o chá.

— Não quero que ele tenha um papel essencial em nenhuma das missões em que tenhamos que lidar com os Rraeys ou os Eneshanos — disse Sagan.

— Não vai tratá-lo de forma diferente de nenhum outro soldado sob seu comando — exigiu Szilard.

— Então, ele pode ser morto como qualquer outro soldado.

— Para o seu bem, é melhor torcer para que não seja por fogo amigo — disse Szilard, abaixando a xícara.

Sagan ficou em silêncio de novo. O garçom se aproximou. Impaciente, Szilard o dispensou com um aceno.

— Quero mostrar este arquivo para uma pessoa — disse Sagan, apontando para a própria cabeça.

— É confidencial, por motivos óbvios — avisou Szilard. — Todos que precisam saber sobre ele já sabem, e não queremos espalhá-lo para qualquer um. Mesmo *Dirac* não sabe sobre a própria história. Queremos manter as coisas como estão.

— Está me pedindo para assumir um soldado com potencial de ser um risco de segurança *imenso* — disse Sagan. — O mínimo que pode fazer é deixar que eu me prepare. Conheço um especialista em função cerebral humana e integração via BrainPal. Acho que as ideias dele sobre esse assunto poderiam ser úteis.

Szilard considerou o pedido.

— É alguém em quem você confia? — disse.

— Posso confiar nele para esse assunto — afirmou Sagan.

— Sabe o nível de autorização de segurança dele? — perguntou Szilard.

— Sei.

— É alto o suficiente para lidar com algo assim?

— Bem — disse Sagan. — É aí que as coisas ficam interessantes.

— Olá, tenente Sagan — disse o administrador Cainen, no idioma da tenente. A pronúncia era péssima, mas não era culpa de Cainen; sua boca não era bem formada para a maioria dos idiomas humanos.

— Olá, administrador — disse Sagan. — Está aprendendo nosso idioma.

— Sim — confirmou Cainen. — Tive tempo para aprender e pouco o que fazer. — Cainen apontou um livro, escrito em ckann, o idioma predominante rraey, aninhado próximo a um tablet. — Apenas dois livros aqui em ckann. Tinha opção de um livro de ensino de idioma ou um livro sobre religião. Escolhi o de idioma. A religião humana é... — Cainen procurou em seu pequeno vocabulário de palavras no idioma humano — ... mais difícil.

Sagan meneou a cabeça para o tablet.

– Agora que o senhor tem um computador, deveria ter mais opções de leitura.

– Sim – disse Cainen. – Obrigado por me trazer isso. Me deixa feliz.

– Por nada – disse Sagan. – Mas o computador vai ter um preço.

– Eu sei – disse Cainen. – Eu li os arquivos que você me pediu para ler.

– E? – perguntou Sagan.

– Preciso mudar para ckann – disse Cainen. – Não tenho muitas palavras do seu idioma.

– Tudo bem – assentiu Sagan.

– Analisei em profundidade os arquivos relativos ao soldado Dirac – disse Cainen, no idioma ckann, de consoantes ríspidas, mas breves. – Charles Boutin foi um gênio por encontrar uma maneira de preservar a onda de consciência fora do cérebro. E vocês são *idiotas* pela maneira que tentaram enfiar essa consciência de volta.

– Idiotas – disse Sagan e abriu um sorriso mínimo, enquanto a tradução da palavra em ckann vinha de um pequeno alto-falante preso a um cordão de segurança ao redor do pescoço. – É sua avaliação profissional ou apenas um comentário opinativo?

– Os dois – respondeu Cainen.

– Pode me dizer por quê? – pediu Sagan. Cainen se moveu para enviar os arquivos de seu tablet para ela, mas Sagan segurou a mão do cientista. – Não preciso de detalhes técnicos. Só quero saber se esse Dirac vai ser um perigo para minhas tropas e minha missão.

– Tudo bem – disse Cainen, e fez uma pausa momentânea. – O cérebro, mesmo o humano, é como um computador. Não é uma analogia perfeita, mas funciona para o que vou dizer. Computadores têm três componentes para sua operação: o hardware, o software e o arquivo de dados. O software roda no hardware, e o arquivo roda no software. O hardware não pode abrir o arquivo sem o software. Se colocar um arquivo em um computador que não tenha o software necessário, tudo o que ele pode fazer é armazenar o arquivo. Está me entendendo?

– Até aqui, sim – respondeu Sagan.

– Ótimo – disse Cainen. Ele estendeu a mão e tocou a cabeça de Sagan; ela suprimiu a vontade de arrancar o dedo do Rraey fora. – Acompanhe: o cérebro é o hardware. A consciência é o arquivo. Mas para o seu amigo Dirac, falta o software.

– Qual software? – questionou Sagan.

– Lembrança – disse Cainen. – Experiência. Atividade sensorial. Quando vocês puseram a consciência de Boutin em seu cérebro, faltava a esse cérebro a experiência para que ela fizesse sentido. Se essa consciência ainda estiver no cérebro de Dirac, o que é um grande *"se"*, está isolada e não há maneira de acessá-la.

– Soldados das Forças Especiais recém-nascidos têm a consciência a partir do momento em que são despertados – disse Sagan. – Mas também nos faltam experiência e lembrança.

– Essa não é a *consciência* que eles vivenciam – disse Cainen, e Sagan conseguiu sentir o nojo na voz do cientista. – Seu maldito BrainPal força a abertura de canais sensoriais artificialmente e oferece a ilusão de consciência, e seu cérebro sabe disso. – Cainen apontou de novo para o tablet. – Seu pessoal me deu um acesso bastante grande à pesquisa sobre cérebro e BrainPal. Sabia disso?

– Sabia – confessou Sagan. – Eu pedi para que deixassem o senhor olhar qualquer arquivo que precisasse para me ajudar.

– Porque você sabe que eu sou um prisioneiro para o resto da vida, e que mesmo que eu pudesse escapar, logo estaria morto com a doença que vocês me transmitiram. Então, não *custava* nada me dar acesso – disse Cainen.

Sagan deu de ombros.

– Hummp – murmurou Cainen e continuou. – Sabia que não há motivo explicável para o cérebro de um soldado das Forças Especiais absorver informações de forma muito mais rápida do que um soldado comum das FCD? Os dois são cérebros humanos inalterados, os dois com o mesmo computador BrainPal. Os cérebros das Forças Especiais são pré-condicionados de um jeito diferente dos cérebros de soldados regulares, mas não de uma maneira que deveria acelerar perceptivelmente a taxa com que os cérebros processam as informações. E, ainda assim, o cérebro das Forças Especiais suga as informações e as processa em uma taxa incrível. Sabe por quê? *Ele está se defendendo*, tenente. Seu soldado comum das FCD já tem uma consciência e a experiência para usá-la. Seus soldados das Forças Especiais não têm nada. O cérebro sente a consciência artificial que o BrainPal está empurrando para ele e se apressa para formar uma própria o mais rápido que consegue, antes que a consciência artificial o deforme permanentemente. Ou o mate.

– Nenhum soldado das Forças Especiais morreu por conta de seu BrainPal – disse Jane.

– Ah, não, não *no momento* – disse Cainen. – Mas eu me pergunto o que você encontraria se voltasse o suficiente no passado.

– O que o senhor sabe? – perguntou Sagan.

– Não sei de nada – disse Cainen, com gentileza. – É mera especulação. Mas a questão aqui é que não se pode comparar o despertar das Forças Especiais com "consciência" ou com o que vocês tentaram fazer com o soldado Dirac. Não é a mesma coisa. Nem de longe.

Sagan mudou de assunto.

– O senhor disse que é possível que a consciência de Boutin nem esteja mais no cérebro de Dirac.

– É possível – confirmou Cainen. – A consciência precisa de estímulo; sem ele, ela se dissipa. É um dos motivos por que é quase impossível manter um padrão de consciência coerente fora do cérebro, e Boutin é um gênio por fazê-lo. Minha suspeita é de que, se a consciência de Boutin estava lá dentro, já vazou, e vocês estão apenas com outro soldado nas mãos. Mas não há maneira de dizer se ela está lá dentro ou não. Seu padrão foi incorporado pela consciência do soldado Dirac.

– Se ela *estiver* lá dentro, o que a despertaria?

– Está me pedindo para conjecturar? – perguntou Cainen. Sagan meneou a cabeça, assentindo. – Para começar, o motivo pelo qual vocês não conseguiram acessar a consciência de Boutin é que o cérebro não tinha lembrança e experiência. Talvez, quando seu soldado Dirac acumular experiências, chegará perto o bastante de sua substância para destravar alguma parte daquela consciência.

– E então ele se tornaria Charles Boutin – disse Sagan.

– Talvez sim – disse Cainen. – Ou talvez não. O soldado Dirac tem uma consciência própria agora. Sua noção própria de "eu". Se a consciência de Boutin despertasse, não seria a única ali dentro. Você decide se isso é bom ou ruim, tenente Sagan. Não consigo lhe dizer isso, ou o que realmente aconteceria se Boutin despertasse.

– São essas as perguntas que eu preciso que me responda.

Cainen soltou o equivalente rraey de uma risadinha.

– Me dê um laboratório – disse. – Então, talvez eu possa lhe dar algumas respostas.

– Pensei que tinha dito que nunca nos ajudaria – disse Sagan.

Cainen voltou ao idioma humano.

– Muito tempo para pensar – disse ele. – Muito tempo. Aulas de idioma não suficientes. – E então, de volta ao ckann. – E isso não ajuda vocês contra o meu povo. Mas ajuda *você*.

– A mim? – questionou Sagan. – Sei por que me ajudou dessa vez: eu o subornei com acesso ao computador. Por que me ajudaria mais ainda? Eu fiz do senhor um prisioneiro.

– E me assolou com uma doença que vai me matar se eu não receber uma dose diária de antídoto de meus inimigos – lembrou Cainen. Ele esticou a mão até a mesa curta moldada na parede da cela e puxou um pequeno injetor. – Meu remédio. Eles deixam que eu me automedique. Uma vez, decidi não injetar para ver se me deixariam morrer. Ainda estou aqui, então já tenho a resposta. Mas primeiro me deixaram convulsionar no chão por horas. Assim como *você* fez, a propósito.

– Nada disso explica por que quer me ajudar – disse Sagan.

– Porque você se *lembrou* de mim – disse Cainen. – Para todos os outros, eu sou apenas um de seus muitos inimigos, quase indigno de receber um livro para impedir que eu enlouqueça de tédio. Um dia, simplesmente poderiam esquecer meu antídoto e me deixar morrer, e tudo continuaria o mesmo para eles. Você ao menos me vê como alguém de valor. No universo muito pequeno em que vivo agora, isso torna você minha única e melhor amiga, por mais inimiga que seja.

Sagan encarou Cainen, lembrando-se da arrogância dele na primeira vez em que se encontraram. Era patético e covarde agora, e aquilo atingiu Sagan como a coisa mais triste que já tinha visto.

– Desculpe – disse ela, e ficou surpresa com a palavra que saiu de sua boca.

Outra risadinha rraey de Cainen.

– Estávamos planejando destruir seu povo, tenente – disse Cainen. – E talvez ainda o façamos. Não precisa se sentir tão culpada.

Sagan não tinha nada a dizer. Sinalizou ao oficial carcereiro que estava pronta para ir embora; um guarda veio e ficou parado com um MU enquanto a porta da cela se abria.

Enquanto a porta deslizava para se fechar, ela se virou de novo para Cainen.

– Obrigado por sua ajuda. Vou ver sobre o laboratório – disse ela.

– Obrigado. Não vou elevar as minhas expectativas.

– Talvez seja uma boa ideia.

– E, tenente – disse Cainen. – Estou aqui pensando. Seu soldado Dirac vai participar de suas ações militares?

– Sim – respondeu Sagan.

– Fique de olho nele. Tanto em seres humanos como em Rraeys, o estresse da batalha deixa marcas permanentes no cérebro. É uma experiência primordial. Se Boutin ainda estiver lá dentro, talvez seja a guerra que o traga à tona. Seja por ela em si ou por uma combinação de experiências.

– Como sugere que eu fique de olho nele em batalha? – perguntou Sagan.

– Esse é seu departamento. Exceto quando você me capturou, eu nunca tinha estado em guerra. Não saberia nem como começar. Mas se estiver preocupada com Dirac, é isso que eu faria se fosse você. Vocês, humanos, têm uma expressão: "Mantenha seus amigos próximos e seus inimigos mais próximos ainda". Parece que seu soldado Dirac poderia ser os dois. Eu o manteria muito próximo *mesmo*.

A *Kite* pegou o cruzador rraey num cochilo.

O salto espacial era uma tecnologia sensível. Possibilitava a viagem interestelar ao, em vez de impulsionar as naves mais rápido que a velocidade da luz (o que era impossível), perfurar o espaço-tempo e enfiar espaçonaves (ou qualquer coisa equipada com salto espacial) em qualquer ponto dentro daquele universo que os usuários do salto espacial em questão desejassem.

(Na verdade, isso não era exatamente verdade. Em uma escala logarítmica, a viagem de salto espacial ficava menos confiável quanto mais espaço houvesse entre o ponto de início e o ponto de destino. A causa, chamada de Problema de Horizonte do Salto Espacial, não era totalmente compreendida, mas tinha como resultado a perda de naves e tripulações. Isso segurou os seres humanos e outras raças que usavam o Salto Espacial na mesma "vizinhança" interestelar de seus planetas nativos. Se uma raça quisesse manter o controle de suas colônias, como sempre acontecia, sua expansão colonial era regulada pela esfera definida pelo horizonte do salto espacial. Em certo sentido, essa questão era secundária: graças à intensa concorrência por territórios na vizinhança em que vivia a humanidade, nenhuma raça inteligente, exceto uma, tinha um alcance que se aproximasse de seu respectivo horizonte de salto espacial. A exceção eram os Consus, cuja tecnologia era tão avançada frente a outras raças no espaço local que permanecia uma incógnita se usavam mesmo o salto espacial.)

Entre as muitas peculiaridades do salto espacial que precisavam ser toleradas se fosse necessário usá-lo estavam suas necessidades de partida e chegada. Ao partir, o salto espacial precisava de um espaço-tempo relativamente "vazio", o que significava que o salto espacial podia ser ativado somente quando a nave usuária estivesse bem fora do poço de gravidade de planetas próximos; isso exigia viajar no espaço usando propulsores. Mas, na chegada, uma nave que usasse o salto espacial podia se aproximar o máximo de um planeta quanto quisesse – podia até mesmo, teoricamente, chegar à superfície de um planeta, se um piloto confiante o bastante em sua capacidade pudesse ser encontrado para fazê-lo. Embora aterrissar uma espaçonave em um planeta com a navegação de salto espacial fosse oficial e veementemente desencorajado pela União Colonial, as Forças Coloniais de Defesa reconheciam o valor estratégico de chegadas repentinas e inesperadas.

Quando a *Kite* chegou sobre o planeta que seus colonos humanos chamaram de Gettysburg, emergiu dentro de 0,25 segundo-luz do cruzador rraey, e com seus canhões eletromagnéticos duplos aquecidos e prontos para disparar. Levou menos de um minuto para a tripulação que cuidava dos canhões preparados da *Kite* se orientar e mirar o cruzador desafortunado, que apenas no fim pôde ser visto tentando reagir, e os projéteis magnetizados dos canhões precisaram de menos de dois a três segundos para percorrer a distância entre a *Kite* e sua presa. A simples velocidade dos projéteis da arma foi mais que suficiente para perfurar a carapuça da nave rraey e entrar nela como uma bala na manteiga cremosa, mas os designers de projéteis não haviam parado por aí: eles eram feitos para explodir ao mínimo contato com matéria.

Uma fração infinitesimal de segundo depois de os projéteis terem penetrado a nave rraey, eles se fragmentaram, e os estilhaços se desviaram loucamente em relação à trajetória inicial, transformando-os na explosão de escopeta mais rápida do universo. O gasto de energia exigido para a mudança dessas trajetórias era naturalmente imenso e reduziu consideravelmente os estilhaços. No entanto, eles tinham energia de sobra, ou seja, cada estilhaço simplesmente teve mais tempo para danificar a nave rraey antes de sair da embarcação e começar uma jornada longa e irrestrita pelo espaço.

Graças às posições relativas da *Kite* e do cruzador rraey, o primeiro projétil do canhão eletromagnético atingiu o cruzador adversário de frente e a estibordo; os fragmentos desse projétil fizeram um percurso diagonal para cima, mastigando de forma não tão limpa vários andares da nave e transformando um bom número de membros da tripulação de Rraeys em uma névoa sanguinolenta. O buraco de entrada desse projétil tinha sido um círculo liso de 17 centímetros de largura; o de saída era disforme e tinha 10 metros de largura com um jorro de metal, carne e atmosfera estourando silenciosamente no vácuo.

O segundo projétil do canhão eletromagnético entrou na esteira do primeiro, seguindo uma direção paralela. Mas não se fragmentou; seu buraco de saída foi apenas um pouco mais largo que o de entrada. A falha aconteceu devido ao rompimento de um dos propulsores da nave rraey. Os controles de danos automáticos do cruzador derrubaram tabiques, isolando o propulsor danificado, e precisaram desativar dois outros motores para evitar uma falha em cascata. A nave foi posta em regime de alimentação emergencial, que oferecia apenas um mínimo de opções ofensivas e defensivas, nenhuma das quais seria eficaz contra a *Kite*.

A *Kite*, com sua energia parcialmente drenada (mas recarregando) pelo uso dos canhões eletromagnéticos, selou o destino lançando cinco mísseis nucleares táticos convencionais sobre o cruzador rraey. Levaram menos de um minuto para chegar ao cruzador, mas a *Kite* agora tinha tempo de sobra. O cruzador era a única nave rraey na área. Um pequeno brilho saiu da nave inimiga: o cruzador condenado estava lançando um drone de salto, projetado para rapidamente alcançar a distância de salto e deixar o restante das forças militares rraeys saberem o que havia acontecido ali. A *Kite* lançou um sexto e último míssil na direção do drone, que foi alcançado e destruído a menos de 10 mil quilômetros da distância de salto. Quando os Rraeys descobrissem sobre seu cruzador, a *Kite* já estaria a anos-luz dali.

Naquele momento, o cruzador rraey era um campo de destroços em expansão, e a tenente Sagan e seu 2º Pelotão foram liberados para sua parte da missão.

Jared tentou acalmar o nervosismo da primeira missão, assim como o medo tênue que vinha com as sacudidas da nave de transporte de tropa que descia na atmosfera de Gettysburg. Tentou isolar as distrações e concentrar energias. Daniel Harvey, sentado ao lado dele, estava dificultando esse empenho.

*[Malditos colonos clandestinos]*, disse Harvey quando a nave de transporte de tropa mergulhou na atmosfera. *[Eles saem e constroem colônias ilegalmente e depois vêm chorando quando a porra de outra espécie chega botando na bunda deles]*

*[Relaxa, Harvey]*, disse Alex Roentgen. *[Isso só vai te causar enxaqueca]*

*[O que queria saber é como esses merdas conseguem chegar a esses lugares]*, comentou Harvey. *[A União Colonial não traz os caras até aqui. E não se pode ir a lugar nenhum sem permissão da UC]*

*[Claro que se pode]*, disse Roentgen. *[A UC não controla toda viagem interestelar, apenas as que os seres humanos fazem]*

*[Esses colonos são seres humanos, Einstein]*, disse Harvey.

*[Ei]*, contestou Julie Einstein. *[Me deixe fora disso]*

*[É só uma expressão, Julie]*, Harvey explicou.

*[Os colonos são humanos, mas quem os transportou não são, idiota]*, disse Roentgen. *[Colonos ilegais contratam transporte de alienígenas com quem a UC faz negócios, e os alienígenas os levam aonde eles quiserem]*

*[Que estupidez]*, disse Harvey e olhou para o pelotão, esperando concordância. A maioria do pelotão estava de olhos fechados – descansando ou deliberadamente evitando a discussão; Harvey tinha a fama de brigão. *[A UC poderia impedir isso se quisesse. Dizer para os alienígenas pararem de pegar passageiros clandestinos. Isso nos pouparia do risco de tomar chumbo grosso no nosso rabo]*

Da poltrona à frente, Jane Sagan virou a cabeça na direção de Harvey.

*[A UC não quer deter colonos ilegais]*, ela disse em um tom entediado.

*[E por que não, caramba?]*, perguntou Harvey.

*[Eles causam problemas]*, disse Sagan. *[O tipo de gente que desafia a UC e inicia uma colônia clandestina é o tipo de gente que poderia causar problemas na sua terra natal se não recebesse permissão para ir. A UC acredita que não vale o esforço. Então, deixa que partam e finge que não vê. Assim, estão por sua conta e risco]*

*[Até se meterem em encrenca]*, disse Harvey com desdém.

*[Em geral, mesmo nesses casos]*, disse Sagan, *[os ilegais sabem no que estão se metendo]*

*[Então, o que nós estamos fazendo aqui?]*, questionou Roentgen. *[Não que eu esteja tomando partido de Harvey, mas é fato que são colonos clandestinos]*

*[Ordens]*, disse Sagan antes de fechar os olhos, encerrando a discussão. Harvey bufou e estava prestes a retrucar quando a turbulência de repente ficou bem forte.

*[Parece que os Rraeys no solo acabaram de ver que estamos aqui em cima]*, Chad Assisi disse do assento do piloto. *[Temos mais três mísseis a caminho. Segurem-se, vou tentar queimá-los antes que cheguem muito perto]* Vários segundos depois veio um zumbido baixo, denso; o *maser* defensivo da nave de transporte foi acionado para lidar com os mísseis.

*[Por que não esmagamos esses caras daqui da órbita?]*, perguntou Harvey. *[Já fizemos isso antes]*

*[Há humanos lá embaixo, não?]*, disse Jared, arriscando um comentário. *[Eu acho que queremos evitar o uso de táticas que os firam ou matem]*

Harvey deu uma olhada das mais rápidas para Jared e mudou de assunto.

Jared olhou para Sarah Pauling, que deu de ombros. Na semana em que foram incluídos no 2º Pelotão, o melhor adjetivo para descrever as relações deles com os demais era *glacial*. Os membros do pelotão tratavam-nos com educação constrangida quando eram forçados, mas do contrário ignoravam os dois sempre que possível. Jane Sagan, a oficial superior do pelotão, avisou logo que era parte do processo de ingresso de novos recrutas até sua primeira missão de combate. "*[Aceitem que dói menos]*", ela dissera antes de voltar ao trabalho.

Aquilo deixava Jared e Pauling inquietos. Ser casualmente ignorados era uma coisa, mas também fora negada aos dois a plena integração com o pelotão. Estavam levemente conectados e compartilhavam uma faixa de informações comum relativa à missão vindoura, mas o compartilhamento íntimo oferecido pelo esquadrão de treinamento não estava em evidência ali. Jared olhou para Harvey e não pela primeira vez imaginou se a integração era simplesmente uma ferramenta de treinamento. Se fosse, parecia cruel oferecê-la às pessoas apenas para tirar delas mais tarde. Mas ele via como existia integração entre os colegas de pelotão: movimentos e ações sutis que sugeriam um diálogo comum não falado e uma consciência sensorial além dos próprios sentidos. Jared e Pauling ansiavam por isso, mas também sabiam que sua ausência era um teste para ver como eles reagiriam.

Para combater a falta de integração com seu pelotão, a integração de Jared e Pauling era íntima de uma maneira defensiva; passavam tanto tempo na cabeça um do outro que, no fim da semana, apesar de sua afeição mútua, ficavam quase enjoados um do outro. Descobriram que era possível haver "integração demais". Os dois diluíram um pouco esse compartilhamento convidando Steven Seaborg para se integrar informalmente com eles. Seaborg, que estava recebendo o mesmo tratamento gelado do 1º Pelotão, só que sem colegas de treinamento para lhe fazer companhia, aceitou a oferta com uma gratidão quase patética.

Jared olhou para Jane Sagan e imaginou se a líder do pelotão toleraria manter ele e Sarah não integrados durante a missão; parecia perigoso. Para si e para Pauling, pelo menos.

Como se reagisse aos pensamentos dele, Sagan ergueu os olhos para ele e falou.

*[Tarefas]*, ela disse e enviou o mapa da pequenina colônia de Gettysburg ao pelotão com suas tarefas sobrepostas. *[Lembrem-se de que é varrer e limpar. Não houve atividade de drones de salto, então ou estão todos mortos ou estão todos escondidos onde não podem mandar*

*mensagens para fora do planeta. A ideia é exterminar os Rraeys com o mínimo de dano estrutural à colônia possível. E eu disse* mínimo, *Harvey]*, encarando enfaticamente o soldado, que se remexeu, desconfortável. *[Não me importo se estourarem coisas quando necessário, mas nada que destruirmos pode fazer falta para esses colonos]*

*[Quê?]*, questionou Roentgen. *[Está falando sério que vamos deixar essas pessoas ficarem? Se ainda estiverem vivas?]*

*[São clandestinos]*, respondeu Sagan. *[Não podemos forçá-los a agir de forma inteligente]*

*[Bem,* poderíamos *forçá-los]*, comentou Harvey.

*[Não vamos forçá-los]*, disse Sagan. *[Temos gente nova debaixo da asa. Roentgen, você será responsável por Pauling. Eu levo Dirac. O restante de vocês, em pares, para suas missões. Aterrissamos aqui]* Uma pequena zona de aterrissagem iluminada. *[E vou deixar que usem a criatividade para chegar aonde precisam. Lembrem-se de observar o entorno e o inimigo; você estão olhando por todos nós]*

*[Ou ao menos alguns de nós]*, disse Pauling em modo privado a Jared. Em seguida, os dois sentiram a onda sensorial da integração, a hiperconsciência de ter tantos pontos de vista sobrepostos no próprio. Jared se segurou para controlar um suspiro.

*[Não se mele todo]*, disse Harvey, e houve uns poucos bipes de humor no pelotão. Jared ignorou e mergulhou no *Gestalt* emocional e informacional oferecido pelos colegas de pelotão: a confiança em suas capacidades para enfrentar os Rraeys; um substrato de planejamento prévio de seus caminhos aos destinos de missão; uma empolgação ansiosa, tensa e sutil que parecia ter pouco a ver com o combate iminente; e a sensação comum e compartilhada de que tomar cuidado para manter estruturas intactas era inútil, pois os colonos quase certamente já estavam mortos.

* * *

*[Atrás de vocês]*, Jared ouviu Sarah Pauling dizer, e ele e Jane Sagan viraram-se e atiraram ao mesmo tempo em que recebiam a imagem e os dados do ponto de vista distante de Pauling, de três soldados Rraeys se movendo silenciosamente, mas não invisíveis, ao redor de um pequeno prédio de uso geral para emboscar a dupla. O trio saiu sob uma chuva de balas de Jared e Sagan; um morreu na hora, já os outros dois correram em direções diferentes.

Jared e Sagan rapidamente juntaram os pontos de vista dos outros membros do pelotão para ver quem poderia pegar um ou os dois soldados fugitivos. Todos os outros estavam ocupados, inclusive Pauling, que havia voltado à tarefa principal de descobrir um franco-atirador Rraey na beirada da colônia de Gettysburg. Sagan suspirou alto.

*[Pegue aquele lá]*, ela disse, saindo atrás do segundo. *[Tente não morrer]*

Jared seguiu o soldado Rraey, que usava suas pernas poderosas como as de pássaro para ficar em vantagem considerável. Enquanto Jared corria para pegá-lo, o Rraey girou e atirou desenfreadamente com apenas uma das mãos no cabo de sua arma; o coice lançou a arma longe do alcance do Rraey. As balas fizeram espirrar terra bem à frente de Jared, que desviou para se proteger quando a arma bateu no chão. O Rraey correu sem voltar para pegar a arma e desapareceu na garagem conjunta de veículos da colônia.

*[Acho que preciso de ajuda]*, disse Jared, na porta da garagem.

*[Bem-vindo ao clube]*, retrucou Harvey de algum lugar. *[Esses desgraçados estão em vantagem de ao menos dois para um]*

Jared entrou na garagem. O olhar rápido mostrou que as únicas maneiras de sair eram uma porta naquela mesma parede da entrada e qualquer uma da série de janelas projetadas para ventilar a garagem. As janelas eram altas e pequenas; parecia improvável que o Rraey tivesse passado por uma daquelas. Ainda estava em algum lugar lá dentro. Jared se moveu para um lado e começou uma busca metódica na oficina.

Uma faca saiu de um encerado sobre uma prateleira baixa e raspou a panturrilha de Jared. O tecido nanorrobótico do uniforme militar de Jared endureceu onde a lâmina da faca havia feito contato. Jared não sofreu um arranhão. Mas o susto ao se movimentar fez com que tropeçasse; ele caiu esparramado no chão, o tornozelo torceu-se e o MU voou da mão. O Rraey saiu cambaleando do esconderijo antes que Jared pudesse pegar a arma, passou sobre Jared e empurrou o MU com o punho que ainda segurava a faca. O MU ficou fora do alcance de Jared, e o Rraey o apunhalou no rosto, cortando-o com selvageria na bochecha e arrancando SmartBlood. Jared gritou; o Rraey saiu aos tropeços em direção ao MU.

Quando Jared se virou, o Rraey já estava com o MU apontado para ele e os dedos alongados na coronha e no gatilho. Jared ficou paralisado. O Rraey grasnou alguma coisa e puxou o gatilho.

Nada. Jared se lembrou de que o MU era ligado a seu BrainPal; não dispararia com um não humano. Ele abriu um sorrisinho aliviado. O Rraey grasnou de novo e bateu o MU com força no rosto de Jared, rasgando mais a bochecha já cortada. Jared berrou e tentou se afastar com dor. O Rraey jogou o MU sobre uma prateleira alta, longe do alcance dos dois. Estendeu a mão para um balcão e agarrou um semieixo, avançando sobre Jared, golpeando com violência.

Jared bloqueou o golpe com o braço; seu uniforme endureceu de novo, mas o impacto fez seu braço doer. No próximo golpe, ele agarrou o semieixo, mas errou ao avaliar a velocidade do ataque; a peça metálica desceu com tudo sobre seus dedos, quebrando ossos nos dedos anular e médio da mão direita e se enterrando no braço. O Rraey puxou o ferro para o lado e acertou a cabeça de Jared, que caiu de joelhos, zonzo, torcendo novamente o tornozelo sobre o qual havia caído antes. Grogue, Jared puxou a faca de combate com a mão esquerda; o Rraey chutou a mão com força, fazendo a faca voar para longe. Um segundo chute rápido acertou Jared no queixo, enterrando os dentes na língua, fazendo o SmartBlood jorrar dentro da boca e sobre os dentes. O Rraey empurrou-o, puxou a faca e se curvou para cortar a garganta de Jared. De repente, a mente de Jared ricocheteou de volta para uma sessão de treino com Sarah Pauling, quando ela se sentou sobre ele com a faca em sua garganta e lhe disse que estava desconcentrado.

Nesse momento, ele se concentrou.

Jared puxou o ar de repente e cuspiu uma bolota de SmartBlood no rosto e na faixa ocular do Rraey. A criatura recuou, enojada, dando a Jared o tempo necessário para instruir seu BrainPal a fazer com o SmartBlood no rosto do Rraey o mesmo que o sangue fizera quando ingerido pelo inseto sanguessuga em Fênix: entrar em combustão.

O Rraey berrou quando o SmartBlood começou a queimar em seu rosto e faixa ocular, derrubando a faca para poder bater no próprio rosto. Jared agarrou a faca e enterrou na lateral da cabeça do Rraey. O alienígena soltou um cacarejo abrupto, surpreso, e caiu amolecido, de costas, no chão. Jared seguiu seu exemplo, deitando-se em silêncio, sem fazer nada além de descansar os olhos e se ver cada vez mais ciente do cheiro forte e cáustico de Rraey fumegante.

*[Levante]*, disse alguém um tempo depois e empurrou-o com a ponta da bota. Jared se encolheu e olhou para cima. Era Sagan. *[Venha, Dirac. Pegamos todos. Você pode sair agora.]*

*[Estou ferido]*, disse Jared.

*[Caramba, Dirac]*, observou Sagan. *[Dói só de olhar pra você]* Ela apontou para o Rraey. *[Da próxima vez, atire logo na porcaria do bicho]*

*[Vou me lembrar disso]*

[*Por falar nisso, onde está seu* MU?]

Jared olhou para a prateleira alta onde o Rraey havia jogado a arma.

[*Acho que preciso de uma escada*]

[*Você precisa de pontos*], disse Sagan. [*Sua bochecha está prestes a cair*]

[*Tenente*], disse Julie Einstein. [*É melhor que venha aqui fora. Encontramos os colonos.*]

[*Algum deles vivo?*], perguntou Sagan.

[*Ai, não*], disse Einstein, e por meio da integração Sagan e Jared sentiram como ela se arrepiava.

[*Onde você está?*], quis saber Sagan.

[*Hum*], ponderou Einstein. [*Talvez você devesse vir aqui ver*]

Um minuto mais tarde, Sagan e Jared estavam no abatedouro da colônia.

[*Rraeys malditos*], disse Sagan enquanto se aproximavam. Ela se virou para Einstein, que estava esperando do lado de fora. [*Estão aí dentro?*]

[*Estão. No frigorífico, lá no fundo*]

[*Todos eles?*]

[*Acho que sim. É difícil dizer*], comentou Einstein. [*A maioria está em pedaços.*]

O frigorífico estava lotado de carne.

Soldados das Forças Especiais ficaram boquiabertos com os torsos esfolados em ganchos. Os barris embaixo dos ganchos estavam cheios de vísceras. Pedaços em vários estágios de processamento estavam empilhados nas mesas. Em uma mesa separada havia uma coleção de cabeças, crânios abertos com serra para extrair cérebros. Cabeças descartadas estavam em outro barril perto da mesa.

Uma pequena pilha de corpos não processados estava empilhada sob uma lona. Jared foi descobri-la. Havia crianças embaixo dela.

[*Meu Deus*], disse Sagan. Ela se virou para Einsten. [*Leve alguém até os escritórios de administração da colônia. Pegue quaisquer regis-*

tros médicos e genéticos que puderem encontrar e as fotos dos colonos. Vamos precisar disso para identificar as pessoas. Em seguida, leve algumas pessoas para vasculhar as latas de lixo]

[O que devemos procurar?], perguntou Einstein.

[Restos], disse Sagan. [Qualquer um que os Rraeys já tenham comido]

Jared ouviu Sagan dar ordens como um zumbido na cabeça. Ele se agachou e ficou encarando, mesmerizado, a pilha de corpos diminutos. No topo, estava o corpo de uma garotinha, feições de um elfo, relaxadas e bonitas. Ele estendeu a mão e tocou com gentileza o rosto da garota. Estava frio como gelo.

Inexplicavelmente, Jared sentiu uma pontada de tristeza. Afastou-se, soltando uma mistura de soluço e ânsia.

Daniel Harvey, que encontrou o frigorífico com Einstein, aproximou-se de Jared.

[Primeira vez?], disse.

Jared ergueu os olhos.

[O quê?], perguntou.

Harvey apontou os corpos com o meneio de cabeça.

[É a primeira vez que vê crianças. Certo?]

[Sim]

[É o que acontece conosco], disse Harvey. [A primeira vez que vemos colonos, estão mortos. A primeira vez que vemos crianças, estão mortas. A primeira vez que vemos uma criatura inteligente que não é humana, ela está morta ou tentando nos matar, então temos que matá-la. Então, está *morta*. Levou meses até eu ver um colono vivo. Nunca vi uma criança viva]

Jared virou-se de volta para a pilha.

[Quantos anos tem essa daí?], ele perguntou.

[*Merda, sei lá*], disse Harvey, mas de qualquer modo olhou. [Acho que três ou quatro anos. Cinco, no máximo. E sabe o que é engraçado?

*Ela era mais velha do que nós dois juntos. Era mais velha que o dobro de nós dois juntos. É um universo cagado esse, meu amigo]*

Harvey se afastou. Jared fitou a menina por mais um minuto, então voltou a cobrir a pilha com a lona. Foi procurar Sagan, e a encontrou do lado de fora do prédio de administração da colônia.

*[Dirac]*, disse Sagan quando ele se aproximou. *[O que achou de sua primeira missão?]*

*[Acho que foi bem horrível]*, disse Jared.

*[Isso, com certeza]*, comentou Sagan. – Sabe por que estamos aqui? Por que saímos em direção a esta colônia ilegal? – ela perguntou.

Levou um segundo para Jared perceber que ela havia falado em voz alta.

– Não – ele respondeu da mesma forma.

– Porque o líder desta colônia era filho da secretária de Estado da União Colonial – explicou Sagan. – O idiota queria provar para a mãe que os regulamentos da União Colonial contra as colônias clandestinas eram uma afronta aos direitos civis.

– E são? – quis saber Jared.

Sagan encarou Jared.

– Por que está perguntando?

– Só estou curioso.

– Talvez sejam, e talvez não – disse Sagan. – Mas, de qualquer maneira, o último lugar para provar esse tipo de coisa seria *este* planeta. Tem sido reivindicado pelos Rraeys há anos, mesmo que não tivessem uma colônia aqui. Acho que o babaca pensou que, como a UC derrotou os Rraeys na última guerra, talvez os alienígenas se afastassem por medo de retaliação. Então, dez dias atrás, o satélite espião que colocamos sobre o planeta foi derrubado por aquele cruzador que destruímos. Mas antes disso o satélite tirou uma foto do cruzador. E aqui estamos.

– Que bagunça.

Sagan deu uma gargalhada melancólica.

— Agora, tenho que voltar para aquela porra de frigorífico e conferir os cadáveres até encontrar o filho da secretária — disse ela. — Então, terei o prazer de dizer a ela que os Rraeys picaram o filho e a família para comer.

— Família? — perguntou Jared.

— Mulher e filha. Quatro anos de idade.

Jared teve um arrepio violento, pensando na garota da pilha. Sagan observou-o com atenção.

— Está bem?

— Estou — disse ele. — Só me parece uma pena.

— A mulher e a criança são uma pena — comentou Sagan. — O idiota que as trouxe para cá teve o que merecia.

Jared estremeceu de novo.

— Se a senhora diz — disse ele.

— Sim, é o que digo. Agora, venha. Hora de identificar os colonos ou o que restou deles.

*[Bem]*, disse Sarah Pauling a Jared, quando ele saiu da enfermaria da *Kite*. *[Fazer as coisas do jeito fácil não é com você, né?]* Ela estendeu a mão até a bochecha, para o calombo que ficou ali apesar dos nanopontos. *[Ainda dá pra ver onde se cortou]*

*[Não dói]*, disse Jared. *[Já não posso dizer o mesmo do meu tornozelo e da minha mão. O tornozelo não estava quebrado, mas os dedos vão levar um tempo para se recuperar totalmente]*

*[Melhor do que estar morto]*, disse Pauling.

*[É verdade]*, admitiu Jared.

*[E você ensinou um truque novo para todo mundo. Coisas que ninguém sabia que se podia fazer com SmartBlood. Estão chamando você de Jared Fogoso agora]*

*[Todo mundo sabe que dá para fazer o SmartBlood esquentar]*, disse Jared. *[Vejo o pessoal usando para fritar insetos em Fênix o tempo todo]*

*[Sim, todo mundo usa para torrar insetos pequenos]*, disse Pauling. *[Mas precisa de um certo raciocínio para pensar em usá-lo para torrar insetos grandes]*

*[Eu não estava pensando nisso. Só não queria morrer]*

*[Engraçado como isso faz a pessoa ser criativa]*, comentou Pauling.

*[Engraçado como isso faz a pessoa se concentrar]*, disse Jared. *[Eu me lembrei de você me dizendo que eu precisava melhorar isso. Acho que talvez você tenha salvado a minha vida]*

*[Que bom]*, disse Pauling. *[Tente retribuir o favor em algum momento]*

Jared parou de caminhar por um momento.

*[Que foi?]*, perguntou Pauling.

*[Sentiu isso?]*

*[O quê?]*

*[Estou sentindo que quero muito fazer sexo]*, disse Jared.

*[Olha, Jared. Sua parada repentina no corredor não é geralmente o que me indica sua vontade louca de fazer sexo]*

*[Pauling, Dirac]*, disse Alex Roentgen. *[Sala de recreação. Agora. Hora de uma comemoraçãozinha pós-batalha]*

*[Aaaah]*, disse Pauling. *[Uma comemoração. Talvez tenha bolo e sorvete]*

Não havia bolo, tampouco sorvete. Havia uma orgia. Todos os membros do 2º Pelotão, com uma única exceção, estavam lá, em vários estágios de nudez. Casais e trios estavam deitados em sofás e colchões, se beijando e se roçando.

*[Isso é uma comemoração pós-batalha?]*, perguntou Pauling.

*[A comemoração pós-batalha]*, disse Alex Roentgen. *[É o que fazemos depois de toda batalha]*

*[Por quê?]*, perguntou Jared.

Alex Roentgen encarou Jared, um tanto incrédulo.

*[Você precisa mesmo de um motivo para fazer uma orgia?]*

Jared começou a responder, mas Roentgen ergueu a mão.

*[Um: porque passamos pelo vale das sombras e saímos do outro lado. E não há maneira melhor de se sentir vivo do que isso. E depois da merda toda que vimos hoje, precisamos tirar isso da cabeça rápido. Dois: porque, por mais que sexo seja bom, é ainda melhor quando todo mundo com quem você está integrado está fazendo ao mesmo tempo]*

*[Então, isso significa que vocês não vão desligar nossa integração?]*, perguntou Pauling. Ela disse aquilo como provocação, mas Jared sentiu um fio mínimo de ansiedade na pergunta.

*[Não]*, Roentgen disse com gentileza. *[Vocês são dos nossos agora. E não é apenas sexo. É uma expressão mais profunda de comunhão e confiança. Outro nível de integração]*

*[Isso tem um cheiro de conversa fiada]*, disse Pauling, sorrindo.

Roentgen enviou um bipe alto e bem-humorado.

*[Bem, sabem como é. Não vou negar que estamos nisso pelo sexo também. Mas veja você mesma]*, ele estendeu a mão para Pauling. *[Podemos?]*

Pauling olhou para Jared, piscou e pegou a mão de Roentgen.

*[Claro]*, disse ela.

Jared observou os dois se afastarem e sentiu um cutucão no ombro. Ele se virou. Julie Einstein, nua e atrevida, estava atrás dele.

*[Vim testar se essa teoria de que você é Fogoso é verdade, Jared]*, ela disse.

Algum tempo indefinido mais tarde, Pauling encontrou Jared e deitou ao seu lado.

*[Foi uma noite interessante]*, disse ela.

*[É uma maneira de se classificar]*, disse Jared. O comentário de Roentgen de que o sexo era diferente quando todo mundo integrado estava envolvido acabou se revelando um eufemismo e tanto. Todo mundo menos uma pessoa, corrigiu Jared.

[*Fico me perguntando por que Sagan não estava aqui*], disse Jared.

[*Alex disse que ela costumava participar, mas agora não participa mais*], comentou Pauling. [*Parou depois de uma batalha em que quase morreu. Faz alguns anos. Alex disse que a participação é estritamente opcional; ninguém se ressente dela por isso*]

Quando ela disse o nome "Alex", Jared sentiu uma pontada aguda; ele vislumbrou Roentgen e Pauling juntos antes, enquanto Einstein estava sobre ele.

[*É uma explicação*], disse Jared, sem jeito.

Pauling apoiou-se no braço dele.

[*Você se divertiu? Com isso tudo?*], ela perguntou.

[*Você sabe que sim*], respondeu Jared.

[*Eu sei. Pude sentir você na minha cabeça*]

[*É*]

[*E, ainda assim, não parece inteiramente feliz*], disse Pauling.

Jared deu de ombros.

[*Não sei dizer por quê*]

Pauling se aproximou, beijando Jared de leve.

[*Fica uma graça quando está com ciúmes*], disse ela.

[*Não quis ficar enciumado*]

[*Ninguém quer ficar enciumado, eu acho*]

[*Desculpe*]

[*Não precisa se desculpar. Estou feliz por estarmos integrados. Alegre por ser parte deste pelotão. E isso foi muito divertido. Mas você é especial para mim, Jared, e sempre foi. É meu mais querido*]

[*Mais querido*], concordou Jared. [*Sempre*]

Pauling abriu um grande sorriso.

[*Ótimo que isso está resolvido*], ela disse, baixando a mão. [*Agora é hora de eu aproveitar o benefício de ter privilégios de mais querida*]

7_

*[Trinta quilômetros]*, disse Jane Sagan. *[Todo mundo para fora da nave]*

Os soldados do 2º Pelotão retiraram-se do transporte de tropa e mergulharam no céu noturno de Dirluew, a capital da nação eneshana. Embaixo deles, explosões sarapintavam o céu; não erupções violentas, que poderiam destruir um transporte e indicariam a presença de defesas antiaéreas, mas brilhos multicoloridos que assinalavam fogos de artifício. Era a última noite de Chafalan, a celebração eneshana de renascimento e renovação. Os Eneshanos em todo o mundo saíram às ruas, festejando e caminhando do jeito que a época pedia, a maioria levemente bêbada e excitada para os padrões deles.

Dirluew estava especialmente turbulenta naquele Chafalan. Além das festividades normais, a celebração daquele ano também incluía a Consagração da Herdeira, na qual Fhileb Ser, a hierarca dos Eneshanos, anunciaria oficialmente sua filha, Vyut Ser, a futura governante de seu povo. Para comemorar a consagração, Fhileb Ser ofereceu uma amostra da geleia real com a qual alimentara Vyut Ser e permitiu a produção em massa da versão sintética, em forma diluída, envasada em pequeninos jarros e oferecida como presente aos cidadãos de Dirluew para a última noite de Chafalan.

A geleia real, quando dada de alimento em seu estado natural a um Eneshano pré-metamórfico, causava mudanças profundas no desenvolvimento, que resultavam em vantagens físicas e mentais claras assim que ele avançava para a forma adulta. Em sua versão diluída e sintética, a geleia real causava aos Eneshanos adultos um efeito alucinógeno excelente. A maioria dos cidadãos de Dirluew consumiu sua geleia antes do show de fogos de artifício e luzes, e agora estava sentada, em seus jardins e parques públicos, estalando as formações bucais no equivalente eneshano a *"oooooh"* e *"aaaaaah"*, enquanto a natureza normalmente brilhante e explosiva dos fogos de artifício se estendia com auxílio farmacológico por todo o espectro sensorial eneshano.

Trinta quilômetros acima (e descendo a toda velocidade), Jared não conseguia ver ou ouvir os Eneshanos zonzos; os fogos de artifício lá embaixo eram brilhantes, mas estavam distantes, e o som das explosões perdia-se na distância e na fina estratosfera eneshana. A percepção de Jared ocupava-se de outras coisas: a localização de seus colegas de esquadrão, a velocidade de descida e a manobra exigida para garantir que ele estivesse onde precisaria estar na aterrissagem e ainda assim bem fora do caminho quando certos eventos viessem a público em um futuro bem próximo.

Localizar seus colegas de esquadrão era a tarefa mais fácil. Cada membro do 2º Pelotão estava apagado visualmente e na maioria do espectro eletromagnético por seus uniformes nanobióticos de corpo negro e pela cobertura do equipamento, exceto por um pequeno transmissor e receptor de feixe estreito que cada membro do pelotão utilizava. Esses transmissores verificavam a posição de outros membros do pelotão antes do salto e continuavam a fazê-lo em intervalos de microssegundos. Jared sabia que Sarah Pauling estava 40 metros adiante e a estibordo, Daniel Harvey a 60 metros abaixo e Jane Sagan 200 metros acima, a última a sair do transporte. Na primeira vez em que Jared participou de um salto em altura noturno, não muito depois de Gettysburg, conseguiu perder o sinal de feixe estreito e aterrissou a vários quilômetros de distância do esquadrão, desorientado e sozinho. Teve que ouvir um sem fim de merdas por isso.

O destino final de Jared ficava a menos de 25 quilômetros abaixo dele, destacado pelo seu BrainPal, que também oferecia um caminho descendente calculado para levá-lo aonde precisava chegar. O caminho era atualizado durante o voo enquanto o BrainPal considerava lufadas de vento e outros fenômenos atmosféricos; também rastreava com cuidado três colunas virtuais bem agrupadas, sobrepostas na visão de Jared. Essas colunas estendiam-se do céu até terminar em três áreas de um único edifício: o Palácio da Hierarca, que servia como residência de Fhileb Ser e de sua corte, além de sede oficial do governo.

O que essas três colunas representavam ficou aparente quando Jared e o 2º Pelotão chegaram a menos de 4 quilômetros do solo, e três feixes de partículas surgiram no céu, perfurando a atmosfera abaixo a partir de satélites que as Forças Especiais haviam posicionado em órbita baixa sobre os Eneshanos. Um dos feixes era turvo, outro furiosamente brilhante e o terceiro era o mais apagado e piscava de um jeito curioso. Os cidadãos de Dirluew se surpreenderam com a visão, bem como com a muralha de som similar a estalos de trovão que acompanhou o surgimento dos feixes. Em seu estado de consciência, simultaneamente elevado e diminuído, eles pensaram que os feixes faziam parte do show de luzes da cidade. Apenas os invasores e os próprios coordenadores do show de luzes de Dirluew souberam inicialmente que tinha algo estranho.

O sistema de defesa planetário eneshano dificilmente teria deixado de notar os satélites que produziam os feixes de partículas; os sistemas de defesa planetária servem exatamente *para* identificar armas inimigas. No entanto, nesse caso em particular, os satélites estavam bem disfarçados como um trio de reboques de reparo. Os reboques foram plantados meses antes – logo depois do incidente em Gettysburg – como parte da frota de serviços de rotina dos ancoradouros diplomáticos da União Colonial em uma das três maiores estações espaciais eneshanas. Na verdade, cumpriam perfeitamente a função de reboques. Suas turbinas estranhamente modificadas não ficaram aparentes na parte externa ou nos sistemas de checagem internos, estes últimos devido a modificações inteligentes de software que escondiam as capacidades das turbinas de todo mundo, exceto dos investigadores mais determinados.

Os três reboques foram destacados para rebocar a *Kite* depois de a nave aparecer no espaço eneshano e ter pedido permissão para reparar danos em seu casco e em seus sistemas após uma batalha recente com um cruzador rraey. A *Kite* havia vencido o combate, mas precisou se retirar antes para que o dano pudesse ser totalmente reparado (a *Kite* havia entrado em combate em uma das colônias rraey com defesa mais moderada, onde a força militar tinha potência suficiente para repelir uma nave das Forças Especiais, mas não o bastante para explodi-la no céu). Um *tour* de cortesia rotineiro pela *Kite* foi oferecido às forças militares eneshanas por seu comandante, mas obviamente dispensado pelos próprios militares Eneshanos, que já haviam confirmado a história da *Kite* por meio de seus canais de inteligência informais com os Rraeys. A *Kite* também solicitou e recebeu permissão para uma descida breve de todos os membros de sua tripulação em Tresh, uma estação que havia sido aberta para os diplomatas e equipe da União Colonial estacionados em Enesha. Tresh ficava a sudeste de Dirluew, que por sua vez ficava a norte da rota de voo solicitada para a nave de transporte de tropa que levava dois esquadrões do 2º Pelotão.

Quando o transporte de tropa passou perto de Dirluew, relatou um distúrbio atmosférico e uma mudança de curso a norte para evitar o vento, ladeando momentaneamente a zona proibida ao voo no espaço aéreo de Dirluew. O comando de transporte eneshano observou a correção, mas exigiu que o transporte voltasse a seu plano de voo prévio assim que passasse a turbulência. O transporte obedeceu poucos minutos depois, sem carregar mais os dois esquadrões.

Era interessante o que se podia fazer quando seu inimigo era oficialmente seu aliado. E não tinha consciência de que você sabia que ele era seu inimigo.

Os feixes de partículas saíram fervendo dos reboques designados à *Kite* e bateram no Palácio da Hierarca. O primeiro, o mais forte dos feixes por uma margem significativa, passou pelos seis andares do palácio até as entranhas do edifício para então vaporizar o gerador de proteção do palácio e, 20 metros abaixo, a linha elétrica principal. Cortar o acesso à linha elétrica principal acionava o gerador para o sistema elétrico de proteção do palácio, que fora destruído milissegundos antes. Na ausência de um gerador substituto centralizado, vários geradores locais foram acionados e trancaram o palácio por meio de um sistema de portas de segurança. Os engenheiros dos sistemas elétrico e de segurança do palácio consideravam que, se as duas linhas elétricas principais e o sistema de proteção fossem desativados, o palácio inteiro provavelmente estaria sob ataque. E estavam corretos até aí; o que não esperavam, ou não estava em seus planos, era que o sistema de segurança local fizesse parte dos planos dos agressores.

Esse feixe causou um dano secundário relativamente pequeno; sua energia foi direcionada especificamente para manter-se na circunferência designada e perfurar o solo eneshano. O buraco resultante tinha pouco mais de 70 metros de profundidade antes de os escombros lançados pela ação do feixe (e alguns dos escombros dos seis andares do palácio) preencherem o fundo do buraco a uma profundidade de vários metros.

O segundo feixe perfurou a ala administrativa do palácio. Diferente do primeiro feixe, este foi direcionado de forma ampla e pensado para lançar uma quantidade gigantesca de calor residual. A ala administrativa do palácio entortou-se e transpirou onde o raio bateu. O ar superaquecido correu os escritórios, estourando portas e janelas amplas e ateando fogo em tudo que estava lá dentro com um ponto de combustão inferior a 932 °C. Mais de três dúzias de funcionários do governo eneshano no turno da noite, guardas militares e faxineiros, foram sacrificados, assando instantaneamente em sua carapaça. O gabinete particular da hierarca e tudo nele, diretamente no centro focal do feixe, transformaram-se em cinzas em frações de segundo antes que o incêndio incontrolável e a energia criada explodissem e espalhassem as cinzas para todo o lado na ala, que desmoronava rapidamente.

O segundo feixe era de longe o mais destrutivo, mas o menos essencial dos três feixes. As Forças Especiais certamente não pretendiam ou esperavam assassinar a hierarca em seu gabinete particular; raramente ficava nele à noite e não teria por que estar naquela ocasião, quando participava das funções públicas que faziam parte das celebrações de Chalafan. Estava do outro lado de Dirluew. Teria sido uma tentativa desastrada, no melhor dos casos. Mas as Forças Especiais queriam que *parecesse* um atentado desastrado à vida da hierarca, para que ela, assim como seu destacamento de segurança pessoal imenso e formidável, se mantivesse longe do palácio enquanto o 2º Pelotão cumpria seu verdadeiro objetivo.

O terceiro feixe tinha menos poder que os outros e piscava enquanto arrancava cirurgicamente o telhado do palácio, como um cirurgião cauterizando e removendo pele uma camada por vez. O objetivo desse raio não era causar terror ou destruição generalizada, mas abrir um caminho direto até uma câmara do palácio, na qual residia o alvo do 2º Pelotão, e a vantagem que, assim se esperava, serviria para extirpar os Eneshanos do plano tripartite de atacar a humanidade.

*[Vamos sequestrar o que agora?]*, perguntou Daniel Harvey.

*[Vamos sequestrar Vyut Ser]*, respondeu Jane Sagan. *[Herdeira do trono eneshano]*

Daniel Harvey deu uma olhada de pura incredulidade, e Jared lembrou por que os soldados das Forças Especiais, apesar de sua integração, de fato se davam ao trabalho de se reunir fisicamente para os *briefings*: no fim das contas, nada conseguia realmente superar a linguagem corporal.

Sagan encaminhou o relatório de inteligência sobre a missão e as especificações da missão, mas Harvey falou de novo antes que as informações pudessem ser baixadas por completo.

*[Desde quando entramos no ramo dos sequestros?]*, questionou Harvey. *[É uma tática nova]*

*[Já fizemos abduções antes]*, comentou Sagan. *[Não há nada de novo nisso]*

*[Abduzimos* adultos*]*, disse Harvey. *[E, falando de forma geral, eram pessoas que queriam nos prejudicar. Este sequestro envolve uma criança]*

*[É mais como uma larva]*, comentou Alex Roentgen, que nesse momento já havia baixado o *briefing* da missão e havia começado a explorá-lo.

*[Seja o que for]*, disse Harvey. *[Larva, criança, bebê. A questão é que vamos usar uma jovem inocente como material de barganha. Certo? E é a primeira vez que fazemos algo assim. Isso é perverso]*

*[Olha quem está falando! A chefia precisa insistir para você não explodir a porra toda]*, comentou Roentgen.

Harvey olhou Roentgen de soslaio.

*[Isso mesmo]*, disse ele. *[Em geral a chefia precisa insistir para eu não explodir a porra toda. E eu estou dizendo que essa porra de missão cheira mal. Caralho, o que tem de errado com vocês?]*

*[Nossos inimigos não têm os mesmos padrões éticos elevados que você, Harvey]*, disse Julie Einstein e encaminhou uma imagem da pilha de cadáveres de crianças em Gettysburg. Jared sentiu um novo calafrio.

*[Não significa que temos de nos rebaixar ao mesmo nível deles, certo?]*, perguntou Harvey.

*[É o seguinte]*, disse Sagan. *[Isso não está em votação. Nosso pessoal da inteligência me disse que os Rraeys, os Eneshanos e os Obins estão se aproximando para entrar com tudo em nosso espaço. Estamos perturbando os Rraeys e os Obins pelas beiradas, mas não fomos capazes de cutucar os Eneshanos, porque ainda trabalham com a fantasia educada de que somos seus aliados. Isso lhes deu tempo para se prepararem e, apesar de toda a desinformação com a qual estamos alimentando os caras, ainda sabem demais sobre nossos pontos fracos. Temos informações concretas de que os Eneshanos estão bem à frente em qualquer plano de ataque. Se não nos movermos abertamente contra eles, todos os três estarão bem no nosso pescoço, e não temos recursos para combater todos eles. Harvey tem razão: a missão nos leva a um território novo. Mas nenhum dos planos alternativos tem o mesmo impacto que este. Não podemos derrubar militarmente os Eneshanos. Mas podemos derrubá-los psicologicamente]*

Nesse momento, Jared já havia absorvido o relatório inteiro.

*[Não vamos parar no sequestro]*, ele disse a Sagan.

*[Não]*, confirmou Sagan. *[Apenas o sequestro não será suficiente para fazer a hierarca aceitar nossos termos]*

*[Caramba]*, disse Harvey, que, enfim, havia absorvido o *briefing* todo. *[Essa merda fede de verdade]*

*[É melhor que a alternativa]*, disse Sagan. *[A menos que você realmente ache que a União Colonial conseguirá enfrentar três inimigos de uma vez]*

*[Posso fazer só uma pergunta? Por que nos enfiamos nesta bosta toda?]*, perguntou Harvey.

*[Somos as Forças Especiais]*, respondeu Sagan. *[É o tipo de coisa que fazemos]*

*[Porra nenhuma]*, disse Harvey. *[Foi você quem disse que não fazemos esse tipo de coisa. Ninguém faz. Estamos sendo obrigados a fazer porque ninguém mais quer]*

Harvey olhou ao redor da sala de *briefing*.

*[Ora, ao menos entre nós podemos admitir]*, disse. *[Algum cuzão real-nato na inteligência militar criou esse plano e depois um monte de generais real-natos autorizou, e daí os comandantes real-natos das Forças Coloniais de Defesa não queriam sujar as mãos. Então, cai nas nossas mãos, e todo mundo acha que nós não ligamos, porque somos um bando de crianças assassinas amorais de dois anos de idade. Bem, eu tenho moral e sei que todo mundo aqui nessa sala também tem. Não vou recuar de nenhuma luta cara a cara. Todos vocês sabem disso. Mas isso não é uma luta cara a cara. Isso é uma merda. Uma merda de primeira]*

*[Tudo bem, é uma merda]*, concordou Sagan. *[Mas também é nossa missão]*

*[Nem adianta pedir que não vou pegar aquela coisa]*, disse Harvey. *[Eu posso cobrir quem vai pegar, mas afaste de mim esse cálice]*

*[Não vou te pedir nada]*, disse Sagan. *[Vou encontrar alguém para fazer isso no seu lugar]*

*[Quem vai dar cabo da missão?]*, perguntou Alex Roentgen.

*[Eu mesma vou]*, disse Sagan. *[Quero dois voluntários para irem comigo]*

*[Eu já disse que daria cobertura]*, disse Harvey.

*[Preciso de alguém que assuma o sequestro se eu tomar uma bala na cabeça, Harvey]*, retrucou Sagan.

*[Eu vou]*, disse Sarah Pauling. *[Mas Harvey tem razão, essa merda fede demais]*

*[Obrigado, Pauling]*, disse Harvey.

*[De nada. Não fique se achando]*

*[Temos uma]*, disse Sagan. *[Mais alguém?]*

Todos na sala se viraram para Jared.

*[Quê?]*, ele perguntou na defensiva.

*[Nada]*, respondeu Julie Einstein. *[É que você e Pauling normalmente fazem dupla]*

*[Não é verdade]*, disse Jared. *[Estamos com o pelotão há sete meses e eu já cobri todos vocês uma vez ou outra]*

*[Não precisa ficar nervoso por conta disso]*, disse Einstein. *[Ninguém disse que vocês são casados. E você já cobriu todo mundo. Mas todo mundo tende a fazer par em missões com uma pessoa mais que as outras. Eu faço par com Roentgen. Sagan sempre está com Harvey, pois ninguém mais quer lidar com ele. Você faz par com Pauling. É só isso]*

*[Parem de provocar o Jared]*, disse Pauling, sorrindo. *[Ele é um cara legal, diferente do restante de vocês, degenerados]*

*[Somos degenerados do bem]*, disse Roentgen.

*[Ou, de qualquer maneira, bem degenerados]*, disse Einstein.

*[Se as piadinhas já acabaram, ainda preciso de um voluntário]*, interrompeu Sagan.

*[Dirac]*, votou Harvey.

*[Parem já com isso]*, disse Sagan.

*[Não, eu vou]*, disse Jared.

Sagan pareceu prestes a contestar, mas se conteve.

*[Ótimo]*, concordou ela e depois continuou com o *briefing*.

*[Ela fez de novo]*, Jared mandou para Pauling, em um canal privado, enquanto o *briefing* continuava. *[Você viu, não foi? Como ela estava prestes a dizer "não"]*

*[Eu vi]*, disse Pauling. *[Mas não falou. E no fim das contas, ela sempre tratou você como trata qualquer um]*

*[Eu sei. Eu só queria saber por que ela parece não gostar de mim]*

*[Na verdade, ela não parece gostar muito de ninguém. Pare de ser paranoico. E eu gosto de você. Só não quando você fica paranoico]*

*[Vou melhorar]*

*[Melhore. E obrigada por se voluntariar]*

*[Bem, você sabe. Dê ao povo o que ele quer]*

Pauling deu uma risadinha alta. Sagan lançou um olhar para ela.

*[Desculpe]*, disse Pauling em um canal comum.

Após alguns minutos, Jared puxou Pauling para um canal privado.

*[Você acha mesmo que essa missão é ruim?]*

*[Ela fede pra caralho]*, disse Pauling.

Os feixes cessaram, e Jared e o restante do 2º abriram seus paragliders. Nanorrobôs carregados estenderam seus tentáculos das mochilas e formaram os paraquedas individuais. Jared, não mais em queda livre, inclinou-se na direção do palácio e do buraco fumegante deixado pelo terceiro feixe – um buraco que levava até o berçário da herdeira.

Mais ou menos do tamanho da Basílica de São Pedro, o Palácio da Hierarca não era um edifício pequeno, e lá fora, no hall principal, onde a hierarca tinha sua corte formal e a ala administrativa agora despedaçada, nenhum não Eneshano tinha permissão para entrar. Não havia plantas arquitetônicas do palácio no cartório de registro, e o palácio em si, construído no estilo arquitetônico eneshano, fluido e caoticamente natural, lembrava nada mais que uma série de cupinzeiros, o que não facilitava a descoberta de áreas ou quartos importantes. Antes de o plano de sequestrar a herdeira do povo eneshano ser posto em prática, precisavam descobrir onde ficavam os aposentos da herdeira. A Pesquisa Militar o considerou um belo quebra-cabeça, mas não tinha muito tempo para resolvê-lo.

Sua solução foi pensar pequeno: de fato, pensar de forma unicelular – pensar em *C. xavierii*, um organismo procariótico eneshano com evolução semelhante à das bactérias. Assim como as cepas de bactérias vivem um feliz relacionamento simbiótico com seres humanos, o *C. xavierii* vive com os Eneshanos, em princípio internamente, mas também externamente. Como muito seres humanos, nem todos os Eneshanos são melindrosos quanto a suas necessidades fisiológicas.

A Pesquisa Militar da União Colonial abriu o *C. xavierii* e refez o sequenciamento para criar a subespécie *C. xavierii movere*, que foi codificado para formar radiotransmissores e receptores do tamanho de mitocôndrias. Essas máquinas orgânicas mínimas registravam os movimentos de seus hospedeiros ao reunir suas posições relativas ao *C. xavierii movere* abrigados por outros Eneshanos dentro de seu raio de transmissão. A capacidade de gravação desses dispositivos microscópicos era pequena – tinham a capacidade de armazenar menos de uma hora de movimento –, mas cada divisão celular criava uma nova máquina de gravação, reiniciando o rastreio.

A Pesquisa Militar introduziu o germe geneticamente modificado no Palácio da Hierarca por meio de um creme para as mãos, fornecido a uma insuspeita diplomata da União Colonial que tinha contato físico regular com suas contrapartes de Enesha. Esses Eneshanos transmitiram o germe a outros membros do palácio simplesmente pelo contato diário. As próteses cerebrais pessoais da diplomata (e de sua equipe inteira) também foram modificadas discretamente para registrar as mínimas transmissões que logo emanariam da equipe do palácio e de todos os seus habitantes, inclusive da hierarca e da herdeira. Em menos de um mês, a Pesquisa Militar tinha um mapa completo da estrutura interna do Palácio da Hierarca, com base na movimentação de sua equipe.

A Pesquisa Militar nunca contou à equipe diplomática da União Colonial sobre sua espionagem involuntária. Além de ser mais seguro para os diplomatas assim, eles teriam ficado perplexos pela forma como foram usados.

Jared chegou ao telhado do palácio e dissolveu seu paraglider, aterrissando longe do buraco (pois ele poderia ruir). Outros membros do 2º aterrissavam ou já haviam aterrissado e estavam se preparando para sua descida pelas linhas de rapel. Jared encontrou Sarah Pauling, que havia chegado perto do buraco e espreitava pela fumaça e pela nuvem de poeira dos escombros.

[Não olhe para baixo], disse Jared.

[Tarde demais], ela retrucou antes de enviar para ele uma imagem vertiginosa de seu ponto de vista. Através da integração, Jared pôde sentir a ansiedade e a expectativa; ele também se sentia assim.

As linhas de rapel estavam presas.

[Pauling, Dirac], disse Jane Sagan. [Hora de irmos]

Não fazia nem cinco minutos desde que os raios haviam caído do céu, e cada segundo adicional trazia consigo uma chance maior de que sua presa fosse removida. Também estavam trabalhando contra a chegada iminente das tropas e dos socorristas. Explodir a ala executiva distrairia e atrasaria a atenção para o 2º Pelotão, mas não por muito tempo.

Os três prenderam-se às cordas e desceram quatro andares, diretamente até os aposentos residenciais da hierarca. O berçário ficava logo depois deles; tinham decidido não mandar o raio sobre o berçário para evitar um desabamento acidental. Enquanto Jared descia, sentiu a sabedoria daquela decisão; "cirúrgico" ou não, o feixe havia feito uma bagunça nos três andares acima dos aposentos da hierarca, e muitos dos escombros resultantes haviam caído diretamente sobre eles.

*[Ativem seu infravermelho]*, disse Sagan enquanto desciam. *[As luzes estão apagadas e há muita poeira lá embaixo]*

Jared e Pauling obedeceram. Um brilho cobriu o ar, aquecido pelas aplicações do feixe e dos restos fumegantes lá embaixo.

Derrubando portas para chegar aos invasores, os guardas residenciais destacados para os aposentos da hierarca irromperam na câmara enquanto os três desciam. Jared, Sagan e Pauling se desprenderam das cordas e caíram pesadamente na pilha de escombros embaixo deles, puxados pela gravidade eneshana, mais alta. Jared conseguiu sentir os escombros tentarem empalá-lo quando atingiu o solo; seu uniforme enrijeceu para evitar que isso acontecesse. Os três varreram a sala visualmente e com o infravermelho para localizar os guardas e mandaram as informações para cima. Poucos segundos depois, houve vários estalos agudos no teto. Os guardas residenciais caíram.

*[Liberados]*, disse Alex Roentgen. *[A ala está selada e não vemos mais nenhum guarda. Mais dos nossos vão descer]*

Enquanto falava, Julie Einstein e dois outros membros do 2º começaram a descer nas cordas.

O berçário ficava junto à câmara privada da hierarca e, para fins de segurança, os quartos eram unidades seladas, impenetráveis até para a tentativa de entrada mais violenta (exceto por feixes gigantescos poderosos atirados do espaço). Como acreditava-se que os dois quartos eram externamente seguros, a segurança interna entre eles era leve. Uma porta lindamente esculpida, mas com apenas uma tranca, era a única segurança do berçário a partir da câmara da hierarca. Jared deu um tiro na tranca e entrou no quarto, enquanto Pauling e Sagan o cobriam.

Algo esbarrou em Jared enquanto verificava os cantos; ele desviou e rolou para longe até ver um Eneshano tentando acertar sua cabeça com um bastão improvisado. Jared bloqueou o golpe com o braço e chutou para cima, acertando-o entre os membros inferiores frontais. O inimigo rugiu quando o chute rachou sua carapaça. Na visão periférica, Jared registrou um segundo Eneshano na sala, encolhido no canto e segurando algo que berrava.

O primeiro Eneshano avançou de novo, urrando, e em seguida parou de berrar, mas continuou a trajetória até precipitar-se de uma vez sobre Jared. Depois que o Eneshano caiu sobre ele, Jared se lembrou de que, em algum momento, ouviu o estouro de uma arma de fogo. Desviou o olhar do corpo e viu Sarah Pauling atrás dele, estendendo a mão para agarrar o manto do Eneshano e tirar o cadáver de cima de Jared.

*[Podia ter tentado matá-lo quando estava se movendo na minha direção]*, disse Jared.

*[Reclame de novo e vou deixar você embaixo desse desgraçado]*, retrucou Pauling. *[E tem mais, se você não se importar de empurrar, podemos tirar você de debaixo dele mais depressa]* Pauling puxou e Jared empurrou, e o Eneshano rolou para o lado. Jared engatinhou para longe e deu uma boa olhada no agressor.

*[É ele?]* perguntou Pauling.

*[Não sei dizer]*, disse Jared. *[Eles meio que se parecem]*

*[Vamos ver]*, disse Pauling e se aproximou para dar uma olhada no Eneshano. Ela acessou o *briefing* da missão. *[É ele]*, disse ela. *[É o pai. O consorte da hierarca]*

Jared assentiu. Jahn Hio, o consorte da hierarca, escolhido por motivos políticos para ser progenitor da herdeira. As tradições matriarcais da realeza eneshana ditavam que o pai da herdeira era diretamente responsável pelos cuidados pré-metamórficos da filha. A tradição também ditava que o pai ficaria acordado ao lado da herdeira por três dias eneshanos após a cerimônia de consagração, para simbolizar a aceitação de suas obrigações paternas. Foi por isso – entre outros motivos relacionados à cerimônia de consagração – que o sequestro foi planejado para aquele momento. O assassinato de Jahn Hio era uma parte secundária, mas essencial, da missão.

[*Ele morreu porque queria proteger a filha*], disse Jared.

[*Foi* como *ele morreu*], disse Pauling. [*Não* por que *morreu*]

[*Não acho que a distinção importe tanto para ele*], comentou Jared.

[*Essa missão fede*], disse Pauling.

Uma explosão de metralhadora veio do canto da sala. O grito que era constante na sala desde a entrada parou por um instante e voltou com ainda mais urgência. Sagan saiu do canto com o MU em um dos braços e uma massa branca se contorcendo no outro. O segundo Eneshano caiu onde fora alvejado por Sagan.

[*Era a babá*], disse Sagan. [*Não quis me dar a herdeira*]

[*Você pediu?*], perguntou Pauling.

[*Pedi*], disse Sagan, apontando para o pequeno alto-falante tradutor que havia prendido no cinto. Teria sua função mais tarde na missão. [*Tentei pedir, pelo menos*]

[*Termos assassinado o consorte provavelmente não ajudou*], disse Jared.

A coisa aos berros no braço de Sagan torceu-se com força e quase caiu das mãos da oficial. Sagan soltou o MU para segurá-la melhor. A coisa gritou ainda mais alto enquanto se segurava entre braço e corpo. Jared olhou atentamente para ela.

[*Então, isso é a herdeira*], disse Jared.

[*É, isso*], confirmou Sagan. [*Ela, na verdade. Eneshana pré-metamórfica. Como um grande verme aos berros*]

[*Podemos sedá-la?*], perguntou Pauling. [*Ela é bem barulhenta*]

[*Não. Precisamos que a hierarca veja que ainda está viva*], a herdeira se contorceu de novo; Sagan começou a dar tapinhas com a mão livre, tentando acalmá-la. [*Pegue meu* MU, *Dirac*], ela disse. Jared se curvou para pegar o rifle.

As luzes acenderam.

[*Ah, merda*], disse Sagan. [*A energia voltou*]

[*Pensei que havíamos estourado o gerador*], disse Jared.

[*Estouramos*], disse Sagan. [*Parece que havia mais de um. Hora de irmos*]

Os três saíram do berçário, Sagan com a herdeira, Jared com seu MU e o de Sagan prontos para atirar.

No apartamento principal, dois membros do pelotão estavam subindo pelas cordas. Julie Einstein havia se posicionado para cobrir duas portas no apartamento.

[*Eles vão cobrir os dois níveis acima de nós*], disse Einstein. [*O buraco passa pelos quartos naqueles andares com apenas uma entrada para eles. Ao menos é o que a planta diz. Mas o andar superior é aberto*]

[*Transporte a caminho*], disse Alex Roentgen. [*Já fomos identificados aqui e estão começando a atirar em nós*]

[*Precisamos de gente para nos cobrir na subida*], disse Sagan. [*E segurar o fogo de supressão no primeiro andar. Está aberto; é por onde eles estão vindo*]

[*Entendido*], disse Roentgen.

Sagan entregou a herdeira para Pauling, pegou a bolsa de equipamentos e tirou dela um sling do tamanho certo para acomodar a herdeira. Ela enfiou a herdeira esgoelante na bolsa com alguma dificuldade, prendeu-a e colocou o sling sobre o corpo com a faixa sobre o ombro direito.

[*Fico na corda central*], disse Sagan. [*Dirac à esquerda, Pauling à direita. Einstein nos dará cobertura enquanto subimos, e depois vocês dois dão cobertura para ela e os outros dois enquanto eles saem. Certo?*]

*[Certo]*, disseram Jared e Pauling.

*[Recarregue meu* MU *e entregue a Einstein]*, disse Sagan a Jared. *[Ela não vai ter tempo de recarregar]*

Jared esvaziou o pente do MU de Sagan, recarregou-o com um pente sobressalente e entregou-o a Einstein. Ela o pegou e meneou a cabeça.

*[Estamos prontos]*, Roentgen disse lá de cima. *[Melhor se apressarem]*

Enquanto subiam pelas cordas, ouviram o som de passos pesados dos Eneshanos. Einstein começou a atirar quando iniciaram a subida. Nos dois andares seguintes, colegas de pelotão de Jared esperavam calmamente, cuidando de suas entradas únicas. A integração de Jared lhe disse que estavam se cagando de medo e ansiando para tudo aquilo terminar.

Acima de Jared, começou um novo tiroteio. Os Eneshanos tinham entrado pelo último andar.

Sagan levava o peso da herdeira, mas sem seu MU ou sua bolsa de equipamentos; no fim das contas, estava leve e subiu sua corda a toda velocidade, à frente de Jared e Pauling. O par de balas atingiu seu ombro quando estava quase no topo, estendendo a mão para Julian Lowell puxá-la para cima. Uma terceira bala passou pelo ombro de Sagan e atingiu Lowell diretamente sobre o olho direito, passando pelo cérebro antes de ricochetear dentro do crânio e se enterrar no pescoço, cortando a carótida no processo. A cabeça de Lowell balançou para trás e para frente, o corpo despencou em direção ao buraco, batendo em Sagan enquanto caía e rasgando o último pedaço de tecido que mantinha intacto o sling que segurava a herdeira. Sagan sentiu-o rasgar e a queda do sling, mas não fez nada, pois estava ocupada demais tentando se segurar e não cair.

*[Peguem-na]*, disse antes de ser agarrada por Alex Roentgen e posta em segurança.

Jared estendeu a mão e não conseguiu pegar a herdeira, estava longe demais. O sling passou por Pauling, que o agarrou enquanto caía e girou-o descrevendo um arco ao seu redor.

Lá debaixo, Jared sentiu um choque de dor e surpresa de Julie Einstein. Seu MU silenciou-se. O som que seguiu foi o farfalhar de Eneshanos subindo aos aposentos da hierarca.

Pauling olhou para Jared.

*[Suba]*, disse ela.

Jared subiu sem olhar para baixo. Enquanto passava pelo nível superior do palácio, olhou os corpos de uns vinte Eneshanos mortos e outros vivos atrás deles, atirando em Jared durante a subida, ao mesmo tempo que seus colegas de pelotão revidavam com tiros e granadas. Em seguida, ele já estava longe, sendo puxado para o telhado do palácio por um colega fora do campo de visão. Virou-se para ver Sarah Pauling na corda, com o sling na mão e os Eneshanos abaixo dela aprontando a mira. Por estar segurando o sling, ela não conseguia subir pela corda.

Pauling olhou para Jared e sorriu.

*[Querido]*, ela disse, e jogou o pacote em direção a ele quando a primeira bala atingiu seu corpo. Jared estendeu a mão enquanto ela dançava na corda, movida pela força dos projéteis que devastavam as defesas de seu uniforme e penetravam nas pernas, no torso, nas costas e no crânio. Ele agarrou o sling enquanto ela caía e puxou-o do buraco enquanto atingia o fundo. Sentiu o último segundo de sua vida e, então, tudo acabou.

Ele estava gritando quando o arrastaram até o transporte.

A cultura eneshana é matriarcal e tribal ao mesmo tempo, o que é apropriado para raças cujos ancestrais distantes eram criaturas insetoides que viviam em colmeias. A hierarca chega ao poder por meio do voto das matriarcas das principais tribos eneshanas; isso faz com que o processo soe mais civilizado do que é, pois a coleta de votos pode envolver anos de guerra civil com violência inacreditável, já que as tribos batalham para ascênder a própria matriarca. Para evitar uma comoção gigantesca ao final de cada reinado de hierarca, assim que uma é escolhida, a posição se torna hereditária e agressiva nesse quesito: uma hierarca deve produzir *e* consagrar uma herdeira viável dentro de dois anos eneshanos a partir da ascensão – garantindo assim uma transferência ordenada de poder para o futuro – ou o governo hierárquico de sua tribo termina com seu reinado.

As matriarcas eneshanas, alimentadas com geleias reais carregadas de hormônios que produzem mudanças radicais em seu corpo (outra herança de sua espécie), são férteis durante a vida inteira. A capacidade de produzir uma herdeira raramente era um problema. O que havia se tornado um problema era a escolha da tribo do pai. As matriarcas não se casam por amor (falando em termos estritos, os Eneshanos não se casam), então as considerações políticas entravam em jogo. As tribos incapazes de chegar à hierarquia então concorriam (em um nível mais sutil e, em geral, menos violento) para apresentar um consorte, tendo como recompensa vantagens sociais diretas à tribo e a capacidade de influenciar políticas hierárquicas como parte do "dote" oferecido à tribo do consorte. As hierarcas de tribos recém-eleitas em geral escolhiam um consorte da tribo mais aliada, como prêmio pelos serviços prestados, ou de uma tribo mais inimiga, se o "voto" hierárquico tivesse sido particularmente complicado e houvesse a percepção de que a nação eneshana inteira precisava se unir. As hierarcas de linhagens estabelecidas, por outro lado, têm um espaço de manobra muito maior na escolha de seus consortes.

Fhileb Ser era a sexta hierarca na atual linhagem Ser (a tribo manteve a hierarca outras três vezes nos últimos séculos eneshanos). Ao ascender, escolheu seu consorte da tribo Hio, uma tribo cujas ambições coloniais expansionistas acabaram levando à decisão de se aliar secretamente aos Rraeys e aos Obins para atacar o espaço humano. Por seu papel principal na guerra, Enesha ficaria com parte da propriedade principal da União Colonial, inclusive o planeta-sede da União Colonial, Fênix. Os Rraeys ganhariam alguns poucos planetas, mas conquistariam Coral, o planeta que havia sido local da recente humilhação causada pela União Colonial.

Os Obins, extremamente enigmáticos, ofereceram como contribuição forças de combate apenas um pouco menores que as dos Eneshanos, mas pediram apenas um único planeta: o globo superpopuloso e sem recursos chamado Terra, cujo estado de conservação aparentava ser tão ruim que a União Colonial havia posto o planeta sob quarentena. Tanto os Eneshanos quanto os Rraeys ficaram felizes em ceder a Terra.

A política hierárquica, induzida pelos Hio, levara os Eneshanos a planejar uma guerra contra os seres humanos. Mas, embora unidas pelo governo hierárquico, cada tribo eneshana mantinha um conselho próprio. Ao menos uma tribo, os Geln, se opusera com veemência ao ataque à União Colonial, pois os seres humanos eram razoavelmente fortes, desesperadamente tenazes e não se atinham muito a princípios quando se sentiam ameaçados. Os Geln achavam que os Rraeys teriam sido um alvo muito melhor pela longa inimizade daquela raça com os Eneshanos e porque sua situação militar estava fraca depois de terem sido esmagados pelos seres humanos em Coral.

A hierarca Fhileb Ser optou por ignorar o conselho dos Geln nesse sentido, mas, observando a aparente afeição da tribo pela humanidade, selecionou um dos conselheiros tribais dos Geln, Hu Geln, como embaixador de Enesha para a União Colonial. Hu Geln, que recentemente havia sido chamado de volta à sua terra natal para testemunhar a Consagração da Herdeira e celebrar o Chalafan com a hierarca. Hu Geln, que estava com a hierarca quando o 2º Pelotão atacou, e que naquele momento estava com ela, escondido, enquanto ela era saudada pelos seres humanos que haviam assassinado seu consorte e sequestrado sua herdeira.

*[Pararam de atirar em nós]*, disse Alex Roentgen. *[Parece que descobriram que estamos com a herdeira]*

*[Ótimo]*, disse Sagan. Pauling e Einstein estavam mortas, mas ela estava com outros soldados presos no palácio e queria tirá-los de lá. Sinalizou para eles irem à nave de transporte. Ela se contorcia enquanto Daniel Harvey cuidava do ombro – seu uniforme havia bloqueado completamente o primeiro tiro, mas o segundo conseguiu passar e havia feito um estrago de verdade. O braço direito estava totalmente inútil por ora. Apontou com o esquerdo para a pequena maca no meio da nave, onde Vyut Ser, a herdeira da hierarca, presa com segurança, se contorcia. A herdeira havia parado de gritar, mas choramingava – o medo dissolvido pela exaustão.

*[Alguém precisa dar a injeção nela]*, disse Sagan.

*[Eu dou]*, disse Jared, que levantou-se antes que alguém mais pudesse se voluntariar e pegou a longa agulha armazenada em um kit médico embaixo da poltrona de Sagan. Ele se virou e se aproximou de Vyut Ser, com ódio daquela coisa. Uma interface surgiu em sua visão, via BrainPal, mostrando onde devia inserir a agulha e em que altura nas entranhas da herdeira deveria injetar o que estava dentro da seringa.

Jared enfiou a agulha com tudo em Vyut Ser, que berrou de um jeito horrível com a invasão do metal frio. Jared apertou o botão na seringa, que injetou metade do conteúdo em um dos dois sacos reprodutivos imaturos da herdeira. Jared extraiu a agulha e enterrou-a no segundo saco reprodutivo de Vyut Ser, esvaziando a seringa. Dentro dos sacos, nanorrobôs cobriram as paredes interiores e depois se incendiaram, torrando os tecidos até morrerem, deixando-a irreversivelmente estéril.

Vyut Ser gemeu, confusa e cheia de dor.

*[Estou com a hierarca na linha]*, disse Roentgen. *[Áudio e vídeo]*

*[Abra para a transmissão geral]*, disse Sagan. *[E, Alex, fique ao lado da maca. Você vai ser a câmera]*

Roentgen assentiu e ficou diante da maca, olhando fixo para Sagan e fazendo com que as entradas de áudio e vídeo de BrainPal a partir de seus ouvidos e olhos servissem como microfone e câmera.

*[Abrindo agora]*, disse Roentgen. No campo de visão de Jared — e no campo de visão de todos na nave — a hierarca dos Eneshanos apareceu. Mesmo sem conhecer o mapa de expressões Eneshanas, estava claro que a hierarca estava explodindo de raiva.

— Seu humano de merda — disse a hierarca (ou a transmissão, trocando a tradução literal por algo que expressava a intenção por trás das palavras). — Você tem trinta segundos para devolver minha filha ou vou declarar guerra a todos os seus mundos. Juro que vocês serão reduzidos a escombros.

— Quieta — disse Sagan, a tradução saindo do alto-falante no cinto.

Do outro lado da linha vieram múltiplos estalos altos, indicando o choque absoluto da corte da hierarca. Era simplesmente inconcebível alguém falar com ela daquela maneira.

— Como? — perguntou a hierarca, também chocada.

— Eu disse "quieta" — Sagan repetiu. — Será mais inteligente de sua parte ouvir o que tenho a dizer e poupar nossos povos de sofrimento desnecessário. Hierarca, a senhora não precisa declarar guerra à União Colonial porque já declarou. A senhora, os Rraeys e os Obins.

— Eu não tenho a mínima... — começou a hierarca.

— Minta para mim de novo e eu corto a cabeça de sua filha — interrompeu Sagan.

Mais estalos. A hierarca silenciou-se.

— Agora — disse Sagan. — Vocês estão em guerra com a União Colonial?

— Sim — disse a hierarca depois de um bom tempo. — Ou estaremos, em breve.

— Acho que não — disse Sagan.

— Quem é você? — questionou a hierarca. — Onde está a embaixadora Hartling? Por que estou negociando com alguém que ameaça matar minha filha?

— Imagino que a embaixadora Hartling está em seu gabinete neste momento, tentando entender o que está acontecendo — explicou Sagan. — Como vocês não acharam necessário esclarecer para ela seus planos militares, nós também não achamos. Está negociando com a pessoa que ameaça matar sua filha porque você ameaçou matar *nossos* filhos, hierarca. E está negociando comigo porque, no momento, eu sou a negociadora que a senhora merece. E, nesta questão, esteja certa de que não conseguirá negociar de novo com a União Colonial.

A hierarca ficou novamente em silêncio. Quando voltou a falar, disse:

— Mostre-me minha filha.

Sagan assentiu para Roentgen, que se virou e mostrou Vyut Ser, que havia se acalmado e voltado a choramingar. Jared viu a reação da hierarca, que foi reduzida de líder de um mundo a uma mãe pura e simplesmente, sentindo a dor e o medo da filha. A única pergunta da hierarca foi:

— Quais são suas exigências?

— Cancele sua guerra — respondeu Sagan.

— Há duas outras partes envolvidas — disse a hierarca. — Se recuarmos, vão querer saber por quê.

— Então continue a se preparar para a guerra — disse Sagan. — E depois ataque um de seus aliados. Sugiro que sejam os Rraeys. São fracos, e vocês poderiam pegá-los de surpresa.

– E os Obins? – questionou a hierarca.

– Nós cuidaremos dos Obins – respondeu Sagan.

– Claro que vocês vão cuidar deles – disse a hierarca, obviamente cética.

– Sim.

– Está insinuando que vamos conseguir simplesmente esconder o que houve aqui hoje à noite? Os raios que vocês usaram para destruir meu palácio foram vistos por centenas de quilômetros.

– Não esconda, investigue – disse Sagan. – A União Colonial ficará feliz em ajudar nossos amigos Eneshanos na investigação. E quando descobrirem que os Rraeys estão por trás disso, terão sua justificativa para a guerra.

– Que outras exigências vocês têm? – disse a hierarca.

– Existe um ser humano chamado Charles Boutin – disse Sagan. – Sabemos que ele está ajudando vocês. Nós o queremos.

– Não estamos com ele – disse a hierarca. – Ele está com os Obins. Podem pedir para que eles o devolvam, não me importo. O que mais?

– Queremos garantias de que vai cancelar a guerra.

– Quer um tratado? – perguntou a hierarca.

– Não – disse Sagan. – Queremos um novo consorte. De nossa escolha.

Isso gerou os estalos mais altos de toda a corte.

– Vocês *assassinam* meu consorte e depois *exigem* escolher o próximo? – questionou a hierarca.

– Isso.

– Com que finalidade? – perguntou a hierarca em um tom de apelo. – Minha Vyut foi consagrada! É a herdeira legal. Se eu atender a suas exigências e vocês libertarem minha filha, ela ainda será do clã

Hio e, por nossas tradições, ele ainda terá influência política. Teriam de matar minha filha para romper essa influência – a hierarca fez uma pausa hesitante, em seguida continuou – e se fizessem isso, por que eu cumpriria alguma de suas demandas?

– Hierarca – disse Sagan –, sua filha está estéril.

Silêncio.

– Vocês não fizeram isso – disse a hierarca, suplicante.

– Fizemos.

A hierarca esfregou as duas partes da boca, criando um ruído agudo apavorante. Estava chorando. Levantou-se da poltrona, saiu da imagem, aos lamentos, e em seguida reapareceu, de repente, perto demais da câmera.

– Vocês são monstros! – gritou a hierarca. Sagan não disse nada.

A Consagração da Herdeira não pode ser desfeita. Uma herdeira estéril significa a morte de uma linhagem hierárquica. A morte de uma linhagem hierárquica significa anos de guerra civil sangrenta e ininterrupta, com tribos competindo para encontrar uma nova linhagem. Se as tribos soubessem que havia uma herdeira estéril, não esperariam o curso natural da vida da herdeira para iniciar a disputa. Primeiro, a hierarca no trono seria assassinada, levando ao poder a herdeira, que, em seguida, seria também um alvo constante de tentativas de assassinato. Quando o poder está ao alcance, poucos esperam pacientemente por ele.

Ao esterilizar Vyut Ser, a União Colonial condenou a linhagem hierárquica Ser ao esquecimento e os Eneshanos à anarquia. A menos que a hierarca cedesse a suas demandas e consentisse com algo horrível. E ela sabia disso.

De qualquer forma, resistiu.

– Não permitirei que escolham meu consorte – disse a hierarca.

– Informaremos às matriarcas que sua filha é estéril – retrucou Sagan.

— Vou destruir seu transporte onde ele estiver, e minha filha com vocês — gritou a hierarca.

— Faça isso — disse Sagan. — E todas as matriarcas saberão que sua incompetência como hierarca nos levou a atacar vocês e causou a morte de seu consorte e de sua herdeira. E, então, talvez descubra que, embora possa *escolher* uma tribo para fornecer um consorte, a própria tribo talvez não concorde em fornecê-lo. Sem consorte, sem herdeira. Sem herdeira, sem paz. Conhecemos a história eneshana, hierarca. Sabemos que as tribos já negaram consortes por muito menos, e que as hierarcas boicotadas não duraram muito.

— Isso não vai acontecer.

Sagan deu de ombros.

— Mate-nos, então — disse ela. — Ou negue nossas exigências, e devolvemos sua filha estéril. Ou faça do nosso jeito e terá nossa cooperação para estender sua linhagem hierárquica e impedir uma guerra civil em sua nação. Essas são suas escolhas. E seu tempo está acabando.

Jared observou as emoções correrem pelo rosto e pelo corpo da hierarca, estranhas por sua natureza alienígena, mas não menos poderosas. Era uma luta silenciosa e desoladora. Jared lembrou que, no *briefing* da missão, Sagan disse que seres humanos não podiam vencer militarmente os Eneshanos, que precisavam vencê-los psicologicamente. Jared observou como a hierarca desdobrou-se, desdobrou-se e, por fim, cedeu.

— Diga quem devo escolher — disse a hierarca.

— Hu Geln.

A hierarca virou-se para olhar Hu Geln, em pé ao fundo, em silêncio, e soltou o equivalente eneshano a um riso amargo.

— Não me surpreende — ela disse.

— É um bom Eneshano — disse Sagan. — E vai aconselhá-la bem.

— Tente me consolar de novo, humana — retrucou a hierarca —, e mergulho todos nós em guerra.

– Perdão, hierarca. Temos um acordo?

– Temos – respondeu a hierarca e começou a lamentar de novo. – Ai, meu Deus – gritou ela. – Ai, Vyut. Ai, meu Deus.

– Sabe o que precisa fazer – disse Sagan.

– Não posso. Não posso – lamuriou a hierarca. Com o som do lamento, Vyut Ser, que estava em silêncio, se mexeu e gritou, chamando a mãe. A hierarca fraquejou de novo.

– Precisa fazê-lo – disse Sagan.

– Por favor – a criatura mais poderosa do planeta implorou. – Não posso. Por favor. Por favor, humana. Por favor, me ajude.

*[Dirac]*, disse Sagan. *[Acabe com isso]*

Jared desembainhou a faca de combate e se aproximou da coisa pela qual Sarah Pauling havia morrido. Estava presa a uma maca e se contorcia, gritando pela mãe, e morreria sozinha e assustada, muito longe de qualquer ser que já havia amado.

Jared também fraquejou. Não sabia por quê.

Jane Sagan foi até Jared, tomou a faca e a ergueu. Jared virou de costas.

O choro parou.

# PARTE 2

8

No fim, foram as jujubas pretas.

Jared as encontrou quando estava olhando o quiosque de doces na cantina na Estação Fênix e passou por elas, mais interessado nos chocolates. Mas seu olhar voltava o tempo todo para elas, um pequeno recipiente separado do restante das jujubas, que eram bastante sortidas.

– Por que vocês fazem isso? – perguntou Jared à vendedora, depois de seus olhos voltarem às jujubas pretas pela quinta vez. – O que essas jujubas pretas têm de tão especial?

– As pessoas amam ou odeiam – respondeu a vendedora. – As pessoas que odeiam, que são maioria, não gostam de separá-las do restante das jujubas. As pessoas que amam gostam de ter um saquinho próprio para elas. Então, deixo algumas disponíveis, mas em um espaço próprio.

– Você é de que tipo de pessoa? – quis saber Jared.

– Eu não suporto – disse a vendedora. – Mas meu marido come sem parar. E ele bafeja na minha cara só para me irritar. Uma vez o chutei para fora da cama por fazer isso. Nunca experimentou uma jujuba preta?

— Não — disse Jared. Sua boca já se enchia levemente de água. — Mas acho que vou experimentar.

— Corajoso — disse a vendedora e encheu um saquinho transparente com os doces para entregar a Jared. Ele pegou o saquinho e tirou duas jujubas enquanto a vendedora marcava o pedido; por estar nas FCD, Jared não pagava pelas jujubas (elas, como tudo ali, eram gratuitas, e por isso os soldados das FCD adoravam dizer que aquilo era um pacote de viagem com tudo pago para o inferno), mas os vendedores registravam o que vendiam a soldados e cobravam das FCD o valor correspondente. Era o que o capitalismo havia feito ao espaço, e fazia razoavelmente bem.

Jared pegou duas jujubas e jogou-as na boca, mordeu com os molares e em seguida as manteve ali enquanto a saliva espalhava o gosto de alcaçuz pela língua e os vapores aromáticos moviam-se para além do palato e expandiam-se na cavidade sinusal. Fechou os olhos e percebeu que eram do jeitinho que lembrava. Pegou um punhado e enfiou na boca.

— O que achou? — perguntou a vendedora, observando o consumo entusiasmado.

— São boas — respondeu Jared entre uma jujuba e outra. — Muito boas.

— Vou dizer ao meu marido que tem mais um no time dele — comentou a vendedora.

Jared meneou a cabeça.

— Dois — disse ele. — Minha filha também ama.

— Melhor ainda — disse a mulher, mas Jared já havia se afastado, perdido em pensamentos, voltando à sua cabine. Deu dez passos, engoliu toda a massa de jujubas que estava na boca, estendeu a mão para pegar mais e parou.

*Minha filha*, pensou, e foi atingido por um nó apertado de tristeza e lembrança que o fez estremecer, ter ânsia e vomitar as jujubas no corredor. Enquanto expulsava da garganta o último pedaço do doce, um nome se formou na cabeça.

*Zoë*, pensou Jared. *Minha filha. Minha filha que já morreu.*

Uma mão tocou seu ombro. Jared encolheu-se, quase escorregando no vômito quando se afastou, deixando o saquinho de jujubas voar da mão. Olhou para a mulher que o tocou, uma soldado das FCD. Ela olhou para ele de um jeito estranho, e então veio aquele zumbido curto e agudo na cabeça, como uma voz humana acelerada dez vezes. Aconteceu de novo e mais uma vez, como dois tapas do lado de dentro da cabeça.

– Quê? – gritou Jared para a mulher.

– Dirac – disse ela. – Acalme-se. Me diga o que há de errado.

Jared sentiu um medo desorientado e rapidamente se afastou da soldado, trombando em outros passantes enquanto saía.

Jane Sagan observou Dirac cambalear para longe e olhou para a mancha de vômito e a quantidade das jujubas no chão. Olhou para o quiosque de doces e foi até lá.

– Ei, você – disse, apontando para a vendedora. – Me diga o que aconteceu.

– O rapaz veio aqui e comprou jujubas pretas. Disse que amava e enfiou um monte na boca. Depois, deu alguns passos e botou os bofes para fora.

– Foi isso – disse Sagan.

– Foi isso – repetiu a vendedora. – Falei para ele que meu marido gosta de jujubas pretas, ele disse que a filha dele também, então pegou as jujubas e saiu.

– Ele falou sobre a filha.

– Falou. Disse que tinha uma.

Sagan olhou para o corredor. Não havia sinal de Dirac. Começou a correr na direção em que o tinha visto pela última vez e tentou abrir um canal de comunicação com o general Szilard.

Jared chegou a um elevador da estação do qual passageiros estavam saindo, apertou o botão para o andar de seu laboratório e, de repente, percebeu que seu braço estava verde. Puxou-o para trás com tanta violência que bateu com tudo contra a parede do elevador, dando a ele a certeza aguda e dolorosa de que, na verdade, era seu braço, e que não se livraria dele. As outras pessoas no elevador olharam para ele de um modo estranho, e, em um dos casos, com raiva genuína: quase havia atingido uma mulher quando puxou o braço para trás.

– Desculpe – ele disse. A mulher bufou e assumiu aquele olhar fixo de elevador. Jared fez o mesmo e viu um reflexo manchado de seu corpo verde nas paredes de metal escovado. A ansiedade confusa de Jared nesse momento estava quase virando terror, mas ele sabia de uma coisa: não queria perder o controle em meio a tantos estranhos. O condicionamento social foi, por ora, mais forte que o pânico sobre quem era ele.

Se Jared tivesse parado um momento para questionar quem era ela, enquanto estava parado ali, no silêncio do elevador, esperando seu andar, teria chegado à percepção surpreendente de que não sabia ao certo. Mas não parou; no dia a dia, as pessoas não questionam sua identidade. Jared sabia que sua cor não estava certa, que seu laboratório ficava a três andares de onde estava e que sua filha, Zoë, estava morta.

O elevador chegou ao andar de Jared, e ele saiu em um corredor amplo. Aquele andar da Estação Fênix não tinha quiosques de doces ou cantinas; era um dos dois níveis da estação dedicados principalmente à pesquisa militar. Soldados das FCD estavam de prontidão a cada 100 metros mais ou menos, monitorando corredores que levavam mais ao fundo no andar. Cada entrada de corredor tinha escâneres biométricos e de BrainPal ou outras próteses cerebrais, e eles examinavam todos que se aproximassem. Se aquela pessoa não tivesse permissão para passar em um corredor, o guarda das FCD a interceptaria antes que chegasse ao corredor em si.

Jared sabia que devia ter acesso à maioria daqueles corredores, mas duvidava que aquele corpo estranho tivesse liberação para algum deles. Avançou pela entrada, caminhando como se tivesse um objetivo, na direção do corredor onde sabia que estava seu laboratório e gabinete. Talvez, até chegar, já teria imaginado o que fazer em seguida. Estava quase lá quando viu todos os guardas das FCD à frente dele no corredor virarem-se para encará-lo.

*Que merda*, pensou Jared. Seu corredor estava a menos de 50 metros de distância. Por impulso, correu na direção dele e ficou surpreso com a alta velocidade que seu corpo imprimia. Tão surpreso quanto o soldado que o vigiava. O guarda pegou seu MU, mas quando ficou pronto, Jared já estava em cima dele. Jared empurrou-o com força. O homem cambaleou até a parede do corredor e caiu. Jared passou correndo por ele sem diminuir o passo e entrou no laboratório 200 metros adiante. Enquanto Jared corria, sirenes começaram a soar, e as portas de emergência foram fechadas de uma vez; Jared mal passara o batente daquela que o separava de seu objetivo quando ela saiu das laterais do corredor, selando a seção em menos de meio segundo.

Jared estendeu a mão para a porta do laboratório e a abriu com tudo. Lá dentro havia um técnico de pesquisa militar e um Rraey. Jared ficou paralisado pela dissonância cognitiva de ter um Rraey em seu laboratório e, em meio à confusão, veio um espasmo de medo afiado como uma faca, não do Rraey, mas de ter sido flagrado fazendo algo perigoso, terrível e passível de punição. O cérebro de Jared acelerou, buscando uma lembrança ou explicação para relacionar ao medo, mas não chegou a lugar nenhum.

O Rraey meneou a cabeça, contornou a mesa diante da qual estava e foi até Jared.

– Você é ele, não é? – perguntou o Rraey, tentando falar o idioma humano de um jeito estranho, mas reconhecível.

– Quem? – perguntou Jared.

– O soldado dentro do qual prenderam um traidor – respondeu o Rraey. – Mas eles não poderiam ter feito isso.

– Não entendo você – disse Jared. – Este é o meu laboratório. Quem é você?

O Rraey balançou a cabeça de novo.

– Ou talvez tenham – disse o Rraey. Apontou para si mesmo. – Cainen. Cientista e prisioneiro. Agora sabe quem eu sou. Sabe quem *você* é?

Jared abriu a boca para responder e percebeu que não sabia quem era. Ficou lá, parado, com cara de idiota e boca aberta até as portas de emergência se abrirem subitamente poucos segundos depois. A soldado que havia falado com ele antes entrou, ergueu uma pistola e atirou em sua cabeça.

*[Primeira pergunta]*, disse o general Szilard. Jared estava deitado na enfermaria da Estação Fênix, recuperando-se do dardo paralisante, com dois guardas das FCD parados ao pé da cama e Jane Sagan recostada à parede. *[Quem é você?]*

*[Sou o soldado Jared Dirac]*, disse Jared. Não perguntou quem era Szilard; seu BrainPal o identificou quando entrou na sala. O próprio BrainPal de Szilard poderia ter facilmente identificado Jared, então a pergunta não era uma simples questão de identificação. *[Estou lotado na* Kite. *Minha superior é a tenente Sagan, que está bem ali]*

*[Segunda pergunta]*, continuou o general Szilard. *[Sabe quem é Charles Boutin?]*

[*Não, senhor*], disse Jared. [*Deveria saber?*]

[*Possivelmente*], respondeu Szilard. [*Foi na frente de seu laboratório que encontramos você parado. O laboratório que você disse ao Rraey ser seu. Que sugere que você pensou ser Charles Boutin, ao menos por um minuto. E a tenente Sagan me disse que você não atendeu quando ela tentou chamá-lo por seu nome e falar com você*]

[*Eu me lembro de não saber que eu era eu*], disse Jared. [*Mas não me lembro de achar que era outra pessoa*]

[*Mas você foi até o laboratório de Boutin sem nem ter estado lá antes*], disse Szilard. [*E sabemos que você não acessou um mapa da estação pelo seu BrainPal para encontrá-lo*]

[*Não consigo explicar. A lembrança simplesmente estava na minha cabeça*] Jared viu Szilard olhar para Sagan diante dessa afirmação.

A porta se abriu e dois homens entraram. Um deles foi até Jared antes que seu BrainPal pudesse identificá-lo.

— Sabe quem eu sou? — ele perguntou.

O soco de Jared derrubou o homem. Os guardas ergueram os MUS. Jared, já se acalmando de sua onda repentina de ódio e adrenalina, imediatamente ergueu os braços.

O homem se levantou quando finalmente o BrainPal de Jared o identificou como general Greg Mattson, chefe da Pesquisa Militar.

— Isso responde — disse Mattson, mantendo a mão diante do olho direito. Ele foi até o lavatório do quarto para verificar o ferimento.

— Não tenha tanta certeza — disse Szilard. Ele se virou para Jared. — Soldado, você conhece o homem que acabou de acertar?

— Sei agora que é o general Mattson — disse Jared. — Mas não sabia quando bati nele.

— Por que bateu nele? — perguntou Szilard.

— Não sei, senhor — respondeu Jared. — É que... — Ele parou de falar.

— Responda à pergunta, soldado — insistiu Szilard.

— É que pareceu a coisa certa a se fazer no momento — disse Jared. — Não consigo explicar por quê.

— É óbvio que está se lembrando de algumas coisas — comentou Szilard, virando-se para Mattson. — Mas não está se lembrando de tudo. E não se lembra de quem era.

— Que bosta — disse Mattson do lavatório. — Ele lembrou o suficiente para me dar um murro na cara. Esse filho de uma puta estava esperando por isso há anos.

— Talvez esteja se lembrando de tudo e tentando convencer o senhor do contrário, general — disse o outro homem a Szilard. O BrainPal de Jared identificou-o como coronel James Robbins.

— É possível — disse Szilard. — Mas não é o que seus atos até agora sugerem. Se realmente fosse Boutin, não seria de seu interesse deixar que soubéssemos que se lembra de alguma coisa. Dar um murro no general não teria sido muito inteligente.

— Nada inteligente — disse Mattson, saindo do lavatório. — Apenas catártico. — Ele se virou para Jared e apontou para o olho já manchado de cinza onde o SmartBlood havia sido espremido para fora dos vasos sanguíneos, causando um hematoma. — Na Terra, esse olho roxo ficaria estampado em mim por algumas semanas. E eu teria mandado fuzilar você por questão de princípios.

— General — começou Szilard.

— Relaxe, Szi — disse Mattson. — Eu aceito sua teoria. Boutin não seria tolo o suficiente para me esmurrar, então esse não é Boutin. Mas pedacinhos dele estão vindo à tona, e quero ver o quanto podemos tirar disso.

— A guerra que Boutin tentou começar acabou, general — disse Jane Sagan. — Os Eneshanos vão se voltar contra os Rraeys.

— Bem, isso é maravilhoso, tenente — disse Mattson. — Mas,

neste caso, são dois a menos, sobra um. Os Obins ainda podem estar planejando algo, e como parece que Boutin está com eles, talvez ainda não devêssemos declarar vitória e cancelar a busca. Ainda precisamos saber o que Boutin sabe, e agora que o soldado aqui tem duas pessoas fazendo barulho dentro do crânio, talvez possamos fazer um pouco mais para incentivar o outro a sair e se mostrar. — Ele se virou para Jared. — O que você me diz, soldado? Eles chamam vocês de Brigadas Fantasma, mas você é o único com um fantasma *de verdade* na cabeça. Quer tirá-lo daí?

— Com todo respeito, senhor, não faço a menor ideia do que o senhor está falando — respondeu Jared.

— Claro que não — confirmou Mattson. — Aparentemente, exceto onde fica o laboratório dele, não sabe merda nenhuma sobre Charles Boutin.

— Sei de uma coisa. Sei que ele tinha uma filha.

Com hesitação, General Mattson levou a mão até o olho roxo.

— Tinha mesmo, soldado. — Mattson abaixou a mão e se virou para Szilard. — Quero que você me traga ele de volta, Szi — disse, e em seguida observou a tenente Sagan dar uma olhada para Szilard; sem dúvida estava enviando uma daquelas mensagens mentais em rajadas que as Forças Especiais usavam em vez da fala. — É apenas temporário, tenente. Poderá tê-lo de volta quando terminarmos. E prometo que não vamos acabar com ele. Mas não conseguiremos nada de útil se ele tomar um tiro e morrer em uma missão.

— Antes não tinha nenhum problema com ele ser morto em uma missão — disse Sagan. — Senhor.

— Ah, essa atitude arrogante que as Forças Especiais ostentam — disse Mattson. — Estava imaginando quando ficariam óbvios seus seis anos de idade.

— Tenho nove — disse Sagan.

— E eu tenho cento e trinta, então ouça seu tataravô – disse Mattson. – Não me importava se ele morresse antes porque eu não achava que fosse útil. Agora pode ser útil, então prefiro que não morra. Se descobrirmos que não é mais útil, então podem tê-lo de volta, e ele pode morrer o quanto quiser, não me importo. Independentemente disso, você não tem voto aqui. Agora, fique calada, tenente, e deixe os adultos falarem.

Sagan fervilhou por dentro, mas ficou em silêncio.

— O que vai fazer com ele? – perguntou Szilard.

— Vou passar o pente-fino nele, claro – disse Mattson. – Descobrir por que as lembranças estão vazando agora e ver o que é preciso fazer para vazarem um pouco mais. – Ele apontou para Robbins com o dedão para trás. – Oficialmente, será entregue a Robbins como assistente. Extraoficialmente, espero que passe muito tempo no laboratório. Aquele cientista Rraey que tiramos de vocês tem sido útil para nós. Veremos o que podemos fazer com ele.

— Acha que pode confiar em um Rraey? – questionou Szilard.

— Puta merda, Szi – retrucou Mattson. – Não deixamos que ele cague sem uma câmera apontada para o rabo dele. E ele morreria em um dia sem a medicação. É o único cientista que tenho no qual *sei* que posso confiar.

— Tudo bem – disse Szilard. – Você me deu o rapaz quando pedi. Pode ficar com ele agora. Lembre-se apenas de que ele é um dos nossos, general. E você sabe como sou quando se trata do meu pessoal.

— Bem justo – disse Mattson.

— A ordem de transferência está em sua fila de espera – disse Szilard. – Assim que aprová-la, estará feita. – Szilard meneou a cabeça para Robbins e Sagan, deu uma olhada em Jared e saiu.

Mattson virou-se para Sagan.

— Se tiver que dar tchau, a hora é agora.

– Obrigada, general – disse Sagan. *[Que cuzão]*, ela disse para Jared.

*[Ainda não sei o que está acontecendo ou quem é Charles Boutin]*, disse Jared. *[Estou tentando acessar informações sobre ele, mas é tudo confidencial]*

*[Vai descobrir mais cedo ou mais tarde]*, disse Sagan. *[Seja lá o que souber, quero que você se lembre de uma coisa: no fim das contas, você é Jared Dirac. Ninguém mais. Não importa como foi feito ou por quê ou o que acontecer. Algumas vezes eu me esqueci disso sobre você e me arrependo. Mas quero que você se lembre]*

*[Eu vou me lembrar]*, garantiu Jared.

*[Ótimo]*, disse Sagan. *[Quando vir o Rraey de quem estavam falando, o nome dele é Cainen. Diga a ele que a tenente Sagan pediu para que cuide de você. Diga que eu consideraria isso um favor]*

*[Já me encontrei com ele]*, disse Jared. *[Eu digo]*

*[E desculpe atirar em sua cabeça com o dardo paralisante. Sabe como é, não é?]*

*[Sei]*, respondeu Jared. *[Obrigado. Adeus, tenente]*

Sagan saiu.

Mattson apontou para os guardas.

– Vocês dois estão dispensados. – Os guardas saíram. – Muito bem – prosseguiu Mattson, virando-se para Jared. – Vou trabalhar com a hipótese de que seu pequeno ataque de hoje não será uma ocorrência frequente, soldado. De qualquer forma, de agora em diante, seu BrainPal estará configurado para gravar e localizar, então não teremos surpresas suas e sempre saberemos como encontrá-lo. Mude a configuração uma vez sequer e qualquer soldado das FCD na Estação de Fênix terá sinal verde para atirar em você para matar. Até sabermos exatamente quem e o que está em sua cabeça, você não terá nenhum pensamento particular. Entendido?

— Entendido – disse Jared.

— Excelente. Então, bem-vindo à Pesquisa Militar, filho.

— Obrigado, senhor – disse Jared. – E agora, alguém vai finalmente me dizer que *porra* está acontecendo?

Mattson sorriu e virou-se para Robbins.

— Você conta – disse Mattson e saiu em seguida.

Jared virou-se e olhou para Robbins.

— Hum – disse Robbins. – Oi.

— Que escoriação interessante você tem aí – disse Cainen, apontando para a lateral da cabeça de Jared. Cainen estava falando o idioma da própria espécie; o BrainPal de Jared fazia a tradução.

— Obrigado – disse Jared. – Levei um tiro. – Jared também falava a própria língua; depois de vários meses, a proficiência de Jared no idioma humano, no caso o inglês, era ótima.

— Eu me lembro disso – disse Cainen. – Eu estava lá. Por acaso, também fui paralisado por sua tenente Sagan. Deveríamos fundar um clube, você e eu. – Cainen se virou para Harry Wilson, que estava por perto. – Você também pode se juntar ao clube, Wilson.

— Eu passo – disse Wilson. – Me lembro de um homem sábio que disse uma vez que nunca entraria em um clube no qual fosse aceito como membro. Também não quero ser derrubado.

— Covarde – disse Cainen.

Wilson fez uma reverência.

— A seu dispor.

— E agora – disse Cainen, voltando a atenção a Jared. – Acredito que você tem alguma ideia do motivo de estar aqui.

Jared lembrou-se da conversa estranha e não muito esclarecedora com o coronel Robbins no dia anterior.

— O coronel Robbins me disse que eu nasci com o intuito de

transferir a consciência desse tal Charles Boutin para dentro do meu cérebro, mas que isso não deu certo. Ele me disse que Boutin era cientista aqui, mas que se revelou um traidor. E me contou que essas novas lembranças que estou tendo são na verdade antigas lembranças de Boutin, e que ninguém sabe por que estão surgindo agora e não antes.

– Quanto de detalhe ele deu sobre a vida ou a pesquisa de Boutin? – perguntou Wilson.

– Nenhum, na verdade – respondeu Jared. – Disse que se eu soubesse coisas demais sobre ele ou seus arquivos, talvez interferisse na chegada natural de minhas lembranças. Vai interferir?

Wilson deu de ombros. Cainen disse:

– Como você é o primeiro ser humano que teve essa experiência, não há histórico para sabermos o que fazer em seguida. O mais próximo disso são alguns tipos de amnésia. Ontem você conseguiu encontrar este laboratório e lembrar o nome da filha de Boutin, mas você não sabe como tinha essa informação. É similar à amnésia da fonte. O que torna o caso totalmente diferente é que o problema não são suas lembranças, mas as de outra pessoa.

– Então *vocês* também não sabem como tirar mais lembranças de mim – disse Jared.

– Temos teorias – disse Wilson.

– Teorias – repetiu Jared.

– Hipóteses, para ser mais exato – disse Cainen. – Eu me lembro, muitos meses atrás, de ter dito à tenente Sagan que achava que o motivo pelo qual a consciência de Boutin não havia vingado era porque ele tinha a consciência madura, e quando foi inserida em um cérebro imaturo, sem experiências o suficiente, não conseguiu um ponto de apoio. Mas agora você tem essas experiências, não é? Sete meses na guerra preparam qualquer mente. E talvez algo que você tenha vivenciado serviu como ponte para as lembranças de Boutin.

Jared tentou lembrar.

— Minha última missão — disse ele. — Alguém muito importante para mim morreu. E a filha de Boutin também está morta. — Jared não mencionou o assassinato de Vyut Ser para Cainen, e seu colapso enquanto segurava a faca que a mataria, mas aquilo também estava em sua mente.

Cainen meneou a cabeça, mostrando que seu entendimento da linguagem humana incluía sinais não verbais.

— Talvez tenha sido esse momento mesmo.

— Mas por que as lembranças não voltaram naquele momento? — perguntou Jared. — Aconteceu quando voltei à Estação Fênix e estava comendo jujubas pretas.

— *Em busca do tempo perdido* — disse Wilson.

Jared olhou para Wilson.

— Quê?

— É um romance de Marcel Proust — disse Wilson. — O livro começa com o protagonista vivenciando uma enxurrada de lembranças da infância, trazidas à tona ao comer um tipo de bolinho que tinha mergulhado no chá. Lembranças e sensações são bem amarradas em seres humanos. Essas jujubas que você comeu talvez tenham desencadeado facilmente essas lembranças, especialmente se as jujubas tinham alguma importância.

— Eu me lembro de dizer que eram as favoritas de Zoë — disse Jared. — A filha de Boutin. Seu nome era Zoë.

— Talvez isso tenha sido o suficiente — concordou Cainen.

— Talvez você devesse comer mais jujubas — brincou Wilson.

— Eu comi — disse Jared, sério. Ele pediu ao coronel Robbins para lhe trazer um saquinho novo; tinha ficado muito envergonhado para voltar à barraca e pedir mais depois de ter vomitado. Jared sentou-se em suas novas acomodações com o saquinho na mão e comeu jujubas pretas, aos poucos, por uma hora.

– E? – perguntou Wilson.

Jared simplesmente fez que não com a cabeça.

– Vou mostrar uma coisa para você, soldado – disse Cainen, que em seguida apertou um botão no teclado. Na área de tela de sua mesa, três pequenas luzes apareceram. Cainen apontou para uma delas. – Esta é uma representação da consciência de Charles Boutin, uma cópia que, graças à diligência tecnológica dele, temos arquivada. A próxima é uma representação de sua consciência, registrada durante seu período de treinamento. – Jared fez uma cara de surpresa. – Sim, soldado, eles estavam monitorando você; tem sido uma experiência científica desde o nascimento. Mas isso aqui é apenas uma representação. Diferente da consciência de Boutin, eles não arquivaram a sua. Esta terceira imagem é sua consciência neste momento. Você não está treinado para ler essas representações, mas mesmo para um olho não treinado a diferença das outras duas representações é clara. Achamos que este é o primeiro incidente de seu cérebro tentando combinar o que ele recebeu da consciência de Boutin com a sua. O incidente de ontem mudou você, provavelmente em caráter permanente. Consegue sentir isso?

Jared pensou.

– Não me sinto diferente – disse ele por fim. – Tenho novas lembranças, mas não acho que eu esteja agindo diferente do que costumo agir.

– Exceto por esmurrar generais – salientou Wilson.

– Foi um acidente – disse Jared.

– Não, não foi – disse Cainen, subitamente animado. – Isso que queria te explicar, soldado. Você nasceu para ser uma pessoa. Se tornou outra. E, agora, está virando uma terceira... uma combinação das duas primeiras. Se continuarmos, se tivermos sucesso, mais de quem foi Boutin virá à tona. Você vai mudar. Sua personalidade pode mudar, talvez drasticamente. Quem você se *tornará* será diferente de quem você é *agora*. Quero ter certeza de que vai entender isso, porque quero que você escolha se deseja que isso aconteça.

– Uma escolha? – perguntou Jared.

– Sim, soldado, uma *escolha* – disse Cainen. – Algo que raramente vocês fazem. – Ele apontou para Wilson. – O tenente Wilson aqui escolheu esta vida: se alistou nas Forças Coloniais de Defesa por livre e espontânea vontade. Você, e todos vocês das Forças Especiais, não tiveram essa escolha. Percebe que os soldados das Forças Especiais são escravos? Não têm a opção de lutar ou não. Não têm permissão para recusar. Não têm nem mesmo a autorização para saber que a recusa é *possível*.

Jared ficou desconfortável com essa linha de raciocínio.

– Não vemos desse jeito. Temos orgulho em servir.

– Claro que têm – disse Cainen. – Eles condicionaram vocês assim desde que nasceram, quando seu cérebro foi ativado e seu BrainPal pensou por você e escolheu ramificações particulares na árvore decisória em vez de outras. Quando seu cérebro ficou capaz de pensar sozinho, os caminhos que se voltavam contra a escolha já estavam definidos.

– Eu tomo decisões o tempo todo – retorquiu Jared.

– Não as grandes – disse Cainen. – Por meio do condicionamento e de uma vida militar, as escolhas foram feitas por você durante toda a sua curta vida, soldado. Alguém escolheu criar você, isso não foi diferente de outras pessoas. Por outro lado, escolheram imprimir a consciência de outra pessoa em seu cérebro. Escolheram transformá-lo em um guerreiro. Escolheram as batalhas que enfrentaria. Escolheram entregá-lo para nós quando foi conveniente para eles. E escolheram transformá-lo em outra pessoa, partindo seu cérebro como um ovo e deixando a consciência de Boutin invadir totalmente a sua. Mas *eu* estou optando por lhe dar essa escolha.

– Por quê? – perguntou Jared.

– Porque eu posso – disse Cainen. – E porque você deveria ter essa escolha. E porque, ao que parece, ninguém mais vai lhe dar essa opção. Esta é *sua* vida, soldado. Se escolher continuar, vamos sugerir maneiras que, em nossa opinião, podem destravar mais das lembranças e da personalidade de Boutin.

– E se eu não quiser? – questionou Jared. – O que acontece?

– Então diremos à Pesquisa Militar que nos recusamos a fazer qualquer coisa com você – disse Wilson.

– Eles podem encontrar outra pessoa para fazê-lo – aventou Jared.

– Quase certeza que vão – disse Cainen. – Mas você terá feito sua escolha, e nós teremos feito a nossa também.

Jared percebeu que Cainen tinha razão: em sua vida, todas as principais escolhas que o afetavam haviam sido feitas por outros. Sua tomada de decisão havia se limitado a coisas sem importância ou a situações militares em que não fazer uma escolha significaria estar morto. Não se considerava um escravo, mas foi forçado a admitir que nunca havia considerado *não* estar nas Forças Especiais. Gabriel Brahe dissera a seu esquadrão de treinamento que, depois de dez anos de serviços, podiam sair para colonizar, e ninguém jamais questionou por que eram obrigados a servir dez anos. Todo o treinamento e desenvolvimento das Forças Especiais punha a escolha individual depois das necessidades do esquadrão ou pelotão; mesmo a integração – a grande vantagem militar das Forças Especiais – turvava a noção de identidade para fora do caráter individual e em direção ao grupo.

(E ao pensar na integração, Jared sentiu uma solidão intensa. Quando seu novo posto foi anunciado, a integração de Jared com o 2º Pelotão foi desligada. O zumbido constante e baixo de pensamentos e emoções dos colegas de pelotão era profundo em sua ausência. Se não tivesse sido capaz de aproveitar suas primeiras experiências isoladas de consciência, talvez tivesse ficado um pouco maluco no momento em que percebeu que não podia mais sentir o pelotão. Do jeito que aconteceu, Jared passou a maior parte do dia seguinte em uma depressão imensa. Foi uma amputação, sangrenta e crua, e apenas a certeza de que provavelmente seria temporária a tornava suportável.)

Jared percebeu com uma inquietação crescente como muito de sua vida fora ditado, escolhido, ordenado e comandado. Percebeu como estava despreparado para fazer a escolha que Cainen lhe oferecia. Sua inclinação imediata foi de dizer sim, que ele queria continuar: saber mais sobre Charles Boutin, o homem que ele supostamente deveria ser, e tornar-se de alguma forma. Mas não sabia se era algo que realmente queria ou meramente algo que era esperado dele. Jared sentiu ressentimento, não da União Colonial ou das Forças Especiais, mas de Cainen, por colocá-lo na posição de questionar a si mesmo e a suas escolhas, ou a falta delas.

– O que você faria? – Jared perguntou a Cainen.

– Não sou você – respondeu Cainen, que se recusou a falar mais sobre isso. Wilson também foi notadamente inútil. Os dois continuaram o trabalho no laboratório enquanto Jared pensava, encarando as três representações de consciência que eram todas dele, de um jeito ou de outro.

– Tomei uma decisão – disse Jared mais de duas horas depois. – Quero continuar.

– Pode me dizer por quê? – perguntou Cainen.

– Porque quero saber mais sobre tudo isso – disse Jared. Apontou para a imagem da terceira consciência. – Você me disse que estou mudando. Estou me tornando outra pessoa. Acredito nisso. Mas ainda me *sinto* eu. Acho que ainda *serei* eu, não importa o que aconteça. E *eu* quero saber.

Jared apontou para Cainen.

– Você disse que nós, das Forças Especiais, somos escravos. Tem razão. Não posso negar. Mas também nos dizem que somos os únicos seres humanos que nascem com um objetivo: manter os outros humanos em segurança. Não me deram uma escolha para esse objetivo antes, mas eu o escolho agora. Eu *escolho* fazer isso.

– Você escolhe ser um escravo – disse Cainen.

– Não – retrucou Jared. – Eu deixei de ser um escravo quando fiz essa escolha.

– Mas você está optando pelo caminho que aqueles que o tornaram um escravo teriam feito você seguir – disse Cainen.

– É minha escolha – disse Jared. – Se Boutin quiser nos prejudicar, quero impedi-lo.

– Isso significa que talvez você fique como ele – comentou Wilson.

– Eu deveria ter *sido* ele – disse Jared. – Ser *como* ele ainda deixa espaço para que eu seja eu.

– Então, essa é sua escolha – disse Cainen.

– É.

– Ufa, graças a Deus – disse Wilson, claramente aliviado. Cainen também pareceu relaxar.

Jared olhou para os dois de um jeito estranho.

– Não entendo – disse a Cainen.

– Recebemos ordens para tirar o máximo possível que houvesse de Charles Boutin em você – disse Cainen. – Se você dissesse não, e nós nos recusássemos a seguir nossas ordens, provavelmente seria uma sentença de morte para mim. Sou prisioneiro de guerra, soldado. O único motivo para o pouco de liberdade que tenho é porque me permiti ser útil. No momento em que eu não for mais útil, as FCD vão retirar o medicamento que me mantém vivo. Ou vão escolher me matar de outra maneira. O tenente Wilson aqui provavelmente não seria fuzilado por desobedecer a ordem, mas, pelo que entendo, as prisões das FCD não são lugares agradáveis para se estar.

– Insubordinados entram, mas não saem – disse Wilson.

– Por que não me disseram? – perguntou Jared.

– Porque não teria sido uma escolha justa para você – respondeu Wilson.

– Decidimos entre nós que ofereceríamos a você essa escolha e aceitaríamos as consequências – comentou Cainen. – Assim que tomamos nossa decisão sobre a questão, queríamos ter certeza de que você teria a liberdade que tivemos ao fazer a *sua* escolha.

– Então, obrigado por escolher continuar – disse Wilson. – Eu quase me caguei todo esperando você tomar a porra da decisão.

– Desculpe – disse Jared.

– Não pense mais nisso – disse Wilson –, porque agora você precisa tomar outra decisão.

– Chegamos a duas opções que, em nossa opinião, vão provocar uma cascata maior de lembranças da consciência de Boutin em você – disse Cainen. – A primeira é uma variação do protocolo de transferência de consciência usado para colocar Boutin em seu cérebro. Podemos rodar o protocolo de novo e incorporar a consciência uma segunda vez. Agora que seu cérebro está mais maduro, há uma chance excelente de que mais consciência vá ficar... de fato, que ela possa ficar *inteira*. Mas há algumas consequências sérias.

– Como o quê? – perguntou Jared.

– Como sua consciência ser inteiramente apagada quando a nova entrar – respondeu Wilson.

– Ah – disse Jared.

– Entende como é problemático? – disse Cainen.

– Acho que não quero essa daí, não – disse Jared.

– Achávamos que não iria querer – disse Cainen. – Nesse caso,

temos um plano B muito menos invasivo.
— Que é? — perguntou Jared.
— Uma viagem pelo caminho das lembranças — disse Wilson. — Jujubas foram apenas o início.

9\_

O coronel James Robbins ergueu os olhos para Fênix, pairando sobre ele no céu. *Aqui estou eu de novo*, pensou ele.

General Szilard notou o desconforto de Robbins.

– Você não gosta da cantina dos generais, não é, coronel? – perguntou, e enfiou mais um pedaço de bife na boca.

– Eu odeio – disse Robbins antes de ter ciência do que estava falando. – Senhor – adicionou rapidamente.

– Nem posso dizer que você tem culpa – disse Szilard, mexendo no bife. – Esse negócio de impedir não generais de comer aqui é completamente imbecil. Aliás, como está sua água?

Robbins olhou para o copo suado à sua frente.

– Deliciosamente refrescante, senhor – respondeu.

Szilard apontou o garfo para toda a cantina dos generais.

– É nossa culpa, sabia? – disse ele. – Digo, das Forças Especiais.

– Como assim? – perguntou Robbins.

– Os generais das Forças Especiais traziam qualquer um de sua estrutura de comando para cá… não apenas oficiais, mas soldados também. Porque, fora das situações de combate, ninguém nas Forças Especiais dá a mínima para a hierarquia. Então, tínhamos todas aquelas tropas das Forças Especiais aqui, comendo belos bifes e admirando Fênix lá em cima. Isso deu nos nervos dos outros generais… não apenas por haver soldados aqui, mas por serem soldados das *Brigadas Fantasma*. Isso foi lá no início, quando a ideia de soldados com menos de um ano de idade causava arrepios em vocês, real-natos.

– Ainda causa – disse Robbins. – Às vezes.

– É, eu sei – concordou Szilard. – Mas vocês disfarçam melhor agora. De qualquer forma, depois de um tempo, os generais real-natos mandaram avisar que aqui era seu espaço. E agora tudo o que os não generais recebem aqui é um desses deliciosos e refrescantes copos d'água que você recebeu, coronel. Então, em nome das Forças Especiais, peço desculpas pelo inconveniente.

– Obrigado, general – disse Robbins. – Não estou mesmo com fome.

– Que ótimo – disse Szilard e deu mais uma bocada no bife. Coronel Robbins encarou a refeição do general. Na verdade, estava faminto, mas não teria sido educado dizê-lo. Robbins fez uma nota mental para a próxima vez que fosse convocado para uma reunião na cantina dos generais: coma alguma coisa primeiro.

Szilard engoliu o bife e voltou sua atenção a Robbins.

– Coronel, já ouviu falar no sistema Esto? Não faça buscas, apenas me diga se conhece.

– Não estou familiarizado – respondeu Robbins.

– E Krana? Mauna Kea? Sheffield?

– Conheço a ilha de Mauna Kea da Terra, no Havaí – disse Robbins. – Mas suponho que não é dessa que está falando.

— Não é. — Szilard acenou de novo com o garfo, apontando para indicar algum lugar além da parte leste de Fênix. — O sistema Mauna Kea fica nesta direção, pouco antes do horizonte de salto espacial de Fênix. Nova colônia lá.

— Havaianos? — perguntou Robbins.

— Claro que não — retrucou Szilard. — A maioria é de tâmiles, pelo que dizem meus dados. Não dão nome ao sistema, apenas vivem lá.

— O que há de tão interessante nesse sistema? — quis saber Robbins.

— O fato de que há pouco menos de três dias um cruzador das Forças Especiais desapareceu por lá — respondeu Szilard.

— Foi atacado? — questionou Robbins. — Destruído?

— Não. Ele *desapareceu*. Nenhum contato desde que chegou ao sistema.

— Ele fez contato com a colônia? — perguntou Robbins.

— Não teria feito isso — disse Szilard em um tom indiferente que sugeriu a Robbins que não devia pedir mais detalhes. E ele não pediu. Em vez disso, falou:

— Talvez algo tenha acontecido com a nave quando entrou novamente no espaço real.

— Enviamos um drone de sondagem — disse Szilard. — Sem nave. Sem caixa-preta. Sem destroços ao longo da rota de voo planejada. Nada. Desapareceu.

— Que estranho — disse Robbins.

— Não. Estranho é o fato de esta ser a quarta nave das Forças Especiais que desaparece este mês.

Robbins encarou Szilard, perplexo.

— Vocês perderam quatro cruzadores? Como?

— Bem, se *soubéssemos*, coronel, já estaríamos pisando no pescoço de alguém — respondeu Szilard. — Se tudo que estou fazendo aqui é comer um bife na sua frente, isso deveria ser a indicação de que estamos tão no escuro quanto qualquer um.

– Mas vocês *desconfiam* de alguém por trás disso – disse Robbins. – E que não é apenas uma questão com as naves ou seu maquinário de salto espacial.

– Claro que desconfiamos – confirmou Szilard. – Uma nave desaparecida é um incidente aleatório. Quatro desaparecimentos em um mês é uma porra de uma tendência. Não é um problema com as naves ou com as turbinas.

– Quem o senhor acha que está por trás disso? – perguntou Robbins.

Szilard deixou de lado os talheres, irritado.

– Meu Deus, Robbins – disse ele. – Acha que estou aqui falando com você porque *não tenho amigos*?

Mesmo sem querer, Robbins abriu um sorriso irônico.

– Os Obins – disse ele.

– Os Obins – repetiu Szilard. – Sim. Aqueles que estão com Charles Boutin escondido em algum lugar. Todos os sistemas em que nossas naves desapareceram ou estão próximas do espaço obin ou são planetas que os Obins reivindicaram em um momento ou outro. Uma leve desconfiança, mas é o que temos no momento. O que não temos é como ou por quê, e é aqui que esperava que você pudesse ser capaz de dar alguma luz.

– Quer saber como estamos com o soldado Dirac – disse Robbins.

– Se não se importar – pediu Szilard e pegou de novo os talheres.

– Devagar – admitiu Robbins. – Achamos que a brecha de lembranças aconteceu por conta de estresse e de estímulo sensorial. Não podemos pôr o mesmo tipo de pressão sobre ele como o combate pôs, mas temos apresentado a ele partes da vida de Boutin, um pedaço por vez.

– Seus prontuários? – perguntou Szilard.

— Não – disse Robbins. – Ao menos não os prontuários e arquivos sobre Boutin que foram escritos ou gravados por outras pessoas. Esses não vêm do próprio Boutin, e não queremos introduzir pontos de vista externos. Cainen e tenente Wilson estão trabalhando com fontes primárias, como registros e anotações de Boutin, e com seus pertences.

— Você diz as coisas que eram de Boutin? – perguntou Szilard.

— Coisas que eram dele, de que gostava... lembre-se das jujubas... ou coisas de outras pessoas que conhecia. Também levamos Dirac aos lugares onde Boutin viveu e cresceu. Ele é natural de Fênix, sabia? É apenas uma viagem rápida com a nave de transporte.

— É legal fazer viagens de campo – disse Szilard, com um pouco de indiferença. – Mas você disse que estava indo devagar.

— Mais coisas de Boutin estão emergindo – disse Robbins. – Mas muito parece estar na personalidade. Li o perfil psicológico do soldado Dirac; até agora, tem tido um caráter um tanto passivo. As coisas acontecem com ele em vez de ele fazer as coisas acontecerem. E durante a primeira semana que esteve conosco foi assim. Mas nas últimas três semanas ele vem ficando mais assertivo e mais direcionado. E isso está mais de acordo com Boutin, falando psicologicamente.

— Então ele está ficando mais parecido com Boutin. Ótimo – disse Szilard. – Mas está se lembrando de alguma coisa?

— Bem, é só o psicológico – disse Robbins. – Há poucas lembranças voltando. O que volta, em geral, é sobre sua vida familiar, não sobre trabalho. Quando passamos para ele registros de Boutin fazendo anotações de projetos via voz, ouve como se não entendesse. Se mostramos uma imagem da filhinha de Boutin, ele se debate por um minuto e depois nos conta sobre o que estava acontecendo na fotografia. É frustrante.

Szilard mastigou por um momento, pensando. Robbins aproveitou a pausa para tomar a água. Não era tão refrescante quanto ele havia sugerido antes.

— As lembranças da filhinha não fazem surgir nenhuma lembrança tangencial? – perguntou Szilard.

— Às vezes – respondeu Robbins. – Uma foto de Boutin e sua filha em alguma base de pesquisa onde estava alocado fez com que se lembrasse do trabalho que estava fazendo lá. Alguma pesquisa anterior sobre armazenamento de consciência antes de voltar à Estação Fênix e começar a trabalhar nela usando a tecnologia que conseguimos dos Consus. Mas não se lembra de nada *útil* em termos do motivo por que Boutin decidiu virar um traidor.

— Mostre mais imagens da filha de Boutin para ele – pediu Szilard.

— Mostramos tudo o que pudemos encontrar – disse Robbins. – Não há tanta coisa. E não há muitos objetos físicos... nem brinquedos, tampouco desenhos ou algo assim.

— Por que não? – perguntou Szilard.

Robbins deu de ombros.

— Ela faleceu antes de Boutin voltar para a Estação Fênix – disse ele. – Acho que ele não quis trazer suas coisas.

— Agora ficou interessante – disse Szilard. Os olhos pareciam estar concentrados em algo distante, um sinal de que estava lendo algo de seu BrainPal.

— O que foi? – perguntou Robbins.

— Puxei o arquivo de Boutin enquanto você falava – disse Szilard. – Boutin é um colono, mas seu trabalho para a União Colonial exigia que ele ficasse alocado nas instalações da Pesquisa Militar. O último lugar onde trabalhou antes de vir para cá foi na Estação de Pesquisa Covell. Já ouviu falar nela?

— Soa familiar – respondeu Robbins. – Mas não consigo localizar.

— Diz aqui que era uma instalação de pesquisa com gravidade zero – comentou Szilard. – Faziam um trabalho biomédico, por isso

Boutin estava lá, mas em geral lidavam com armas e sistemas de navegação. Isso é interessante: a estação estava posicionada diretamente sobre um sistema de anéis planetários. Ficava apenas a um quilômetro do plano de anéis. Usavam os fragmentos do anel para testar os sistemas de navegação de proximidade.

Nesse momento, Robbins entendeu. Planetas rochosos com sistemas de anéis eram raros, e aqueles com colônias humanas, mais raros ainda. A maioria dos colonos preferia não viver onde pedaços de rocha do tamanho de estádios despencando pela atmosfera eram uma ocorrência comum, em vez de acontecer uma vez a cada milênio. Um com uma estação de Pesquisa Militar orbitando… aquilo era bastante singular.

– Omagh – disse Robbins.

– Omagh – confirmou Szilard. – Que não é mais nossa. Nunca poderíamos provar que os Obins originalmente atacaram a colônia ou a estação. É possível que os Rraeys tenham atacado a colônia, e depois os Obins os atacaram quando estavam fracos por lutarem conosco e antes que pudessem ter reforços. Que é um dos motivos por que nunca entramos em guerra com eles por isso. Mas sabemos que decidiram reivindicar o sistema com uma rapidez incrível, antes que pudéssemos montar uma força para tomá-lo de volta.

– E a filha de Boutin estava na colônia – disse Robbins.

– Estava na estação de acordo com as listas de baixas – disse Szilard, mandando a lista para Robbins visualizar. – Era uma estação grande. Tinha alojamentos familiares.

– Meu Deus – disse Robbins.

– Sabe – disse Szilard, levando a última garfada de bife à boca –, quando a Estação Covell foi atacada, não foi destruída por completo. Na verdade, temos dados confiáveis que sugerem que a estação está quase intacta.

— Ok — disse Robbins.

— Inclusive os alojamentos familiares.

— Ah, *ok* — disse Robbins, sentindo um estalo. — Já posso dizer ao senhor que não gosto do rumo desta conversa.

— Você disse que a memória de Dirac reage de um jeito mais forte ao estresse e ao estímulo sensorial — comentou Szilard. — Se o levarmos ao lugar onde sua filha morreu... e aonde todos os seus objetos físicos provavelmente devem estar... isso seria qualificado como um estímulo sensorial significativo.

— Temos o probleminha de que o sistema agora é de propriedade dos Obins e patrulhado por eles — disse Robbins.

Szilard deu de ombros.

— É aí que entra o estresse — disse ele. Pôs os talheres sobre o prato na posição de "satisfeito" e o empurrou para frente.

— O general Mattson assumiu o soldado Dirac porque não queria que ele morresse em combate — disse Robbins. — Soltá-lo no espaço de Omagh parece ir contra esse desejo, general.

— Sim, bem, o desejo do general de manter Dirac fora de perigo precisa ser ponderado com o fato de que três dias atrás quatro de minhas naves e mais de mil soldados meus desapareceram, como se nunca tivessem existido — retrucou Szilard. — E, no fim das contas, Dirac ainda é das Forças Especiais. Eu poderia forçar essa questão.

— Mattson não vai gostar disso — comentou Robbins.

— Nem eu — disse Szilard. — Tenho um bom relacionamento com o general, apesar de sua atitude condescendente para com as Forças Especiais e comigo.

— Não é apenas com o senhor — disse Robbins. — Ele é condescendente com todo mundo.

— Sim, é um cuzão igualitário — disse Szilard. — Sabe disso, e acha que está ok. Seja como for, por mais que eu não queira levar a mal esse lado dele, vou levar, se necessário. Mas não acho que eu vá precisar.

Um garçom se aproximou para buscar o prato de Szilard, que pediu sobremesa. Robbins esperou até o garçom se afastar.

— Por que não acha que vai precisar? — perguntou ele.

— O que diria se eu falasse que já estamos com Forças Especiais em Omagh, nos preparando para tomar o sistema de volta? — perguntou Szilard.

— Desconfiaria — respondeu Robbins. — Esse tipo de atividade seria notado mais cedo ou mais tarde, e os Obins são implacáveis. Eles não tolerariam essa presença se a descobrissem.

— Tem razão sobre isso — disse Szilard. — Mas errou ao desconfiar. As Forças Especiais já estão há um ano em Omagh. Já estivemos inclusive dentro da Estação Covell. Acho que podemos levar o soldado Dirac até lá sem chamar muita atenção.

— Como? — perguntou Robbins.

— Com muito cuidado — disse Szilard. — E usando alguns brinquedos novos.

O garçom voltou com a sobremesa do general: dois cookies Nestlé grandes com gotas de chocolate. Robbins encarou o prato; amava essa marca de cookies.

— Sabe que, se o senhor estiver errado e não puder passar com Dirac despercebido pelos Obins, eles vão matá-lo, seu projeto secreto de reivindicação de Omagh será exposto e todas as informações que Dirac tenha sobre Boutin morrerão com ele — alertou Robbins.

Szilard pegou um cookie.

— Risco sempre está na equação — disse. — Se fizermos isso e falharmos, estaremos realmente fodidos. Mas se não fizermos, assumimos o risco de Dirac nunca recuperar as lembranças de Boutin, e ficaremos vulneráveis ao que os Obins planejaram para o futuro. E daí estaremos realmente *fodidos*. Se vamos nos foder, coronel, prefiro me foder em pé a me foder de joelhos.

— O senhor tem jeito para imagens mentais, general — disse Robbins.

— Obrigado, coronel — disse Szilard. — Eu me esforço. — Ele estendeu o braço, pegou o segundo cookie e o ofereceu a Robbins. — Pegue. Vi que está com vontade.

Robbins encarou o cookie, em seguida olhou ao redor.

— Não posso aceitar — disse ele.

— Claro que pode.

— Não devo comer nada aqui.

— E daí? — perguntou Szilard. — Que se foda. É uma tradição ridícula e você sabe disso. Então, quebre a tradição. Pegue o cookie.

Robbins pegou o cookie e encarou-o, melancólico.

— Ai, meu Deus — disse Szilard. — Preciso mandar que você coma essa porcaria?

— Talvez ajude — admitiu Robbins.

— Que seja. Coronel, estou dando uma ordem direta. Coma a porra do cookie.

Robbins comeu. O garçom ficou escandalizado.

— Veja — Harry Wilson disse a Jared enquanto caminhavam no porão de carga da *Shikra*. — Sua carruagem.

A "carruagem" em questão era um assento de fibra de carbono no formato de um cesto, dois motores extremamente pequenos de íons com força e capacidade de manobra limitadas, um de cada lado do assento, e um objeto do tamanho de um frigobar posicionado diretamente atrás do assento.

— É uma carruagem feia — disse Jared.

Wilson deu uma risadinha. O senso de humor de Jared havia

melhorado nas últimas semanas, ou ao menos tinha ficado mais ao gosto de Wilson – lembrava o sarcástico Charles Boutin que ele conhecera. Wilson sentia prazer e desconfiança aí: o prazer de que o trabalho dele e de Cainen estava fazendo a diferença; a desconfiança porque Boutin, no fim das contas, havia traído a humanidade. Wilson gostava de Jared o bastante para não desejar esse destino para ele.

— É feia, mas é de ponta – disse Wilson. Caminhou até ela e bateu no objeto com aparência de frigobar. – Esta é a menor turbina de salto espacial já criada – disse ele. – Recém-saída da linha de montagem. E não é apenas pequena, mas é um exemplo do primeiro avanço real que fizemos na tecnologia de salto espacial em décadas.

— Deixe-me adivinhar – disse Jared. – É baseada naquela tecnologia consu que roubamos dos Rraeys.

— Você faz parecer que é uma coisa ruim – disse Wilson.

— Bem, sabe – disse Jared, tocando a cabeça. – Estou nesta confusão *por causa* da tecnologia consu. Digamos que não tenho opinião neutra quanto a seus usos.

— Você levantou uma questão excelente – disse Wilson. – Mas *isto aqui* é lindo. Um amigo meu trabalhou nela, conversamos sobre o projeto. A maioria das turbinas de salto espacial exige que você saia para um tempo-espaço sem perturbação antes que possa acioná-la. Precisa estar longe de um planeta. Esta aqui é menos exigente; pode usá-la em pontos de Lagrange. Ou seja: contanto que se tenha um planeta com uma Lua razoavelmente grande, consegue-se cinco pontos próximos no espaço onde se é gravitacionalmente tranquilo o bastante para acionar esta turbina. Se conseguirem consertar os defeitos, poderia revolucionar a viagem espacial.

— Consertar os defeitos? – perguntou Jared. – Estou prestes a usar essa coisa. Defeitos são ruins.

— O defeito é que a turbina é sensível à massa do objeto preso a ela – disse Wilson. – Massa demais cria uma deformação local muito grande no espaço-tempo. Então, a turbina de salto espacial faz umas coisas estranhas.

– Como o quê? – perguntou Jared.

– Como explodir – respondeu Wilson.

– Isso não é animador.

– Bem, *explodir* não é bem a palavra. A explicação física para o que *realmente* acontece é muito mais estranha, isso eu garanto.

– Pode parar com isso agora.

– Mas *você* não precisa se preocupar – continuou Wilson. – É preciso cerca de cinco toneladas de massa antes que a turbina vacile. É por isso que esse trenó parece um escaravelho. Fica muito abaixo do limite de massa, mesmo com você dentro. Deve ficar tudo bem.

– *Deve* ficar – insistiu Jared.

– Ah, não seja um bebê chorão.

– Eu não tenho nem um ano de idade – disse Jared. – Posso ser um bebê se eu quiser. Me ajude a entrar nessa coisa, por favor.

Jared se acomodou no assento do trenó; Wilson prendeu-o e acomodou a MU em uma caixa de armazenagem ao lado do assento.

– Faça uma checagem dos sistemas – disse Wilson.

Jared ativou seu BrainPal e conectou-se ao trenó, verificando a integridade da turbina de salto espacial e das turbinas de íons. Tudo estava nominal. O trenó não tinha controles físicos; Jared o controlaria com seu BrainPal.

– O trenó está ok – disse Jared.

– Como está o uniforme? – perguntou Wilson.

– Está em ordem. – O trenó tinha uma cabine aberta; o uniforme de Jared estava configurado para alto vácuo e incluía um capuz que deslizava totalmente sobre o rosto, selando-o. O tecido nanorrobótico do uniforme era fotossensível e passava informações visuais e outros dados eletromagnéticos para o BrainPal de Jared. Assim, Jared poderia "ver" melhor com os olhos cobertos pelo capuz do que se os estivesse usando diretamente. Ao redor da cintura de Jared havia um sistema de respiração que poderia, se necessário, fornecer oxigênio por uma semana.

– Então você está pronto para ir – disse Wilson. – Suas coordenadas estão programadas para este lado, e você também deve tê-las para voltar do outro lado. Basta inseri-las, se acomodar e deixar que o trenó faça o restante. Szilard disse que a equipe de resgate das Forças Especiais estará pronta para pegá-lo do outro lado. Estará sob observação do capitão Martin. Ele recebeu uma senha de confirmação para que você verifique sua identidade. Szilard disse para seguir as ordens de Martin à risca. Entendido?

– Entendido – respondeu Jared.

– Ok – disse Wilson. – Vou sair daqui. Vamos começar a criar o vácuo. Feche o uniforme. Assim que as portas do compartimento se abrirem, ative o programa de navegação, e ele vai cuidar de tudo a partir daí.

– Entendido – repetiu Jared.

– Boa sorte, Jared – disse Wilson. – Espero que encontre algo de útil. – Ele saiu do compartimento com o som dos aparelhos da *Shikra* sugando o ar do embarcadouro. Jared ativou seu capuz; houve uma escuridão momentânea seguida por um ganho realmente impressionante na percepção periférica de Jared assim que o sinal visual do uniforme foi acionado.

O ruído chiado do ar diminuiu até desaparecer – Jared estava no vácuo. Através do metal da nave e da fibra de carbono do trenó, conseguiu sentir as portas do compartimento deslizarem até abrir. Jared ativou o programa de navegação do trenó, que alçou voo e deslizou gentilmente para fora do compartimento. A visão de Jared incluía um rastreamento visual do plano de voo, e seu destino a mais de mil quilômetros de distância: a posição L4 entre Fênix e sua lua, Benu, livre de qualquer outro objeto naquele momento. As turbinas de íons foram acionadas; Jared sentiu seu peso sob a aceleração das turbinas.

A turbina de salto espacial foi ativada quando o trenó passou pela posição L4. Jared notou a aparição repentina e extremamente desconcertante de um sistema amplo de anéis a menos de um quilômetro acima de seu ponto de vista, rodeando a extremidade de um planeta azul semelhante à Terra à sua esquerda. O trenó de Jared, que antes se movia a uma velocidade impressionante, estava imóvel. As turbinas de íons haviam parado pouco antes da conversão do salto, que não preservou a inércia anterior do trenó. Jared ficou aliviado. Duvidava que as pequenas turbinas de íons fossem capazes de parar o trenó antes de se desviar para o sistema de anéis e se chocar contra uma rocha giratória.

*[Soldado Dirac]*, ouviu Jared quando uma senha de verificação apitou em seu BrainPal.

*[Sim]*

*[Aqui é o capitão Martin]*, ouviu Jared. *[Bem-vindo a Omagh. Peço um pouco de paciência, estamos indo até você]*

*[Se me enviar as coordenadas, posso ir até o senhor]*, disse Jared.

*[Melhor não]*, disse Martin. *[Nos últimos tempos os Obins vêm examinando a área mais que o normal. Preferimos não oferecer nada que possam captar. Apenas aguente firme]*

Um minuto mais tarde, Jared percebeu três das rochas dos anéis movendo-se lentamente em sua direção.

*[Parece que tenho alguns fragmentos seguindo na minha direção]*, mandou para Martin. *[Vou manobrar para sair do caminho]*

*[Não faça isso]*, disse Martin.

*[Por que não?]*, perguntou Jared.

*[Porque correr atrás de merda não é o nosso forte]*, disse Martin.

Jared instruiu o uniforme para se concentrar nas rochas que se aproximavam e ampliar. Jared percebeu que as rochas tinham membros, e que uma delas estava puxando o que parecia um cabo de reboque. Jared observou quando se aproximaram e finalmente chegaram ao trenó. Uma delas manobrou na frente de Jared, enquanto a outra prendeu dois cabos. A rocha tinha o tamanho de uma pessoa e tinha um hemisfério irregular; de perto, parecia um casco de tartaruga sem a abertura para a cabeça. Quatro membros de igual tamanho brotaram na simetria quadrilateral. Os membros tinham duas juntas de articulação e terminavam em mãos espalmadas com polegares opositores em cada ponta da palma. O lado inferior da rocha era achatado e mosqueado, com uma linha que descia pelo centro, sugerindo que a parte de baixo podia se abrir. O alto da rocha era achatado com pedaços brilhantes que Jared suspeitava serem fotossensíveis.

*[Não era o que estava esperando, soldado?]*, disse a rocha, usando a voz de Martin.

*[Não, senhor]*, disse Jared. Acessou o banco de dados interno das poucas espécies inteligentes que eram amigáveis com os seres humanos (ou que ao menos não os antagonizavam abertamente), mas nada parecia nem remotamente com aquela criatura. *[Estava esperando um ser humano]*

Jared sentiu um bipe agudo bem-humorado.

*[Nós somos seres humanos, soldado]*, disse Martin. *[Tanto quanto você]*

*[O senhor não me parece humano]*, disse Jared e imediatamente se arrependeu.

*[Claro que não]*, disse Martin. *[Mas não vivemos em ambientes humanos típicos também. Fomos adaptados para onde vivemos]*

*[Onde vivem?]*, perguntou Jared.

Um dos membros de Martin fez um gesto ao redor.

*[Aqui]*, disse ele. *[Adaptados para a vida no espaço. Corpos à prova de vácuo. Faixas fotossintéticas para a energia]*, Martin bateu embaixo do corpo. *[E aqui, um órgão que abriga as algas modificadas que fornecem oxigênio e os compostos orgânicos de que precisamos. Podemos viver aqui por semanas, espiando e sabotando os Obins, e eles nem sabem que estamos aqui. Ficam procurando espaçonaves das FCD. Isso os confunde muito]*

*[Aposto que sim]*, comentou Jared.

*[Tudo bem, Stross me disse que estamos preparados para ir]*, disse Martin. *[Estamos prontos para puxá-lo. Segure firme]*

Jared sentiu um solavanco e depois uma pequena vibração quando o cabo de reboque foi enrolado, puxando o trenó para dentro do anel. As rochas mantiveram o ritmo, manipulando pequenos *jetpacks* com os membros traseiros.

*[Vocês nasceram assim?]*, perguntou Jared.

*[Eu não]*, disse Martin. *[Criaram esse tipo de corpo há três anos. Tudo novo. Precisavam de voluntários para testá-lo. Era uma medida extrema demais introduzir uma consciência sem testar. Precisávamos ver se as pessoas podiam se adaptar a ele sem ficarem loucas. Este corpo é quase inteiramente um sistema fechado. Consigo oxigênio, nutrientes e umidade de meu órgão de algas, e meus dejetos retornam a ele para alimentar as algas. Você não come e bebe como as pessoas costumam fazer. Nem mesmo mija normalmente. E não fazer essas coisas que a gente já está programado para fazer deixa a gente maluco. Você nunca imaginaria que não mijar pode deixar a gente obcecado. Mas, confie em mim, deixa. Foi uma das coisas que tiveram de arrumar quando entraram em produção completa]*

Martin apontou para as outras duas rochas.

*[Agora, Stross e Pohl, eles nasceram nesse corpo]*, disse Martin. *[E estão perfeitamente confortáveis nele. Conto para eles como era comer um hambúrguer ou soltar um barro, e eles me olham como se eu fosse maluco. E tentar descrever sexo normal para eles é perda de tempo]*

[*Vocês fazem sexo?*], perguntou Jared, surpreso.

[*Não se brinca com as pulsões sexuais, soldado*], disse Martin. [*Isso seria ruim para a espécie. Sim,* nós *fazemos sexo o tempo todo*] Ele apontou para a parte de baixo. [*Abrimos aqui. As pontas de nossas carapaças podem se conectar com as de outra pessoa. O número de posições que podemos fazer é um pouco mais limitado que o de vocês. Seu corpo é mais flexível que o nosso. Por outro lado, podemos trepar no vácuo total. O que é um truque maneiro*]

[*Deve ser*], disse Jared. Sentiu que o capitão estava rumando para o território do "excesso de informações".

[*Mas somos uma raça diferente, sem dúvida*], comentou Martin. [*Temos até um sistema de batismo diferente do usado pelo restante das Forças Especiais. Recebemos nomes de antigos escritores de ficção científica em vez de cientistas. Eu até recebi um novo nome quando me transformei*]

[*O senhor vai voltar?*], perguntou Jared. [*Para um corpo normal?*]

[*Não*], disse Martin. [*Quando mudei a primeira vez, acabei voltando. Mas a gente se acostuma. Este é meu normal agora. E este é o futuro. As* FCD *nos criaram para ter vantagem em combate, como fizeram com as Forças Especiais originais. E funciona. Somos matéria escura. Podemos entrar em uma nave, e o inimigo achar que somos fragmentos de rocha, até o momento em que a bomba nuclear de bolso que encaixamos no casco quando raspamos neles explode. E depois não sobra muito mais no que pensar. Mas somos mais que isso, somos as primeiras pessoas* organicamente *adaptadas para viver no espaço. Todo sistema corporal é orgânico, mesmo o BrainPal – recebemos os primeiros BrainPals totalmente orgânicos. Essa é uma melhoria que vai ser passada à população geral das Forças Especiais quando fizerem uma nova versão de corpos. Tudo que somos é expresso em nosso DNA. Se conseguirem encontrar uma maneira de procriarmos naturalmente, teremos uma nova espécie:* Homo astrum, *que pode viver entre os planetas. Não teremos de lutar com ninguém por propriedade. E isso quer dizer que os seres humanos vão vencer*]

*[A menos que você não queira parecer uma tartaruga]*, disse Jared.

Martin enviou um bipe agudo de diversão.

*[É justo]*, disse ele. *[Tem isso também. E nós sabemos disso. Nos autodenominamos Gameranos, sabia?]*

Jared ficou indeciso por um momento até a referência voltar à cabeça, vinda das noites no Acampamento Carson, assistindo a filmes de ficção científica dez vezes mais rápido.

*[Como o monstro japonês?]*

*[Isso aí]*, disse Martin.

*[Vocês cospem fogo também?]*, perguntou Jared.

*[Pergunte aos Obins]*, respondeu Martin.

O trenó entrou no anel.

Jared viu o cadáver no momento em que entraram pelo buraco na lateral da Estação Covell.

Os Gameranos informaram às Forças Especiais que a Estação Covell estava em grande parte intacta, mas "em grande parte intacta" obviamente significava algo diferente para as tropas que viviam no alto vácuo. A Estação Covell estava sem ar, sem vida e sem gravidade, embora, notavelmente, alguns sistemas elétricos ainda tivessem ligados, graças aos painéis solares e à engenharia robusta. Os Gameranos conheciam bem a estação; já tinham estado ali antes, recuperado arquivos, documentos e objetos que não haviam sido destruídos ou roubados pelos Obins. A única coisa que não haviam retirado eram os mortos; os Obins ainda vinham à estação de vez em quando e poderiam notar se o número de mortos começasse a diminuir drasticamente com o tempo. Então, os mortos permaneceram, flutuando pela estação, frios e ressecados.

O defunto estava preso na antepara de um corredor. Jared suspeitava que não estava lá quando o buraco no casco pelo qual haviam passado foi feito: a descompressão explosiva deveria tê-lo sugado para o espaço. Jared virou-se para confirmar com Martin.

*[Ele é novo]*, confirmou Martin. *[Ao menos para esta seção. Os mortos pairam muito aqui, junto com todo o resto. É alguém por quem você está procurando?]*

Jared pairou em direção ao morto. O corpo estava ressecado, toda a umidade já havia desaparecido muito tempo antes. Estaria irreconhecível mesmo se Boutin o conhecesse. Jared olhou para o jaleco de laboratório do homem; o nome no crachá revelou que era Uptal Chatterjee. Sua pele, que parecia papel, era verde. O nome era típico de colono, mas claramente ele tinha sido um cidadão de uma nação ocidental em algum momento.

*[Não sei quem ele é]*, disse Jared.

*[Então, venha]*, disse Martin. Agarrou-se ao corrimão com as duas mãos esquerdas e deu um impulso pelo corredor. Jared seguiu-o, às vezes soltando-se do corrimão quando passava por um cadáver quicando no corredor. Imaginou se poderia encontrar Zoë Boutin flutuando nos corredores ou em outra parte da estação.

*Não*, veio um pensamento. *Nunca encontraram seu corpo. Quase não encontraram corpos de colonos.*

*[Pare]*, disse Jared a Martin.

*[Que foi?]*, perguntou Martin.

*[Estou me lembrando]* disse Jared, que fechou os olhos, embora estivessem por trás do capuz. Quando os abriu de novo, sentiu-se mais atento e concentrado. Também sabia exatamente aonde queria ir.

*[Venha comigo]*, disse.

Jared e Martin entraram no arsenal da estação. Para o centro ficava a área de pesquisa de navegação e biomedicina; no centro em si ficava um grande laboratório de gravidade zero. Jared levou Martin na direção do centro e depois em sentido horário pelos corredores, parando ocasionalmente para deixar Martin abrir portas de emergência desativadas com um pistão parecido com um macaco hidráulico. As luzes dos corredores, alimentadas pelos painéis solares, brilhavam fracas, mas o suficiente para a visão aumentada de Jared.

*[Aqui]*, disse Jared por fim. *[Aqui é onde eu trabalhava. Este é o meu laboratório]*

O laboratório estava cheio de detritos e buracos de bala. Quem quer que tenha entrado ali não se interessou em preservar o trabalho técnico do laboratório; queriam apenas todo mundo morto. Sangue empretecido, seco, era visível nos tampos das mesas e na lateral de uma escrivaninha. Ao menos uma pessoa havia sido alvejada ali, mas não havia nenhum corpo.

*Jerome Kos*, pensou Jared. *Era o nome do meu assistente. Era da Guatemala, mas imigrou para os Estados Unidos quando era criança. Foi ele quem resolveu o excesso de armazenamento...*

*[Merda]*, disse Jared. A lembrança de Jerry Kos flutuou na cabeça, buscando contexto. Jared examinou a sala, buscando computadores ou dispositivos de armazenamento de memória. Não havia nenhum. *[Seu pessoal tirou os computadores daqui?]*, perguntou a Martin.

*[Não desta sala]*, respondeu Martin. *[Faltavam computadores e outros equipamentos antes de conseguirmos passar por aqui. Os Obins ou sei lá quem devem ter levado]*

Jared empurrou-se até uma escrivaninha que sabia ser de Boutin. Fosse lá o que houvesse sobre ela, já havia flutuado para longe. Jared abriu as gavetas e encontrou material de escritório, pastas suspensas e outras coisas, nada especialmente útil. Quando Jared estava fechando a gaveta com as pastas suspensas, viu os papéis em uma delas. Parou e puxou um deles; era um desenho, assinado por Zoë Boutin, com mais entusiasmo que precisão.

*Fazia um desenho por semana para mim, na aula de artes de quarta-feira*, lembrou Jared. *Eu pegava o novo e pendurava com uma tachi-*

*nha, e guardava o antigo na pasta. Nunca joguei nenhum fora.* Jared olhou para o quadro de cortiça sobre a escrivaninha; havia tachinhas nele, mas não havia desenho. O último estava flutuando em algum lugar da sala, era quase certo. Jared precisou lutar contra o desejo de procurá-lo até encontrar. Em vez disso, afastou-se da escrivaninha e foi em direção à porta, deslizando para o corredor antes que Martin pudesse perguntar aonde estava indo. Martin se apressou para alcançá-lo.

Os corredores de trabalho da Estação Covell eram clínicos e estéreis; os alojamentos familiares faziam de tudo para serem o oposto. Carpetes – mesmo sendo do tipo industrial – cobriam o assoalho. Crianças em aulas de arte eram incentivadas a pintar as paredes dos corredores, que traziam sóis, gatos e montanhas com flores em imagens que não eram arte a menos que você fosse pai ou mãe – e, nesse caso, não poderiam ser nada menos que isso. Os detritos no corredor e a mancha escura ocasional na parede contrapunham a alegria.

Como chefe de pesquisa com uma filha, Boutin recebeu alojamentos maiores que a maioria, mas ainda assim era quase insuportavelmente compacto; espaço é um luxo em estações espaciais. O apartamento de Boutin ficava no final do corredor G (G de gato – as paredes eram pintadas com gatos anatomicamente divergentes de todos os tipos), apartamento 10. Jared empurrou-se pelo corredor na direção do apartamento. A porta estava fechada, mas destrancada. Jared deslizou-a até abri-la e entrou.

Como em todos os lugares, os objetos flutuavam em silêncio no cômodo. Jared reconheceu algumas coisas mas não outras. Um livro que foi presente de um amigo de faculdade. Um quadro em uma moldura. Uma caneta. Um tapete que ele e Cheryl compraram na lua de mel.

*Cheryl.* Sua mulher, morta em uma queda enquanto fazia trilha de montanhismo. Morreu quando ele estava prestes a partir para aquele trabalho. Seu funeral foi dois dias antes de ele ir para a estação.

Lembrou-se de segurar a mão de Zoë no funeral, ouvindo-a perguntar por que sua mãe precisava partir e pedir que ele prometesse nunca a abandonar. Ele prometeu, claro.

O quarto de Boutin era compacto; o de Zoë, um quarto adiante, teria ficado desconfortável para qualquer um que não tivesse cinco anos de idade. A cama da menina ficava presa em um corredor, tão encaixada que continuava sem flutuar; mesmo o colchão estava preso. Livros com ilustrações, brinquedos e bichos de pelúcia pairavam. Um chamou a atenção de Jared, e ele estendeu a mão para ele.

Babar, o Elefante. Fênix havia sido colonizada antes de a União Colonial ter parado de aceitar colonos de países ricos; havia uma população francesa grande, da qual Boutin era descendente. Babar era um personagem infantil popular em Fênix, junto com Asterix, Tintin e o Homem Bobão, lembranças da infância em um planeta tão distante de Fênix que ninguém pensava muito nele. Zoë nunca tinha visto um elefante na vida real – pouquíssimos deles chegavam ao espaço –, mas de qualquer forma ficou encantada com Babar quando Cheryl lhe presenteou com um em seu quarto aniversário. Depois que Cheryl morreu, Zoë transformou Babar em um totem; se recusava a ir a qualquer lugar sem ele.

Ele se lembrou de Zoë chorando por ele quando a deixou no apartamento de Helene Greene, enquanto se preparava para viajar a Fênix por várias semanas para o trabalho de testes de último estágio. Já estava atrasado para o transporte, não teve tempo de pegá-lo. Por fim, ele a acalmou, prometendo encontrar uma Celeste para seu Babar. Tranquilizada, ela lhe deu um beijo e foi para o quarto de Kay Greene brincar com sua amiga. Ele logo esqueceu de Babar e Celeste até o dia programado para voltar a Omagh e Covell. Estava pensando em uma desculpa razoável para explicar por que havia voltado para casa de mãos vazias quando foi chamado de canto e informado que Omagh e

Covell haviam sido atacados, e que todos na base e na colônia estavam mortos, e que sua filha tão querida havia morrido sozinha e assustada, e muito longe de qualquer um que a amava.

Jared agarrou Babar enquanto a barreira entre sua consciência e as lembranças de Boutin desmoronava, sentindo a dor e a raiva de Boutin como se fossem suas. Foi *isso*. Foi esse evento que o colocou no caminho da traição, a morte da filha, sua Zoë Jolie, sua alegria. Jared, sem conseguir se proteger, sentiu o que Boutin havia sentido: o horror doentio da imagem indesejável da morte de sua filha, a dor horrível, oca, parado naquele lugar da vida onde ficava a filha, e o desejo louco, ácido de fazer algo mais que chorar.

A enxurrada de lembranças deixou Jared arrasado, e ele arfava a cada novo elemento que atingia sua consciência e se infiltrava. As pinceladas grossas da memória que definiam a forma do caminho de Boutin chegavam com velocidade demais para serem completas ou completamente compreendidas. Jared não tinha lembranças de seu primeiro contato com os Obins; havia apenas um sentimento de libertação, como se tomar aquela decisão o liberasse de uma sensação contínua de dor e fúria; mas se viu entrando em acordo com os Obins para ter um porto seguro em troca de seu conhecimento da pesquisa com BrainPal e consciência.

Os detalhes do trabalho científico de Boutin deixaram-no desconcertado; o treinamento necessário para compreendê-lo exigia caminhos de compreensão que Jared simplesmente não tinha. O que tinha eram lembranças de experiências sensoriais: o prazer do planejamento de sua morte falsa e a fuga, a dor da separação de Zoë, o desejo de deixar a esfera humana, começar seu trabalho e criar sua vingança.

Aqui e ali, nesse caldeirão de sensações e emoções, lembranças concretas reluziam como joias – dados se repetiam pelo campo da memória; coisas a serem lembradas em mais de um incidente. Mesmo assim, algumas coisas ainda piscavam na lembrança, mas fora do alcance – a informação de que Zoë era a chave para a deserção de Boutin, mas sem saber exatamente por que essa chave se virou, e a sensação de que a resposta se afastava do alcance quando tentava tocá-la, irresistível e perturbadora.

Jared afastou-se para se concentrar nas pepitas de lembranças que eram fortes, sólidas e estavam a seu alcance. A consciência de Jared circulou uma delas, um nome de lugar, traduzido grosseiramente a partir de um idioma de criaturas que não falavam como seres humanos.

E Jared soube onde Boutin estava.

A porta principal do apartamento se abriu e Martin passou por ela. Encontrou Jared no quarto de Zoë e foi até ele.

*[Hora de ir, Dirac]*, disse ele. *[Varley me disse que os Obins estão a caminho. Devem ter colocado escutas aqui. Como fui tolo]*

*[Me dê um minuto]*, disse Jared.

*[Não temos um minuto]*, retrucou Martin.

*[Tudo bem]*, disse Jared. Ele empurrou o corpo para fora da sala, levando Babar consigo.

*[Não é a melhor hora para recolher suvenires]*, disse Martin.

*[Fica quieto]*, disse Jared. *[Vamos]*

Ele saiu do apartamento de Boutin sem olhar para trás e conferir se Martin estava acompanhando.

Uptal Chatterjee estava onde Jared e Martin o haviam deixado. A nave batedora Obin que pairava fora da fenda do casco era nova.

*[Há outros caminhos para sair deste lugar]*, disse Jared quando ele e Martin se encolheram ao lado do corpo de Chatterjee. A nave batedora estava visível em um ângulo, mas ainda não havia identificado os dois.

*[Com certeza há outros caminhos]*, disse Martin. *[A questão é se poderemos chegar a qualquer um deles antes de mais desses caras aparecerem. Podemos pegar um deles se precisarmos. Mais que isso vai ser um problema]*

*[Onde está seu esquadrão?]*, perguntou Jared.

*[Está a caminho]*, respondeu Martin. *[Tentamos manter nossos movimentos fora dos anéis ao mínimo possível]*

*[Ótima ideia para qualquer outro momento, menos neste]*, disse Jared.

*[Não reconheço aquela nave]*, disse Martin. *[Parece um novo tipo de batedora. Não consigo nem dizer se tem armas. Se não tiver, poderíamos derrubá-la usando nossos MUs]*

Jared considerou a ideia. Pegou Chatterjee e gentilmente o empurrou na direção da fenda do casco. O corpo lentamente flutuou pelo buraco.

*[Tudo bem até agora]*, disse Martin, quando metade do corpo de Chatterjee havia atravessado a fenda.

O cadáver foi destroçado quando projéteis da nave batedora passaram pelo corpo congelado. Os membros giraram com violência e depois foram também estraçalhados quando outra rajada passou pela fenda. Jared conseguiu sentir o impacto dos projéteis na parede ao fundo do corredor.

Jared sentiu uma sensação peculiar, como se seu cérebro fosse beliscado. A posição da nave batedora mudou um pouco.

*[Desvie]* Jared tentou dizer a Martin, mas a comunicação não chegou a tempo. Jared apoiou o calcanhar, agarrou Martin e puxou-o para baixo quando uma nova rajada cortou o corredor, abrindo ainda mais a fenda e passando perigosamente perto de Jared e Martin.

Um brilho laranja aumentou do lado de fora e, de sua posição, Jared conseguiu ver a nave batedora inclinar-se com tudo. Vindo por baixo da nave, um míssil se aproximou e atingiu o fundo do casco, rachando a nave batedora em duas. Jared fez uma nota mental de que os Gameranos realmente soltavam fogo.

*[... com certeza foi divertido]*, disse Martin. *[Agora, vamos ter que passar uma semana ou duas no esconderijo, enquanto os Obins esquadrinham a região, buscando quem explodiu sua nave. Você deixou nossa vida bem interessante, soldado. Agora é hora de irmos. Os rapazes lançaram a corda de reboque. Vamos sair daqui antes que mais naves apareçam]*

Martin cambaleou para cima e se jogou pela fenda em direção ao cabo de reboque que pairava 5 metros adiante. Jared seguiu, agarrando o cabo com uma das mãos e segurando-o desesperadamente enquanto mantinha Babar preso na outra.

Os Obins pararam de caçá-los apenas três dias depois.

– Bem-vindo de volta – disse Wilson enquanto se aproximava do trenó. Em seguida, parou. – Isso é um *Babar*?

– É – respondeu Jared, sentando-se no trenó com Babar preso no colo.

– Nem sei se quero saber o que *isso* significa – comentou Wilson.

– Vai querer sim. Confie em mim.

– Tem a ver com Boutin? – perguntou Wilson.

– Tem tudo a ver com ele – respondeu Jared. – Sei por que ele virou um traidor, Harry. Sei de tudo.

10\_

Um dia antes de Jared voltar à Estação Fênix segurando Babar, o cruzador das Forças Especiais *Osprey* saltou para o sistema Nagano para investigar um chamado de apuros enviado pelo mensageiro de salto a partir de uma mineradora em Kobe. Nunca mais se ouviu falar do *Osprey*.

Jared precisava se apresentar ao coronel Robbins. Em vez disso, passou pelo escritório de Robbins e entrou pisando duro no gabinete do general Mattson antes que sua secretária pudesse impedi-lo. Mattson estava lá dentro e ergueu os olhos quando Jared entrou.

– Aqui – disse Jared, empurrando Babar nas mãos de Mattson, que se surpreendeu. – Agora sei por que te esmurrei, seu filho da puta.

Mattson baixou os olhos para o bicho de pelúcia.

– Deixe-me adivinhar – ele disse. – Isso é de Zoë Boutin. E agora você recuperou sua memória.

– O suficiente – disse Jared. – Suficiente para saber que o senhor é responsável pela morte dela.

– Engraçado – disse Mattson, deixando Babar sobre a mesa. – Para mim, os responsáveis pela morte da garota são os Rraeys ou os Obins.

– Não se faça de desentendido, general – retrucou Jared. Mattson ergueu uma sobrancelha. – O senhor ordenou que Boutin viesse para cá por um mês. Ele pediu para trazer a filha. O senhor proibiu. Boutin deixou a filha, e ela morreu. Ele culpa o senhor.

– E você também, ao que parece.

Jared ignorou o comentário.

– Por que não deixou que a trouxesse? – perguntou ele.

– Eu não cuido de uma creche, soldado – disse Mattson. – Precisava de Boutin concentrado no trabalho. A mulher dele já havia morrido. Quem cuidaria da garota? Tinha gente em Covell que poderia fazer isso por ele; eu lhe disse para deixá-la lá. Eu *não esperava* perder a estação e a colônia e que a garota fosse morrer.

– Esta estação abriga outros cientistas e trabalhadores civis – disse Jared. – Há famílias aqui. Ele poderia ter encontrado ou contratado alguém para cuidar de Zoë enquanto trabalhava. Não era um pedido fora do comum, e o senhor sabe disso. Então, *de verdade*, por que não deixou que ele a trouxesse?

Nesse momento Robbins, alertado pela secretária de Mattson, entrou na sala. Mattson se mexeu, desconfortável.

– Olha só – disse Mattson. – Boutin era uma mente brilhante, mas ficou esquisito demais. Especialmente depois que a mulher morreu. Cheryl era um dissipador das excentricidades do marido; ela o mantinha no prumo. Depois que ela se foi, ele se tornou errático, especialmente quando envolvia a filha.

Jared abriu a boca; Mattson ergueu a mão.

— Eu não estou culpando o homem, soldado — disse Mattson. — A mulher estava morta, ele tinha a filhinha, estava preocupado com ela. Também fui pai. Lembro como é. Mas isso, somado às questões organizacionais dele, criou problemas. Na época, estava atrasado com seus projetos. Foi um dos motivos por que eu o trouxe para cá para a fase de testes. Queria que conseguisse terminar o trabalho e não se distraísse. E funcionou; terminamos os testes antes do cronograma e as coisas foram tão bem que eu dei o sinal verde para promovê-lo a diretor de nível, que era algo que não teria feito antes da fase de testes. Estava voltando para Covell quando a estação foi atacada.

— Ele achou que o senhor recusou seu pedido porque é um tirano desprezível — comentou Jared.

— Bem, claro que pensou — disse Mattson. — Isso é bem típico de Boutin. Veja bem, ele e eu nunca nos demos bem. Nossas personalidades não se encaixam. Ele dava problemas e, se não fosse o fato de ele ser um puta gênio, não valeria a pena mantê-lo. Ele se ressentia do fato de eu ou meu pessoal sempre estar vigiando seus passos. Se ressentia de ter de explicar e justificar seu trabalho. E se ressentia de eu não dar a mínima por ele se ressentir. Não fico surpreso por ele ter pensado que fui apenas mesquinho.

— E o senhor está dizendo que não foi?

— Não — respondeu Mattson e jogou as mãos para cima quando Jared lhe lançou um olhar cético. — Tudo bem. Olha só. *Talvez* essa história de nossos santos não baterem tenha tido sua importância aí. Talvez eu estivesse menos disposto a quebrar um galho pra ele do que estaria para outra pessoa. Que seja. Mas minha principal preocupação era conseguir que ele trabalhasse. E eu *promovi* o filho de uma puta.

— Mas ele nunca perdoou o senhor pelo que aconteceu com Zoë — afirmou Jared.

— Acha que eu queria que a menina morresse, soldado? – questionou Mattson. – Acha que eu não estava ciente de que, se eu tivesse dito sim ao pedido dele, ela estaria viva agora? Meu Deus. Eu não culpo Boutin por me odiar depois disso. Não queria que Zoë Boutin tivesse morrido, mas aceito que tenho parte da responsabilidade por ela estar morta. Disse isso ao próprio Boutin. Veja se *isso* está em suas lembranças.

Estava. Jared viu nas lembranças Mattson se aproximar dele no laboratório, oferecendo suas condolências e pêsames com embaraço. Jared lembrou-se de como ficou horrorizado com as palavras hesitantes e a sugestão implícita de que Mattson deveria ser absolvido pela morte de sua filha. Sentiu parte da fúria gélida tomar conta dele naquele instante e teve de lembrar que as memórias que estava sentindo eram de outra pessoa, de uma filha que não era dele.

— Ele não aceitou suas desculpas – disse Jared.

— Eu sei *disso*, soldado – retrucou Mattson e sentou-se por um momento antes de falar de novo. – Então, quem é você agora? – perguntou ele. – Está claro que está com as lembranças de Boutin. Você é ele agora? Digo, em seu íntimo.

— Eu ainda sou eu – confirmou Jared. – Ainda sou Jared Dirac. Mas sinto o que Charles Boutin sentiu. Entendo o que ele fez.

Robbins interveio.

— Entende o que ele fez – repetiu. – Isso significa que concorda com isso?

— Com a traição? – perguntou Jared. Robbins fez que sim com a cabeça. – Não. Posso sentir o que ele sentiu. Sinto como ficou furioso. Sinto como perdeu a filha. Mas não sei como se voltou contra todos nós a partir daí.

— Não consegue sentir ou não se lembra? – insistiu Robbins.

— Os dois – respondeu Jared. Mais lembranças estavam voltando depois da epifania em Covell, incidentes e dados específicos de todas as partes da vida de Boutin. Jared conseguiu sentir que, fosse lá o que tivesse acontecido, o havia mudado, transformando-o em terreno mais fértil para a vida de Boutin. Mas as lacunas ainda existiam. Jared tinha que se conter para não se preocupar com elas. – Talvez venham mais coisas, quanto mais eu pensar nisso – disse ele. – Mas, neste momento, não consigo ver nada sobre esse assunto.

– Mas sabe onde ele está agora – disse Mattson, tirando Jared de seus pensamentos. – Boutin. Sabe onde ele está.

– Sei onde ele estava – disse Jared. – Ou ao menos sei aonde ia quando foi embora. – O nome estava claro no cérebro de Jared; Boutin havia se concentrado no nome como um talismã, marcando-o a ferro e fogo de forma indelével na memória. – Ele foi para Arist.

Houve uma breve pausa enquanto Mattson e Robbins acessavam os BrainPals para recolher informações sobre Arist.

– Ora, que bosta – disse Mattson por fim.

O sistema natal dos Obins abrigava quatro gigantes gasosos, um deles – Cha – orbitava em uma zona habitável baseada em carbono e tinha três luas do tamanho de planetas, entre várias dezenas de satélites menores. A menor das três, Saruf, tinha sua órbita bem no limite de Roche do planeta, e foi atacada por imensas forças de maré que a transformaram em uma bola inabitável de lava. O segundo, Obinur, tinha o tamanho de uma Terra e meia, mas menos maciço devido à composição pobre em metais. Esse era o planeta natal dos Obins. O terceiro, com o tamanho e a massa da Terra, era Arist.

Arist tinha uma densa população de formas de vida nativa, mas era quase inabitado pelos Obins, com apenas alguns postos de controle de vários tamanhos na lua. Mesmo assim, sua proximidade com Obinur tornava qualquer ataque quase impossível. As naves das FCD não seriam capazes de simplesmente se infiltrar; Arist ficava apenas a poucos segundos-luz de Obinur. Assim que aparecessem, os Obins estariam chegando para a matança. Nada menos que uma grande força de ataque traria uma chance de retirar Boutin de Arist. A retirada de Boutin seria uma declaração de guerra, uma guerra na qual a União Colonial não estava pronta para entrar, mesmo com os Obins sozinhos.

– Temos de falar com o general Szilard sobre isso – disse Robbins para Mattson.

– Caralho, verdade – retrucou Mattson. – Se tem um trabalho que é para as Forças Especiais, é exatamente este. Falando nisso – Mattson virou-se para Jared –, assim que soltarmos isso no colo de Szilard, você volta para as Forças Especiais. Lidar com essa situação vai ser problema dele, e isso significa que você vai ser problema dele também.

– Também sentirei sua falta, general – disse Jared.

Mattson bufou.

– Realmente está parecendo mais com Boutin a cada dia que passa. E isso não é bom. O que me lembra de uma coisa: como minha última ordem oficial para você, desça lá para ver o monstrengo e o tenente Wilson e deixe que eles deem outra olhada no seu cérebro. Vou devolvê-lo para o general Szilard, mas prometi que não te quebraria. Ficar um pouco mais parecido com Boutin talvez o qualifique como "quebrado" para os padrões dele. Para os meus, qualifica.

– Sim, senhor.

– Ótimo. Está dispensado. – Mattson pegou o Babar e jogou-o para Jared. – E leve isso com você.

Jared pegou o brinquedo e pôs de volta sobre a escrivaninha de Mattson, encarando o general.

– Por que não fica com ele, general? – disse Jared. – De recordação.

Ele saiu antes que Mattson pudesse contestar, assentindo para Robbins quando passou.

De mau humor, Mattson olhou para o elefante de pelúcia e depois para Robbins, que parecia prestes a dizer alguma coisa.

— Não diga merda nenhuma sobre o elefante, coronel — disse Mattson.

Em vez disso, Robbins mudou de assunto.

— Acha que Szilard vai pegá-lo de volta? — perguntou ele. — O senhor mesmo disse: a cada dia, ele parece mais com Boutin.

— Não brinca — disse Mattson e apontou na direção por onde Jared havia saído. — Lembra que foram você e o general que quiseram montar esse desgraçado a partir de restos? Agora você vai ficar com ele. Ou Szi vai ficar com ele. Meu Deus.

— Então, o senhor está preocupado — disse Robbins.

— Nunca *parei* de me preocupar com ele — disse Mattson. — Quando estava conosco, mantive a esperança de que ele faria algo estúpido para eu ter uma desculpa legítima e mandar fuzilá-lo. Não *gosto* do fato de que criamos um segundo traidor, especialmente um com um corpo e um cérebro militares. Por mim, eu pegaria o soldado Dirac e o meteria em uma sala grande e bela com uma privada e uma janelinha para passar comida, e o deixaria lá até apodrecer.

— Tecnicamente, ele ainda está sob seu comando — lembrou Robbins.

— Szi deixou claro que quer o rapaz de volta, seja lá que razão besta ele tenha — disse Mattson. — Ele comanda as tropas de combate. Se formos às últimas consequências, ele terá o poder de decisão. — Mattson pegou Babar e o examinou. — Puta merda, só espero que ele saiba o que está fazendo.

— Bem — disse Robbins. — Talvez Dirac não seja no fundo tão parecido com Boutin como o senhor acha que é.

Mattson bufou, sarcástico, e balançou Babar para Robbins.

— Está vendo isso aqui? Não é simplesmente uma merda de recordação. É uma mensagem direta do próprio Charles Boutin.

Não, coronel. Dirac é exatamente tão parecido com Boutin quanto eu acho que é.

– Não há dúvida – disse Cainen a Jared. – Você se transformou em Charles Boutin.

– O caramba que me transformei – retrucou Jared.

– O caramba que se transformou – concordou Cainen e apontou para a tela. – Seu padrão de consciência é quase inteiramente idêntico ao que Boutin nos deixou. Ainda existe alguma variação, claro, mas é mínima. Para todos os fins, você tem a mesma mente que Charles Boutin tinha.

– Eu não me sinto diferente em nada – disse Jared.

– Não? – perguntou Harry Wilson do outro lado do laboratório.

Jared abriu a boca para responder, mas parou. Wilson abriu um sorrisinho sarcástico.

– Você se *sente* diferente – ele disse. – Eu vejo. Cainen também. Está mais agressivo do que era antes. Está mais afiado com as respostas. Jared Dirac era mais quieto, mais brando. Mais inocente, embora provavelmente não seja essa a melhor maneira de descrevê-lo. Não é mais quieto, nem brando. E, com certeza, não é inocente. Me lembro de Charlie Boutin. Você está muito mais parecido com ele do que Jared Dirac costumava ser.

– Mas eu não sinto que estou virando um traidor.

– Claro que não – disse Cainen. – Compartilha da mesma consciência e até mesmo de algumas lembranças iguais. Mas você teve suas experiências, e isso modelou o jeito como vê as coisas. É como no caso de gêmeos idênticos. Compartilham da mesma genética, mas não da mesma vida. Charles Boutin é seu gêmeo mental. Mas suas experiências ainda são suas.

– Então você não acha que vou virar um cara do mal – disse Jared.

Cainen deu de ombros como um Rraey. Jared olhou para Wilson, que deu de ombros como um humano.

— Você diz saber que a motivação de Charlie para ficar mau foi a morte da filha — disse ele. — Tem a lembrança dessa filha e de sua morte dentro de você agora, mas nada que fez ou do que vimos na cabeça sugere que está enlouquecendo por causa disso. Vamos sugerir que deixem você voltar para o serviço ativo. Se aceitarão nossa recomendação ou não é outra coisa completamente diferente, pois o cientista-líder deste projeto aqui é alguém que, até pouco mais de um ano atrás, estava tramando a derrubada da humanidade. Mas não acho que isso seja problema seu.

— Com certeza é problema meu — disse Jared. — Porque quero encontrar Boutin. Não apenas para ajudar com a missão, claro que não vou abandoná-la. Quero encontrá-lo e quero trazê-lo de volta.

— Por quê? — perguntou Cainen.

— Quero entendê-lo. Quero saber o que leva alguém a fazer uma coisa dessas. O que torna alguém um traidor — respondeu Jared.

— Você ficaria surpreso com o quão pouco é preciso para isso acontecer — disse Cainen. — Até mesmo algo simples como a gentileza de um inimigo. — Cainen se afastou. De repente, Jared lembrou-se da situação de Cainen e de sua lealdade. — Tenente Wilson — disse Cainen, ainda de rosto virado. — Poderia me dar um momento com o soldado Dirac? — Wilson ergueu as sobrancelhas, mas não disse nada e saiu do laboratório. Cainen se voltou para Jared.

— Queria me desculpar com você, soldado — disse Cainen. — E lhe dar um alerta.

Jared abriu um sorriso incerto para Cainen.

— Não precisa se desculpar por nada, Cainen — disse.

— Discordo. Foi minha covardia que trouxe você à vida. Se tivesse sido forte o bastante para aguentar as torturas que sua tenente

Sagan me impingiu, eu estaria morto, e vocês, seres humanos, não teriam sabido da guerra contra vocês ou que Charles Boutin ainda estava vivo. Se eu tivesse sido mais forte, nunca teria havido motivo para você nascer e estar tomado por uma consciência que dominou seu ser, para o bem e para o mal. Mas eu fui fraco e queria viver, mesmo se fosse para viver como prisioneiro e traidor. Como alguns dos seus colonos diriam, este é meu carma, e tenho que lidar sozinho com ele. Mas de forma totalmente não intencional eu pequei contra você, soldado. Mais que qualquer um, sou seu pai, pois sou a causa do erro terrível que cometemos contra você. É horrível que os seres humanos criem soldados com mentes artificiais... com esses malditos BrainPals de vocês. Mas ter nascido apenas para carregar a consciência de outra pessoa é uma abominação. Uma violação do seu direito de ser alguém independente.

– Não é tão ruim assim – disse Jared.

– Ah, mas é *sim* – insistiu Cainen. – Nós, Rraeys, somos um povo com espiritualidade e princípios. Nossas crenças estão no âmago de como reagimos a nosso mundo. Um de nossos valores mais elevados é a santidade do indivíduo, a crença de que toda pessoa deve poder fazer suas escolhas. Bem – Cainen inclinou o pescoço –, todo Rraey, no caso. Como a maioria das raças, estamos menos preocupados com as necessidades de outras raças, especialmente quando são nossas antagonistas. De qualquer forma, a escolha importa. A independência importa. Quando veio até Wilson e a mim, demos a você a opção de continuar. Lembra? – Jared assentiu com a cabeça. – Devo confessar que não fiz aquilo apenas por você, mas também por mim. Como fui eu quem causei seu nascimento sem escolhas, era meu dever moral lhe dar uma. Quando você a aceitou, quando fez sua escolha, senti um pouco de meu pecado ser aliviado. Não por inteiro. Ainda tenho meu carma. Mas pouco. Obrigado por isso, soldado.

– De nada.

– Agora, meu alerta – disse Cainen. – A tenente Sagan me torturou quando nos conhecemos, e no fim da tortura eu me rendi e disse quase tudo que ela queria saber sobre nossos planos de atacar vocês, humanos. Mas eu contei uma mentira para ela. Disse que não havia encontrado Charles Boutin.

– Você o encontrou? – perguntou Jared.

– Encontrei. Uma vez, quando veio falar comigo e com outros cientistas Rraeys sobre a arquitetura do BrainPal e como poderíamos adaptá-la para nossa espécie. Um ser humano fascinante. Muito intenso. Carismático à sua maneira, mesmo para os Rraeys. É apaixonado, e nós, como povo, reagimos à paixão. Muito apaixonado. Muito focado. E muito furioso.

Cainen inclinou-se, aproximando-se de Jared.

– Soldado, sei que acha que isso tudo é por causa da filha de Boutin e, em alguma medida, talvez seja. Mas existe outra coisa que também o motiva. A morte de sua filha talvez tenha sido simplesmente a gota que faltava para uma ideia se cristalizar na mente de Boutin, e é essa ideia que o move. É o que fez dele um traidor.

– O que é? – perguntou Jared. – Que ideia é essa?

– Não sei – confessou Cainen. – Vingança é um palpite fácil, claro. Mas eu conheci o homem. Vingança não explica tudo. Você estaria mais bem preparado para saber, soldado. Você *tem* a mente de Boutin.

– Não faço ideia.

– Bem, talvez ela venha a você – disse Cainen. – Meu alerta é para lembrar que, seja lá o que o motive, ele se entregou a isso, total e completamente. É tarde demais para convencê-lo do contrário. Se você o encontrar, o perigo será você ter empatia por ele e por sua motivação. Afinal, você foi *projetado* para entendê-lo. Boutin vai usar isso se puder.

— O que devo fazer? — perguntou Jared.

— Lembre-se de quem você é — disse Cainen. — Lembre-se de que você não é ele. E lembre-se de que você sempre terá uma escolha.

— Vou lembrar.

— Assim espero — disse Cainen, que então se levantou. — Desejo-lhe sorte, soldado. Pode ir agora. Quando sair, diga a Wilson que ele pode voltar. — Cainen foi até um armário, optando intencionalmente por ficar de costas para Jared.

Jared saiu.

— Pode entrar — disse Jared a Wilson.

— Certo. Espero que a conversa tenha sido útil.

— Foi, sim — disse Jared. — É um camarada interessante.

— É um jeito de descrevê-lo — disse Wilson. — Sabe, Dirac, ele nutre sentimentos muito paternais por você.

— Eu percebi. E gosto disso. Mas não é exatamente o que eu esperava de um pai.

Wilson gargalhou.

— A vida é cheia de surpresas, Dirac — ele disse. — Aonde você vai agora?

— Acho que vou ver a neta de Cainen — respondeu Jared.

A *Kestrel* piscou em seu salto espacial seis horas antes de Jared voltar à Estação Fênix e se transportou ao sistema de uma estrela laranja fraca que, a partir da Terra, seria vista na constelação *Circinus*, mas apenas com um telescópio adequado. Estava lá para vasculhar os restos do cargueiro da União Colonial *Handy*; os dados da caixa-preta enviados de volta a Fênix por um drone de salto de emergência sugeria que alguém havia sabotado as turbinas. Nenhum dado de caixa-preta jamais foi recuperado da *Kestrel*; nada da *Kestrel* jamais foi recuperado.

* * *

O tenente Cloud ergueu os olhos de seu refúgio na sala de pilotos – uma mesa posta com uma isca para fisgar os incautos (ou seja, um maço de cartas) – e viu Jared à sua frente.

– Ora, se não é o piadista – disse Cloud, sorrindo.

– Olá, tenente – disse Jared. – Há quanto tempo.

– Não é minha culpa. Estive aqui este tempo todo. Onde esteve?

– Por aí, salvando a humanidade. Sabe, o de costume.

– É um trabalho sujo, mas alguém precisa fazer – disse Cloud. – E fico feliz que seja você, e não eu. – Cloud estendeu a perna para empurrar uma cadeira e pegou as cartas. – Por que não se senta? Preciso preencher as formalidades pré-lançamento do meu transporte de suprimentos em quinze minutos; é tempo suficiente para te ensinar como perder no Texas Hold'em.

– Já sei como fazer isso.

– Viu? Mais uma de suas piadas.

– Na verdade, vim vê-lo por conta do transporte de suprimentos – disse Jared. – Estava esperando que você me desse uma carona.

– Claro que posso levar você – disse Cloud e começou a embaralhar as cartas. – Me mande sua autorização de saída e poderemos continuar o jogo a bordo. A nave de transporte de suprimentos vai quase o caminho todo no piloto automático. Só fico a bordo para dizerem que houve uma baixa se ela explodir.

– Não tenho autorização de saída – disse Jared. – Mas preciso descer até Fênix.

– Para quê? – perguntou Cloud.

– Preciso visitar um parente falecido – disse Jared. – E logo vou embora para outra nave.

Cloud deu uma risadinha e cortou o maço de cartas.

– Acho que o parente falecido vai estar lá quando você voltar.

– Não estou preocupado com o falecido – disse Jared, que estendeu a mão e apontou o maço. – Posso? – Cloud entregou o maço; Jared sentou-se e começou a embaralhá-lo. – Posso ver que é um apostador, tenente – disse.

Terminou de embaralhar e pôs o maço na frente de Cloud.

– Corte – disse Jared. Cloud cortou o maço de um terço para baixo. Jared pegou a parte menor e deixou-a diante de si mesmo. – Vamos pegar uma carta de nossos maços ao mesmo tempo. Se eu pegar a carta maior, você me leva até Fênix, eu vejo quem preciso ver, e volto antes de você levantar voo.

– E se eu pegar a carta maior, tentamos a melhor de três – disse Cloud.

Jared sorriu.

– Isso não seria muito esportivo, seria? Está pronto? – Cloud assentiu. – Mostre – disse Jared.

Cloud puxou um oito de ouros; Jared um seis de espadas.

– Caramba – disse Jared. Ele empurrou as cartas para Cloud.

– Quem é o parente falecido? – perguntou Cloud, pegando as cartas.

– É complicado – respondeu Jared.

– Sou todo ouvidos.

– É o clone do homem a partir do qual fui criado para abrigar sua consciência – disse Jared.

– Tudo bem, então você estava absolutamente correto: é complicado – disse Cloud. – Não tenho nem a mais remota ideia do que você acabou de dizer.

– Alguém que é como meu irmão – disse Jared. – Alguém que não conheci.

— Para alguém que tem apenas um ano de idade, você já teve uma vida interessante — comentou Cloud.

— Eu sei. Mas não foi minha culpa — disse Jared antes de se levantar. — Vejo você depois, tenente.

— Ah, para com isso — disse Cloud. — Me dê um minuto para tirar água do joelho e já partimos. Só fique quieto quando chegarmos ao transporte e me deixe falar. E lembre que, se nos metermos em encrenca, vou botar toda a culpa em você.

— Eu não aceitaria de outra forma.

Passar pela tripulação do compartimento de transporte foi quase ridículo de tão simples. Jared ficou perto de Cloud, que passou pela checagem pré-voo e consultou a tripulação com eficiência empresarial. Ignoraram Jared ou acharam que, como estava com Cloud, tinha todo direito de estar ali. Trinta minutos depois, o transporte rumava para Estação Fênix, e Jared mostrou a Cloud que na verdade ele não era muito bom em perder no Texas Hold'em. Aquilo deixou Cloud bem chateado.

No embarcadouro da Estação Fênix, Cloud consultou a equipe de solo e virou-se para Jared.

— Vai levar cerca de três horas para carregar a nave — ele disse. — Consegue ir aonde precisa e voltar antes disso?

— O cemitério fica fora da Cidade de Fênix.

— Vai ficar bem, então — disse Cloud. — Como vai chegar até lá?

— Não tenho a mínima ideia — respondeu Jared.

— Quê?

Jared deu de ombros.

— Não achei que fosse me trazer — confessou ele. — Não planejei isso de antemão.

Cloud gargalhou.

— Deus protege os loucos — disse, e depois acenou para Jared. — Então, vamos. Vamos encontrar seu irmão.

* * *

O Cemitério Católico de Metairie ficava no coração do bairro de mesmo nome, um dos mais antigos da Cidade de Fênix; surgiu quando Fênix ainda se chamava Nova Virgínia e a Cidade de Fênix ainda era Clinton, antes dos ataques que arrasaram a primeira colônia e forçou os seres humanos a se reagruparem e reconquistarem o planeta. Os primeiros túmulos do cemitério datavam daqueles primeiros dias, quando Metairie era uma fileira de prédios de plástico e lama, e os orgulhosos cidadãos de Louisiana haviam se estabelecido ali com a pretensão de ela ser a primeira zona residencial de Clinton.

Os túmulos que Jared visitou ficavam do outro lado do cemitério. As covas estavam marcadas por uma única lápide, na qual haviam sido gravados três nomes, cada qual com datas separadas: Charles, Cheryl e Zoë Boutin.

– Meu Deus – disse Cloud. – Uma família inteira.

– Não – disse Jared, ajoelhando-se diante da lápide. – Na verdade, não. Cheryl está aqui. Zoë morreu bem longe e seu corpo se perdeu junto com muitos outros. E Charles não está morto. Tem outra pessoa aqui. Um clone foi criado para parecer que ele havia se matado. – Jared estendeu a mão e tocou a lápide. – Não há família nenhuma aqui.

Cloud olhou para Jared ajoelhado ao lado da lápide.

– Acho que vou dar uma volta por aí – disse, tentando dar um tempo para Jared.

– Não. – Jared olhou para o piloto. – Por favor. Vou acabar em um minuto e daí podemos ir embora.

Cloud meneou a cabeça para assentir, mas olhou na direção de árvores próximas. Jared voltou a atenção para a lápide.

Mentiu a Cloud sobre quem tinha ido ver, porque quem ele queria ver não estava ali. Exceto por um pouco de pena, Jared descobriu que não sentia muita coisa pelo pobre clone sem nome que Boutin matara para fingir a própria morte. Nada no banco de lembranças ainda emergentes que Jared compartilhava com Boutin trazia o clone, em situações além das mais clínicas, fosse no âmbito emocional ou outro: para Boutin, o clone não era uma pessoa, mas um meio para se chegar a um fim – um fim de que Jared, obviamente, não tinha lembranças, pois a gravação de sua consciência foi feita antes de Boutin apertar o gatilho. Jared tentou sentir alguma compaixão pelo clone, mas havia outros por quem tinha ido até ali. Jared torcia para que o clone nunca tivesse acordado de verdade e o deixou de lado.

Jared concentrou-se no nome de Cheryl Boutin e sentiu emoções mudas e conflituosas ecoarem de sua memória. Jared percebeu que, embora Boutin tivesse afeição pela esposa, rotular essa afeição de amor era um tanto exagerado. Os dois casaram-se porque queriam ter filhos, compreendiam um ao outro e gostavam de estar juntos, embora Jared sentisse que mesmo esse laço emocional estava complicado no fim. A alegria mútua da filha impedia que se separassem; mesmo seu relacionamento resfriado era tolerável e preferível à confusão do divórcio e aos problemas que causaria à criança.

A partir de algumas lacunas na mente de Jared, surgiu uma lembrança inesperada sobre a morte de Cheryl: que em sua viagem fatal não estava fazendo a trilha sozinha; estava com um amigo que Boutin suspeitava ser seu amante. Não havia ciúmes que Jared pudesse detectar. Boutin não se ressentia de seu amante; ele também tinha uma. Mas Jared sentiu a raiva que Boutin sentiu no funeral, quando o possível amante ficou tempo demais sobre a cova no fim do enterro. Tirou um tempo do adeus final de Boutin à esposa. E do de Zoë à mãe.

*Zoë.*

Jared passou os dedos sobre seu nome na lápide e disse o nome do lugar onde ela deveria estar sepultada mas não estava, e sentiu de novo a dor que se derramava das lembranças de Boutin para o próprio coração. Jared tocou a lápide mais uma vez, sentiu o nome talhado na pedra e chorou.

Sentiu uma mão pousando em seu ombro; olhou para cima e viu Cloud.

– Tudo bem – disse Cloud. – Todos perdemos pessoas que amamos.

Jared meneou a cabeça.

– Eu sei. Perdi alguém que amava. Sarah. Eu senti quando ela morreu e depois o buraco que deixou dentro de mim. Mas isso aqui é diferente.

– É diferente porque é uma criança – comentou Cloud.

– É uma criança que não conheci – Jared disse e olhou de novo para Cloud. – Ela morreu antes de eu nascer. Não a conheci. Não poderia tê-la conhecido. Mas *a conheço.* – Ele apontou para as têmporas. – Tudo dela está aqui dentro. Eu me lembro dela nascendo. Me lembro dos primeiros passos e das primeiras palavras. Me lembro de segurá-la no colo aqui, no funeral de sua mãe. Me lembro da última vez que a vi. Me lembro de ouvir que ela estava morta. Está tudo *aqui.*

– Ninguém tem as lembranças de outra pessoa – disse Cloud. Disse aquilo para tranquilizar Jared. – As coisas não funcionam assim.

Jared riu, amargo.

– *Funcionam* – disse ele. – Comigo funcionam. Eu te disse. Nasci para carregar a mente de outra pessoa. Eles não achavam que havia funcionado, mas funcionou. E agora as lembranças dele são as minhas. A vida dele é a minha. A filha dele…

Jared parou de falar, incapaz de continuar. Cloud ajoelhou-se perto de Jared, pôs o braço sobre o ombro do rapaz e deixou que chorasse.

– Não é justo – disse ele, por fim. – Não é justo você ter de chorar por esta criança.

Jared deu uma risadinha e disse apenas:

– Universo errado para encontrar algo justo.

– Pois é – concordou Cloud.

– Eu *quero* chorar por ela – disse Jared. – Eu a sinto. Posso sentir o amor que tive por ela. Que *ele* teve por ela. Quero me lembrar dela, mesmo que isso signifique ter de chorar por ela. Não é muito sacrifício pela memória da menina. Não é, certo?

– Não – respondeu Cloud. – Acho que não.

– Obrigado. Obrigado por vir comigo até aqui. Obrigado por me ajudar.

– É para isso que servem os amigos.

*[Dirac]*, disse Jane Sagan. Estavam em pé atrás deles. *[Você foi reativado]*

Jared sentiu o estalo repentino da reintegração, sentiu a percepção de Jane Sagan dominá-lo e sentiu certa revolta com esse fato, mesmo que outras partes dele tenham se alegrado por voltar à sensação maior de pertencimento. Uma parte do cérebro de Jared observou que estar integrado não era apenas compartilhar informações e se tornar parte de uma consciência maior. Também era controle, uma maneira de manter os indivíduos presos ao grupo. Havia um motivo pelo qual os soldados das Forças Especiais dificilmente se aposentavam: se aposentar significava perder a integração. Perder a integração significava estar sozinho.

Soldados das Forças Especiais quase nunca estavam sozinhos. Mesmo quando estavam.

*[Dirac]*, repetiu Sagan.

– Fale normalmente – disse Jared e se levantou, ainda sem olhar para Sagan. – Está sendo grosseira.

Houve uma pausa infinitesimal antes de Sagan responder.

– Está bem – ela disse. – Soldado Dirac, hora de irmos. Somos requisitados na Estação Fênix.

– Por quê? – perguntou Jared.

– Não vou falar sobre isso na frente dele – disse Sagan, apontando para Cloud. – Sem ofensas, tenente.

– Não me ofendi – disse Cloud.

– Fale em voz alta – retrucou Jared. – Ou não vou.

– Estou dando uma ordem – disse Sagan.

– E eu estou dizendo para você pegar as ordens e enfiar no rabo – disse Jared. – De repente, fazer parte das Forças Especiais me deixou muito cansado. Cansei de ser jogado de um lugar para o outro. A menos que você me diga aonde eu vou e por quê, acho que vou ficar bem aqui.

Sagan suspirou alto. Virou-se para Cloud.

– Se contar para alguém alguma dessas informações, eu te dou um tiro. Bem de perto. Não duvide de mim.

– Senhora – disse Cloud. – Eu não duvido de nada que diga.

– Três horas atrás, a *Redhawk* foi destruída pelos Obins – disse Sagan. – Ela conseguiu lançar um drone de salto antes de ser totalmente destruída. Perdemos duas outras naves nos últimos dois dias; desapareceram por completo. Achamos que os Obins tentaram fazer o mesmo com a *Redhawk*, mas não conseguiram, sei lá por quê. Tivemos sorte, se quiser chamar isso de sorte. Somando essas três naves às quatro outras embarcações das Forças Especiais que desapareceram no último mês, fica claro que os Obins estão com as Forças Especiais na mira.

– Por quê? – perguntou Jared.

– Não sabemos. Mas o general Szilard decidiu que não vamos esperar até outras de nossas naves serem atacadas. Vamos buscar Boutin, Dirac. Partimos em doze horas.

– Isso é loucura – disse Jared. – Tudo o que sabemos é que ele está em Arist. Uma lua inteira para vasculhar. E não importa quantas naves usemos, atacaremos o sistema natal dos Obins.

– Sabemos onde ele está em Arist – disse Sagan. – E temos um plano para passar pelos Obins e pegá-lo.

– Como?

– *Isso* eu não vou dizer em voz alta. E a discussão acaba aqui, Dirac. Venha comigo ou fique. Temos doze horas até o ataque começar. Você já me fez perder tempo demais descendo aqui para buscá-lo. Não vamos perder mais tempo na viagem de volta.

*Cacete, general*, pensou Jane Sagan quando atravessou a *Kite*, seguindo na direção da sala de controle do embarcadouro. *Pare de se esconder de mim, seu babaca convencido.* Tomou cuidado para não mandar o pensamento no modo de conversação das Forças Especiais. Pela semelhança entre pensar e falar dos membros das Forças Especiais, quase todos tinham um momento ou dois de "Eu falei isso alto?". Mas esse pensamento em particular, se dito em voz alta, causaria mais confusão do que valia.

    Sagan estava à caça do general Szilard desde o momento em que recebera a ordem de buscar Jared Dirac de sua licença extraoficial aventureira em Fênix. A ordem tinha vindo com a observação de que Dirac estava de novo sob seu comando e com um conjunto de memorandos sigilosos do coronel Robbins, detalhando os últimos eventos da vida de Dirac: sua viagem a Covell, seu repentino despejo de memória e o fato de que seu padrão de consciência era definitivamente o de Charles Boutin. Além desse material, havia uma nota encaminhada por Robbins, originalmente do general Mattson para Szilard, na qual Mattson pedia com veemência a Szilard para não devolver Dirac ao serviço ativo, sugerindo que ele fosse detido ao menos até que a iminente rodada de hostilidades relacionada aos Obins fosse resolvida de uma maneira ou de outra.

Sagan achava o general Mattson um babaca, mas precisou admitir que ele havia acertado na mosca. Sagan nunca havia ficado confortável com Dirac sob seu comando. Era um soldado bom e competente, mas a noção de que tinha uma segunda consciência na cabeça esperando para vazar e contaminar a primeira a deixava desconfiada e ciente da chance de ele surtar em uma missão e matar alguém além de si mesmo. Sagan considerou uma vitória o fato de que não estava em serviço quando ele de fato surtou, naquele dia na alameda da Estação Fênix. E apenas se permitiu sentir pena dele e reconhecer que nunca havia justificado suas suspeitas quando Mattson interveio para aliviá-la da responsabilidade por Dirac.

*Então, foi aí*, pensou Sagan. Agora, Dirac estava de volta e obviamente enlouquecido. Custou muito de sua força de vontade para não dar um tiro no cu dele quando foi insubordinado em Fênix; se tivesse a pistola atordoante que usou nele quando surtou da primeira vez, teria dado mais um tiro na cabeça, apenas para deixar claro que sua atitude transplantada não a havia impressionado. Do jeito que as coisas foram, ela mal conseguiu manter a civilidade com ele na viagem de volta, dessa vez em uma nave mensageira rápida diretamente para o embarcadouro da *Kite*. Szilard estava a bordo, em reunião com o comandante da *Kite*, major Crick. O general ignorou os lamentos anteriores de Sagan quando ela estava na *Kite* e ele na Estação Fênix, mas agora que os dois estavam na mesma nave, estava preparada para bloquear o caminho dele até que ela dissesse o que precisava. Marchou escada acima, dois degraus por vez, e abriu a porta da sala de controle.

*[Sabia que você estava a caminho]*, disse Szilard para ela quando entrou na sala. Estava sentado à frente do painel de controle que operava o embarcadouro. O oficial que operasse o embarcadouro conseguiria fazer todas as suas tarefas via BrainPal, claro, e em geral era o que se fazia. O painel de controle estava lá como sistema de emergência. Se pensar bem, todos os controles da nave eram, em princípio, sistema de emergência em relação aos BrainPals.

*[Claro que sabia que eu estava a caminho]*, disse Sagan. *[O senhor é o comandante das Forças Especiais. Consegue localizar qualquer um de nós por nosso sinal de BrainPal]*

*[Não foi isso. Eu conheço você. A possibilidade de você não vir me procurar depois que devolvi Dirac ao seu comando nem passou pela minha cabeça]* Szilard virou a cadeira de leve e estendeu as pernas. *[Eu estava tão confiante que você estava vindo que até esvaziei a sala para que tivéssemos um pouco de privacidade. E aqui estamos]*

*[Permissão para falar livremente]*, pediu Sagan.

*[Claro]*, disse Szilard.

*[O senhor enlouqueceu de vez]*, disse Sagan.

Szilard soltou uma gargalhada alta.

*[Não esperava que fosse falar tão livremente, tenente]*, disse ele.

*[O senhor viu os mesmos relatórios que eu. Sei que tem ciência de quanto Dirac é como Boutin agora. Até seu cérebro funciona da mesma forma. E, ainda assim, o senhor quer destacá-lo em uma missão para encontrar Boutin]*

*[Sim]*, confirmou Szilard.

– Céus! – disse Sagan em voz alta. A fala das Forças Especiais era rápida e eficiente, mas não era muito boa para exclamações. De qualquer forma, Sagan se precaveu, enviando uma onda de frustração e irritação para o general Szilard, que aceitou sem dizer uma palavra.

*[Não quero ter responsabilidade por ele]*, disse Sagan por fim.

*[Não me lembro de perguntar se queria a responsabilidade]*, disse Szilard.

*[Ele é um perigo para os outros soldados de meu pelotão. E é um perigo para a missão. O senhor sabe o que vai acontecer se não tivermos sucesso. Não precisamos de risco adicional]*

*[Discordo]*

*[Pelo amor de Deus]*, disse Sagan. *[Por quê?]*

*[Mantenha seus amigos por perto e seus inimigos mais perto ainda]*, respondeu Szilard.

*[O quê?]*, perguntou Sagan. De repente, lembrou-se de uma conversa com Cainen, meses antes, quando ele dissera a mesma coisa.

Szilard repetiu o dito e depois continuou:

*[Temos o inimigo o mais próximo que poderíamos ter. Está em nossas fileiras e não sabe que é o inimigo. Dirac acha que é um de nós porque, pelo que ele sabe, é. Mas agora pensa como nosso inimigo pensa e age como nosso inimigo age, e sabemos tudo que ele sabe. Isso é incrivelmente útil e vale o risco]*

*[A menos que ele se volte contra nós]*, disse Sagan.

*[Vai saber se ele fizer isso]*, disse Szilard. *[Ele está integrado ao seu pelotão inteiro. No momento em que ele agir contra seu interesse, você e todos os envolvidos na missão saberão]*

*[Integração não é leitura de mentes]*, disse Sagan. *[Vamos saber apenas depois que ele começar a fazer algo. Significa que pode matar um de meus soldados ou entregar nossas posições ou um monte de outras coisas. Mesmo com a integração, ele ainda é um perigo real]*

*[Você tem razão sobre uma coisa, tenente]*, disse Szilard. *[Integração não é leitura de mentes. A menos que você tenha o* firmware *correto]*

Sagan sentiu um bipe em sua fila de comunicação: uma atualização de seu BrainPal. Antes que pudesse aceitá-la, o processo já se iniciou. Sagan sentiu um solavanco desconfortável quando a atualização se propagou, causando uma instabilidade momentânea nos padrões elétricos do cérebro.

[*Caramba, o que foi isso?*], perguntou Sagan.

[*Foi a atualização de leitura da mente*], disse Szilard. [*Via de regra, apenas os generais e certos investigadores militares muito especializados a têm, mas em seu caso, acho que está permitido. Ao menos para esta missão. Assim que voltar, vamos tirá-la. E se falar com alguém sobre isso, teremos de colocá-la em um lugar muito pequeno e distante*]

[*Não entendo como isso é possível*], disse Sagan.

Szilard fez uma careta.

[*Pense, tenente. Pense em como estamos nos comunicando. Estamos pensando, e nosso BrainPal está interpretando o que escolhemos falar para outra pessoa quando fazemos isso. Além da intenção, não há diferença significativa entre nossos pensamentos públicos e os privados. Seria notável se não pudéssemos ler mentes. Essa é a função do BrainPal*]

[*Mas vocês não informam isso para as pessoas*], disse Sagan.

Szilard deu de ombros.

[*Ninguém quer saber que não tem privacidade, mesmo dentro da própria cabeça*]

[*Então, o senhor pode ler meus pensamentos particulares*], disse Sagan.

[*Como quando você me chamou de babaca convencido?*], perguntou Szilard.

[*Havia um contexto*], disse Sagan.

[*Sempre há*], disse Szilard. [*Relaxe, tenente. Sim, posso ler seus pensamentos. Posso ler os pensamentos de qualquer um que esteja na minha estrutura de comando. Mas, em geral, não leio. Não é necessário e, na maior parte do tempo, é quase totalmente inútil*]

[*Mas o senhor pode ler o pensamento das pessoas*], insistiu Sagan.

[*Sim, mas a maioria das pessoas é chata*], confessou Szilard. [*Quando recebi a atualização, depois que me colocaram no comando das Forças Especiais, passei um dia inteiro ouvindo o pensamento das pessoas. Sabe o que a maioria das pessoas está pensando na maior parte do tempo? "Estou com fome." Ou: "Preciso cagar". Ou: "Quero trepar com aquele cara". E depois volta para: "Estou com fome". E depois repete a sequência até morrer. Acredite, tenente. Passe um dia com essa capacidade, e sua opinião sobre a complexidade e a maravilha da mente humana sofrerá um declínio irreversível]

Sagan sorriu.

[Se o senhor está dizendo], disse ela.

[É verdade], afirmou Szilard. [No entanto, em seu caso, essa capacidade será bem útil, porque será capaz de ouvir os pensamentos de Dirac e sentir suas emoções privadas sem ele saber que está sendo observado. Se pensar em traição, saberá quase antes de ele perceber. Acho que é uma garantia suficiente para o risco de levá-lo junto]

[E o que devo fazer se ele se voltar contra nós?], perguntou Sagan. [Se ele se tornar um traidor?]

[Então você o mata, claro], respondeu Szilard. [Não hesite. Mas tenha certeza, tenente. Agora que sabe que posso entrar na sua cabeça, confio que vá se abster de estourar a cabeça do soldado apenas porque se sentiu incomodada]

[Sim, general], disse Sagan.

[Ótimo. Onde está Dirac agora?]

[Está com o pelotão, se aprontando, lá embaixo no embarcadouro. Dei nossas ordens pelo caminho], disse Sagan.

[Por que não verifica?], sugeriu Szilard.

[Com a atualização?], perguntou Sagan.

[Isso. Aprenda a usá-la antes de sua missão. Não vai ter tempo de fuçar nela depois]

Sagan acessou o novo utilitário, encontrou Dirac e ouviu.

\* \* \*

[*Isso é loucura*], Jared pensou consigo mesmo.

[*Você tem razão*], disse Steven Seaborg. Ele ingressou no 2º Pelotão enquanto Jared estava fora.

[*Falei isso em voz alta?*], perguntou Jared.

[*Não, eu leio mentes, babaca*], disse Seaborg e enviou um bipe de gozação para Jared. Quaisquer que fossem os problemas que Jared e Seaborg tinham, desapareceram depois da morte de Sarah Pauling; os ciúmes que Seaborg tinha de Jared, ou o que quer que fosse, foram sobrepujados pela sensação mútua da perda de Sarah. Jared hesitava em chamá-lo de amigo, mas o laço que tinham era mais amigável, reforçado agora pelo laço adicional da integração.

Jared olhou ao redor do embarcadouro, para as duas dúzias de trenós de salto espacial ali estacionadas – a frota total de trenós de salto espacial que havia sido produzida até aquele momento. Ele olhou para Seaborg, que estava subindo em um trenó para verificar.

[*Então, é isso que vamos usar para atacar um planeta inteiro*], disse Seaborg. [*Duas dúzias de soldados das Forças Especiais, cada um em sua gaiola espacial de hamster*]

[*Você já viu uma gaiola de hamster?*], perguntou Jared.

[*Claro que não*], respondeu Seaborg. [*Nunca vi nem um hamster. Mas vi imagens, e é o que parece para mim. Que tipo de idiota montaria numa coisa dessas?*]

[*Eu montei*], disse Jared.

[*Está respondido. E como foi?*]

[*Me senti exposto*]

[*Maravilha*], disse Seaborg, revirando os olhos.

Jared sabia como se sentia, mas também viu a lógica por trás do ataque. Quase todas as criaturas que viajavam pelo espaço usavam naves para chegar de um ponto a outro no espaço real; a detecção planetária e os sistemas de defesa, por necessidade, tinham poder de resolução para detectar os grandes objetos que as naves espaciais em geral eram. O sistema de defesa dos Obins ao redor de Arist não era diferente. Uma nave das Forças Especiais seria identificada e atacada em um instante; um objeto de estrutura fina e em si minúsculo, quase do tamanho de um ser humano, não.

As Forças Especiais sabiam disso porque já haviam enviado os trenós em seis ocasiões diferentes, esgueirando-se pelo sistema de defesa para espiar as comunicações que saíam da lua. Foi na última dessas missões que ouviram Charles Boutin em um feixe de comunicação, propagado a céu aberto, enviando uma mensagem de voz na direção de Obinur, perguntando sobre o horário de chegada de uma nave de suprimentos. O soldado das Forças Especiais que pegou o sinal o rastreou até a fonte, um pequeno posto científico na costa de uma das muitas grandes ilhas de Arist. Esperou para ouvir uma segunda transmissão de Boutin para confirmar sua localização antes de retornar.

Ao ouvir essa notícia, Jared acessou o arquivo gravado para ouvir a voz do homem que supostamente havia sido. Tinha ouvido a voz de Boutin antes, nas gravações de voz que Wilson e Cainen tocaram para ele; a voz naquelas gravações era a mesma que aquela. Mais velha, mais rouca e mais estressada, mas não havia como confundir o timbre e a cadência. Jared sabia o quanto a voz de Boutin soava como a dele, o que era esperado, e também um pouco mais que desconcertante.

*Tive uma vida estranha*, pensou Jared e depois ergueu os olhos para garantir que o pensamento não havia vazado. Seaborg ainda estava examinando o trenó e não deu sinais de que tinha ouvido.

Jared caminhou pela fileira de trenós em direção a outro objeto na sala, um objeto esférico pouco maior que os trenós. Era uma armadilha interessante das Forças Especiais chamada "cápsula de captura", usada quando as Forças Especiais tinham algo ou alguém que queriam extrair, mas não conseguiam extrair por conta própria. A esfera era oca e projetada para conter um membro único da maioria das espécies inteligentes de tamanho médio; as Forças Especiais o enfiavam dentro dela, a selavam e evadiam enquanto as turbinas da cápsula a mandavam para o céu. Dentro da cápsula, um forte campo antigravitacional era acionado quando as turbinas se ativavam – do contrário, o ocupante seria esmagado. A cápsula era então recuperada por uma nave das Forças Especiais localizada no espaço.

A cápsula de captura era para Boutin. O plano era simples: atacar a estação científica onde haviam localizado Boutin e desativar suas comunicações. Pegar Boutin e colocá-lo na cápsula de captura, que seguiria para a distância de salto espacial – a *Kite* surgiria apenas por tempo suficiente para pegar a cápsula e desaparecer antes que os Obins pudessem persegui-la. Depois da captura de Boutin, a estação científica seria destruída com um velho amigo: um meteoro grande o bastante para varrer a estação do planeta, que se chocaria a uma distância suficiente para que ninguém suspeitasse. Nesse caso, seria no oceano, a vários quilômetros da costa, para que a estação científica fosse arrasada pelo tsunami resultante. As Forças Especiais estavam trabalhando com queda de rochas havia décadas; sabiam como fazer parecer um acidente. Se tudo corresse conforme o planejado, os Obins nem saberiam que foram atacados.

Aos olhos de Jared, havia duas falhas principais no plano, ambas inter-relacionadas. A primeira era que os trenós de salto espacial não podiam aterrissar; não sobreviveriam ao contato com a atmosfera de Arist e, mesmo se sobrevivessem, não seriam controláveis a partir do momento em que estivessem dentro dela. Os membros do 2º Pelotão naquela missão surgiriam no espaço real às margens da atmosfera de Arist e então fariam um salto em queda livre próximo do espaço até a superfície. Os membros do 2º Pelotão tinham feito isso antes – Sagan fez na Batalha de Coral e estava inteira –, mas, para Jared, era procurar problemas.

O método de chegada criava a segunda falha principal do plano: não havia maneira simples de extrair o 2º Pelotão depois que a missão estivesse concluída. Assim que Boutin fosse capturado, as ordens do 2º eram sinistras: se afastar o máximo possível da estação científica para não morrer no tsunami programado (o plano de missão tinha a consideração de incluir um mapa para o ponto alto mais próximo que eles estimavam que deveria – *deveria* – ficar seco durante a inundação), e depois caminhar pelo interior desabitado da ilha para se esconder por vários dias até as Forças Especiais conseguirem enviar um grupo de cápsulas de captura para resgatá-los. Seria necessário mais que um grupo de resgate com cápsulas de captura para evacuar todos os vinte e quatro membros do 2º que estariam na missão, e Sagan já havia informado Jared que ele e ela seriam os últimos a saírem do planeta.

Jared franziu o cenho quando se lembrou do pronunciamento de Sagan. Ela nunca tinha sido uma grande fã sua; ele sabia disso, e sabia que era porque ela estava ciente, desde o início, de que ele havia sido criado a partir de um traidor. Sabia mais sobre ele do que ele próprio. Sua despedida quando foi transferido para Mattson pareceu bem sincera, mas desde que ele a viu no cemitério e foi devolvido a seu comando, ela parecia irritada de verdade com ele, como se fosse *mesmo* Boutin. Em certo aspecto, Jared conseguia entender – afinal, como Cainen observou, ele era mais similar a Boutin agora do que a seu antigo eu –, mas em um nível mais imediato ele se ressentia de ser tratado como o inimigo. Com preocupação cada vez maior, Jared pensou se a razão de Sagan ficar com ele para trás era para poder dar cabo dele sem que ninguém mais soubesse.

Em seguida, tirou aquela ideia da cabeça. Sagan era capaz de matá-lo, disso tinha certeza. Mas ela não o faria, a menos que ele desse motivo. *Melhor não dar motivo*, pensou Jared.

De qualquer forma, Sagan não era a preocupação dele, e sim o próprio Boutin. A missão previa alguma resistência da pequena presença militar dos Obins na estação científica, mas nenhuma por parte dos cientistas ou de Boutin. Isso parecia equivocado para Jared. Ele tinha a raiva de Boutin na cabeça e conhecia a inteligência do homem, mesmo que os detalhes de todo o seu trabalho permanecessem nebulosos. Jared duvidava que Boutin se entregasse sem lutar. Isso não significava que Boutin pegaria em armas – definitivamente, não era um combatente –, mas a arma de Boutin era seu cérebro. Foi o cérebro dele que formulou uma maneira de trair a União Colonial, que havia colocado a todos naquela posição, para começo de conversa. Era uma suposição errada que eles simplesmente poderiam agarrar Boutin e enfiá-lo na cápsula. Certamente ele tinha uma carta na manga.

Porém, Jared não tinha ideia de que carta seria essa.

*[Está com fome?]*, Seaborg perguntou a Jared. *[Porque pensar em como uma missão vai ser insana sempre me deixa com fome]*

Jared sorriu.

*[Você deve ter muita fome]*

*[Um dos benefícios de ser das Forças Especiais]*, disse Seaborg. *[Isso e pular os anos esquisitos da adolescência]*

*[Estudando sobre adolescentes?]*, perguntou Jared.

*[Claro]*, disse Seaborg. *[Porque, se eu tiver sorte, um dia vou ser um]*

*[Acabou de dizer que é um benefício conseguirmos pular os anos esquisitos da adolescência]*

*[Bem, quando eu chegar lá, não vai ser esquisito]*, disse Seaborg. *[Agora, vamos. Hoje é dia de lasanha]*

E foram buscar algo para comer.

\* \* \*

Sagan abriu os olhos.

*[Como foi?]*, perguntou Szilard, que a observou enquanto ela ouvia Jared.

*[Dirac está preocupado que estejamos subestimando Boutin]*, disse Sagan. *[Que ele tenha se preparado para ser atacado de uma maneira que não enxergamos]*

*[Ótimo]*, disse Szilard. *[Porque eu acho o mesmo. É por isso que quero Dirac na missão]*

Arist, verde e nebulosa, encheu a visão de Jared, surpreendendo-o com sua imensidão. Aparecer de repente às margens da atmosfera de um planeta com nada além de uma gaiola de fibra de carbono ao redor do corpo foi profundamente perturbador; Jared sentiu como se fosse cair. O que, claro, era exatamente o que estava acontecendo.

*Já chega*, ele pensou e começou a se desconectar do trenó. Virado para o planeta, Jared localizou os cinco outros membros de seu esquadrão, todos teletransportados antes dele: Sagan, Seaborg, Daniel Harvey, Anita Manley e Vernon Wigner. Também viu a cápsula de captura e suspirou aliviado. A massa dela era pouco menor que o limite de cinco toneladas: havia a preocupação pequena mas real de que seria grande demais para usar a miniturbina de salto espacial. Todos no esquadrão de Jared haviam saído dos trenós e estavam flutuando livremente, pairando devagar para longe dos pequenos veículos magrelos que os levaram até ali.

Os seis eram a primeira unidade; seu trabalho era guiar a cápsula de captura e garantir uma área de aterrissagem para os membros remanescentes do 2º Pelotão, que viriam logo em seguida. A ilha onde Boutin estava era coberta por uma floresta tropical densa, o que tornava a aterrissagem difícil. Sagan havia escolhido uma pequena área de campina a cerca de 15 quilômetros da estação científica para aterrissar.

*[Dispersar]*, Sagan disse ao esquadrão. *[Vamos nos reagrupar quando passarmos o pior da atmosfera. Rádios em silêncio até me ouvirem de novo]*

Jared manobrou o corpo para encarar Arist e absorvê-lo até o momento em que seu BrainPal, sentindo os primeiros efeitos tênues da atmosfera, enrolou-o em uma esfera protetora de nanorrobôs que saíam de uma mochila nas costas e o seguravam no meio, impedindo que fizesse contato com a atmosfera e fritasse ao entrar nela. A parte de dentro da esfera não deixava a luz entrar; Jared estava suspenso em um universo pequeno, escuro e particular.

Sozinho com seus pensamentos, Jared voltou aos Obins, a raça implacável e fascinante que acompanhava Boutin. Os registros dos Obins feitos pela União Colonial eram todos do início da União, quando uma discussão sobre quem era dono de um planeta que colonos humanos haviam chamado de Casablanca terminou com os colonos removidos com eficiência apavorante, e as Forças Coloniais, encarregadas de tomar o planeta de volta, também foram derrotadas. Os Obins não se rendiam e não faziam prisioneiros. Quando decidiam que queriam algo, avançavam até conseguirem.

Se alguém ficasse no caminho deles por muito tempo, resolviam que o melhor a fazer era sua remoção permanente. Os Alas, que tinham criado a cúpula de diamante da cantina dos generais em Fênix, não foram a primeira raça que os Obins haviam exterminado metodicamente, nem a última.

A única coisa a se dizer em favor dos Obins era que não se mostravam especialmente ambiciosos como em geral eram as raças estelares. A União Colonial começou dez colônias no período em que os Obins começaram uma e, embora os Obins não hesitassem em tomar um planeta de outra raça quando lhes convinha, não lhes convinha com tanta frequência assim. Omagh foi o primeiro planeta desde Casablanca que os Obins haviam tomado dos seres humanos, e ainda assim parecia mais um caso de oportunismo (tirá-lo dos Rraeys, que supostamente haviam lutado para tomá-lo dos seres humanos) do que de expansão genuína. A relutância dos Obins em expandir desnecessariamente as posses da raça foi um dos principais motivos que fizeram as FCD suspeitarem que outros haviam iniciado o ataque. Se, como se suspeitava, tivessem sido os Rraeys que atacaram Omagh e depois conseguiram mantê-lo, a União Colonial quase certamente teria retaliado e tentado recuperar a colônia. Os Rraeys sabiam quando desistir.

O outro fato interessante sobre os Obins – que tornava sua suposta aliança com os Rraeys e os Eneshanos tão bizarra aos olhos de Jared – era que, de forma geral, a menos que você estivesse no caminho deles ou tentando pisar neles, os Obins nutriam um interesse quase nulo por outras raças inteligentes. Não mantinham embaixadas nem comunicação oficial com outras espécies; pelo que a União Colonial tinha de informações, nunca antes os Obins sequer declararam formalmente uma guerra *ou* assinaram um tratado com qualquer outra raça. Quando alguém estava em guerra com os Obins, só saberia disso porque eles estariam atirando nele. Se esse alguém não estivesse em guerra com eles, não havia comunicação nenhuma. Os Obins não eram xenófobos, o que implicaria ódio a outras raças. Eles simplesmente não davam a mínima para elas. O fato de justamente os Obins terem se alinhado não com uma mas com duas outras raças era extraordinário; eles se alinharem contra a União Colonial era sinistro.

Por baixo de todos os dados sobre as relações – ou a falta delas – dos Obins com outras raças inteligentes, corria um rumor que não recebia muito crédito nas FCD, mas era registrado devido à sua disseminação entre outras raças: os Obins não teriam desenvolvido uma inteligência, mas a receberam de outros. As FCD ignoravam o rumor, pois a ideia de que qualquer uma das raças extremamente competitivas nesta parte da galáxia perdesse tempo elevando o desenvolvimento de perdedores que até então faziam fogo raspando pedras era improvável a ponto de ser ridícula. As FCD conheciam raças que haviam exterminado criaturas quase inteligentes que haviam descoberto por causa de um planeta que queriam, baseado na crença de que nunca era cedo demais para se eliminar um concorrente. Não havia precedentes de alguém que tivesse feito o contrário.

Se o rumor fosse verdadeiro, implicaria quase com certeza que os criadores da inteligência dos Obins eram os Consus, a única espécie na vizinhança local com tecnologia de ponta em condições de tentar uma evolução de toda uma espécie, e também com motivo filosófico, pois a missão racial dos Consus era levar todas as outras espécies inteligentes na região a um estado de perfeição (ou seja, ao dos Consus). O problema com essa teoria era que o método dos Consus de levar outras raças a uma perfeição próxima a deles em geral envolvia forçar uma raça desgraçada a lutar com eles ou incitar uma raça menor contra a outra, como os Consus fizeram quando puseram os seres humanos contra os Rraeys na Batalha de Coral. Mesmo a espécie que mais provavelmente teria condições de ter criado outras espécies inteligentes tinha mais propensão a destruí-las, direta ou indiretamente, pois nenhuma raça conseguia atender aos padrões elevados e inescrutáveis dos Consus.

Os padrões elevados e inescrutáveis dos Consus eram o principal argumento contra a criação dos Obins por eles, pois os Obins, únicos entre todas as raças inteligentes, quase não tinham uma cultura a apresentar. Os poucos estudos xenográficos dos Obins feitos por seres humanos ou outras raças descobriram que, exceto por uma língua parca e utilitária e uma facilidade para tecnologia prática, os Obins não produziam nada de criativo: nenhuma arte significativa para nenhum dos sentidos perceptíveis, nenhuma literatura, nem religião ou filosofia que os xenógrafos pudessem reconhecer como tais. Os Obins mal tinham uma política, o que não tinha precedentes. A sociedade obin era tão despojada de cultura que um pesquisador que contribuiu para o arquivo das FCD sobre os Obins sugeriu de forma bastante séria que não havia como saber se eles tinham conversas casuais entre si – ou, na verdade, se eram capazes de ter uma conversa assim. Jared não era especialista em Consus, mas parecia improvável para ele que um povo tão preocupado com o inefável e o escatológico criaria um povo incapaz de se preocupar com qualquer um dos dois. Se os Obins eram o resultado de um projeto inteligente, eram um forte argumento em favor do valor da evolução.

A esfera de nanorrobôs que o cercava voou para longe e ficou para trás. Ele piscou furiosamente por conta da luz até seus olhos se acostumarem e, em seguida, buscou o esquadrão. Feixes estreitos encontraram e iluminaram os outros, os corpos eram quase invisíveis graças aos uniformes sensíveis a estímulos; mesmo a cápsula de captura estava camuflada. Jared flutuou em direção à cápsula de captura para verificar sua situação, mas Sagan o alertou para que ficasse longe dela, pois iria verificá-la ela mesma. Jared e o restante do esquadrão se agruparam, mas não próximos demais para não se atrapalharem quando abrissem os paraquedas.

O esquadrão abriu os paraquedas na menor altura possível – mesmo camuflados, um conjunto de paraquedas poderia ser visto por alguém que soubesse o que estava procurando. O paraquedas da cápsula de captura era imenso e projetado para suportar uma freada de ar drástica; fazia sons de estalos impressionantes quando a cobertura criada por nanorrobôs se formava, enchia-se de ar e então se partia violentamente, apenas para se formar de novo um segundo depois. Por fim, a cápsula de captura diminuiu a velocidade o bastante e seu paraquedas se firmou.

Jared virou-se para a estação científica, vários quilômetros a sul, e usou o aumento visual de seu capuz para ver se havia algum movimento lá que sugerisse que estavam sendo vistos. Não viu nada e teve sua observação confirmada por Wigner e Harvey. Momentos depois, estavam todos no solo, grunhindo enquanto caminhavam, passando pela cápsula de captura até as margens da campina e floresta adentro, em seguida se movendo rapidamente para aumentar a camuflagem em meio à folhagem.

*[Todos se lembrem de onde estacionamos]*, disse Seaborg.

*[Silêncio]*, disse Sagan e parecia estar concentrada em algo interno. *[Era o Roentgen]*, ela disse. *[Os outros estão prontos para abrir os paraquedas]* Ela ergueu o MU. *[Venham, vamos garantir que não haja nenhuma surpresa]*

Jared sentiu uma sensação peculiar, como se o cérebro fosse beliscado.

*[Ai, merda]*, disse Jared.

Sagan virou-se e olhou para ele.

*[O quê?]*, perguntou.

*[Estamos encrencados]*, disse Jared e, enquanto falava, sentiu sua integração com o esquadrão ser violentamente interrompida. Ele arfou e agarrou a cabeça, assolado pela sensação de ter um de seus principais sentidos arrancado do crânio. Ao redor dele, Jared viu e ouviu os outros membros do esquadrão despencando, gritando e vomitando de dor e desorientação. Caiu de joelhos e tentou respirar. Vomitou.

Jared se esforçou para se erguer e cambaleou até Sagan, que estava de joelhos, limpando o vômito da boca. Ele agarrou o braço da tenente e tentou erguê-la.

– Venha – disse Jared. – Temos de levantar. Precisamos nos esconder.

– O que... – tossiu Sagan e cuspiu, olhando para Jared. –... o que está acontecendo?

– Cortaram nossa comunicação – disse Jared. – Aconteceu comigo antes, quando eu estava em Covell. Os Obins estão bloqueando o uso de nossos BrainPals.

– Como? – Sagan perguntou num grito alto demais.

– Não sei – respondeu Jared.

Sagan se levantou.

– É Boutin – ela disse, grogue. – Ele contou para eles como fazer. Com certeza.

– Talvez – disse Jared. Sagan cambaleou um pouco; Jared a segurou e deu a volta para encará-la. – Temos que avançar, tenente. Se os Obins estão nos bloqueando, significa que sabem que estamos aqui. Estão vindo atrás de nós. Temos de reunir nosso pessoal e avançar.

– Temos mais gente chegando – disse Sagan. – Temos que... – Ela parou e se empertigou, como se algo frio e horrível tivesse acabado de lhe acometer. – Ai, meu Deus – disse. – Ai, meu Deus. – Ela olhou para o céu.

– O que foi? – Jared perguntou e olhou para cima, procurando o ondular sutil e revelador dos paraquedas camuflados. Levou um segundo para perceber que não via nenhum. Levou outro segundo para perceber o que aquilo significava.

– Ai, meu Deus – disse Jared.

A primeira conjectura feita por Alex Roentgen foi que havia perdido a conexão de feixe estreito com o restante do pelotão.

*Ora, que merda*, pensou, e mudou de posição, estendendo braços e pernas e girando algumas vezes para fazer o receptor de feixe estreito buscar e localizar os outros membros do pelotão, deixando o BrainPal extrapolar suas posições com base no local onde estavam na última transmissão. Não precisava encontrar todos eles; um deles seria suficiente, e ele seria reconectado, reintegrado.

Nada.

Roentgen deixou as preocupações de lado. Já havia perdido o feixe estreito antes – apenas uma vez, mas era suficiente para saber o que acontecia. Precisou se reconectar quando chegou ao solo; faria isso novamente dessa vez. Não tinha mais tempo a perder com isso porque estava chegando à altitude de abrir o paraquedas; estavam abrindo o mais baixo possível para cobrir seus rastros, por isso o momento era uma questão de precisão. Roentgen verificou o BrainPal para determinar sua altitude e foi quando percebeu que, no último minuto, não tivera nenhum contato com o BrainPal.

Roentgen passou dez segundos processando aquele pensamento; ele se recusava a processá-lo. Em seguida, tentou de novo, e dessa vez o cérebro não só se recusou a processá-lo, mas também o evitou, expelindo-o violentamente, sabendo das consequências de aceitar o pensamento como verdade. Tentou acessar o BrainPal uma vez, e de novo, de novo, de novo e de novo, a cada vez reprimindo uma sensação de pânico que se retroalimentava exponencialmente. Chamou dentro da cabeça. Ninguém respondeu. Ninguém o ouviu. Estava sozinho.

Alex Roentgen perdeu a maior parte da sanidade nesse momento, e pelo resto de sua queda se contorceu, chutou e arranhou o céu, gritando com uma voz que usava tão raramente que uma parte pequena e desassociada do cérebro ficou maravilhada com o som dentro do crânio. O paraquedas não se abriu; ele, como quase todo objeto físico e processo mental que Roentgen usava, era controlado e ativado pelo BrainPal, um equipamento que havia sido tão confiável por tanto tempo que as Forças Coloniais de Defesa simplesmente haviam parado de pensar nele como equipamento e o consideravam algo natural, como o restante do cérebro e do corpo físico do soldado. Roentgen passou da linha de abertura do paraquedas sem saber, sem se importar, e sem perceber as implicações de ultrapassar essa barreira final.

Não foi a certeza de que morreria que levou Roentgen à loucura. Foi estar sozinho, separado, não integrado pela primeira e última vez nos seis anos de vida. Naquele período, sentiu a vida dos colegas de pelotão em cada detalhe íntimo, como lutavam, como fodiam, cada momento que viveram e o momento em que morreram. Ele se confortava em saber que estava lá nos últimos momentos deles e que os outros estariam lá para seu último momento. Mas eles não estavam, e ele não estava lá por eles. O terror da separação se uniu à tristeza de não ser capaz de confortar seus amigos que estavam mergulhando para a mesma morte que ele.

Alex Roentgen girou de novo, encarou o chão que o mataria e soltou o grito dos abandonados.

Jared observou aterrorizado o ponto cinzento que girava sobre ele, parecendo ganhar velocidade nos últimos segundos e, revelando-se como um ser humano gritando, aterrissou na campina com um baque surdo, esguichado, nauseante, seguido por um ricochete horrendo. O impacto tirou Jared da imobilidade. Ele empurrou Sagan, gritando para ela correr, e correu até os outros, puxando-os e empurrando-os para a fileira de árvores, tentando fazer com que saíssem do caminho dos corpos em queda.

Seaborg e Harvey haviam se recuperado, mas estavam encarando o céu, observando os amigos morrerem. Jared empurrou Harvey e deu um tapa em Seaborg, gritando para os dois andarem. Wigner recusava-se a se mexer e ficou lá, aparentemente catatônico; Jared pegou-o no colo e o entregou a Seaborg, dizendo para ele se afastar. Estendeu a mão para Manley; ela o empurrou para longe e começou a engatinhar em direção à campina, berrando. Levantou-se e correu enquanto corpos se despedaçavam com o impacto ao redor dela. Sessenta metros depois ela parou, virou-se rapidamente e berrou até esgotar o restante de sua sanidade. Jared virou as costas e não viu a perna do corpo que caiu ao lado dela se enroscar em seu pescoço e ombro, esmagando artérias e ossos e empurrando costelas estilhaçadas para dentro dos pulmões e do coração. O grito de Manley parou com um grunhido.

A partir do primeiro impacto, levou apenas dois minutos para o restante do 2º Pelotão chegar ao solo. Jared e o restante do esquadrão observaram da fileira de árvores enquanto eles caíam.

Quando acabou, Jared virou-se para os quatro membros remanescentes e checou todos. Pareciam estar em variados estados de choque, com Sagan reagindo melhor e Wigner pior, embora ele finalmente parecesse ter tomado consciência de seu entorno. Jared sentia-se enjoado, mas funcional; passou tempo suficiente fora da integração e conseguia funcionar sem ela. Por ora, ao menos, ele estava no comando.

Ele se virou para Sagan.

— Precisamos nos mover — disse. — Para dentro da floresta. Longe daqui.

— A missão... — começou Sagan.

— Não existe mais missão — disse Jared. — Eles sabem que estamos aqui. Vamos morrer se ficarmos.

As palavras pareceram ajudar a clarear a mente de Sagan.

— Alguém precisa voltar — disse ela. — Pegar a cápsula de captura. Avisar as FCD. — Ela olhou diretamente para ele. — Você não.

— Eu não — concordou Jared. Sabia que ela havia dito aquilo porque suspeitava dele, mas ele não tinha tempo para se preocupar com aquilo. Não podia voltar porque era o único que estava inteiramente funcional. — Você vai — sugeriu a Sagan.

— Não — ela disse. Direta. Definitiva.

— Então, Seaborg — disse Jared. Depois de Sagan, Seaborg era o mais funcional; podia contar às FCD o que aconteceu e lhes dizer que deveriam se preparar para o pior.

– Seaborg – concordou Sagan.

– Tudo bem – disse Jared, virando-se para Seaborg. – Venha, Steve. Vamos pôr você naquela coisa.

Seaborg cambaleou e começou a remover a folhagem da cápsula de captura para chegar à porta, moveu-se para abri-la e então parou.

– O que foi? – perguntou Jared.

– Como eu abro isso? – disse Seaborg; a voz meio esganiçada por não usá-la.

– Use seu... *ai, caralho* – disse Jared. A cápsula de captura abria via BrainPal.

– Caceta, isso tudo está *perfeito* – disse Seaborg, que se deixou cair ao lado da cápsula, furioso.

Jared foi até Seaborg e depois parou, inclinando a cabeça.

A distância, algo estava se aproximando, e o que quer que fosse, não estava preocupado em se esgueirar até eles.

– O que foi? – perguntou Sagan.

– Alguém está vindo – respondeu Jared. – Mais de um. Os Obins. Eles nos acharam.

12_

Conseguiram fugir dos Obins por meia hora até serem encurralados.

O esquadrão teria se dado melhor caso se separasse, levando os Obins perseguidores a várias direções e abrindo a possibilidade de um ou mais de seus membros escaparem com o sacrifício de outros. Mas ficaram juntos, mantendo-se no campo de visão um do outro para compensar a falta de integração. Jared liderou de início, com Sagan assumindo a retaguarda para arrastar Wigner com ela. Em algum momento no caminho, Jared e Sagan trocaram de papéis, e Sagan levando-os bem para norte, longe dos Obins que os perseguiam.

Um zumbido distante ficou mais alto; Jared olhou através das copas das árvores e viu acima uma aeronave obin acompanhando o esquadrão e depois seguindo para o norte. Lá adiante, Sagan desviou para a direita e seguiu para o leste – também ouvira a aeronave. Poucos minutos depois, uma segunda aeronave apareceu e seguiu de novo o esquadrão, descendo até ficar cerca de 10 metros acima das copas.

Houve um barulho imenso e galhos caíram e explodiram ao redor deles; os Obins haviam aberto fogo. Sagan deslizou até que balas de calibre imenso ergueram poeira bem diante dela. Bastava-lhes de direção leste; o esquadrão virou-se para o norte. A aeronave virou e os seguiu, soltando balas quando diminuíam a velocidade ou quando desviavam demais para leste ou oeste. A aeronave não os estava caçando, mas os tocando com eficiência, como um rebanho, para um destino desconhecido.

Esse destino apareceu dez minutos depois, quando o esquadrão saiu em outra campina, menor, essa com os Obins que estavam na primeira aeronave, esperando por eles. Atrás deles, a segunda aeronave estava se preparando para aterrissar; atrás dela, o grupo inicial de Obins, que nunca havia ficado muito para trás, estava surgindo por entre as árvores.

Wigner, ainda não totalmente recuperado do trauma mental de ser desconectado, afastou-se de Jared e ergueu o MU, aparentemente determinado a não cair sem lutar. Ele avistou o grupo de Obins que esperava por eles na campina e puxou o gatilho. Nada aconteceu. Para impedir que o MU fosse usado contra soldados das FCD pelos inimigos, a arma exigia a verificação de um BrainPal para disparar. Não teve nenhuma. Wigner rosnou de frustração e, em seguida, tudo da sobrancelha para cima desapareceu quando um único tiro arrancou o topo da cabeça. Ele caiu. A distância, Jared conseguiu ver um soldado Obin abaixando a arma.

Jared, Sagan, Harvey e Seaborg juntaram-se, puxaram os facões de combate e ficaram de costas uns para os outros, cada um encarando uma direção diferente. Sacar as facas era um gesto fútil de resistência – nenhum deles fingiu imaginar que os Obins precisariam se aproximar para matá-los. Cada um se confortou um pouco ao saber que morreriam perto uns dos outros. Aquilo não era integração, mas era o melhor que podiam esperar.

Nesse momento, a segunda aeronave já havia pousado. De dentro dela surgiram seis Obins: três carregando armas, dois com outros equipamentos e um de mãos vazias. O de mãos vazias caminhou até os seres humanos com o passo especialmente gracioso dos Obins e parou a uma distância prudente, com suas costas cobertas por três Obins armados. Os múltiplos olhos piscantes pareceram se fixar em Sagan, que estava mais perto dele.

– Rendam-se – ele disse, em um inglês sibilante, mas claro.
Sagan hesitou.

– Como? – ela perguntou. Pelo que ela sabia, os Obins nunca faziam prisioneiros.

– Rendam-se – repetiu. – Vão morrer se não se renderem.

– Vai nos deixar viver se nos rendermos – disse Sagan.

– Sim – confirmou o Obin.

Jared olhou para Sagan, que estava à direita; conseguia vê-la ruminar a oferta. Aos olhos de Jared, parecia boa; o Obin poderia matá-los se eles se rendessem, mas definitivamente mataria se não o fizessem. Ele não deu opinião a Sagan; sabia que ela não confiava nele nem queria ouvir sua opinião sobre nada.

– Larguem as armas – disse Sagan por fim. Jared soltou a arma e tirou o MU do ombro; os outros fizeram o mesmo. O Obin também ordenou que tirassem mochilas e cintos, deixando apenas o uniforme. Dois dos Obins que estavam no grupo original que os perseguira se aproximaram e recolheram armas e equipamentos, levando-os para a aeronave. Quando um deles passou na frente de Harvey, Jared conseguiu sentir o colega ficar tenso; Jared suspeitava que Harvey se esforçou muito para não chutá-lo.

Sem armas, nem equipamentos, Jared e os outros foram separados enquanto dois Obins com os equipamentos os agitaram sobre cada um deles, procurando, assim suspeitava Jared, armas escondidas.

Os dois Obins examinaram os outros três e, então, voltaram a Jared apenas para interromper a revista. Um deles soltou um comentário assoviado para o chefe Obin em sua língua nativa. O chefe Obin se aproximou de Jared, dois Obins armados atrás dele.

– Você vem conosco – disse ele.

Jared olhou para Sagan, buscando pistas sobre como ela queria que ele levasse aquela situação, e não encontrou nada.

– Aonde vão me levar? – perguntou Jared.

O chefe Obin virou-se e trinou alguma coisa. Um dos Obins atrás dele ergueu a arma e atirou na perna de Steve Seaborg, que caiu aos berros.

O chefe Obin voltou a atenção a Jared.

– Você vem conosco – repetiu.

– Minha nossa, Dirac, que merda! – disse Seaborg. – Vai logo com a porra do Obin!

Jared saiu da fileira e permitiu ser escoltado até a aeronave.

Sagan observou Jared sair da fileira e considerou por um instante avançar e quebrar seu pescoço, privando os Obins e Boutin de seu prêmio e garantindo que Dirac não tivesse a oportunidade de fazer nenhuma estupidez. O momento passou e, além disso, teria sido um tiro no escuro de qualquer forma. Seria quase certeza de que todos estariam mortos. Da forma que estava, ainda estavam vivos.

O chefe Obin voltou sua atenção a Sagan, que reconheceu como líder do esquadrão.

– Você vai ficar – disse e saiu saltando antes que Sagan pudesse dizer alguma coisa. Ela avançou para falar com o Obin em retirada, mas quando o fez, três Obins se destacaram, brandindo as armas. Sagan ergueu as mãos e se afastou, mas os Obins continuaram avançando, indicando a Sagan que ela e o restante do esquadrão precisavam se afastar.

Ela se voltou a Seaborg, que ainda estava no chão.

– Como está sua perna? – perguntou.

– O uniforme segurou grande parte do tiro – ele respondeu, referindo-se à capacidade do uniforme de endurecer e absorver parte do impacto de um projétil. – Não está tão ruim. Vou sobreviver.

– Consegue andar? – perguntou Sagan.

– Contanto que eu não precise ficar feliz com isso – disse Seaborg.

– Então, vamos. – Sagan estendeu a mão para ajudar Seaborg a se erguer. – Harvey, pegue Wigner. – Daniel Harvey foi até o soldado morto e colocou-o sobre os ombros.

Estavam sendo levados até uma depressão um pouco distante do centro da campina; o pequeno grupo de árvores dentro dele sugeria que as fundações abaixo haviam erodido. Quando chegaram à depressão, Sagan ouviu o zumbido de uma aeronave decolando e outro de uma nave chegando. A nave que chegou, maior que as duas anteriores, aterrissou perto da depressão, e de suas entranhas saiu uma série de máquinas idênticas.

– O que é aquilo ali? – perguntou Harvey, deixando o corpo de Wigner no chão. Sagan não respondeu; observou enquanto as máquinas se posicionavam ao redor do perímetro da depressão – oito no total. Os Obins que tinham vindo com as máquinas subiram até o topo delas e recolheram as coberturas de metal, revelando canhões de dardos com canos múltiplos. Quando todas as coberturas haviam sido retiradas, um dos Obins ativou os canhões de dardos; eles carregaram de um jeito ameaçador e começaram a rastrear objetos.

– É uma cerca – disse Sagan. – Eles nos trancaram aqui. – Sagan deu um passo de teste na direção de um dos canhões, que por sua vez se virou para ela e rastreou o seu movimento. Ela deu outro passo, e a máquina emitiu um ruído agudo, doloroso, que Sagan imaginou ter sido projetado para servir como alerta de proximidade. Sagan supôs que outro passo na direção do canhão resultaria em, no mínimo, um pé alvejado, mas não se preocupou em testar a hipótese. Ela se afastou da arma, que desligou a sirene, mas não parou de rastreá-la até que ela recuasse vários passos.

– Tinham essas coisas aí só esperando por nós – comentou Harvey. – Muito bom. Quais são as chances disso?

Sagan encarou os canhões.

– As chances são ruins – disse ela.

– Como assim? – perguntou Harvey.

– São da estação científica – disse Sagan, apontando para as armas. – Só podem ser. Não há outro tipo de instalação em qualquer lugar perto daqui. Não são o tipo de coisa que uma estação científica teria ociosa. Usaram aqui antes para prender pessoas.

– Sim, ok – disse Seaborg. – Mas quem? E por quê?

– Seis naves das Forças Especiais desapareceram – disse Sagan, omitindo aquela que os Obins atacaram e destruíram. – Essas tripulações foram para algum lugar. Talvez tenham sido trazidas para cá.

– Isso ainda não responde por quê – insistiu Seaborg.

Sagan deu de ombros. Ela não havia descoberto essa parte ainda.

O ar encheu-se com o som de aeronaves decolando. O barulho das turbinas distanciou-se, deixando nada além dos sons ambiente da natureza atrás deles.

– Ótimo – disse Harvey. Jogou uma pedra para uma das armas. A arma rastreou a pedra, mas não disparou. – Estamos aqui sem comida, água ou abrigo. Na sua opinião, quais são as chances de os Obins nunca mais voltarem para nos buscar?

Sagan achava que aquelas chances eram, de fato, muito boas.

– Então, você sou eu – disse Charles Boutin a Jared. – Engraçado. Eu me imaginava mais alto.

Jared não disse palavra. Na chegada à estação científica, ficou confinado em um receptáculo, bem preso, e foi levado por corredores altos e nus até chegar ao que acreditava ser um laboratório cheio de máquinas estranhas. Jared foi deixado lá pelo que pareceram horas até que Boutin entrou e seguiu direto para o receptáculo, examinando Jared fisicamente como se fosse um inseto grande e realmente interessante. Jared esperava que Boutin se aproximasse o suficiente para tomar uma cabeçada. Não se aproximou.

– Foi uma piada – disse Boutin a Jared.

– Eu sei. Só não foi engraçada.

– Bem. Estou fora de forma. Deve ter percebido que os Obins não são do tipo piadista.

– Percebi – disse Jared. Durante a viagem inteira à estação científica, os Obins ficaram em silêncio completo. As únicas palavras que o chefe Obin disse para Jared foram "saia" quando chegaram e "entre" quando abriram o receptáculo portátil.

– Pode culpar os Consus por isso – disse Boutin. – Quando fizeram os Obins, acho que se esqueceram de incluir um módulo de humor. Entre muitas outras coisas que aparentemente esqueceram.

Mesmo sem querer – ou por conta daquele cujas lembranças e personalidade ele mantinha na cabeça –, aquilo chamou a atenção de Jared.

– Então é verdade? – perguntou. – Os Consus evoluíram os Obins.

– Se quiser chamar assim – disse Boutin. – Embora a palavra *evoluir*, por sua natureza, implique boas intenções por parte de quem evolui, o que não é comprovado aqui. Pelo que consigo entender dos Obins, os Consus um dia imaginaram o que aconteceria caso eles se tornassem uma espécie inteligente. Então, vieram a Obinur, encontraram um onívoro em um nicho ecológico menor e lhe deram inteligência. Sabe, só para ver o que aconteceria em seguida.

— O que aconteceu em seguida? – perguntou Jared.

— Uma série longa e em cascata de consequências não intencionais, meu amigo – disse Boutin. – Que termina, por ora, com você e eu aqui, neste laboratório. É uma linha direta de lá até aqui.

— Não entendo.

— Claro que não. Você não tem todos os dados. Eu não tinha todos os dados antes de chegar aqui, então mesmo se eu soubesse de tudo que sei, você não saberia. Quanto do que eu sei *você* sabe?

Jared não disse nada. Boutin sorriu.

— De qualquer forma, é suficiente – ele disse. – Posso lhe dizer que você tem alguns interesses que eu tenho. Vi como se entusiasmou quando falei dos Consus. Mas talvez devêssemos começar com as coisas simples. Como: qual é o seu nome? Acho desconcertante falar com meu mais ou menos clone sem ter um nome para chamá-lo.

— Jared Dirac – disse Jared.

— Ah – disse Boutin. – Sim, o protocolo de batismo das Forças Especiais. Primeiro nome aleatório, último nome de cientista notável. Fiz alguns trabalhos com as Forças Especiais certa vez... indiretamente, pois vocês não gostam de gente que não seja das Forças Especiais no seu caminho. Qual é mesmo o nome que vocês nos dão?

— Real-natos.

— Isso. Vocês gostam de se manter à parte dos real-natos. De qualquer forma, o protocolo de batismo das Forças Especiais sempre me divertiu. O grupo de sobrenomes é realmente muito limitado: algumas centenas mais ou menos, e a maioria de cientistas europeus clássicos. Sem mencionar os nomes! Jared. Brad. Cynthia. John. *Jane*. – Os nomes eram ditos com um escárnio bem-humorado. – Dificilmente um nome não ocidental entre eles, e sem um bom motivo, pois as Forças Especiais não são recrutadas da Terra como o restante das FCD. Poderia ter recebido o nome de Yusef al-Biruni e teria dado no mesmo para você. O conjunto de nomes que as Forças Especiais usam implicitamente revela algo sobre o ponto de vista das pessoas que as criaram, e que criaram você. Não acha?

— Eu gosto do meu nome, *Charles* — disse Jared.

— *Touché* — disse Boutin. — Mas eu recebi meu nome por uma tradição familiar, enquanto o seu foi apenas misturado e encaixado. Não que haja algo de errado com "Dirac". Por conta de Paul Dirac, sem dúvida. Já ouviu falar no "mar de Dirac"?

— Não — respondeu Jared.

— Dirac propôs que o vácuo, na verdade, era um vasto mar de energia negativa — explicou Boutin. — E essa é uma imagem adorável. Alguns físicos da época pensaram que não era uma hipótese elegante, e talvez não fosse. Mas era poética, e eles não apreciaram aquele aspecto. Mas físicos são assim. Não se entusiasmam muito com poesia. Os Obins são físicos excelentes, e nenhum deles tem mais poesia que uma galinha. Definitivamente não apreciariam o mar de Dirac. Como está se sentindo?

— Preso. E preciso mijar.

— Então mije — disse Boutin. — Eu não me importo. O receptáculo é autolimpante, claro. E tenho certeza de que seu uniforme pode absorver a urina.

— Não sem falar com meu BrainPal sobre isso — disse Jared. Sem se comunicar com o BrainPal do proprietário, os nanorrobôs no tecido do uniforme apenas mantinham as propriedades defensivas básicas, como endurecimento sob impacto, projetado para manter o proprietário seguro em uma perda de consciência ou trauma no BrainPal. As capacidades secundárias, como a habilidade de absorver suor e urina, não eram consideradas essenciais.

— Ah — disse Boutin. — Bem, vamos lá. Vou dar um jeito isso. — Boutin foi até um objeto em uma das mesas do laboratório e o pressionou. De repente, a grossa camada de algodão que havia no crânio de Jared desapareceu; a funcionalidade do BrainPal estava de volta. Jared ignorou a necessidade de mijar em favor de uma tentativa frenética de contatar Jane Sagan.

Boutin observou Jared com um sorrisinho no rosto.

— Não vai funcionar — disse, depois de um minuto observando os esforços interiores de Jared. — A antena aqui é forte o bastante para causar uma interferência de onda por cerca de 10 metros. Funciona no laboratório e só. Seus amigos ainda estão bloqueados. Não vai poder alcançá-los. Não poderá alcançar ninguém.

— Você não tem como bloquear os BrainPals — retrucou Jared. Os BrainPals faziam transmissões por uma série de fluxos múltiplos, redundantes e encriptados, cada qual se comunicando por um padrão de frequências em constante mudança, padrão esse que era gerado por uma senha única criada quando um BrainPal contatava o outro. Era praticamente impossível bloquear um desses fluxos; bloquear todos seria algo sem precedentes.

Boutin caminhou até a antena e apertou-a de novo. A camada de algodão na cabeça de Jared voltou.

— O que dizia? — perguntou Boutin.

Jared refreou o desejo de gritar. Depois de um minuto, Boutin acionou a antena de novo.

— Em circunstâncias normais, você teria razão — disse Boutin. — Eu supervisionei a última rodada de protocolos de comunicação no BrainPal. Ajudei a projetá-los. E você tem toda razão. Não posso bloquear os fluxos de comunicação, não sem usar uma fonte de transmissão de alta potência que solape todas as transmissões possíveis, inclusive a sua. Mas não estou bloqueando os BrainPals desse jeito. Sabe o que é um "*backdoor*"? É recurso de acesso facilitado em que um programador ou designer entra em um programa ou projeto complexo para conseguir se enfiar nas tripas do que está trabalhando sem se ralar inteiro para conseguir. Fiz um *backdoor* no BrainPal que abre apenas com meu sinal de verificação. O *backdoor* foi projetado para permitir que eu monitorasse a função do BrainPal nos protótipos dessa última iteração, mas também me permitia fazer alguns ajustes de ferramentas para calcular certas funções quando via um problema. Uma das coisas que posso fazer é desligar as capacidades de transmissão. Não faz parte do projeto, então apenas eu sabia que estava lá.

Boutin parou por um segundo e observou Jared.

– Mas *você* deveria saber sobre o *backdoor* – disse ele. – Talvez não tivesse pensado em usá-lo como arma... eu não pensei até chegar aqui... mas se você sou eu deveria saber disso. O que você sabe? De verdade?

– Como sabe sobre mim? – perguntou Jared para desconcertar Boutin. – Sabia que eu deveria ser você. Como sabia?

– Esta é uma história bem interessante – respondeu Boutin, mordendo a isca de Jared. – Quando decidimos transformar o *backdoor* em arma, fiz o código para a arma como o código para o *backdoor*, porque era a coisa mais simples a se fazer. Ou seja, tinha a capacidade de verificar a situação funcional dos BrainPals que afetava. Isso se revelou útil por um bocado de razões, uma das quais era permitir que soubéssemos com quantos soldados estávamos lidando em cada ocasião. Também nos dava vislumbres da consciência de soldados individuais. Isso também se mostrou útil. Você esteve há pouco tempo na Estação Covell, não esteve?

Jared não disse nada.

– Ah, deixa disso – bronqueou Boutin, irritadiço. – Sei que esteve lá. Pare de fingir que está entregando segredos de Estado.

– Sim. Eu estive em Covell.

– Obrigado. Sabemos que existem soldados Coloniais em Omagh e que eles vão à Estação Covell; colocamos dispositivos de detecção lá que rastreiam em busca do *backdoor*. Mas nunca dispararam. Não importa quais soldados vocês botaram lá, devem contar com uma arquitetura de BrainPal diferente. – Boutin olhou para ver a reação de Jared, que não esboçou nenhuma. Boutin continuou. – No entanto, *você* tropeçou em nossos alarmes, pois tem o BrainPal que eu projetei. Mais tarde, peguei a assinatura de consciência enviada para mim e, como você talvez possa imaginar, fiquei confuso. Conhecia a imagem da minha consciência muito bem, pois usei meu padrão para executar muitos testes. Deixei que os Obins soubessem que eu estava procurando você. Estávamos coletando soldados das Forças Especiais de qualquer forma, então não foi difícil para eles fazerem isso. Na verdade, deviam ter coletado você em Covell.

– Tentaram me matar em Covell – disse Jared.

– Desculpe. Mesmo os Obins podem ficar um pouco empolgados quando o bicho pega. Mas pode ficar tranquilo: depois desse evento, receberam ordens de examinar primeiro e atirar depois.

– Obrigado – disse Jared. – Foi muito importante para meu colega de esquadrão hoje, quando atiraram na cabeça dele.

– Sarcasmo! Isso é mais do que a maioria de sua espécie consegue expressar. Herdou de mim. Como eu disse, eles podem ficar empolgados. Da mesma forma que disse para procurarem você, também disse aos Obins que poderiam esperar um ataque aqui, porque se um de vocês estava andando por aí com a minha consciência, era apenas uma questão de tempo até que encontrassem o caminho. Vocês provavelmente não arriscariam um ataque total, mas tentariam algo sorrateiro, como fizeram. Estávamos aguardando um ataque desse tipo e esperávamos vocês. Assim que chegaram ao solo, apertamos o botão para desativar os BrainPals.

Jared pensou nos membros do pelotão caindo do céu e ficou enjoado.

– Poderia ter deixado todos aterrissarem, seu filho de uma puta – disse Jared. – Quando bloqueou os BrainPals, eles ficaram indefesos. Sabe disso.

– Eles *não* estavam indefesos – contestou Boutin. – Não podiam usar os MUs, mas podiam usar os facões e as habilidades de combate. Arrancar seus BrainPals faz com que a maioria de vocês fique catatônica, mas alguns ainda continuam lutando. Olhe para você. Embora você seja mais bem preparado do que a maioria. Se está com as minhas lembranças, sabe como é não estar conectado o tempo todo. Mesmo assim, seis de vocês no solo eram mais que suficientes. E precisávamos apenas de você nessas circunstâncias.

– Para quê? – perguntou Jared.

– Tudo a seu tempo – respondeu Charles Boutin.

– Se precisa apenas de mim, o que vai fazer com meu esquadrão? – questionou Jared.

– Poderia lhe dizer, mas acho que você me desviou tempo demais da minha pergunta original, não é? – Boutin sorriu. – Quero saber o que sabe sobre mim, sobre *ser* eu e sobre o que você sabe de meus planos aqui.

– Como estou aqui, você já sabe que sabemos sobre você – disse Jared. – Não é mais um segredo.

– E tenho que dizer que fico muito impressionado com isso – comentou Boutin. – Pensei que eu tivesse escondido bem meus rastros. E estou me odiando por não ter formatado o dispositivo de armazenamento onde pus aquela gravação de consciência. Veja bem, eu estava saindo às pressas. Mesmo assim, não tem desculpa. Foi estupidez da minha parte.

– Discordo – retrucou Jared.

– Imaginei – disse Boutin. – Pois sem ela você não estaria aqui, nos muitos sentidos da palavra *aqui*. No entanto, fico impressionado que eles tenham conseguido fazer a transferência de volta a um cérebro. Mesmo eu não havia imaginado isso antes de partir. Quem conseguiu?

– Harry Wilson.

– Harry! Cara bacana. Não sabia que era tão esperto. Fez bem. Claro, eu *fiz* a maior parte do trabalho antes de ele assumir. Voltando à sua questão de a União Colonial saber que estou aqui: sim, é um problema. Mas também uma oportunidade interessante. Existem maneiras de se aproveitar dela. Vamos voltar ao que interessa e, para acabarmos com os desvios da minha pergunta, aviso que sua resposta vai me ajudar a determinar se o restante de seu esquadrão vai viver ou morrer. Entendeu?

– Entendi – respondeu Jared.

– Perfeito – disse Boutin. – Agora, me diga o que você sabe sobre mim. Quanto você sabe sobre meu trabalho?

– Linhas muito gerais – disse Jared. – Os detalhes são difíceis. Não tive experiências similares o suficiente para que essas lembranças se enraizassem.

– Ter experiências similares é importante... – disse Boutin. – Interessante. E isso explicaria o fato de você não saber sobre o *backdoor*. E minhas visões políticas? O que eu sentia sobre a União Colonial e as FCD?

– Meu palpite é que você não gosta delas – respondeu Jared.

– É um ótimo palpite – disse Boutin. – Mas parece que você não tem nenhum conhecimento em primeira mão do que eu pensava sobre elas.

– Não.

– Porque você não tem nenhuma experiência com esse tipo de coisa, certo? – perguntou Boutin. – Afinal, você é das Forças Especiais.

Elas não incluem questionamento de autoridade no plano de aulas. E minhas experiências pessoais?

— Me lembro da maioria delas — disse Jared. — Tive experiências o suficiente.

— Então, sabe sobre Zoë — murmurou Boutin.

Jared sentiu uma onda de emoções ao ouvir o nome da criança.

— Sei — disse com a voz um pouco rouca.

Boutin percebeu.

— Você *sente* também — disse, aproximando-se de Jared. — Não sente? O que eu senti quando me disseram que ela estava morta.

— Sinto.

— Coitado — sussurrou Boutin. — Obrigaram você a sentir isso por uma criança que não conheceu.

— Eu a conheci — disse Jared. — Conheci através de você.

— Entendo — disse Boutin, que em seguida se afastou até uma mesa de laboratório. — Você me convenceu, Jared — continuou, recuperando a compostura e a conversa. — Você é similar a mim o suficiente para ser oficialmente interessante.

— Significa que deixará meu esquadrão viver?

— Por ora. Você cooperou, e eles estão cercados por metralhadoras que vão estraçalhá-los até virarem carne moída se chegarem a 3 metros delas, então não há motivo para matá-los.

— E quanto a mim?

— Você, meu amigo, vai passar por um escaneamento completo do cérebro — respondeu Boutin, cujos olhos se concentravam na mesa, onde estava digitando em um teclado. — Na verdade, vou fazer uma gravação de sua consciência. Quero olhá-la de perto. Quero ver o quanto você é de fato parecido comigo. Pelo visto, você não tem muitos detalhes e precisa superar essa lavagem cerebral das Forças Especiais. Mas no que importa, me parece que temos muito em comum.

– Consigo pensar em um quesito em que somos diferentes – comentou Jared.

– Sério? – disse Boutin. – Diga.

– Eu não trairia todos os seres humanos vivos porque minha filha morreu – disse Jared.

Boutin olhou para Jared, pensativo, por um minuto.

– Acha mesmo que estou fazendo isso porque Zoë foi morta em Covell – disse, por fim.

– Acho – confirmou Jared. – E não acredito que essa seja a maneira de honrar sua memória.

– Não acredita, então – disse Boutin, que, em seguida, voltou para o teclado e apertou um botão. O receptáculo de Jared fez barulho, e ele sentiu algo como um beliscão no cérebro. – Estou gravando sua consciência agora. Relaxe. – Ele saiu da sala e fechou a porta. Jared, sentindo o aperto aumentar na cabeça, não relaxou nem um pouco. Fechou os olhos.

Vários minutos depois, Jared ouviu a porta abrir e fechar. Abriu os olhos. Boutin havia voltado e estava parado à porta.

– O que acha dessa gravação de consciência? – perguntou a Jared.

– Dói pra caramba – respondeu.

– É um efeito colateral infeliz – disse Boutin. – Não sei por que acontece. Vou ter que dar uma olhada nisso.

– Eu agradeceria – disse Jared entredentes.

Boutin sorriu.

– Mais sarcasmo – disse ele. – Mas eu trouxe algo para você que acho que vai aliviar sua dor.

– Seja o que for, me dê em dobro – disse Jared.

– Acho que uma será o suficiente. – Boutin abriu a porta para mostrar Zoë no corredor.

13\_

Boutin tinha razão. A dor de Jared desapareceu.

– Querida – Boutin disse a Zoë. – Gostaria de te apresentar um amigo meu. Esse é Jared. Diga oi para ele, por favor.

– Olá, senhor Jared – disse Zoë com uma voz baixa e insegura.

– Oi – disse Jared, mal arriscando falar mais porque sentiu como se a voz pudesse falhar de uma vez. Ele se recompôs. – Olá, Zoë. É bom ver você.

– Você não se lembra de Jared, Zoë – disse Boutin. – Mas ele se lembra de você. Conheceu você há muito tempo, quando estávamos em Fênix.

– Ele conhece a mamãe? – perguntou Zoë.

– Acho que conheceu a mamãe – respondeu Boutin. – Tão bem quanto alguém poderia conhecer.

– Por que ele está naquela caixa? – quis saber a menina.

– Está ajudando o papai com um pequeno experimento, é isso. – disse Boutin.

– Ele pode brincar comigo quando terminar? – perguntou ela.

– Veremos – disse Boutin. – Por que não se despede dele, meu amor? Ele e o papai têm muito o que fazer.

Zoë voltou a atenção para Jared.

– Tchau, senhor Jared – disse antes de sair pela porta, provavelmente voltando de onde tinha vindo. Jared esforçou-se para observá-la e ouvir seus passos. Em seguida, Boutin fechou a porta.

– Entende que não vai poder brincar com ela, né? – disse Boutin. – É que Zoë fica muito sozinha aqui. Fiz os Obins colocarem um pequeno satélite receptor em órbita sobre uma das colônias menores para piratear vídeos de entretenimento e mantê-la distraída, então não sente falta das alegrias da programação educacional da União Colonial. Mas não há ninguém aqui com quem ela possa brincar. Tem uma babá Obin, mas ela só cuida para que Zoë não caia de escadas. Somos apenas eu e ela.

– Diga… diga como é possível ela estar viva. Os Obins mataram todos em Covell.

– Os Obins *salvaram* Zoë – disse Boutin. – Foram os Rraeys que atacaram Covell e Omagh, não os Obins. Os Rraeys fizeram isso para se vingar da União Colonial por sua derrota em Coral. Eles nem *queriam* Omagh de verdade. Só escolheram um alvo fácil para atacar. Os Obins descobriram seus planos e marcaram a chegada para pouco depois da primeira fase do ataque, quando os Rraeys ainda estavam fracos pela luta com os seres humanos. Assim que expulsaram os Rraeys de Covell, passaram pela estação e encontraram civis presos em uma sala de reunião. Estavam sendo mantidos ali. Os Rraeys mataram todos os militares e cientistas, porque seus corpos são modificados demais para servirem como um bom alimento. Mas o grupo de colonos… bem, eles eram dos bons. Se os Obins não tivessem atacado quando o fizeram, os Rraeys teriam abatido e comido todos.

– Onde está o restante dos civis? – perguntou Jared.

– Bem, os Obins os mataram, claro – disse Boutin. – Sabe que os Obins normalmente não fazem prisioneiros.

– Mas você disse que salvaram Zoë – insistiu Jared.

Boutin sorriu.

– Enquanto estavam passando pela estação, os Obins fizeram um *tour* pelos laboratórios científicos para ver se havia alguma ideia que valesse a pena roubar – disse ele. – São excelentes cientistas, mas não são muito criativos. Podem melhorar ideias e tecnologias que encontram em outros lugares, mas não são bons em originar tecnologias. A estação científica é um dos principais motivos pelos quais estavam interessados em Omagh. Encontraram meu trabalho sobre consciência e se interessaram. Descobriram que eu não estava na estação, mas que Zoë estava. Então, a mantiveram enquanto procuravam por mim.

– Usaram-na para chantageá-lo – disse Jared.

– Não. Foi mais como um gesto de boa vontade. E fui eu quem exigi coisas deles.

– Eles ficaram com Zoë, e *você* exigiu coisas *deles* – disse Jared.

– Isso mesmo – confirmou Boutin.

– Como o quê?

– Como esta guerra.

Jane Sagan aproximou-se mais do oitavo e último canhão. Como os outros, ele a rastreou e então soltou o alerta quanto mais perto ela chegava. Pelo que conseguiu estimar, se chegasse mais perto que 3 metros, o canhão dispararia. Sagan pegou uma pedra e jogou-a diretamente no canhão; a pedra bateu e ricocheteou sem danos, e o sistema da arma rastreou mas, por fim, ignorou o projétil. A arma conseguia diferenciar um ser humano de uma pedra. *É um tipo de engenharia sofisticada*, pensou Sagan, não muito generosa.

Encontrou uma pedra maior, foi até a beira da zona segura e jogou-a à direita do canhão. Ele rastreou a pedra e, mais à sua direita, outro canhão manteve-se em Sagan. Os canhões compartilhavam as informações de mira; não passaria por eles distraindo apenas um.

A depressão onde estavam era rasa, e Sagan conseguia ver sobre a borda; pelo que conseguia enxergar, não havia nenhum soldado Obin na área. Ou estavam escondidos ou confiavam que os seres humanos não iriam a lugar nenhum.

– Isso aí!

Sagan virou-se e viu Daniel Harvey se aproximando com algo torcido na mão.

– Olha quem conseguiu um jantar – ele disse.

– O que é isso? – perguntou Sagan.

– Sei lá, porra – disse Harvey. – Vi rastejando no chão e peguei antes que saísse. Mas relutou um pouco. Tive que agarrar a cabeça para não me morder. Imagino que possamos comê-lo.

Seaborg havia mancado até eles para ver a criatura.

– Não vou comer isso aí, não – disse o recém-chegado.

– Ótimo – retrucou Harvey. – Você morre de fome. A tenente e eu vamos comer.

– Não podemos comer isso – disse Sagan. – Os animais aqui não são compatíveis com nossas necessidades alimentares. É o mesmo que comer pedra.

Harvey olhou para Sagan como se ela tivesse acabado de cagar na sua cabeça.

– Tudo bem – ele disse, e se abaixou para deixar a coisa escapar.

– Espere – Sagan disse. – Quero que jogue isso lá.

– Quê?

– Jogue essa coisa no canhão – disse Sagan. – Quero ver o que as armas vão fazer com algo vivo.

– Isso é meio cruel – comentou Harvey.

– Um minuto atrás você estava pensando em comer essa porcaria – disse Seaborg –, e agora está preocupado com a crueldade contra animais?

– Fecha o bico – disse Harvey. Ele inclinou o braço para jogar o bicho.

– Harvey, não jogue diretamente no canhão, por favor – pediu Sagan.

Harvey de repente percebeu que a trajetória dos projéteis os levaria diretamente de volta a seu corpo.

– Desculpe. Que burro, eu.

– Jogue para cima – disse Sagan. – Bem para cima.

Harvey deu de ombros e jogou a coisa no ar, em um arco que levou a coisa para longe dos três. A criatura se contorceu durante o voo. O canhão rastreou a criatura o máximo que pôde, mais ou menos 50 graus para cima. Girou e atirou no bicho assim que ele voltou ao seu alcance, estraçalhando-o com um jorro de agulhas finas que se expandiram em contato com a carne da pobre criatura. Em menos de um segundo, não restava nada do bicho além de névoa e alguns pedaços caindo no chão.

– Muito legal – disse Harvey. – Agora sabemos que os canhões funcionam de verdade. E eu ainda estou com fome.

– É muito interessante – comentou Sagan.

– Eu estar com fome?

– Não, Harvey – respondeu Sagan, irritada. – Na verdade, não dou a mínima para o seu estômago neste momento. O que é interessante é que os canhões conseguem mirar apenas até certo ângulo. Seu limite é o solo.

– E daí? – disse Harvey. – Estamos no solo.

– Árvores – disse Seaborg, de repente. –... Filho de uma puta.

– No que está pensando, Seaborg? – Sagan perguntou.

— No treinamento, Dirac e eu vencemos um jogo de guerra nos esgueirando até o oponente pelas árvores. Estavam esperando que atacássemos do solo. Nem pensaram em olhar para cima até estarmos sobre eles. E aí eu quase caí da árvore e por pouco não me matei. Mas a *ideia* funcionou.

Os três viraram-se para procurar árvores dentro do perímetro. Não eram árvores de verdade, mas equivalentes aristianas: grandes plantas finas com vários metros de altura.

— Digam que estão tendo o mesmo pensamento meio louco que eu — disse Harvey. — Odiaria achar que fui o único.

— Vamos — disse Sagan. — Vamos ver o que conseguimos fazer com isso.

— Isso é insano — disse Jared. — Os Obins não começariam uma guerra apenas porque você pediu.

— É mesmo? — perguntou Boutin. Abriu um sorriso sarcástico. — E você sabe disso a partir de sua vasta experiência pessoal com os Obins? Seus anos de estudos sobre a questão? Escreveu uma tese sobre os Obins?

— Nenhuma espécie entraria em guerra só porque você pediu — disse Jared. — Os Obins não fazem nada pelos outros.

— Nem estão fazendo agora — explicou Boutin. — A guerra é um meio até um fim... eles querem o que eu posso lhes oferecer.

— E o que é? — perguntou Jared.

— Posso lhes dar almas.

— Não entendo.

— É porque não conhece os Obins — confirmou Boutin. — Eles são uma raça criada... os Consus os fizeram para ver o que aconteceria. Mas, apesar dos rumores que diziam o contrário, os Consus não são perfeitos. Eles erram. E cometeram um erro imenso quando fizeram os Obins. Deram inteligência a eles, mas o que não conseguiram fazer... o que não tinham a capacidade de fazer... era dar aos Obins *consciência*.

– Os Obins são conscientes – disse Jared. – Têm uma sociedade. Se comunicam. Têm lembranças. Eles *pensam*.

– E daí? – questionou Boutin. – Cupins têm sociedades. Todas as espécies se comunicam. Não precisa ser inteligente para ter recordações... vocês têm um computador na cabeça que se lembra de tudo que já fizeram, e isso, em essência, não mostra mais inteligência que uma rocha. E, quanto a pensar, que tipo de pensamento exige de você refletir sobre seus próprios pensamentos? Nenhum. Pode-se criar uma raça estelar inteira que não tenha mais capacidade introspectiva que um protozoário, e os Obins são prova viva disso. Os Obins têm consciência de que existem *coletivamente*. Mas nenhum deles *individualmente* tem algo que seria reconhecido como uma personalidade. Sem ego. Sem "eu".

– Isso não faz sentido nenhum – disse Jared.

– Por que não? – perguntou Boutin. – Quais são as armadilhas da autoconsciência? E os Obins as têm? Os Obins não têm *arte*, Dirac. Não têm música, literatura, nem artes visuais. Compreendem o conceito de arte intelectualmente, mas não têm como apreciá-la. O único momento em que se comunicam é para dizer aos outros coisas factuais: aonde vão, o que tem sobre aquela colina ou quantas pessoas precisam matar. Não conseguem *mentir*. Não porque tenham uma inibição moral quanto à mentira; na verdade, eles não têm nenhuma inibição moral contra nada; mas porque não conseguem formular uma mentira, do mesmo jeito que você não consegue levantar um objeto com o poder da mente. Nosso cérebro não é formatado assim; o cérebro deles não é formatado assim. Todo mundo mente. Todo mundo que tem consciência, que tem uma autoimagem a manter. Mas eles não. Eles são perfeitos.

– Ignorar a própria existência não é o que eu chamaria de "perfeição" – disse Jared.

– Eles *são* perfeitos – insistiu Boutin. – Eles não mentem. Cooperam entre si com perfeição, dentro da estrutura de sua sociedade. Desafios ou desacordos são resolvidos de maneira prescrita. Não se apunhalam pelas costas. São perfeitamente morais porque sua moral é absoluta... tem um código fixo. Não têm vaidade, tampouco ambição. Não têm nem mesmo vaidade sexual. São todos hermafroditas e passam informações genéticas aos outros de forma tão casual quanto eu e você nos cumprimentaríamos com um aperto de mão. E não têm medo.

– Toda criatura tem medo – disse Jared. – Até mesmo as não conscientes.

– Não. Toda criatura tem instinto de sobrevivência. Parece medo, mas não é a mesma coisa. Medo não é o desejo de evitar a morte ou a dor. O medo se baseia na noção de que o que reconhecemos como nós mesmos possa deixar de existir. Medo é existencial. Os Obins não são nem um pouco existenciais. É por isso que não se rendem. Por isso não fazem prisioneiros. Por isso a União Colonial tem medo deles, sabe? Porque não podem ser intimidados. Olha só que vantagem! É tanta vantagem que, se eu fosse responsável por criar soldados humanos de novo, sugeriria arrancar fora a consciência.

Jared teve um calafrio. E Boutin notou.

– Deixa disso, Dirac. Não vá me dizer que você é *feliz* de ser consciente. Consciente de que foi criado para um objetivo que não era a própria existência. Consciente das lembranças da vida de outra pessoa. Consciente de que seu objetivo é apenas matar pessoas e coisas que a União Colonial aponta para você. Você é uma arma com um ego. Seria muito melhor sem o ego.

– Merda nenhuma.

Boutin sorriu.

— Bem, é justo. Também não posso dizer que gostaria de viver sem consciência. E, como você deveria ser eu, não posso dizer que me surpreenda que você sinta a mesma coisa.

— Se os Obins são perfeitos, não vejo por que precisariam de você — disse Jared.

— Porque não se veem como perfeitos, claro — disse Boutin. — Eles sabem que lhes falta consciência, e embora individualmente talvez isso não importe muito para eles, como espécie importa muito. Viram meu trabalho com consciência, sobretudo as partes de transferência de consciência. Mas também viram minhas observações preliminares sobre gravação e armazenamento de consciências inteiras. Desejavam o que acreditavam que eu poderia lhes dar. E muito.

— Você deu consciência para eles? — perguntou Jared.

— Ainda não. Mas estou chegando perto. Perto o bastante para fazer com que tenham ainda mais desejo.

— Desejo — repetiu Jared. — Uma emoção forte para uma espécie não consciente.

— Sabe o que significa *Obin*? — perguntou Boutin. — O que significa a palavra Obin no idioma deles, quando não está sendo usada para se referir à espécie?

— Não.

— Significa *carência* — disse Boutin, e inclinou a cabeça, pensativo. — Não é interessante? Com espécies mais inteligentes, se você voltar no tempo até as raízes etimológicas de como elas chamam a si mesmas, vai chegar a uma variação ou outra de *o povo*. Porque toda espécie começa no seu mundinho natal, convencida de que é o centro do universo. Os Obins não. Eles sabiam desde o início o que eram, e a palavra que usaram para se descreverem mostrou que sabiam que careciam de algo que outras espécies inteligentes tinham. Careciam de *consciência*. É o único substantivo realmente *descritivo* que eles têm.

Bem, esse e "Obinur", que significa "a casa dos que carecem". Tudo o mais é seco como poeira. "Arist" significa "terceira lua". Mas *Obin* é notável. Imagine se toda espécie se batizasse com seu maior defeito? Poderíamos chamar nossa espécie de *arrogância*.

– Por que saber que carecem de consciência importa para eles? – perguntou Jared.

– Por que saber que não podia comer da árvore do conhecimento importava para Eva? – Boutin devolveu a pergunta. – Não deveria ter importado, mas importou. Ela tinha tentação... que, se você acredita em um Deus onipotente, significa que Deus intencionalmente dotou Eva de tentação. O que, na minha opinião, me parece uma sacanagem. Não existe motivo para os Obins desejarem consciência. Não vai fazer bem para eles. Mas eles querem de qualquer jeito. Acho que é possível que os Consus, em vez de terem errado feio e criado uma inteligência sem ego, criaram os Obins intencionalmente dessa forma e, em seguida, os programaram com o desejo pela única coisa que não podiam ter.

– Mas por quê?

– Por que os Consus fazem as coisas? – disse Boutin. – Quando se é a mais avançada das espécies, não é necessário se explicar para seres primitivos, no caso, nós. Para nós, talvez sejam deuses. E os Obins são pobres e insensatos Adões e Evas.

– Então, isso faz de você a serpente.

Boutin sorriu com a referência sarcástica.

– Talvez – respondeu. – E talvez, ao dar aos Obins o que querem, vou forçá-los a sair de seu paraíso sem ego. Eles que se resolvam a partir daí. Enquanto isso, vou tirar o que quiser disso. Vou conseguir minha guerra, bem como o fim da União Colonial.

A "árvore" que os três olhavam tinha mais ou menos 10 metros de altura e cerca de um metro de diâmetro. O tronco era coberto de protuberâncias que, durante uma chuva, podiam levar a água até a parte interna da árvore. A cada 3 metros, protuberâncias maiores brotavam com uma série circular de cipós e galhos delicados, diminuindo em circunferência enquanto aumentavam em altitude. Sagan, Seaborg e Harvey observaram como a árvore balançava na brisa.

– A brisa é muito leve para fazer a árvore sacudir tanto assim – disse Sagan.

– Provavelmente o vento é mais forte lá em cima – disse Harvey.

– Nem tanto – disse Sagan. – Talvez nem seja. São apenas 10 metros.

– Talvez seja oca – comentou Seaborg. – Como as árvores de Fênix. Quando Dirac e eu estávamos lá, tivemos que ter cuidado para saber em quais árvores pisaríamos. Algumas menores não teriam aguentado nosso peso.

Sagan concordou com a cabeça. Aproximou-se da árvore e pôs peso em uma das protuberâncias menores, que aguentou por um tempo razoável antes de quebrar. Ela olhou para a árvore de novo, pensando.

– Vai dar uma subidinha, tenente? – perguntou Harvey. Sagan não respondeu; apoiou-se nas protuberâncias da árvore e se ergueu, tomando cuidado para distribuir o peso da forma mais equilibrada possível e não forçar demais uma só protuberância. A cerca de dois terços da subida, com o tronco começando a se afunilar, ela sentiu a árvore entortar. Seu peso estava empurrando o tronco para baixo. A três quartos da subida, a árvore estava bastante curvada. Sagan tentou escutar sons da árvore estalando ou quebrando, mas não ouviu nada além do raspar das protuberâncias umas nas outras. Essas árvores eram imensamente flexíveis; Sagan suspeitava que tinham ali muitos ventos, pois o oceano global de Arist gerava furacões imensos que castigavam os continentes ilhados e relativamente pequenos do planeta.

— Harvey — disse Sagan, movendo-se levemente para frente e para trás e mantendo a árvore equilibrada. — Me diga se parece que a árvore vai quebrar.

— A base do tronco parece ok — disse Harvey.

Sagan olhou para o canhão mais próximo.

— Quanto você acha que tem de distância até aquele canhão? — perguntou ela.

Harvey imaginou aonde ela queria chegar com aquilo.

— Não está perto o suficiente para fazer o que você está pensando em fazer, tenente.

Sagan não estava tão certa assim.

— Harvey — ela disse. — Vá buscar Wigner.

— O quê?

— Traga Wigner aqui. Quero testar uma coisa.

Harvey ficou boquiaberto por um momento, incrédulo, e depois saiu pisando duro para buscar Wigner. Sagan olhou para Seaborg.

— Você está bem?

— Minha perna dói — disse Seaborg. — E minha cabeça dói. Continuo sentindo que algo está faltando.

— É a integração — explicou Sagan. — É difícil se concentrar sem ela.

— Minha concentração está boa — disse Seaborg. — É que estou concentrado em quanta falta está fazendo.

— Vai passar — disse Sagan. Seaborg grunhiu.

Alguns minutos depois, Harvey apareceu com o corpo de Wigner, carregado sobre os dois ombros.

— Deixe-me adivinhar — disse Harvey. — Quer que eu o leve aí para você.

— Sim, por favor — confirmou Sagan.

— Claro, caramba, por que não? — disse Harvey. — Nada como escalar uma árvore com um defunto nas costas.

— Você consegue — encorajou Seaborg.

— Contanto que as pessoas não me distraiam — rosnou Harvey. Ele arrumou Wigner e começou a subir, acrescentando seu peso e o de Wigner à árvore, que estalou e tombou-se consideravelmente, fazendo com que Harvey avançasse devagar para manter seu equilíbrio sem soltar Wigner. Quando chegou a Sagan, a árvore já estava curvada a quase um ângulo de 90 graus.

— E agora? — perguntou Harvey.

— Pode colocá-lo entre nós?

Harvey grunhiu, deslizando Wigner com cuidado sobre o ombro, e posicionou o corpo para que ficasse recostado à árvore. Ele olhou para Sagan.

— Apenas para constar, essa é uma maneira bem cagada de nos despedirmos dele — disse.

— Ele está nos ajudando — disse Sagan. — Tem coisas piores.

Ela jogou com cuidado a perna sobre o tronco da árvore. Harvey fez o mesmo na outra direção.

— Vou contar até três — disse Sagan e, quando chegou ao três, eles pularam da árvore, 5 metros até o chão.

Sem o peso dos dois seres humanos, a árvore voltou à posição perpendicular e foi além, lançando o cadáver de Wigner do tronco e por cima dos canhões. Não foi um lançamento totalmente bem-sucedido; Wigner deslizou para baixo do tronco antes do lançamento, comprometendo a energia total disponível e posicionando-se bem no centro pouco antes de voar. O arco de Wigner terminou diretamente à frente da arma mais próxima, que o pulverizou instantaneamente assim que caiu no perímetro de tiro. O corpo despencou como uma pilha de carne e entranhas.

— Meu Deus — disse Seaborg.

Sagan virou-se para ele.

– Consegue subir com essa perna? – perguntou ela.

– Conseguir, eu consigo – disse Seaborg. – Mas não estou com pressa de tomar aquele tanto de tiro.

– Não vai – disse Sagan. – Eu vou.

– Acabou de ver o que aconteceu com Wigner, certo? – perguntou Harvey.

– Eu vi – respondeu Sagan. – Ele era um cadáver e não tinha controle sobre seu voo. Também pesava mais, e eu e você estávamos na árvore. Sou leve, estou viva, e vocês têm mais massa juntos. Eu vou conseguir passar pelo canhão.

– Se estiver errada, vai virar patê – disse Harvey.

– Ao menos vai ser rápido – ela comentou.

– Sim – Harvey concordou. – Mas zoado.

– Olha, vocês terão muito tempo para me criticar quando eu estiver morta – disse Sagan. – Por ora, gostaria que todos nós subíssemos nesta árvore.

Poucos minutos depois, Seaborg e Harvey estavam um de cada lado de Sagan, que estava agachada e se equilibrava no tronco curvado.

– Últimas palavras? – perguntou Harvey.

– Eu sempre achei você um grande pé no saco, Harvey – disse Sagan.

Ele sorriu.

– Também te amo, tenente. – Ele meneou a cabeça para Seaborg. – Agora – disse. E os dois se soltaram.

A árvore chicoteou; Sagan ajustou-se e lutou contra a aceleração para se manter no lugar. Quando a árvore chegou ao ápice da curva, Sagan deu impulso, adicionando sua força à do lançamento. Sagan descreveu um arco alto e impossível, ao que parecia para ela, passando facilmente pelas armas, que a rastrearam, mas não puderam disparar. As armas seguiram-na até ela passar o perímetro e rapidamente descer na direção da campina mais adiante. Teve tempo de pensar *Isso vai doer* antes de se encolher e despencar no solo. Seu uniforme endureceu, absorvendo um tanto do impacto, mas Sagan sentiu ao menos uma costela estalar com a batida. O uniforme endurecido fez com que rolasse mais longe do que teria feito normalmente. Acabou parando deitada na grama alta, tentando lembrar como se respirava. Levou mais tempo do que ela esperava.

A distância, Sagan ouviu Harvey e Seaborg chamando por ela. Também ouviu um zumbido baixo vindo da direção contrária, aumentando com o tempo. Ainda deitada na grama alta, mudou de posição e tentou enxergar sobre ela.

Dois Obins vinham sobre uma pequena nave armada. Estavam vindo na sua direção.

– A primeira coisa que você precisa entender é que a União Colonial é perversa – Boutin disse a Jared.

A dor de cabeça de Jared voltou com fúria, e ele ansiava ver Zoë de novo.

– Não vejo assim.

– Bem, por que veria? – perguntou Boutin. – Você tem dois anos, no máximo. E em toda a sua vida você só fez o que os outros mandaram. Mal fez escolhas próprias, certo?

– Já ouvi essa história antes – disse Jared, lembrando-se de Cainen.

– De alguém das Forças Especiais? – perguntou Boutin, genuinamente surpreso.

– De um prisioneiro Rraey – disse Jared. – Cainen. Diz que conheceu você.

Boutin franziu as sobrancelhas.

– O nome não me é familiar. Por outro lado, tenho conhecido um bocado de Rraeys e Eneshanos nos últimos tempos. Todos são iguais. Mas faz sentido um Rraey dizer uma coisa dessas para você. Eles acham a formação das Forças Especiais moralmente horrenda.

– É, eu sei – confirmou Jared. – Me disse que eu era um escravo.

– Você é um escravo! – disse Boutin, empolgado. – Ou um serviçal contratado, no mínimo, preso a um contrato de serviços sobre o qual não tem controle. Sim, fazem com que você se sinta bem com isso, sugerindo que nasceram especialmente para salvar a humanidade e acorrentando você a seus colegas de pelotão com a integração. Mas se olhar direito, são apenas maneiras que usam para controlá-lo. Você tem um ano, talvez dois. E o que sabe sobre o universo? Sabe o que eles disseram... que é um lugar hostil e que estamos sempre sendo atacados. Mas e se eu dissesse que tudo que a União Colonial te contou está errado?

– Não está errado. É hostil. Já vi combates suficientes para saber disso.

– Mas *tudo* que você viu foram combates – disse Boutin. – Nunca esteve em um lugar sem matar tudo que a União Colonial mandou você exterminar. E é mesmo verdade que o universo é hostil com a União Colonial. Porque *a União Colonial é hostil com o universo.* Em todo esse tempo que a humanidade passou no universo, quase nunca estivemos em paz com nenhuma espécie que encontramos. Existem poucos, aqui ou ali, que a União Colonial considera úteis como aliados ou parceiros comerciais, mas tão poucos que seus números são insignificantes. Conhecemos 603 espécies inteligentes dentro do horizonte de salto da União Colonial, Dirac. Sabe quantas a UC classifica como ameaça, ou seja, que as FCD podem atacar à vontade? No total, 577. Ser ativamente hostil com 96% de todas as raças inteligentes que conhece não é apenas estupidez. É suicídio racial.

– Outras espécies estão em guerra – disse Jared. – Não é apenas a União Colonial que entra em guerra.

– Verdade. Toda espécie tem outras espécies com que concorre e entra em guerra. Mas outras espécies não tentam combater *todas as outras espécies* que encontram. Os Rraeys e os Eneshanos eram inimigos de longa data antes de nos aliarmos a eles e, quem sabe, talvez voltem a ser. Mas nenhuma dessas espécies classifica *todas* as outras raças como uma ameaça permanente. *Ninguém* faz isso além da União Colonial. Já ouviu falar no Conclave, Dirac?

– Não.

– O Conclave é uma grande reunião de centenas de espécies desta parte da galáxia – explicou Boutin. – Ele foi convocado vinte anos atrás para tentar criar uma estrutura viável de governo para a região inteira. Isso ajudaria a frear a luta por propriedades ao distribuir novas colônias de um jeito sistemático em vez de fazer com que cada espécie corra pelo prêmio e tente derrotar quem tenta tirá-lo. Asseguraria o sistema com comando militar multiespécie que atacaria qualquer um que tentasse tomar uma colônia à força. Nem todas as espécies aderiram ao decreto do Conclave, mas apenas dois povos se recusaram a enviar representantes. Um deles foi os Consus. Afinal, por que mandariam? O outro foi a União Colonial.

– E espera que eu acredite em você – disse Jared.

– Não espero nada de você – afirmou Boutin. – Você não sabe nada sobre isso. Os subalternos das FCD não sabem nada sobre isso. Os colonos certamente não sabem. A União Colonial é dona de todas as espaçonaves, drones de salto e satélites de comunicação. Lida com todo o comércio e com a pouca diplomacia em que nos envolvemos em suas estações espaciais. A União Colonial é o gargalo pelo qual todas as informações fluem, e ela decide o que as colônias vão saber e o que não vão. E não apenas as colônias, a Terra também. Caramba, na Terra é pior.

– Por quê? – perguntou Jared.

— Porque ela tem sido mantida socialmente estagnada por duzentos anos — disse Boutin. — A União Colonial *cria rebanhos* de pessoas lá, Dirac. Usa os países ricos para suas forças militares. Usa os países pobres para ser a sementeira colonial. E gosta tanto desse arranjo que Colonial reprime ativamente a evolução natural da sociedade lá. Eles não *querem* que mude. Isso atrapalharia a produção de soldados e colonos. Então, separaram a Terra do restante da humanidade para que as pessoas não saibam o quanto estão sendo mantidas perfeitamente em estase. Fabricaram uma doença, que chamam de ondulação, e disseram ao povo da Terra que era uma infecção alienígena. Usaram-na como desculpa para botar o planeta em quarentena. Permitem que ela apareça a cada geração ou duas para manter a desculpa.

— Eu conheci pessoas da Terra — disse Jared, pensando no tenente Cloud. — Não são burras. Saberiam se estivessem sendo freadas.

— Ah, a União Colonial permite uma inovação ou duas a cada poucos anos para fazê-los pensar que ainda estão em uma curva de crescimento, mas nunca é algo útil — disse Boutin. — Um novo computador aqui. Um tocador de música acolá. Uma técnica de transplante de órgãos. De vez em quando permitem uma guerra por território para manter as coisas interessantes. Enquanto isso, permanecem com as mesmas estruturas sociais e políticas que tinham 200 anos atrás, e acham que é porque chegaram a um ponto de estabilidade genuína. E ainda morrem de velhice aos 75 anos! É ridículo. A União Colonial vem administrando tão bem a Terra que o planeta nem mesmo *sabe* que está sendo administrado. Está no escuro. Todas as colônias estão no escuro. Ninguém sabe de nada.

— Só você sabe — retrucou Jared.

— Eu estava criando soldados, Dirac. Eles permitiram que eu soubesse o que estava acontecendo. Eu tinha acesso a informações altamente sigilosas até o momento em que dei um tiro naquele meu clone. É por isso que sei da existência do Conclave. E é por isso que sei que, se a União Colonial não for exterminada, a humanidade será.

– Parece que estamos aguentando bem até o momento – disse Jared.

– É porque a União Colonial se aproveita do caos. Quando o Conclave ratificar seu acordo, e isso vai acontecer nos próximos dois anos, a União Colonial não conseguirá mais encontrar colônias. A força militar do Conclave vai chutá-la de qualquer planeta que tentar tomar. Não poderá mais assumir nenhuma colônia. Estaremos encalacrados, e quando outra raça decidir tomar um de nossos mundos, quem vai impedi-la? O Conclave não protegerá raças que não participarem. Devagar, mas com certeza, seremos reduzidos a um único mundo de novo. Se é que vamos ficar com ele.

– A menos que tenhamos uma guerra – concluiu Jared, sem esconder seu ceticismo.

– Exatamente – confirmou Boutin. – O problema não é a humanidade. É a União Colonial. Precisamos nos livrar da União Colonial, substituí-la por um governo que realmente ajude seu povo em vez de apenas usá-lo e mantê-lo ignorante em benefício próprio e que nos una ao Conclave para conseguir uma parcela razoável de novos mundos coloniais.

– Com você no comando, suponho.

– Até as coisas ficarem organizadas, sim.

– Menos os mundos que os Rraeys e os Eneshanos, seus aliados nesta aventura, tomarem para si.

– Os Rraeys e os Eneshanos não vão lutar de graça.

– E os Obins ficam com a Terra.

– Isso é para mim. Pedido pessoal.

– Nada mau.

– Você continua a subestimar o quanto os Obins querem consciência – disse Boutin.

— Eu gostava mais quando pensava que você estava tentando se vingar por Zoë – disse Jared.

Boutin deu um passo para trás, como se tivesse tomado uma bofetada. Em seguida, se aproximou.

— Você sabe o que a ideia de ter perdido Zoë fez comigo – chiou Boutin. – Você *sabe*. Mas me deixe contar uma coisa que você parece não saber. Depois que tomamos Coral dos Rraeys, o gabinete de Inteligência Militar das FCD previu que os Rraeys fariam um contra-ataque e montaram uma lista com os cinco alvos mais prováveis. Omagh e a Estação Covell estavam no topo dessa lista. E sabe o que as FCD fizeram?

— Não.

— Porra nenhuma – Boutin cuspiu as palavras. – E o motivo foi que as FCD estavam desfalcadas depois de Coral, e algum general decidiu que realmente queria tomar um mundo colonial dos Robus. Em outras palavras, era mais importante ir atrás de um território novo do que defender o que já tínhamos. Eles *sabiam* que o ataque estava vindo e não fizeram nada. E até os Obins entrarem em contato comigo, tudo o que eu sabia era que minha filha havia morrido porque a União Colonial não fez o que deveria: manter a salvo a vida daqueles que estavam sob sua proteção. Manter minha filha a salvo. Acredite em mim, Dirac. Isso tem *tudo* a ver com Zoë.

— E se sua guerra não terminar do jeito que você quer? – perguntou Jared baixinho. – Os Obins ainda vão querer sua consciência, e eles não têm nada para dar em troca.

Boutin sorriu.

— Está fazendo alusão ao fato de que efetivamente perdemos os Rraeys e os Eneshanos como aliados – disse. Jared tentou esconder sua surpresa, mas não conseguiu. – Sim, claro que sabemos. E tenho que admitir que isso me preocupou por um tempo. Mas agora temos uma coisa que nos põe de volta nos trilhos e permite que os Obins enfrentem a União Colonial sozinhos.

— Não acho que vá me contar o que é — disse Jared.

— Vou ficar feliz em contar — disse Boutin. — É você.

Sagan tateou o solo, procurando algo com o que lutar. Envolveu os dedos em algo que parecia sólido e puxou. Era um torrão de terra.

*Ai, caralho*, pensou, se ergueu num salto e atirou-o contra o flutuador quando esse passou. O torrão bateu na cabeça do segundo Obin, sentado atrás do primeiro. Ele se desequilibrou, surpreso, e caiu do assento, tombando no chão.

Sagan correu do lugar onde estava na grama e, em um instante, estava em cima do Obin. A criatura, zonza, tentou erguer sua arma para Sagan, que se esquivou, puxou-a da mão do Obin e bateu nele com a arma. O Obin berrou e ficou caído.

A distância, o flutuador estava virando e buscava passar por cima de Sagan. Ela examinou a arma na mão, tentando ver se conseguia entender aquela coisa antes de o flutuador voltar, e decidiu não perder tempo. Agarrou o Obin, deu uma pancada no pescoço para mantê-lo dominado e revistou-o em busca de uma arma branca. Encontrou algo parecido com uma faca de combate pendurada na cintura. Sua forma e peso eram estranhos para a mão humana, mas não havia nada que ela pudesse fazer naquele momento.

O flutuador havia se virado completamente e estava avançando contra Sagan, que podia ver o cano da arma do veículo girando para disparar. Sagan se abaixou e, com a faca ainda na mão, agarrou o Obin caído e, com um grunhido, levantou-o no caminho do flutuador e de sua arma. O Obin sacudiu quando os dardos penetraram sua carne. Sagan, coberta pelo Obin sacolejante, desviou, mantendo-se o mais perto que ousava ficar do veículo, e lançou a faca quando o outro Obin apareceu. Sentiu uma torção no braço e caiu com tudo no chão quando a faca acertou o corpo do Obin. Ficou caída, zonza e cheia de dor por vários minutos.

Quando finalmente se levantou, viu o flutuador caído a uns 100 metros de distância. O Obin ainda estava sentado nele, e a cabeça estava pendurada no pescoço apenas por um pedaço de pele. Sagan puxou o Obin do flutuador e tirou as armas e suprimentos. Em seguida, limpou o sangue do Obin do veículo o máximo que pôde e levou alguns minutos para aprender como a máquina funcionava. Então, manobrou o veículo e voou até a cerca. O flutuador passou sobre os canhões facilmente; Sagan pousou fora do perímetro de tiro, diante de Harvey e Seaborg.

– Você está horrível – disse Harvey.

– Eu me sinto horrível – comentou Sagan. – Agora, vocês gostariam de uma carona para fora daqui ou querem ficar de conversinha?

– Depende – respondeu Harvey. – Aonde vamos?

– Tínhamos uma missão – disse Sagan. – Acho que deveríamos terminá-la.

– Claro. Nós três, sem armas, atacando no mínimo várias dezenas de soldados Obins em uma estação científica – disse Harvey.

Sagan ergueu a arma obin e entregou-a a Harvey.

– Agora você tem uma arma – disse. – Tudo que precisa fazer é aprender a usá-la.

– Maravilha – disse Harvey, pegando a arma.

– Quanto tempo acha que leva até os Obins perceberem que um de seus flutuadores sumiu? – perguntou Seaborg.

– Quase nenhum – respondeu Sagan. – Venham. É hora de irmos.

– Parece que sua gravação terminou – Boutin disse a Jared, e então se virou para a tela de sua mesa. Jared soube antes de Boutin, pois o beliscão de pinça na cabeça havia parado momentos antes.

– Como assim eu sou a coisa que botou vocês de volta aos trilhos contra a União Colonial?

– Por que não? – perguntou Boutin. – Você não tem interesse em salvar a raça humana de uma lenta asfixia?

– Digamos que sua apresentação não me deixou totalmente convencido – respondeu Jared.

Boutin deu de ombros.

– Acontece. Claro, você sendo eu, ou meu fac-símile, eu esperava que você mudasse de ideia para o meu jeito de pensar. Mas, no fim das contas, não importa o quanto das minhas lembranças ou cacoetes pessoais você possa ter, é outra pessoa, não é? Ou ainda é, de qualquer forma.

– Como assim? – quis saber Jared.

– Vou chegar lá – disse Boutin. – Mas vou te contar uma história antes. Ela vai esclarecer as coisas. Muitos anos atrás, os Obins e uma raça chamada Ala entraram em uma escaramuça por algum território. Aparentemente, os Alas e os Obins eram militarmente semelhantes, mas o exército ala era feito de clones. Ou seja, ficaram todos suscetíveis à mesma arma genética, um vírus que os Obins projetaram para ficar adormecido por um tempo, o suficiente para ser transmitido, e depois dissolver a carne dos coitados dos Alas que tivessem sido infectados. O exército ala foi dizimado, e assim os Alas também foram.

– Que história adorável – comentou Jared.

– Espere, porque vai melhorar – disse Boutin. – Não faz muito tempo, pensei em fazer algo assim com as FCD. Mas fazer isso é mais complicado do que parece. Primeiro, os corpos militares das FCD são quase totalmente imunes a doenças, pois o SmartBlood simplesmente não tolera patógenos. E, claro, nenhum dos corpos das FCD ou das Forças Especiais é realmente clonado, então, mesmo se eu conseguisse infectá-los, não reagiriam todos da mesma maneira. Por outro lado, percebi que havia uma coisa em cada corpo das FCD que era exatamente a mesma. Uma coisa que eu conhecia intimamente.

– O BrainPal – disse Jared.

– O BrainPal – repetiu Boutin. – E para ele eu poderia criar um vírus bomba-relógio próprio, um que se incorporaria ao BrainPal, se replicaria todas as vezes que um membro das FCD se comunicasse com outro, mas ficaria adormecido até uma data e horário da minha escolha. Então, faria com que todo e qualquer sistema corporal regulado pelo BrainPal se descontrolasse. Todo mundo que tivesse um BrainPal instantaneamente morreria, e todos os mundos humanos se abririam para a conquista. Rápido, fácil, indolor. Mas tem um problema. Não tenho como instalar o vírus. Meu *backdoor* era apenas para diagnóstico. Consigo ler e encerrar determinados sistemas, mas não foi projetado para fazer um upload de código. Para fazer um upload de código, eu precisaria que alguém o aceitasse e agisse como hospedeiro. Então, os Obins estavam procurando voluntários.

– As naves das Forças Especiais – concluiu Jared.

– Imaginamos que as Forças Especiais seriam mais vulneráveis se o BrainPal fosse desconectado. Vocês nunca ficaram sem ele, enquanto as FCD regulares ainda conseguem funcionar sem. Uma hipótese correta. Vocês acabam se recuperando, mas o choque inicial nos dava muito tempo para trabalhar. Nós os trouxemos até aqui e tentamos convencê-los de serem os portadores. Primeiro pedimos, depois insistimos. Ninguém cedeu. Isso que é disciplina.

– Onde estão agora? – perguntou Jared.

– Mortos – respondeu Boutin. – A insistência dos Obins é bastante rigorosa. Eu preciso corrigir isso. Alguns deles sobreviveram, e eu os tenho usado para estudos de consciência. Estão vivos, do mesmo jeito que um cérebro num jarro está.

Jared ficou enjoado.

– Vai se foder, Boutin.

– Eles deviam ter se voluntariado – disse Boutin.

– Fico feliz que tenham decepcionado você. Vou fazer o mesmo.

– Não acho. O que torna você diferente, Dirac, é que nenhum deles já tinha meu cérebro e minha consciência. E *você* tem.

– Mesmo assim, eu não sou você. Você mesmo disse isso.

– Disse que você é outra pessoa... ainda – disse Boutin. – Acho que você não sabe o que aconteceria com você se eu transferisse a consciência que está aqui – Boutin deu um tapinha na têmpora – e a enfiasse na sua cabeça, não é?

Jared lembrou-se da conversa com Cainen e Harry Wilson, quando sugeriram sobrepor a consciência gravada de Boutin à dele, e sentiu um arrepio.

– Vai apagar a consciência que já está aqui.

– Isso.

– Você vai me matar.

– Ora, vou – disse Boutin. – Mas eu fiz uma gravação de sua consciência, porque preciso afinar com a minha. Tem tudo que você foi até cinco minutos atrás. Então, apenas a maior parte de você vai estar morta.

– Seu filho de uma puta – disse Jared.

– E quando eu fizer o upload da minha consciência para o seu corpo, ele vai servir de portador para o vírus. Não vai me afetar, claro. Mas todos os demais vão recebê-lo com força total. Então, eu vou mandar atirarem em seus colegas de esquadrão, e daí Zoë e eu voltaremos ao espaço da União Colonial naquela cápsula de captura que vocês forneceram com tanta consideração. Vou dizer a eles que Charles Boutin está morto, e os Obins vão ficar quietos até o vírus despertar. Em seguida, vão atacar e forçar a União Colonial a se render. E, desse jeito, você e eu teremos salvado a humanidade.

– Não me inclua nessa – disse Jared. – Não tenho nada a ver com isso.

– Não tem? – disse Boutin, achando graça. – Olha só, Dirac. A União Colonial não vai me ver como o instrumento de seu fim. Eu já vou estar morto. Eles vão ver você, e apenas você. Ah, você fará parte disso sim, meu amigo. Não tem escolha.

14\_

– Quanto mais eu penso neste plano, menos eu gosto dele – disse Harvey a Sagan. Eles e Seaborg estavam agachados às margens da floresta que ladeava a estação científica.

– Tente não pensar tanto – disse Sagan.

– Deveria ser fácil para você, Harvey – disse Seaborg. Estava tentando melhorar o humor, mas fracassou.

Sagan olhou para a perna de Seaborg.

– Vai conseguir? – perguntou ela. – Está mancando mais que antes.

– Vou ficar bem – disse Seaborg. – Não vou ficar sentado aqui como um bunda mole enquanto vocês dois estão concluindo a missão.

– Não estou dizendo isso – Sagan comentou. – Estou dizendo que você e Harvey poderiam trocar os papéis.

– Estou bem – insistiu Seaborg. – E, de qualquer forma, Harvey me mataria se eu tomasse o papel dele.

– Com certeza – disse Harvey. – É nessa merda que eu sou bom.

– Minha perna dói, mas consigo andar e correr – disse Seaborg. – Vou ficar bem. Mas não vamos mais ficar aqui sentados, falando sobre isso. Minha perna vai ficar dormente.

Sagan assentiu com a cabeça e voltou a olhar a estação científica, que era uma série modesta de prédios. Na ponta norte do complexo ficava a caserna dos Obins, que era estranhamente compacta – eles não queriam ou não precisavam de privacidade. Como os humanos, os Obins se reuniam nas refeições; muitos deles estariam na cantina, ao lado da caserna. O trabalho de Harvey era criar uma distração lá e chamar atenção para si, levando os Obins em outras partes da estação atrás dele.

Na ponta sul do complexo ficava o gerador e regulador de energia, abrigado em um prédio grande em forma de barracão. Os Obins usavam o que essencialmente eram imensas baterias, que se carregavam constantemente por moinhos localizados a certa distância da estação. O trabalho de Seaborg era cortar a energia de alguma forma. Teria que trabalhar com o que encontrasse para fazer isso acontecer.

Entre os dois ficava a estação científica. Depois que a energia fosse cortada, Sagan entraria, encontraria Boutin e o sequestraria, deixando-o inconsciente se precisasse para levá-lo até a cápsula de captura. Se encontrasse Dirac, precisaria definir rapidamente se era útil ou se havia se tornado um traidor como seu progenitor. Se fosse este último, teria que matá-lo de forma limpa e rápida.

Sagan suspeitava que teria de matar Dirac de qualquer maneira; não achava que teria tempo de decidir se ele era confiável ou não, e não tinha a atualização do BrainPal para ler os pensamentos dele sobre a questão. Sagan se permitiu por um momento enxergar apaticamente o humor na situação, pois sua capacidade de leitura da mente, tão secreta e sigilosa, também estava totalmente inutilizada para ela quando realmente precisava. Sagan não queria ter de matar Dirac, mas não via muitas outras opções nesse sentido. *Talvez ele já esteja morto*, pensou Sagan. *Isso me pouparia do problema.*

Sagan deixou o pensamento de lado. Não gostava do que aquela linha específica de pensamento dizia sobre ela. Se preocuparia com Dirac quando e se ele aparecesse. Nesse meio-tempo, os três tinham outras coisas com que se preocupar. No fim das contas, o que realmente importava era levar Boutin até a cápsula de captura.

*Temos uma vantagem*, pensou Sagan. *Nenhum de nós espera sobreviver. Isso nos dá opções.*

— Estamos prontos? – perguntou Sagan.

— Estamos prontos – repetiu Seaborg.

— Prontos pra caralho – disse Harvey.

— Mãos à obra, então – disse Sagan. – Harvey, vá em frente.

Jared acordou de um cochilo e encontrou Zoë olhando para ele. Ele sorriu.

— Olá, Zoë – ele disse.

— Olá – disse Zoë, franzindo a testa. – Esqueci seu nome.

— Sou Jared.

— Ah, é – disse Zoë. – Olá, senhor Jared.

— Olá, querida – disse Jared, que, novamente, achou difícil manter a voz controlada. Olhou para o bicho de pelúcia que Zoë carregava. – Essa é Celeste, a elefanta? – perguntou ele.

Zoë concordou com a cabeça e ergueu o bichinho para ele olhar.

— U-hum – disse ela. – Eu tinha um Babar, mas perdi. Conhece o Babar?

— Conheço. Eu me lembro de ver seu Babar também.

— Sinto falta do meu Babar – disse Zoë bem baixinho, mas depois se animou. – Mas o papai me trouxe a Celeste quando voltou.

– Quanto tempo ele ficou longe? – perguntou Jared.

Zoë deu de ombros.

– Muito tempo – respondeu. – Disse que precisou fazer umas coisas antes. Mas disse que mandou os Obins para me proteger e cuidar de mim.

– E eles cuidaram?

– Acho que sim – ela disse. Deu de ombros e falou baixo. – Não gosto dos Obins. Eles são chatos.

– Percebi – disse Jared. – Sinto muito por você e seu pai terem ficado tanto tempo longe um do outro, Zoë. Sei que ele te ama muito.

– Eu sei – disse ela. – Eu também amo ele. Amo papai e mamãe e todos os avós que não conheci e meus amigos de Covell também. Sinto falta deles. Acha que eles sentem minha falta?

– Com certeza. – Jared evitou pensar no que aconteceu com os amigos da garota. Olhou de novo para Zoë e viu que ela fazia biquinho. – O que foi, meu amor?

– Meu pai disse que tenho que voltar para Fênix com você – respondeu Zoë. – Disse que você vai ficar comigo para ele poder terminar um trabalho aqui.

– Seu pai e eu conversamos sobre isso – disse Jared, com cuidado. – Não quer voltar?

– Quero voltar com meu pai – ela disse, queixosa. – Não quero que ele fique aqui.

– Ele não vai ficar muito tempo. Só que a nave que trouxemos aqui para levar você para casa é muito pequena, e só vai ter espaço para você e para mim.

– *Você* poderia ficar – disse Zoë.

Jared riu.

– Eu queria, meu amor. Mas nós vamos nos divertir enquanto esperamos seu pai, prometo. Tem algo que você gostaria de fazer quando a gente chegar à Estação Fênix?

– Quero comprar um *doce* – disse Zoë. – Eles não têm doces aqui. Meu pai diz que os Obins não fazem doces. Mas tentaram fazer para mim uma vez.

– E como era?

– Muito *ruim* – disse Zoë. – Eu queria quebra-queixo, bala de caramelo, pirulito e jujubas. Eu gosto das pretas.

– Eu sei – disse Jared. – Da primeira vez que te vi, você estava comendo jujubas pretas.

– Quando? – perguntou Zoë.

– Faz muito tempo, querida – respondeu Jared. – Mas lembro como se fosse ontem. E quando voltarmos, você vai poder comer o doce que quiser.

– Mas não muito – disse Zoë. – Senão meu estômago vai doer.

– Isso mesmo. E não podemos deixar isso acontecer. Nada de dor de estômago.

Zoë sorriu para Jared e partiu seu coração.

– Você é bobo, senhor Jared – disse ela.

– Ora – disse Jared, sorrindo de volta. – Eu me esforço.

– Tudo bem, preciso ir – disse Zoë. – Meu pai está cochilando. Ele não sabe que estou aqui. Vou lá acordar ele porque estou com fome.

– Vá sim, Zoë. Obrigado pela visita. Estou muito feliz que tenha vindo.

– Está bem – disse a garota, que se virou e acenou para ele enquanto caminhava. – Tchau, senhor Jared! Até mais tarde.

– Até mais tarde – disse Jared, sabendo que não haveria mais tarde.

– Eu te amo! – disse Zoë, do jeito casual que crianças dizem.

– Eu também te amo – sussurrou Jared, como faz um pai. Esperou até ouvir a porta se fechar no corredor ao lado antes de soltar a respiração entrecortada que estava segurando.

Jared fitou o laboratório, revoando os olhos sobre o console que Boutin havia trazido para operar a transferência de consciência, e pairou no segundo receptáculo que Boutin trouxera, aquele no qual se deitaria antes de enviar a consciência para o corpo de Jared, dizimando a existência do soldado como se ele apenas estivesse guardando lugar, tivesse sido posto ali para preencher o vazio até o verdadeiro dono do corpo tomar posse.

Por outro lado, pensou Jared, não era esse mesmo o caso? *Era* Boutin que devia estar naquele corpo. Por isso que ele foi criado. Jared passou a existir somente porque a consciência de Boutin se recusou a se fixar no início. Precisou ser atraída para compartilhar o espaço mental que Jared criou como cuidador. E agora, ironia das ironias, Boutin queria tudo, queria eliminar Jared por completo. *Desgraça*, pensou Jared, enlouquecido. *Acabei de ajustar esse cérebro do jeito que eu gosto!* Gargalhou, e a gargalhada parecia trêmula e estranha a seus ouvidos. Tentou se acalmar, entrando em um estado mais racional a cada respiração.

Jared ouviu Boutin na cabeça, descrevendo os crimes da União Colonial, e ouviu a voz de Cainen, em quem confiava mais para ser honesto sobre essas questões, ecoando os sentimentos. Olhou para seu passado como membro das Forças Especiais e as coisas que tinha feito para supostamente tornar o universo "seguro para a humanidade". A União Colonial *dominava* cada linha de comunicação, direcionava cada sequência de ações, mantinha cada aspecto da humanidade sob controle estrito e lutava com quase toda raça que conhecia com ferocidade persistente.

Se o universo *fosse* tão hostil como dizia a União Colonial, talvez esse nível de controle fosse justificado para o imperativo racial abrangente de manter território e garantir espaço para os seres humanos no universo. Mas se não fosse... se o que abastecesse as constantes guerras da União Colonial não fosse a concorrência de fora, mas a paranoia e a xenofobia de dentro... então Jared sabia que ele e todo mundo que conhecia dentro das Forças Especiais e fora dela poderiam ter, de um jeito ou de outro, levado a humanidade a uma morte lenta da qual Boutin assegurava não fazer parte. Ele teria escolhido rejeitar essa luta.

*Mas*, pensou Jared, *Boutin não é confiável*. Boutin rotulava a União Colonial de perversa, mas também escolheu fazer coisas perversas. Fez com que três raças diferentes – duas com problemas de longa data – se unissem para atacar a União Colonial, expondo bilhões de seres humanos e bilhões de outras criaturas inteligentes à ameaça da guerra. Havia feito experimentos em soldados das Forças Especiais e matado vários deles. Estava planejando matar todos os membros das Forças Especiais e todos os soldados das FCD com seu vírus de BrainPal, algo semelhante a um genocídio, considerando a quantidade e a composição única das FCD. E ao matar as FCD, Boutin deixaria as colônias e a Terra indefesas contra qualquer raça que escolhesse reivindicar uma das colônias. Os Obins não poderiam impedir a corrida por território de outras raças – e provavelmente não impediriam, mesmo se pudessem. A recompensa para os Obins não era território, mas consciência.

Os colonos desprotegidos estariam condenados, percebeu Jared. Suas colônias seriam destruídas e não haveria para onde ir. Não era da natureza das raças naquela parte da galáxia compartilharem seus mundos. A Terra com seus bilhões talvez sobrevivesse; seria difícil despachar bilhões de seres humanos sem luta. Quanto mais esparsa a população e menos ecologicamente problemáticos os planetas-colônias fossem, mais atraentes ficavam. Mas se alguém decidisse atacar a Terra, e a Terra realmente vinha sendo mantida atrasada pela União Colonial segundo seus objetivos, o planeta não seria capaz de se defender totalmente. Sobreviveria, mas o dano seria imenso.

*Boutin não enxerga isso?*, Jared se perguntou. Talvez enxergasse, mas optou por acreditar que não aconteceria dessa forma. Talvez simplesmente nunca tivesse considerado as consequências de seus atos. Quando os Obins o contataram, talvez Boutin tivesse enxergado apenas um povo tão desesperado pelo que ele podia lhes dar que faria de tudo para consegui-lo. Talvez Boutin tivesse pedido a Lua e nem pensou no que faria com ela assim que a tivesse. Talvez Boutin nem tivesse pensado que os Obin realmente, verdadeiramente lhe dariam a guerra que pediu.

Emaranhado a tudo isso, Jared sentiu uma preocupação nauseante por Zoë: o que aconteceria com ela se Boutin falhasse ou fosse morto; o que aconteceria com ela se fosse bem-sucedido? Jared sentiu culpa por se preocupar com uma criancinha quando bilhões de vidas seriam alteradas ou exterminadas, mas não conseguiu evitar. Acima de tudo, procurava uma alternativa em que Zoë sobreviveria.

Jared sentiu-se devastado com as escolhas que precisava fazer e desapontado com as informações que tinha para fazê-las, e totalmente aturdido pelo pouco que seria capaz de fazer. Sentiu que provavelmente era a última pessoa no mundo que deveria estar se debatendo com tudo isso. Mas não havia nada a ser feito naquele instante. Fechou os olhos e considerou suas opções.

Uma hora mais tarde, Jared abriu os olhos quando Boutin entrou pela porta, seguido por um Obin.

– Está acordado – disse Boutin.

– Estou – confirmou Jared.

– Chegou a hora de fazer a transferência – informou Boutin. – Programei o procedimento e fiz simulações; parece que tudo vai correr com perfeição. Não há motivo para postergar mais.

– Longe de mim impedi-lo de me matar – disse Jared casualmente.

Boutin parou; Jared viu que mencionar sua morte prematura perturbou Boutin. Ótimo, pensou.

– Sobre isso – disse Boutin. – Antes de fazermos a transferência, posso rodar uma diretiva que fará você dormir, se quiser. Não sentiria nada. Estou oferecendo isso a você. Se quiser.

– Você parece não querer.

– Deixa a transferência mais difícil, pelo que pude ver nas simulações – disse Boutin. – A transferência será mais segura se você também estiver consciente.

– Bem, sem dúvida vou ficar acordado – disse Jared. – Não quero dificultar ainda mais para você.

– Olha só, Dirac – disse Boutin. – Não é nada pessoal. Você precisa entender que é uma maneira de fazer tudo isso acontecer de forma rápida e indolor, com o mínimo de derramamento de sangue de todos os lados. Lamento que você precise morrer, mas a alternativa representa muito mais mortes.

– Assassinar todo soldado das Forças Coloniais de Defesa com seu vírus não me parece ser o mínimo de derramamento de sangue – comentou Jared.

Boutin virou-se e disse ao Obin para iniciar os preparativos; o Obin foi até o console e começou a trabalhar.

– Diga uma coisa – Jared disse. – Depois de matar todas as FCD, quem vai proteger as colônias humanas? Não terão mais quem as defenda. Vai ter matado todo mundo.

– Os Obins vão protegê-los por um tempo – disse Boutin. – Até criarmos uma nova força de defesa.

– Tem certeza? – perguntou Jared. – Assim que você lhes der consciência, por que precisariam fazer mais alguma coisa por você? Ou você planeja privá-los de consciência até eles cumprirem sua *próxima* exigência?

Boutin deu uma olhada para o Obin na sala e depois encarou Jared.

– Não vou *privar* ninguém de nada – disse ele. – Vão fazer porque concordaram em fazer.

– Está disposto a arriscar a vida de Zoë nisso? – perguntou Jared. – Porque é o que você está fazendo.

– Não queira me dar sermões sobre a *minha* filha – Boutin cuspiu as palavras em Jared e se afastou. Jared sentiu um arrepio triste, pensando nas escolhas que estava fazendo.

O Obin assentiu com a cabeça para Boutin; havia chegado a hora. Boutin olhou para Jared mais uma vez.

– Mais alguma coisa que queira dizer antes de começarmos? – perguntou a Jared.

– Acho que vou guardar para mais tarde – respondeu Jared.

Boutin abriu a boca para perguntar o que aquilo significava, mas antes que pudesse, um ruído irrompeu do lado de fora da estação. Parecia uma arma muito grande sendo disparada muito rapidamente.

Harvey vivia para merdas desse tipo.

Sua principal preocupação quando se aproximaram da estação científica foi que a tenente Sagan faria uma de suas costumeiras abordagens pensadas, metódicas, um tanto sorrateiras, que exigiria dele andar na ponta dos pés como um espião idiota ou algo assim. Odiava essas porcarias. Harvey sabia quem era e no que era bom: era um filho da puta barulhento e era bom em derrubar e explodir as coisas. Em seus poucos momentos introspectivos, Harvey imaginava se seu progenitor, o cara a partir de quem a maior parte dele havia sido feita, teria sido alguém realmente antissocial, como um piromaníaco ou um profissional de luta livre, ou talvez tivesse pegado uns anos de cana por agressão. Seja lá quem ou o que tivesse sido, Harvey ficaria feliz em lhe dar um beijão na boca. Estava totalmente em paz com sua natureza íntima, de um jeito que monges zen-budistas ficavam apenas em sonho. E assim, quando Sagan lhe disse que sua tarefa era chamar atenção para si para que ela e Seaborg pudessem fazer sua parte, Harvey fez até uma dancinha por dentro. Definitivamente, poderia chamar atenção para si.

A questão era: como?

Harvey não era especialmente introspectivo, mas não significava que fosse idiota. Tinha uma moral própria, entendia o valor da sutileza, mesmo que não tivesse muita, e um dos motivos pelos quais conseguia se dar bem sendo barulhento e atrevido era por se ater bastante à estratégia e à logística. Se alguém desse uma tarefa para ele executar, fazia em geral do jeito mais entrópico possível, sim, mas também alcançava exatamente o objetivo proposto. Uma das luzes que guiava Harvey em termos de estratégia era a simplicidade. Em condições normais, Harvey preferia a sequência de ações que lhe permitisse entrar no meio das coisas e em seguida trabalhar duro. Quando questionado, Harvey chamava aquilo de Navalha de Occam aplicada ao combate: o jeito mais simples de detonar alguém em geral era o correto.

Foi essa filosofia que fez Harvey pegar o flutuador que Sagan havia roubado, montar nele e, depois de alguns momentos examinando as bases de navegação do veículo, partir feito um foguete até a porta da cantina obin. Quando se aproximou, a porta do corredor que dava na cantina se abriu para dentro; algum Obin partindo para suas obrigações após o jantar. Harvey abriu um sorriso maluco, acelerou o flutuador e brecou o suficiente (assim esperava) para empurrar a porra do alienígena de volta ao prédio.

Funcionou perfeitamente. O Obin teve tempo para um grasnado surpreso antes que a arma do flutuador batesse no meio do peito, lançando-o para trás como um brinquedo de corda pelo corredor quase inteiro. Os outros Obins no salão ergueram os olhos enquanto a vítima de Harvey girava no chão, em seguida voltaram os olhos múltiplos para a porta, Harvey e o flutuador com sua grande arma apontando para dentro do salão.

– E aí, rapazes! – disse Harvey, alto e retumbante. – O 2º Pelotão manda lembranças!

E com isso, apertou o botão "disparar" da arma e a fez funcionar.

As coisas ficaram realmente bagunçadas depois disso. Porra, foi simplesmente lindo.

Harvey amava seu trabalho.

Do outro lado do complexo, Seaborg ouviu Harvey começar seu trabalho feliz e teve um calafrio involuntário. Não que Seaborg não gostasse de Harvey, mas depois de alguns combates com o 2º Pelotão tinha a sensação de que, quem não apreciasse coisas explodindo desnecessariamente ao redor, deveria ficar bem longe de Daniel Harvey.

Os estouros e as pancadas fizeram seu trabalho com perfeição – os soldados Obins no gerador abandonaram seus postos para ajudar aqueles que estavam sendo animadamente massacrados do outro lado do complexo. Seaborg correu como podia até os geradores, encolhendo-se de dor pelo caminho, e se surpreendeu com o que achou que eram alguns cientistas quando passou pela porta. Seaborg atirou em um deles com uma daquelas armas obins estranhas, e depois deu uma pancada no pescoço do outro. A manobra foi mais perturbadora do que Seaborg esperava; sentiu os ossos ou fosse lá o que havia ali ceder com o golpe. Diferente de Harvey, a violência não era tão natural assim para Seaborg; nada era muito natural para Seaborg. Era algo que sentia desde o início e escondia exagerando no sentido oposto; por isso muitos dos membros de seu esquadrão de treinamento pensavam que era um babaca. Havia mudado – alguém poderia tê-lo empurrado de um penhasco se não mudasse –, mas nunca mudou a ideia de que, no fundo, as Forças Especiais não eram um bom lugar para ele.

Seaborg foi para a sala ao lado, que ocupava a maior parte do barracão e que abrigava duas formas gigantescas que ele supôs serem as baterias que precisava destruir. A distração de Harvey funcionaria apenas enquanto Daniel conseguisse se manter vivo, e Seaborg duvidava que fosse conseguir por muito tempo. Seaborg procurou controles ou painéis na sala que pudessem ajudá-lo ou ao menos dar alguma indicação de como poderia cortar a energia. Não viu nada; todos os painéis e controles ficavam na sala onde havia deixado dois Obins mortos. Seaborg imaginou por um momento se deveria ter deixado um deles vivo e tentado convencê-lo a derrubar a estação de energia, mas duvidava que teria tido muito sucesso.

– Caralho – disse Seaborg em voz alta, frustrado, e por falta de qualquer coisa melhor na mente, ergueu a arma obin e atirou em uma das baterias. O projétil penetrou na capa de metal do imenso objeto e por um momento levantou fagulhas. Depois, Seaborg ouviu um zumbido agudo e alto, como ar assobiando por um buraco muito pequeno. Olhou para onde havia acertado – um jorro de alta pressão de algum gás verde estava sendo cuspido. Seaborg olhou para ele.

*Foda-se*, pensou Seaborg, erguendo a arma e mirando no buraco do qual emanava o jorro. *Vamos ver se essa merda é inflamável.*

Era.

O gerador de energia explodiu e fez Jane Sagan cair de bunda e a cegou por uns bons três segundos; ela recuperou a visão a tempo de ver grandes pedaços da sala do gerador voarem pelo céu em sua direção. Sagan afastou-se o suficiente para evitar os escombros e instintivamente verificou a integração para ver se, por milagre, Seaborg havia conseguido sobreviver. Não haveria nada lá, claro. Ninguém sobrevive a uma explosão como aquela. Mas conseguiu sentir Harvey, e o choque que por um momento interrompeu sua orgia de violência. Sagan voltou a atenção para a estação científica, com janelas estilhaçadas e partes incendiando, e levou vários segundos para formular um plano antes de perceber que *tinha* integração de novo. A derrubada da energia de alguma forma havia trazido o BrainPal de volta.

Sagan levou dois segundos inteiros e inadequados se deleitando com o retorno da integração e do BrainPal antes de se perguntar se ainda estava integrada com alguém.

O estouro jogou Boutin e o Obin no chão; Jared sentiu o receptáculo sacudir violentamente. O aparelho conseguiu ficar em pé, bem como o segundo receptáculo. As luzes se apagaram e foram substituídas um segundo depois pelo brilho verde e suave das luzes de emergência. O Obin levantou-se e foi até a parede para ativar o gerador substituto do laboratório. Boutin se ergueu, gritou o nome de Zoë e correu para fora da sala. Jared observou o homem sair com o coração na boca.

*[Dirac]*, disse Jane Sagan. *[Responda]* A integração invadiu Jared como uma luz dourada.

*[Estou aqui]*, disse Jared.

*[Boutin ainda está vivo?]*, perguntou ela.

*[Sim]*, respondeu Jared. *[Mas ele não é mais o alvo da missão]*

*[Não estou entendendo]*, disse Sagan.

*[Jane]*, disse Jared, usando o primeiro nome de Sagan pela primeira vez, pelo que ele conseguia lembrar. *[Zoë está viva. Zoë está aqui. A filha dele. Você precisa encontrá-la. Precisa levá-la daqui o mais rápido que puder]*

Houve uma hesitação infinitesimal de Sagan.

*[Você precisa me contar tudo, agora]*, disse Sagan. *[E é melhor se apressar]*

O mais rápido que pôde, Jared despejou tudo que soube de Boutin para Sagan, inclusive os registros das conversas que começou a criar assim que Boutin restaurou a capacidade de seu BrainPal, na vã esperança de que alguém de seu esquadrão pudesse ter sobrevivido e encontrasse uma maneira de chegar até ele. Sagan não teria tempo de repassar todas as conversas, mas estavam lá, registradas.

*[Ainda deveríamos levar Boutin de volta]*, disse Sagan, depois que Jared terminou.

*[NÃO]* Jared enviou a palavra com o máximo de força possível. *[Enquanto ele estiver vivo, os Obins irão atrás dele. Ele é a chave para o que eles mais querem. Se vão entrar em guerra porque ele pediu, entrariam em guerra para recuperá-lo]*

*[Então, vou matá-lo]*, decidiu Sagan.

*[Pegue Zoë]*, disse Jared. *[Eu cuido de Boutin]*

*[Como?]*, perguntou Sagan.

*[Confie em mim]*, pediu Jared.

*[Dirac]*, começou Sagan.

*[Sei que não confia em mim]*, interrompeu Jared. *[E sei por que não confia. Mas também me lembro do que me disse uma vez, tenente. Me disse que, independentemente do que acontecesse, eu deveria lembrar que sou Jared Dirac. É o que estou dizendo agora, tenente. Sei quem sou. Sou Jared Dirac, das Forças Especiais da União Colonial, e meu trabalho é salvar a humanidade. Estou pedindo para confiar que farei meu trabalho]*

Uma pausa infinitamente longa. Do corredor, Jared ouviu Boutin voltando para o laboratório.

*[Faça seu trabalho, soldado]*, disse Sagan.

*[Farei]*, disse ele. *[Obrigado]*

*[Vou encontrar Zoë]*, informou Sagan.

*[Diga que é uma amiga do senhor Jared e que ele e o papai disseram que tudo bem ir com você]*, disse Jared. *[E não se esqueça do elefante de*

*pelúcia]* Jared enviou a informação de onde achava que Zoë estaria, no corredor do laboratório.

*[Pode deixar]*

*[Preciso interromper a integração com você agora]*, disse Jared. *[Adeus, tenente. Obrigado. Obrigado por tudo]*

*[Adeus, Jared]*, disse Sagan e, antes de interromper a integração, ela enviou uma onda de algo que parecia apoio. E então desapareceu.

Jared estava sozinho.

Boutin entrou de novo no laboratório e gritou com o Obin, que apertou alguns interruptores. As luzes voltaram no laboratório.

— Vamos logo — disse Boutin para o Obin. — Estamos sob ataque. Precisamos fazer isso agora. — Boutin olhou Jared por um instante. Jared sorriu, fechou os olhos e ouviu os sons do Obin digitando no painel, de Boutin abrindo o receptáculo e entrando nele, e do zumbido baixo do receptáculo de Jared sendo acionado para a transferência de consciência.

No fim da vida, Jared lamentava principalmente que ela tivesse sido tão curta. Apenas um ano. Mas, naquele ano, tantas pessoas e experiências. Jared caminhou com elas na mente e sentiu a presença delas uma última vez: Jane Sagan, Harry Wilson, Cainen. General Mattson e coronel Robbins. O 2º Pelotão e a proximidade compartilhada na integração. A estranheza do capitão Martin e dos Gameranos. As piadas que compartilhou com o tenente Cloud. Sarah Pauling, a sua amada e mais querida. E Zoë. Zoë, que viveria, mas somente se Sagan pudesse encontrá-la. E ela a encontraria.

*Não*, pensou Jared. *Sem lamentos. Nenhum. Por nada.*

Jared ouviu a batida suave quando o Obin iniciou a sequência de transferência. Ele se segurou o máximo que pôde. Então, se soltou.

Zoë gritou quando houve um imenso barulho que sacudiu seu quarto com tanta força que ela caiu da cama e sua TV despencou da parede. A babá veio ver se ela estava bem, mas Zoë a mandou embora. Não queria a babá, queria o papai, e em um minuto ele entrou pela porta, pegando-a nos braços e tranquilizando-a, dizendo que tudo ficaria bem. Em seguida, ele a deixou no chão e disse que, em alguns minutos, o sr. Jared viria para buscá-la, e ela teria que fazer o que o sr. Jared dissesse, mas por ora tinha de ficar no quarto com a babá, porque ali estaria segura.

Zoë chorou de novo por um minuto e disse para o pai que não queria que ele fosse embora, e ele disse que nunca a deixaria de novo. Não fazia sentido, pois o sr. Jared a buscaria em um minuto para levá--la dali, mas aquilo a deixava melhor, de qualquer jeito. Então, papai falou com a babá e saiu. A babá entrou na sala de estar e voltou segurando uma daquelas armas que os Obins usavam. Era estranho, porque, pelo que Zoë sabia, a babá nunca tinha usado uma arma antes. Não houve mais explosões, mas de vez em quando Zoë conseguia ouvir tiros, um pá pá pá em algum lugar lá fora. Zoë voltou para a cama, agarrou Celeste e esperou o sr. Jared.

A babá deu um berro e ergueu a arma para algo que Zoë não conseguia ver e, depois, correu porta afora. Zoë gritou e se escondeu embaixo da cama, chorando, lembrando como havia sido em Covell e imaginando se aquelas galinhas grandes viriam pegá-la de novo, como tinham feito lá. Ouviu alguns baques surdos na sala ao lado e depois um grito. Zoë tampou os ouvidos e fechou os olhos.

Quando abriu de novo, havia um par de pés na sala que se aproximaram da cama. Zoë cobriu a boca com a mão para ficar quieta, mas não conseguiu evitar alguns gemidos. Em seguida, os pés se transformaram em joelhos, mãos e braços, e daí uma cabeça de lado apareceu e disse algo. Zoë deu um gritinho e tentou sair de baixo da cama, agarrando Celeste, mas assim que ela apareceu, a mulher a agarrou e segurou. Zoë esperneou e gritou, e apenas depois de um tempo Zoë percebeu que a mulher estava dizendo seu nome sem parar.

— Tudo bem, Zoë — a mulher estava dizendo. — Tudo bem. Xiu... Xiu... Está tudo bem.

Zoë acabou parando de tentar se livrar e virou a cabeça.

— Onde está meu pai? — disse ela. — Onde está o senhor Jared?

— Os dois estão muito ocupados agora — disse a mulher, ainda segurando Zoë. — Eles me disseram para vir pegá-la e garantir que você ficasse bem. Sou a senhorita Jane.

— O papai disse que eu tinha que esperar aqui até o senhor Jared vir me buscar.

— Sei que disse — falou a senhorita Jane. — Mas, neste momento, eles têm coisas a fazer. Tem muita coisa acontecendo agora e por isso não vão vir buscá-la. Então, me mandaram aqui para proteger você.

— A babá me protege — disse Zoë.

— A babá foi chamada também — disse a srta. Jane. — Está muito ocupada agora.

— Eu ouvi uma coisa muito alta — comentou Zoë.

— Bem, é uma das coisas que está deixando todo mundo ocupado — disse a srta. Jane.

— Tudo bem — disse Zoë, desconfiada.

— Agora, Zoë — disse a srta. Jane. — O que eu quero é que você ponha os braços ao redor dos meus ombros e as pernas ao redor da minha cintura, segure em mim *bem* firme e mantenha os olhos fechados até eu dizer para abrir. Consegue fazer isso?

— U-hum — disse Zoë. — Mas como vou segurar Celeste?

— Bem, vamos deixá-la entre mim e você bem aqui — sugeriu a srta. Jane, colocando Celeste entre a barriga dela e a de Zoë.

— Ela vai ficar esmagada.

— Eu sei — disse a srta. Jane. — Mas vai ficar tudo bem. Está pronta?

— Estou.

— Então, feche os olhos e segure bem firme — pediu a srta. Jane, e Zoë obedeceu, mas quando saíram do quarto e entraram na sala de estar, os olhos de Zoë ainda não estavam fechados, e a menina viu o que parecia ser a babá dormindo no chão. Então, Zoë fechou os olhos de vez e esperou a srta. Jane dizer que ela podia abri-los de novo.

Os Obins que Sagan havia encontrado no prédio científico na maioria a evitaram, e ela achou que a especialização deles era mesmo a ciência, mas aqui e ali um deles tentava pará-la com uma arma ou atacá-la fisicamente. Os espaços eram muito estreitos para empunhar o rifle obin desajeitado e usá-lo com alguma precisão; Sagan preferiu a faca e a rapidez. Essa abordagem falhou quando o Obin que estava cuidando de Zoë quase arrancou sua cabeça; Sagan jogou a faca no Obin para distraí-lo e depois avançou sobre ele, lutando mano a mano. Sagan sabia que teve sorte quando, enquanto rolavam no chão, o Obin prendeu a perna em um móvel, o que deu tempo suficiente para a tenente sair das mãos do alienígena, subir nele e estrangular o bicho. Com Zoë recolhida e em seu colo, era hora de partir.

[*Harvey*], disse Sagan.

[*Tô meio ocupado agora*], ele disse. Por meio da integração, Sagan conseguiu vê-lo lutar para chegar a um novo flutuador; havia batido o anterior em um dirigível que estava tentando decolar e acabou com ele.

[*Peguei o alvo e preciso de ajuda. E de uma carona*]

[*Cinco minutos e terá os dois*], disse Harvey. [*Não me apresse*]

[*Estou apressando você, agora mesmo*], disse Sagan e interrompeu a conversa. O corredor diante do apartamento de Boutin tinha saídas para o norte, passando pelo laboratório de Boutin, e para o leste, levando a outras partes do edifício. O corredor do laboratório a levaria mais rápido até onde Harvey poderia pegá-la, mas Sagan não queria arriscar que Zoë visse o pai ou Jared quando passassem. Sagan suspirou, voltou ao apartamento e pegou a arma do Obin, sentindo seu peso estranho na mão. Era uma arma de duas mãos, e para mãos obins, não humanas. Sagan esperava que todos tivessem abandonado o prédio ou estivessem ocupados indo atrás de Harvey e ela não precisasse usá-la.

Precisou usá-la três vezes – a terceira para espancar um Obin quando a munição terminou. O Obin gritou. Zoë também, a cada vez que Sagan teve de usar a arma. Mas manteve os olhos fechados, como prometera.

Sagan chegou ao lugar por onde havia entrado no prédio: uma janela estourada no térreo de uma escadaria.

*[Onde você está?]*, perguntou a Harvey.

*[Acredite se puder, os Obins não estão muito a fim de me dar seus equipamentos]*, enviou Harvey. *[Pare de me encher. Estarei aí logo]*

– Ainda não estamos em segurança? – perguntou Zoë. A voz estava abafada, pois sua cabeça estava enterrada no pescoço de Sagan.

– Ainda não – disse Sagan. – Em breve, Zoë.

– Quero meu pai – disse a menina.

– Eu sei, Zoë. Xiu… xiu…

Dos andares acima, Sagan ouviu um movimento.

*Vamos, Harvey*, pensou ela. *Ande logo.*

Os Obins estavam realmente começando a deixar Harvey puto. Derrubar algumas dezenas deles na cantina foi uma experiência de satisfação única, com certeza – catártica, especialmente considerando como os desgraçados Obins mataram a maior parte do 2º Pelotão. E bater o pequeno flutuador no dirigível trouxe um prazer especial. Mas assim que Harvey teve que andar a pé, começou a perceber quantos daqueles malditos Obins ainda havia, e como era mais difícil lidar com eles quando se estava sem um veículo. E então havia Sagan – integrada de novo, o que era bom, mas dizendo para ele que precisava de uma carona. Como se ele não estivesse *ocupado*.

*Ela é a chefe*, disse a si mesmo. Estava bem difícil pegar um dos flutuadores estacionados; os Obins os haviam estacionado em um pátio com apenas uma entrada. Mas havia ao menos dois Obins por ali em seu encalço.

*E olhe*, pensou Harvey, quando um deles surgiu em sua visão, *ali vem um agora*. Harvey estava abaixado, tentando não ser percebido, mas nesse momento saiu para ficar onde pudesse ser visto e acenou com os braços estendidos.

– Ei! – gritou Harvey. – Cuzão! Vem me pegar, coisa medonha!

Ao ouvi-lo ou vê-lo se mover, o Obin que operava o flutuador virou-o para encarar Harvey. *Tudo bem. Agora, que eu faço, porra?*

A prioridade, assim percebeu, era se esquivar do jorro de dardos que saiu da arma do flutuador. Harvey rolou, terminando a cambalhota em pé, e alinhou sua arma alienígena para atirar no Obin, que agora recuava. O primeiro tiro de Harvey não passou nem perto; o segundo acertou a nuca do Obin.

*É por isso que você tem que usar capacete, babaca*, pensou Harvey, foi pegar seu prêmio e depois recolher Sagan. Pelo caminho, vários dos Obins a pé tentaram fazer com Harvey o que ele fizera com o Obin que dirigia o flutuador antes dele. Harvey preferia atropelá-los a atirar neles, mas não era seletivo.

*[A carona chegou]*, disse Harvey a Sagan, e então ficou mais que surpreso ao ver o que a tenente carregava. *[É uma criança]*

*[Eu sei disso]*, mandou Sagan, posicionando Zoë em segurança sobre o flutuador. *[Vá para a cápsula de captura o mais rápido que puder]*

Harvey pisou fundo e fugiu sem demora. Não parecia haver nenhuma perseguição imediata.

*[Pensei que tínhamos que levar Boutin de volta]*, disse Harvey.
*[Mudança de planos]*, comentou Sagan.
*[Onde está Boutin?]*, quis saber Harvey.
*[Dirac está cuidando dele]*, respondeu Sagan.
*[Dirac]*, disse Harvey, surpreso de novo. *[Pensei que estivesse morto]*
*[Tenho certeza de que está]*, afirmou Sagan.
*[Como ele vai cuidar de Boutin, então?]*, perguntou Harvey.
*[Não faço ideia]*, disse Sagan. *[Só sei que vai]*

Boutin abriu os olhos em um corpo novo em folha.
*Bem, não novo em folha*, corrigiu ele. *Seminovo, em bom estado.*

Seu assistente Obin abriu o receptáculo e ajudou-o a sair; Boutin deu alguns passos hesitantes e depois alguns já seguros. Ele olhou ao redor do laboratório e ficou fascinado em ver como estava mais vibrante e encantador; era como se seus sentidos estivessem em volume baixo a vida toda e de repente fossem aumentados até o máximo. Mesmo um laboratório científico ficava bonito.

Boutin olhou para o corpo antigo, cujo cérebro estava morto, mas ainda respirava; morreria sozinho em algumas horas ou em um dia, no máximo. Boutin usaria as capacidades desse novo corpo para registrar sua morte e depois levar a prova consigo até a cápsula de captura, junto com sua filha. *Se a cápsula ainda estiver lá*, corrigiu rapidamente. Estava claro que o esquadrão das Forças Especiais que haviam capturado tinha escapado de alguma forma. Um deles talvez tivesse levado a cápsula de volta. *Bem*, pensou Boutin, *tudo bem*. Ele já estava montando uma história alternativa na cabeça, uma em que ele – como Dirac – havia matado Boutin. Os Obins, que não teriam mais a consciência como recompensa, haviam interrompido a guerra e dado a Dirac permissão de partir com o corpo de Boutin e Zoë.

*Hummm, não é* muito *verossímil*, pensou Boutin. Precisava pensar melhor nos detalhes. No entanto, independentemente da história em que pensasse...

Boutin de repente se deu conta da pequena imagem flutuando no seu campo de visão. Era a imagem de um envelope.

**Você tem uma mensagem de Jared Dirac,** lia-se em um bloco de texto que apareceu na parte de baixo de seu campo de visão. **Para abrir, diga "abrir".**

– Abrir – disse Boutin em voz alta. Aquilo era curioso.

O envelope se abriu e depois desapareceu. Em vez de uma mensagem de texto, era uma mensagem de voz.

– Olá, Boutin – disse a mensagem, em uma voz simulada que soava como a de Dirac; soava como a *dele*, na verdade, corrigiu Boutin. – Vejo que seguiu adiante e tomou este corpo. Mas, antes de eu partir, pensei em deixar alguns pensamentos finais para você. Uma criatura sábia me disse certa vez que era importante fazer escolhas – continuou a voz. – Durante a maior parte da minha curta vida, eu não fiz escolha nenhuma, ou ao menos nenhuma escolha importante. Mas agora, no fim de minha vida, fico diante de uma escolha. Não posso escolher entre viver ou morrer, você fez essa escolha por mim. Mas quando me disse que eu não tinha escolha em ajudá-lo com seus planos, cometeu um erro. Eu tinha uma escolha e a fiz. Minha escolha é não ajudá-lo. Não posso julgar se a União Colonial é o melhor governo para a humanidade; não tive tempo para aprender tudo que deveria ter aprendido sobre ela. Mas escolho não arriscar a morte de milhões, ou mesmo bilhões, ajudando você a arquitetar sua derrubada. Talvez essa acabe sendo a decisão errada a se tomar. Mas é minha decisão, aquela em que acredito para melhor me permitir fazer o que nasci para fazer: manter a humanidade em segurança. Há certa ironia aqui, Boutin, pois você e eu compartilhamos muitos pensamentos idênticos, compartilhamos uma consciência comum e, talvez, compartilhemos o mesmo objetivo de fazer o melhor por nosso povo... e, ainda assim, com tudo que temos em comum, chegamos a conclusões opostas sobre como fazê-lo. Queria que tivéssemos mais tempo juntos, que eu pudesse tê-lo encontrado como amigo e irmão em vez de ser o que me tornei para você, um recipiente dentro do qual você se derramaria. É tarde demais. Tarde demais para mim e, embora você não perceba, tarde demais para você também. Seja como for, quero agradecer. Por bem ou por mal, vivi por sua causa e, por um breve momento, pude vivenciar as alegrias e as tristezas que esta vida tem a oferecer. E pude conhecer e amar Zoë, por quem agora rezo para que encontre uma maneira de ficar em segurança. Devo minha vida a você, Charles, como também devo minha morte. Agora, me permita fazer uma digressão; prometo que chegará a uma questão que lhe interessa. Como você talvez saiba, ou não, uma das propriedades interessantes que o SmartBlood tem é a capacidade de se oxidar instantaneamente... ou seja, de entrar em combustão. Não consigo deixar de pensar que alguém tenha codificado essa propriedade no SmartBlood como parte de alguma piada cruel, pois a primeira vez que a vi sendo usada foi para matar insetos que tentavam sugar o SmartBlood de um soldado das Forças Especiais. Mas tal propriedade acabou se revelando útil também; uma vez me salvou em combate. Charles, você projetou um vírus que planeja usar para conquistar a União Colonial. Como você entende de vírus de computador, talvez tenha ouvido falar no termo *cavalo de Troia* também. Essa mensagem, meu amigo e irmão, é um cavalo de Troia. Quando abriu a carta, também executou um programa que criei. O programa instrui que cada nanorrobô em meu SmartBlood deve entrar simultaneamente em combustão ao meu comando. Estimei que levasse exatamente o tempo dessa mensagem para o programa se propagar por todo o meu SmartBlood. Vamos ver se funciona.

Sagan recebeu uma mensagem quando colocava Zoë dentro da cápsula de captura. Era de Jared Dirac.

[*Se você tiver recebido esta mensagem, Charles Boutin está morto*], lia-se nela. [*Programei esta mensagem para ser enviada logo depois que meu antigo BrainPal executasse um programa para fazer meu SmartBlood entrar em combustão. Se a combustão não o matar – e ela vai matá-lo –, ele morrerá por asfixia em poucos minutos. De qualquer forma, ele já se foi, e eu também. Não sei se vai receber esta mensagem, mas espero que sim e que esteja bem e em segurança. Adeus, tenente Sagan. Fico feliz por tê-la conhecido. E se vir Cainen de novo, diga a ele que eu o ouvi e fiz minha escolha*]

Sagan compartilhou a mensagem com Harvey.

[*Muito bonito*], disse Harvey. [*Ele era Forças Especiais de cabo a rabo*]

[*Sim, era*], disse Sagan e apontou a cápsula de captura para Harvey. [*Entre, Harvey*]

[*Está brincando*], disse Harvey.

[*Alguém precisa voltar com Zoë*], explicou Sagan. [*Sou a oficial no comando. Vou ficar para trás*]

[*Tenente. Essa menina não me conhece. Foi você quem a tirou de lá. Você precisa voltar com ela. Além disso, não quero voltar ainda. Estou me divertindo* à beça. *Acho que entre agora e o momento em que a União Colonial lançar a rocha nesse lugar, poderei fazer uma limpeza. E quando acabar com isso, talvez entre lá e veja se tem alguma coisa que valha a pena salvar. Então, vá em frente, Sagan. Peça para enviarem a cápsula de captura em alguns dias. Eu vou ficar bem ou vou morrer. De qualquer forma, vou aproveitar bastante*]

*[Tudo bem]*, concordou Sagan. *[Se entrar no complexo de novo, tente pegar os dispositivos de armazenamento do módulo de transferência no laboratório de Boutin. Faça disso uma prioridade]*

*[O que tem neles?]*, perguntou Harvey.

*[Não é o quê]*, respondeu Sagan. *[É quem]*

Ouviram um zumbido a distância.

*[Estão atrás da gente]*, disse Harvey. *[Entre, tenente]*

– Estamos em segurança agora? – perguntou Zoë, poucos minutos depois do lançamento.

– Sim, Zoë – disse Sagan. – Acho que estamos.

– Quando o papai vai vir me ver? – quis saber Zoë.

– Não sei, Zoë – disse Sagan, acariciando os cabelos da menina. – Não sei.

No confinamento apertado da cápsula de captura, Zoë ergueu os braços. Sagan a abraçou.

15

– Bem, Szi, você tinha razão – disse o general Mattson. – Jared Dirac foi útil, no fim das contas.

Junto a Mattson estavam o general Szilard e o coronel Robbins, na cantina dos generais, almoçando. Todos eles, desta vez: o general Mattson foi quem formalmente rompeu com a tradição de não deixar subordinados comerem ao pedir para Robbins um prato imenso de espaguete à bolonhesa e responder à reação de outro general indignado, dizendo, em alto e bom som: "Porra, fica quieto, seu bosta seca. Esse homem merece comer a merda do macarrão". Desde então, outros generais também começaram a trazer suas equipes.

– Obrigado, general – disse Szilard. – Agora, se não se importa, gostaria de saber o que vai fazer para resolver esses problemas com nossos BrainPals. Perdi sete naves porque seu pessoal deixou um *backdoor* arreganhado.

— Robbins tem os detalhes — disse Mattson. Os dois viraram-se para Robbins, que estava com a boca cheia de bife Wellington. Robbins engoliu com cuidado.

— Em curto prazo, retiramos aquele *backdoor*, claro — disse Robbins. — Propagamos a solução em uma atualização prioritária dos BrainPals. Está resolvido. Em médio prazo, vamos examinar em profundidade toda a programação do BrainPal em busca de códigos legados, *backdoors* e outros códigos que possam representar um problema de segurança. E também estamos instituindo verificações antivírus para mensagens e informações trocadas entre BrainPals. A transmissão de vírus de Boutin não funcionaria agora.

— Não deveria ter funcionado nunca — retrucou Szilard. — Existem bloqueadores de vírus desde os primórdios da computação e vocês não implementaram nenhum nos BrainPals. Vocês poderiam ter nos matado porque esqueceram de incluir no programa higiene computacional básica.

— Nunca foi incluso porque nunca houve necessidade — comentou Mattson. — Os BrainPals são um sistema fechado, totalmente seguro contra ataques externos. Mesmo o ataque de Boutin acabou não funcionando.

— Mas foi por bem pouco — insistiu Szilard.

— Sim, claro, foi por bem pouco, porque alguém à mesa quis criar um corpo para podermos enfiar a consciência de Charles Boutin — disse Mattson. — Mas não vou citar nomes.

— Hummmm — disse Szilard.

— De qualquer forma, a série atual de BrainPals está sendo encerrada — disse Robbins. — Nossa próxima geração de BrainPals foi testada pelos Gameranos e já está pronta para ser implementada em toda a população das FCD. É uma arquitetura totalmente diferente, totalmente orgânica, e a programação foi otimizada, sem as questões de código legado dos BrainPals antigos. Fechamos a janela para esse tipo de ataque, general.

— Ao menos para qualquer um que tenha trabalhado na geração anterior — disse Szilard. — Mas e aqueles que estão trabalhando na geração atual? Precisa descobrir se algum deles vai sair dos trilhos.

— Estamos verificando isso — disse Robbins.

— É bom mesmo verificarem — insistiu Szilard.

— Por falar em sair dos trilhos — disse Mattson. — O que vai fazer com a tenente Sagan?

— Como assim? — perguntou Szilard.

— Sem querer alarmar, ela sabe demais — respondeu Mattson. — De Boutin e de Dirac, ela sabe sobre o Conclave e sobre como estamos mantendo essas informações em sigilo. Ela não tem liberação de acesso a essas informações, Szilard. É material perigoso.

— Não vejo por quê — disse Szilard. — Tirando o fato de ser verdade. O Conclave está aí. E se chegar mesmo a atuar, estaremos realmente encrencados.

— É perigoso porque não é toda a verdade, e *você sabe* disso, Szi — retorquiu Mattson. — Boutin não sabia nada sobre o Contraconclave e o quanto estamos envolvidos *nele* até o pescoço, e como estamos planejando jogar um lado contra o outro. As coisas estão indo rápido demais. Estamos chegando ao ponto em que alianças precisam ser formadas e escolhas terão de ser feitas. Não poderemos mais ficar formalmente neutros. Não precisamos de Sagan por aí, contando às pessoas a história pela metade e começando rumores.

— Então, conte para ela a história inteira, caramba — disse Szilard. — Ela é uma oficial de inteligência, pelo amor de Deus. Consegue lidar com a verdade.

— Não depende de mim — explicou Mattson. Szilard abriu a boca mas Mattson reagiu erguendo as duas mãos. — *Não* depende de *mim*, Szi. Se o Contraconclave formalmente romper com o Conclave, você sabe o que isso vai significar. A porra da galáxia inteira vai estar em guerra. Não conseguiremos nos fiar apenas em nossos recrutas da Terra. Vamos ter que pedir para as colônias contribuírem também. Talvez até começar recrutamentos. E você sabe o que *isso* vai significar. As colônias vão se amotinar. Teremos sorte se conseguirmos evitar uma guerra civil. Estamos segurando essas informações em sigilo não porque queremos mantê-los na ignorância, mas porque não queremos que a porra da União inteira exploda.

– Quanto mais esperarmos, pior vai ficar – opinou Szilard. – Nunca vamos encontrar uma boa maneira de explicar isso às colônias. E quando elas descobrirem, vão se perguntar que porra a uc estava fazendo ao esconder isso delas por tanto tempo.

– Não depende de mim.

– Está bem, está bem – disse Szilard, irritadiço. – Ainda bem que existe uma saída para você. Sagan está perto do encerramento de seu tempo de serviço. Tem poucos meses à frente, acho. Talvez um ano. Perto o bastante para podermos aposentá-la. Pelo que sei, está planejando deixar o serviço quando seu período terminar. Vamos colocá-la em uma colônia nova e lá ela poderá ficar, e se falar com os vizinhos sobre algum Conclave, não vai dar em nada. Estarão ocupados demais tentando fazer alguma planta crescer.

– Acha que consegue convencê-la? – disse Mattson.

– Posso motivá-la – disse Szilard. – Alguns anos atrás, Sagan ficou muito ligada a um soldado das fcd chamado John Perry. Perry está poucos anos atrás dela em seu tempo de serviço, mas, se precisarmos, podemos aposentá-lo mais cedo. E parece que ela está ligada a Zoë Boutin, que está órfã e precisa ser adotada. Entende aonde quero chegar com isso?

– Sim – disse Mattson. – Deveria fazer isso acontecer.

— Vou ver o que posso fazer — disse Szilard. — E, por falar em segredos, como estão suas negociações com os Obins?

Mattson e Robbins olharam para Szilard, desconfiados.

— Não há nenhuma negociação com os Obins.

— Claro que não — disse Szilard. — Vocês não estão negociando com os Obins para continuarem o programa de consciência de Boutin para eles. E os Obins não estão negociando conosco para derrubar seja lá o que reste dos Rraeys e dos Eneshanos depois de sua pequena guerra iminente. Ninguém está negociando nada com ninguém. E como estão indo essas não negociações?

Robbins olhou para Mattson, que meneou a cabeça.

— Elas não vão surpreendentemente bem — disse Robbins. — Provavelmente não vamos chegar a um acordo nos próximos dias.

— Isso não é uma maravilha — disse Szilard.

— Voltando a Sagan — disse Mattson. — Quando acha que poderemos ter uma resposta dela?

— Vou propor isso para ela hoje — comentou Szilard. — E dizer para que se apronte em uma semana. Isso deve ser suficiente para ela cuidar do que precisa.

— Como o quê? — perguntou Mattson.

— Se despedir e resolver pendências, claro — disse Szilard. — E outras decisões que vou pedir que ela tome.

Jane Sagan encarava o que parecia um show de luzes em miniatura.

— O que é isso? — perguntou.

— É a alma de Jared Dirac — respondeu Cainen.

Sagan olhou para ele.

— Lembro que certa vez você me disse que os soldados das Forças Especiais não tinham alma.

– Foi em outro lugar e em outro momento – disse Cainen. – E não sou tão tolo agora. Mas, como queira, essa é sua consciência, então. Recuperada por um de seus soldados, creio eu, e pelo que entendo, gravada por Charles Boutin. E entendo que cabe a você decidir o que fazer com ela.

Sagan assentiu com a cabeça. Szilard a procurou, oferecendo sua dispensa, a dispensa de John Perry e a custódia de Zoë Boutin, sob a condição de que manteria a boca fechada sobre o Conclave e decidiria sobre o que fazer com a consciência de Jared Dirac.

*[Entendo sobre o Conclave]*, dissera Sagan. *[Mas não entendo sobre Dirac]*

*[Só estou curioso para saber o que você vai fazer]*, dissera Szilard, que se recusou a explicar mais que isso.

– O que vai fazer? – perguntou Cainen.

– O que acha que eu deveria fazer?

– Sei exatamente o que você deveria fazer – Cainen respondeu. – Mas não sou você e não vou dizer o que eu faria até ouvir primeiro o que você faria.

Sagan olhou para Harry Wilson, que observava com interesse.

– E o que você faria, Harry?

– Desculpe, Jane – disse Wilson e sorriu. – Vou exercer meu direito de permanecer em silêncio. Essa decisão é sua.

– Vocês poderiam trazê-lo de volta – Sagan disse a Cainen.

– É possível. Sabemos mais agora do que sabíamos antes. É possível que consigamos condicionar melhor o cérebro do que condicionamos o de Dirac para aceitar a personalidade de Boutin. Existe um risco de que a transferência não funcione por completo, e daí você teria uma situação como a que aconteceu com Dirac, na qual outra personalidade cresceria no lugar dela, e a personalidade transferida lentamente se imporia. Mas acho que o risco é menor agora e, com o tempo, não será um risco sério em nenhum aspecto. Acho que poderíamos trazê-lo de volta, se for o que você quer.

— Mas não é o que Jared queria, certo? — disse Sagan. — Sabia que sua consciência havia sido gravada. Poderia ter me pedido para salvá-la. Não pediu.

— Não, não pediu — concordou Cainen.

— Jared fez sua escolha — disse Sagan. — E ele tinha de escolher. Apague a gravação, Cainen, por favor.

— E agora você entende por que sei que vocês têm alma — disse Cainen. — Por favor, aceite minhas desculpas por ter duvidado.

— Suas desculpas são desnecessárias. Mas estão aceitas — disse Sagan.

— Obrigado — agradeceu Cainen. — E agora, tenente Sagan, eu estava imaginando se poderia pedir um favor. Ou talvez não seja muito um favor, mas a cobrança de uma dívida entre nós.

— O que é? — perguntou Sagan.

Cainen mudou o olhar de Sagan para Wilson, que de repente pareceu ficar muito desconfortável.

— Não precisa ficar para isso, meu amigo — Cainen disse a Wilson.

— Claro que vou ficar. Mas me deixe reiterar: você é um idiota mesmo.

— Anotado — disse Cainen. — E agradeço pelo pensamento.

Wilson cruzou os braços e pareceu irritado.

— Diga — pediu Sagan.

— Quero morrer, tenente — disse Cainen. — Nos últimos meses, comecei a sentir o antídoto que vocês fornecem começando a perder efeito. Todo dia sinto uma dor cada vez maior.

— Podemos aumentar a dose — disse Sagan.

— Sim, e talvez funcione — disse Cainen. — Mas tenho dores, além da mera dor física. Estou muito longe do meu povo e do meu lar, e longe das coisas que me trazem alegria. Fico feliz pelas amizades que tenho com Harry Wilson e com você... você! Justamente você. Porém, todos os dias sinto que a parte de mim que é Rraey, a parte que *realmente* sou eu, fica cada vez mais fria e menor. Não vai demorar para que não sobre nada e eu esteja sozinho, absolutamente sozinho. E estarei vivo, mas morto por dentro.

— Posso falar com o general Szilard sobre liberá-lo – disse Sagan.

— Foi o que eu disse para ele – comentou Wilson.

— Sabem que ele nunca vai me liberar. Fiz muitos trabalhos para vocês. Sei demais. E mesmo se vocês me liberassem, acha que os Rraeys me receberiam de volta? Não, tenente. Estou longe de casa e sei que nunca mais poderei voltar.

— Sinto muito por ter feito isso com você, Cainen – disse Sagan. – Se eu pudesse mudar isso, mudaria.

— E por que mudaria? – perguntou Cainen. – Você salvou seu povo da guerra, tenente. Sou apenas parte do preço.

— Ainda assim, sinto muito – insistiu Sagan.

— Então, quite essa dívida que tem comigo – disse Cainen. – Ajude-me a morrer.

— E como eu faria isso? – perguntou Sagan.

— Em meus estudos sobre a cultura humana, descobri o *harakiri* – disse Cainen. – Sabe o que é? – Sagan fez que não com a cabeça. – Suicídio ritual, de seu povo japonês. O ritual inclui um *kaishakunin*, uma segunda pessoa... Alguém que alivia a dor de quem está cometendo o *harakiri* ao matá-la no momento de maior agonia. Escolhi morrer da doença que você me infligiu, tenente Sagan, mas temo que, quando a agonia chegar ao ápice, chorarei pedindo misericórdia, como fiz da primeira vez, o que me encheu de vergonha e me colocou no caminho que nos trouxe até aqui. Um *kaishakunin* me pouparia dessa vergonha. Peço que seja minha *kaishakunin*, tenente Sagan.

— Não acho que as Forças Coloniais de Defesa vão permitir que eu te mate — disse Sagan. — Fora de combate.

— Sim, e acho isso inacreditavelmente irônico — disse Cainen. — No entanto, nesse caso, foi autorizado. Já pedi permissão ao general Mattson, e ele concedeu. Também pedi ao general Szilard permissão para você ser minha *kaishakunin*. Ele concedeu.

— O que fará se eu me recusar? — perguntou Sagan.

— Sabe o que vou fazer — respondeu Cainen. — Quando encontrei você a primeira vez, você acreditou que eu quisesse viver, e tinha razão. Mas como eu disse antes, era um lugar diferente e um momento diferente. Aqui e agora, quero me libertar. Se eu tiver que fazer isso sozinho, então farei. Mas espero que não seja o caso.

— Não será — disse Sagan. — Eu aceito, Cainen. Serei sua *kaishakunin*.

— Agradeço do fundo da minha alma, tenente Sagan, minha amiga. — Cainen olhou para Wilson, que estava chorando. — E você, Harry? Pedi para você comparecer antes e você recusou. Vou pedir de novo.

Wilson assentiu com a cabeça, violentamente.

— Sim — disse ele. — Eu estarei lá, seu filho de uma puta preguiçoso. Vou estar lá quando você morrer.

— Obrigado, Harry. — Mais uma vez, Cainen virou-se para Sagan. — Preciso de dois dias para concluir as coisas por aqui. Pode vir me ver no terceiro dia, à noite?

— Estarei aqui — disse Sagan.

— Acho que sua faca de combate seria suficiente — disse Cainen.

— Se essa é sua vontade — disse Sagan. — Tem algo mais que eu possa fazer por você?

— Apenas uma coisa — disse Cainen. — E vou entender se não puder fazê-la.

— Diga.

– Eu nasci na colônia de Fala – disse Cainen. – Cresci lá. Quando eu morrer, se eu puder, gostaria de voltar para lá. Sei que será algo difícil de providenciar.

– Eu vou providenciar – garantiu Sagan. – Mesmo que eu tenha que levá-lo sozinha. Prometo, Cainen. Prometo que você vai para casa.

Um mês depois de Zoë e Sagan terem voltado para a Estação Fênix, Sagan levou Zoë em uma nave de transporte para visitar o túmulo de seus pais.

O piloto da nave era o tenente Cloud, que perguntou de Jared. Sagan contou para ele o que havia acontecido. Cloud ficou em silêncio por um momento e depois começou a contar as piadas que Jared havia lhe contado. Sagan gargalhou.

No túmulo, Sagan ficou em pé, enquanto Zoë se ajoelhou e leu o nome de seus pais, de forma clara e calma. Depois de um mês, Sagan viu Zoë se transformar da garota hesitante que havia conhecido, que parecia mais jovem do que realmente era e choramingava pelo pai, em uma pessoa mais feliz, mais falante e mais próxima da idade que tinha. Por acaso, apenas um pouco mais jovem que Sagan.

– Meu nome está aqui – disse Zoë, correndo o dedo sobre o nome.

– Por um tempo, quando você foi levada da primeira vez, seu pai pensou que você estava morta – disse Sagan.

– Bem, eu *não* estou morta – disse Zoë, resoluta.

– Não – Sagan disse, sorrindo. – Não, definitivamente não está.

Zoë pôs a mão no nome de seu pai.

– Ele não está aqui de verdade, está? – perguntou Zoë. – Embaixo de mim.

– Não – respondeu Sagan. – Ele morreu em Arist. Onde você estava antes de chegarmos aqui.

– Eu sei. – Zoë olhou para Sagan. – O senhor Jared morreu lá também, não é?

– Sim.

– Ele disse que me conhecia, mas eu não me lembro dele.

– Ele conhecia você, mas é difícil de explicar – comentou Sagan. – Vou te explicar quando você for mais velha.

Zoë olhou para a lápide de novo.

– Todas as pessoas que me conheciam se foram – disse ela, em uma voz baixinha, cantada. – Todo meu pessoal se foi.

Sagan ficou de joelhos atrás de Zoë e lhe deu um abraço rápido, mas forte.

– Sinto muito, Zoë.

– Eu sei – disse Zoë. – Eu também sinto. Sinto falta do papai e da mamãe, e até mesmo do senhor Jared um pouquinho, mesmo eu não conhecendo muito ele.

– Sei que sentem sua falta também – disse Sagan. Ela deu a volta para encarar Zoë. – Escute, Zoë: logo vou para a colônia onde vou morar. Se quiser, pode vir comigo.

– Seremos só você e eu? – quis saber Zoë.

– Bem, você, eu e um homem que eu amo muito – respondeu Sagan.

– Eu vou gostar dele? – perguntou Zoë.

– Acho que vai – respondeu Sagan. – Eu gosto dele e eu gosto de você, então tem motivo para vocês dois se gostarem. Você, eu e ele.

– Como uma família – disse Zoë.

– Isso, como uma família. Bem isso.

– Mas eu já tenho um papai e uma mamãe – disse Zoë.

– Eu sei, Zoë. Não quero que você se esqueça deles, nunca. John e eu seríamos apenas dois adultos que vão ter muita sorte de viver com você.

– John – disse Zoë. – John e Jane. John, Jane e Zoë.

– John, Jane e Zoë – repetiu Sagan.

– John, Jane e Zoë – disse Zoë, levantando-se e se movendo no ritmo dos nomes. – John, Jane e Zoë. John, Jane e Zoë! Gostei.

– Também gosto.

– Bem, tudo bem, então – disse a menina. – Agora, estou com fome.

Sagan riu.

– Bem, então, vamos arranjar alguma coisa para você comer.

– Está bem – disse Zoë. – Vou dar tchauzinho pra mamãe e pro papai. – Ela correu até a lápide e deu um beijo nela. – Amo vocês – disse, e correu de volta para Sagan, pegando sua mão. – Estou pronta. Vamos comer.

– Ok – disse Sagan. – O que você gostaria de comer?

– O que temos? – perguntou Zoë.

– Temos muitas opções – disse Sagan. – Escolha uma.

– Tudo bem – disse Zoë. – Sou *muito* boa em fazer escolhas, sabia?

– Bem – disse Sagan, abraçando forte a garota. – Fico muito feliz em ouvir isso.

# AGRADECIMENTOS

Em primeiro lugar, um recado a todo mundo que acha que escrever uma sequência é fácil porque você já criou o universo: Huhahahahahaha! Haha. Não é.

Considerando isso, em primeiro lugar agradeço a meu editor, Patrick Nielsen Hayden, por ter me mandado um e-mail casual de vez em quando para avisar que estava ansioso para ler o próximo capítulo, em vez de me estrangular, o que provavelmente deveria ter feito, e *talvez* não tenha feito porque agora está com o manuscrito inteiro, e não há punição para isso (a menos que queira outro livro).

Outras pessoas absolutamente magníficas da Tor também merecem amor e/ou chocolates: Teresa Nielsen Hayden, Liz Gorinsky, Irene Gallo, Dot Lin, Tom Doherty e a querida Fiona Lee, que fará falta (ela está viva, mas agora na China). No entanto, como regra geral, todo mundo que trabalha na Tor merece amor e/ou chocolates, e não digo isso só porque eu os fiz sofrer estourando prazos. Bem, talvez um pouco por causa disso. Mas isso não torna a afirmação *menos verdadeira*. Agradeço também a Rich Klin, por seu copidesque realmente heroico.

Admita: você acha que a capa [da edição norte-americana] ficou demais. Bem, é verdade, ficou, e temos que agradecer a John Harris por isso.

Como sempre, agradeço a Ethan Ellenberg, meu agente, cujo domínio inteligente de contratos é uma visão a se admirar.

Um dos motivos pelos quais *As Brigadas Fantasma* existe é que o primeiro livro da série, *Guerra do velho*, teve a sorte de receber elogios on-line de gente cujo gosto por livros é confiável para seus leitores. Agradeço a todos eles e acrescento um agradecimento especial a Glenn Reynolds, Cory Doctorow, Stephen Green, Stephen Bainbridge e Eugene Volokh. A propósito, se você alguma vez se perguntou se o boca a boca virtual funcionou: *sim*, e como.

Se você estiver se perguntando por que algumas coisas no livro parecem tão boas, a resposta curta é porque eu as vi funcionarem em outros livros e disse "Que coisa excelente. Acho que vou roubar isso aqui". Escritores de quem eu conscientemente roubei coisas incluem Nick Sagan (sua ideia de transferência de consciência, usada com grande eficácia em *Edenborn*), Scott Westerfel (cujas batalhas incríveis em *The Risen Empire* e *The Killing of Worlds* vão fazer você chorar de felicidade) e David Brin, cujo conceito de "patrocinar" uma civilização (ver: *The Upflit War*) recebe um bipe rápido de agradecimento. Agradeço também aos vários autores de ficção científica e fantasia cujos nomes usei em todo o livro.

Como sempre, Regan Avery serviu como indispensável leitora da primeira versão. Todo escritor deveria ter uma Regan. Mas você não pode ter Regan Avery. Ela é *minha*. Grrrrrrrrr.

Chad Brink me mandou por correio uma edição de um dos meus livros para que eu autografasse e eu levei vários meses para devolver. Na verdade, talvez eu ainda esteja com ele aqui. Imagino que colocá-lo nos agradecimentos deste livro compensará o fato de eu ser péssimo para devolver livros. Fora isso, claro, vocês não devem mandar seus livros por correio para que eu assine. O problema não é com vocês, é comigo.

Deven Desai, Natasha Kordus, Kevin Stampfl, Mykal Burns, Daniel Mainz, Justine Larbalestier, Lauren McLaughlin, Andrew Woffinden, Charlie Stross, Bill Schafer, Karen Meisner, Anne KG Murphy, Cian Chang, Kristy Gaitten, John Anderson, Stephen Bennett, Erin Barbee, Joe Rybicki e muitos outros que não consigo lembrar porque são 4h30 da manhã, mas vocês sabem quem são, eu amo vocês todos e desejo ter filhos seus. Gêmeos, até.

Finalmente, e igualmente importante, um momento para agradecer Kristine e Athena Scalzi por serem tão pacientes comigo quanto puderam ser durante a escrita deste livro. O período foi especialmente difícil para Athena, que virou para sua mãe certa vez e declarou: "Papai está ficando *chato*". Bem, meu amor, eu prometo ser menos chato a partir de agora, começando exatamente neste momento.

**TIPOGRAFIA:**
Caslon [texto]
Arca Majora [entretitulos]

**PAPEL:**
Pólen Soft Natural 80g/m² [miolo]
Cartão Supremo 250g/m² [capa]

**IMPRESSÃO:**
Gráfica Paym  [agosto de 2022]
1ª edição: julho de 2017 [3 reimpressões]